金學叢書
第二輯 16

吳　敢
胡衍南　霍現俊
主編

石鐘揚《金瓶梅》研究精選集

石鐘揚　著

臺灣學生書局印行

金學叢書第二輯序

　　2013 年 5 月第九屆（五蓮）國際《金瓶梅》學術討論會期間，胡衍南、霍現俊忙裏偷閒，時而小聚，漢書下酒，就中便有本叢書編輯出版一事。當時即擬與吳敢商談，以期盡快成議。只是吳敢當時會務繁多，此議終未提及。2013 年 7 月 3 日，胡衍南到徐州公幹，當晚至吳敢舍下小酌，此事即進入操作程序。此後電郵往來，徐州、臺北、石家莊三方輾轉，叢書編撰框架日漸明朗。2013 年 11 月 23 日，胡衍南再度到徐州公幹，代表臺灣學生書局與吳敢詳盡商談編輯出版事宜，本叢書遂成定案。

　　此「金學叢書」之由來也。

　　中國古代小說研究，重大課題眾多。近代以降，紅學捷足先登。20 世紀 80 年代，金學亦成顯學。明代長篇白話小說《金瓶梅》是中國文學史上一部里程碑式的重要作品，其橫空出世，破天荒打破以帝王將相、英雄豪傑、妖魔神怪為主體的敘事內容，以家庭為社會單元，以百姓為描摹對象，極盡渲染之能事，從平常中見真奇，被譽為明代社會的眾生相、世情圖與百科全書。幾乎在其出現同時，即被馮夢龍連同《三國演義》《水滸傳》《西遊記》一起稱為「四大奇書」。不久，又被張竹坡譽為「第一奇書」。《紅樓夢》庚辰本第十三回脂評：「深得《金瓶》壼奧」。魯迅《中國小說史略》認為「同時說部，無以上之」。

　　自有《金瓶梅》小說，便有《金瓶梅》研究。明清兩代的筆記叢談，便已帶有研究《金瓶梅》的意味。如明代關於《金瓶梅》抄本的記載，雖然大多是隻言片語的傳聞、實錄或點評，但已經涉及到《金瓶梅》研究課題的思想、藝術、成書、版本、作者、傳播等諸多方向，並頗有真知灼見。在《金瓶梅》古代評點史上，繡像本評點者、張竹坡、文龍，前後紹繼，彼此觀照，相互依連，貫穿有清一朝，形成筆架式三座高峰。繡像本評點拈出世情，規理路數，為《金瓶梅》評點高格立標；文龍評點引申發揚，撥亂反正，為《金瓶梅》評點補訂收結；而尤其是張竹坡評點，踵武金聖歎、毛宗崗，承前啟後，成為中國古代小說評點最具成效的代表，開啟了近代小說理論的先聲。明清時期的《金瓶梅》研究，具有發凡起例、啟導引進之功。

　　20 世紀是人類歷史上可足稱道的一個百年。對中國人來說，世紀伊始，產生了驚天動地的兩件大事：1911 年封建王朝的終結，1919 年「五四」新文化運動的興起。中國人

心裏承接有豐富的傳統，中國人肩上也負荷著厚重的擔當。揚棄傳統文化，呼喚當代文明，這一除舊佈新的文化使命，在中國用了大半個世紀的時間。觀念形態的更新、研究方法的轉變、思維體式的超越、科學格局的營設一旦萌發生成，便產生無量的影響，具有劃時代的意義。《金瓶梅》研究即為其中一例。

以 1924 年魯迅《中國小說史略》出版，標誌著《金瓶梅》研究古典階段的結束和現代階段的開始；以 1933 年北京古佚小說刊行會影印發行《金瓶梅詞話》，預示著《金瓶梅》研究現代階段的全面推進；以 30 年代鄭振鐸、吳晗等系列論文的發表，開拓著《金瓶梅》研究的學術層面；以中國大陸、臺港、日韓、歐美（美蘇法英）四大研究圈的形成，顯現著《金瓶梅》研究的強大陣容；以版本、寫作年代、成書過程、作者、思想內容、藝術特色、人物形象、語言風格、文學地位、理論批評、資料彙編、翻譯出版、藝術製作、文化傳播等課題的形成與展開，揭示著《金瓶梅》的研究方向。一門新的顯學——金學，已經赫然出現在世界文壇。

20 世紀 70 年代以來的當代金學，中國的吳曉鈴、王利器、魏子雲、朱星、徐朔方、梅節、孫述宇、蔡國梁、甯宗一、陳詔、盧興基、傅憎享、杜維沫、葉朗、陳遼、劉輝、黃霖、王汝梅、周中明、王啟忠、張遠芬、周鈞韜、孫遜、吳敢、石昌渝、白維國、陳昌恆、葉桂桐、張鴻魁、鮑延毅、馮子禮、田秉鍔、羅德榮、李申、魯歌、馬征、鄭慶山、鄭培凱、卜鍵、李時人、陳東有、徐志平、陳益源、趙興勤、王平、石鐘揚、孟昭連、何香久、許建平、張進德、霍現俊、陳維昭、孫秋克、曾慶雨、胡衍南、李志宏、潘承玉、洪濤、楊國玉、譚楚子等老中青三代，辨章學術，考鏡源流，營造了一座輝煌的金學寶塔。其考證、新證、考論、新探、探索、揭秘、解讀、探秘、溯源、解析、解說、評析、評注、匯釋、新解、索引、發微、解詁、論要、話說、新論等，蘊含宏富，立論精深，使得金學園林花團錦簇，美不勝收，可謂源淵流長，方興未艾。中國的《金瓶梅》研究，經過 80 年漫長的歷程，終於在 20 世紀的最後 20 年登堂入室，當仁不讓也當之無愧地走在了國際金學的前列。

此「金學叢書」之要義也。

本叢書暫分兩輯，第一輯為臺灣學人的金學著述，由魏子雲領銜，包括胡衍南、李志宏、李梁淑、鄭媛元、林偉淑、傅想容、林玉惠、曾鈺婷、李欣倫、李曉萍、張金蘭、沈心潔、鄭淑梅，可說是以老帶青；第二輯為中國大陸 20 世紀 80 年代以來學人的《金瓶梅》研究精選集，計由徐朔方、甯宗一、傅憎享、周中明、王汝梅、劉輝、張遠芬、周鈞韜、魯歌、馮子禮、黃霖、吳敢、葉桂桐、張鴻魁、陳昌恆、石鐘揚、王平、李時人、趙興勤、孟昭連、陳東有、孫秋克、卜鍵、何香久、許建平、張進德、霍現俊、曾慶雨、楊國玉、潘承玉、洪濤諸位先生的大作組成，凡 31 人 30 冊（其中徐朔方、孫秋克，

傅憎享、楊國玉，王平、趙興勤，因字數兩人合裝一冊），每冊 25 萬字左右。

天津師範學院（今天津師範大學）朱星是中國大陸金學新時期名符其實的一顆啟明星，他在 1979 年、1980 年連續發表多篇論文，並於 1980 年 10 月由百花文藝出版社結集出版了中國大陸新時期《金瓶梅》研究的第一部專著《金瓶梅考證》。朱星的研究結論不一定都能經得住學術的檢驗，但朱星繼魯迅、吳晗、鄭振鐸、李長之等人之後，重新點燃並高舉起這一支學術火炬，結束了沉寂 15 年之久的局面，這一歷史功績，應載入金學史冊。遺憾的是，朱星先生 1982 年逝世，後人查訪困難，只能闕如。

香港夢梅館主梅節可謂《金瓶梅》校注出版的大家，1988 年由香港星海文化出版有限公司出版《全校本金瓶梅詞話》；1993 年由梅節校訂，陳詔、黃霖注釋，香港夢梅館出版《重校本金瓶梅詞話》（該本後由臺灣里仁書局 2007 年 11 月初版，2009 年 2 月修訂一版，2013 年 2 月修訂一版八刷）；1998 年梅節再為校訂，陳少卿抄寫，香港夢梅館出版《夢梅館校定本金瓶梅詞話》。前後三次合共校正詞話原本訛錯衍奪七千多處，成為可讀性較好的一個本子。梅節由校書而研究，關於《金瓶梅》作者、傳播、成書、故事發生地等問題的認識，亦時有新見。可惜的是，梅節先生的論文集《瓶梅閒筆硯——梅節金學文存》2008 年 2 月由北京圖書館出版社出版，版權協商匪易，未能入選。

上海音樂學院蔡國梁 20 世紀 50 年代末即開始研習《金瓶梅》，寫下不少筆記，1980 年前後即依據筆記整理成文，1981 年開始發表金學論文，1984 年出版第一部專著[1]，累計出版金學專著 3 部[2]、編著 1 部[3]，發表論文多篇，內容涉及《金瓶梅》的思想、源流、人物、作者、評點、文化等諸多研究方向，是早期《金瓶梅》研究的主力成員。無奈聯繫不上，不得已而割愛。

國人研究《金瓶梅》的論著，最早是闞鐸的《紅樓夢抉微》[4]，但其只是一個讀書筆記。天津書局 1940 年 8 月出版之姚靈犀《瓶外卮言》，嚴格說也只是一個資料彙編。香港大源書局 1961 年出版之南宮生著《金瓶梅》簡說，算得上是一個原著導讀。臺北時報文化出版公司 1978 年 2 月出版之孫述宇著《金瓶梅的藝術》，可說是第一部文本研究的學術著作。該書全文收入石昌渝、尹恭弘編選的《臺港金瓶梅研究論文選》[5]。2011 年 3 月上海古籍出版社再版，增加了一篇作者自序，更名為《金瓶梅：平凡人的宗教劇》。

---

[1]　《金瓶梅考證與研究》，西安：陝西人民出版社，1984 年。

[2]　另兩部為：《明清小說探幽——明人、清人、今人評金瓶梅》，杭州：浙江文藝出版社，1985 年；《金瓶梅社會風俗》，天津：百花文藝出版社，2002 年。

[3]　《金瓶梅評注》，桂林：灕江出版社，1986 年。

[4]　天津大公報館 1925 年 4 月鉛印。

[5]　南京：江蘇古籍出版社，1986 年。

孫述宇先生本已與上海古籍出版社洽商同意編入金學叢書，並授權主編代理，忽中途撤稿，原因還是版權問題。

還有其他一些因故未能入選的師友：或已作仙遊[6]，或礙於本輯叢書的體例[7]，或因為版權期限，或失去聯繫等。凡此種種，均為缺憾。

儘管如此，第二輯連同第一輯 14 人 16 冊總計所入選的此 45 人 46 冊，已經是中國當代金學隊伍的主力陣容，反映著當代金學的全面風貌，涵蓋了金學的所有課題方向，代表了當代金學的最高水準。

此「金學叢書」之大略也。

臺灣學生書局高瞻遠矚，運籌帷幄，以戰略家的大眼光，以謀略家的大手筆，決計編撰出版「金學叢書」，實金學之幸，學術之福。主編同仁視本叢書為金學史長編，精心策劃，傾心編審。各位入選師友打造精品，共襄盛舉。《金瓶梅》研究關聯到中國小說批評史、中國小說史、中國文學史、中國文學評點史、中國文學批評史等諸多學科，是一個應該也已經做出大學問的領域。為彌補本叢書因為容量所限有很多師友未能入選的不足，特附設一冊《金學索引》[8]，廣輯金學專著、編著、單篇論文與博碩士論文，臚列學會、學刊與所舉辦之金學會議，立此存照，用供備覽。本叢書的編選，既是對過往的總結，也是對未來的期盼。本叢書諸體皆備，雅俗共賞，可以預測，將為金學做出新的貢獻。

此「金學叢書」之宗旨也。

金學已經不是一座象牙塔，而是一處公眾遊樂的園林。三百多部論著，四千多篇學術論文，二百多篇博碩士論文，既有挺拔的大樹，也有似錦的繁花，吸引著越來越多的研究者與愛好者探幽尋奇。不容置疑，傳統的金學，加上以文化與傳播為標誌的、以經典現代解讀為旗幟的新金學，必然展示著甯宗一先生的經典命題：說不盡的《金瓶梅》。

此「金學叢書」之感言也。

吳敢、胡衍南、霍現俊（吳敢執筆）

2014 年元旦

6　如王啟忠、鮑延毅、孔繁華、許志強諸先生等，駕鶴西去的徐朔方先生的精選集由其高足孫秋克代為編選，劉輝先生的精選集由其摯友吳敢代為編選。

7　本輯叢書乃論文精選集，字典、詞典與小塊文章結集便未能入選，《金瓶梅》語言研究的幾位專家如白維國、李申、張惠英、許仰民等因此失選。

8　吳敢編著，分上下兩編。

石鐘揚《金瓶梅》研究精選集

目　次

附　錄

不讀《金瓶梅》，不知天下之奇

一、從「四大奇書」到「第一奇書」

明代的四部長篇小說：《三國演義》《水滸傳》《西遊記》《金瓶梅》，被學界稱為「四大奇書」。

「四大奇書」名稱的確立有個歷史過程。從明代天啟年間到崇禎年間先後問世的《韓湘子全傳》《三遂平妖傳》《斥奸書》《禪真逸史》等書的序言或凡例，都把《三國演義》《水滸傳》《西遊記》《金瓶梅》等說部中的「大哥大」相提並論，卻都未亮出「四大奇書」的名號。此期間有類似「四大奇書」的說法，又並非上述四書。崇禎間笑花主人序《今古奇觀》有云：

> 元施、羅二公大暢斯道，《水滸》《三國》奇奇正正，河漢無極，論者以二集配《伯喈》《西廂》傳奇（按，指《琵琶記》傳奇、《西廂》傳奇），號四大書，厥觀偉矣。[1]

清順治年間西湖釣叟序《續金瓶梅》，將《三國演義》拿下，稱另三本為「三大奇書」：「今天下小說如林，獨唯三大奇書，曰：《水滸》《西遊》《金瓶梅》者。何以稱乎？《西遊》闡心而證道於魔，《水滸》戒俠而崇義於盜，《金瓶梅》懲淫而炫情於色。」[2]稍後李笠翁（漁）採用西湖釣叟「奇書」之名，豎起了「四大奇書」的旗幟。李笠翁為清初的兩衡堂刊《三國志演義》作序，劈頭就說：

> 嘗聞吳郡馮子猶賞稱宇內四大奇書，曰：《三國》《水滸》《西遊記》及《金瓶梅》四種。余亦喜其賞稱為近似。（見北京圖書館藏兩衡堂刊本《三國志演義》卷首。按，通行毛宗崗評本《三國演義》卷首金聖歎序便是毛氏據李序改托的。）

1　朱一玄：《明清小說資料選》，濟南：齊魯書社，1990 年，頁 1056。

2　朱一玄：《金瓶梅資料彙編》，天津：南開大學出版社，2004 年，頁 690。

孫楷第《中國通俗小說書目》附錄「叢書目」載《四大奇書》，按云：「以《三國》《水滸》《金瓶梅》《西遊記》為四大奇書，始於李漁（《〈三國志〉序》）。」[3]但李笠翁沒有貪此功，他將原創之功推給了馮夢龍（即馮子猶），只說自己贊同馮說而已。而現存文獻中尚未見馮有此明確的說法，於是有人推論給《平妖傳》《斥奸書》作序的張無咎、峥霄主人可能就是那神秘的馮夢龍。馮夢龍是明代集作者、編者、策劃者於一身的著名俗文學家。要麼李笠翁所見馮氏另有明確號稱「四大奇書」的文獻而今已散佚，要麼他借馮氏之名說事，因為當時與俗文學套近乎雖有利卻未必是什麼榮耀的事。總之，李笠翁之後雖時有波折，「四大奇書」之名卻基本定論。

　　而將「四大奇書」論述得最精當的，當推清康熙年間的劉廷璣。劉氏在其《在園雜誌》卷二有云：

> 壬辰（按：康熙五十一年，1712）冬，大雪，友人數輩圍爐小酌，客有惠以《說鈴》叢書者。予曰：此即古之所謂小說也。小說至今日濫觴極矣，幾與六經史函相埒，但鄙穢不堪寓目者居多。……降而至於四大奇書，則專事稗官，取一人一事為主宰，旁及支引，累百卷或數十卷者。
>
> 如《水滸》，本施耐庵所著，一百八人，人各一傳，性情面貌，裝束舉止，儼有一人跳躍紙上。天下最難寫者英雄，而各傳則各色英雄也。天下更難寫者英雄美人，而其中二三傳則別樣英雄、別樣美人也。串插連貫，各具機杼，真是寫生妙手。金聖歎加以句讀字斷，分評總批，覺成異樣花團錦簇文字。以梁山泊一夢結局，不添蛇足，深得剪裁之妙。雖才大如海，然所尊尚者賊盜，未免與史遷《遊俠列傳》之意相同。
>
> 再則《三國演義》，演義者，本有其事，而添設敷演，非無中生有者比也。蜀吳魏三分鼎足，依年次序，雖不能體《春秋》正統之義，亦不肯效陳壽之徇私偏側。中間敘述曲折，不乖正史，但桃園結義，戰陣回合，不脫稗官窠臼。杭永年一仿聖歎筆意批之，似屬效顰，然亦有開生面處。較之《西遊》，實處多於虛處。
>
> 蓋《西遊》為證道之書，丘長春借說金丹奧旨，以心猿意馬為根本，而五眾以配五行，平空結構，是一蜃樓海市耳。此中妙理可意會不可言傳，所謂語言文字僅得其形似者也。乃汪澹漪從而刻畫美人唐突西子，其批註處，大半摸索皮毛，即通書之太極、無極，何能一語道破耶？
>
> 若深切人情世務，無如《金瓶梅》，真稱奇書。欲要止淫，以淫說法；欲要破謎，

3　孫楷第：《中國通俗小說書目》，北京：作家出版社，1958年，頁221。

引謎入悟。其中家常日用應酬世務，奸詐貪狡，諸惡皆作，果報昭然。而文心細
如牛毛繭絲，凡寫一人始終口吻酷肖到底，掩卷讀之，但道數語，便能默會為何
人。結構鋪張，針線縝密，一字不漏，又豈尋常筆墨可到者哉？彭城張竹坡為之
先總大綱，次則逐卷逐段分注批點，可以繼武聖歎，是懲是勸，一目了然。惜其
年不永，歿後將刊版抵償夙逋於汪蒼孚，蒼孚舉火焚之，故海內傳者甚少。

嗟乎！四書也，以言文字，誠哉奇觀，然亦在乎人之善讀與不善讀耳。不善讀《水
滸》者，狠戾悖逆之心生矣。不善讀《三國》者，權謀狙詐之心生矣。不善讀《西
遊》者，詭怪幻妄之心生矣。欲讀《金瓶梅》，先須體認前序，內云：「讀此書而
生憐憫心者，菩薩也；讀此書而生效法心者，禽獸也。」（按，此二心說乃東吳弄珠客
序中語）然今讀者，多肯讀七十九回以前，少肯讀七十九回以後，豈非禽獸哉！[4]

既從思想、藝術、評點論及「四大奇書」之奇之所在，又極為中肯地提示「四大奇書」
的讀法，指出「四大奇書」雖「誠哉奇觀」，關鍵還在作為讀者的你「善讀與不善讀耳」。
堪稱極為精當的導讀。

我在拙著《性格的命運——中國古典小說審美論》中表達過這樣的觀點：這「四大
奇書」每一部都代表了一個小說流派，代表一個小說流派的最高成就，《三國演義》為
講史小說高峰，《水滸傳》為英雄傳奇高峰，《西遊記》為神魔小說高峰，《金瓶梅》
為世情小說高峰，共同構成了明代小說藝術的宇宙空間，標誌著中國古代小說的空前繁
榮與高度成熟，代表了中國小說發展史上的第一個高潮。它們互相間的關係，用魯迅的
話說是在倒行雜亂中行進。[5]

將《金瓶梅》從「四大奇書」中獨立出來稱之為「第一奇書」的，是清康熙年間的
張竹坡。從劉廷璣《在園雜誌》，僅得「彭城張竹坡」的朦朧身影。日後長期的研究並
沒有使這身影清晰起來，反倒有人懷疑他為彭城（徐州）人，認為他乃徽州張潮之侄。直
到二十世紀八十年代初吳敢尋得《張氏族譜》，對張竹坡作大清理式的研究，推出《金
瓶梅評點家張竹坡年譜》這「字字有來歷」的著作，才使張氏形象大白於人間。從吳敢
所披露的文獻，可知張竹坡幾乎是在用生命評點《金瓶梅》：

兄讀書一目能十數行下，偶見其翻閱稗史，如《水滸》《金瓶》等傳，快若敗葉
翻風，晷影方移，而覽輒無遺矣。曾向余曰：《金瓶》針線縝密，聖歎既歿，世
鮮知者，吾將拈而出之。遂鍵戶旬有餘日而批成。或曰，此稿貨之坊間，可獲重

4　朱一玄：《金瓶梅資料彙編》，頁 560-561。

5　石鐘揚：《性格的命運——中國古典小說審美論》，合肥：安徽教育出版社，1998 年，頁 243。

價。兄曰：吾豈謀利而為之耶！吾將梓以問世，使天下人共賞文字之美，不亦可乎？逐付剞劂，載之金陵。於是遠近購求，才名益振。四方名士之來白下者，日訪兄以數十計。兄性好交遊，雖居邸舍，而座上常滿。日之所入，僅足以供揮霍。一朝大呼曰：大丈夫寧事此以羈吾身耶！遂將所刊梨棗，棄置於逆旅主人（按，此當與劉廷璣所云「抵償夙逋於汪蒼孚」者為同一刊版），罄身北上，遇故友於永定河工次。友薦兄河干效力，兄曰：吾聊試為之。於是畫則督理錙畚，夜仍秉燭讀書達旦。兄雖立有羸形，而精神獨異乎眾，能數十晝夜目不交睫，不以為疲。然而銷爍元氣，致命之由，實基於此矣。工竣，詣巨鹿，會計帑金。寓客舍，一夕突病，嘔血數升。同事者驚相視，急呼醫來，已不出一語。藥鐺未沸，而兄奄然氣絕矣。時年二十有九，與李唐王子安歲數適符。

吁，千古才人如出一轍，余大不解彼蒼蒼者果何意也！兄既歿，檢點行櫥，惟有四子書一部、文稿一束、古硯一枚而已。嗟乎，之數物者，即以為殉可也。

這是竹坡弟張道淵所撰〈仲兄竹坡傳〉，載乾隆四十二年刊本《張氏族譜》「傳述」。[6] 張竹坡評點《金瓶梅》，除了回評、夾批、眉批、圈點之外，還有〈竹坡閒話〉〈苦孝說〉〈金瓶梅寓意說〉〈第一奇書非淫書論〉〈金瓶梅雜錄小引〉〈金瓶梅讀法〉等多篇專論，總計有十多萬字的篇幅，他二十六歲時竟「旬有餘日而批成」。清光緒年間的文龍評點《金瓶梅》僅六萬來字，前後弄了三年。兩相對比，你不能不浩歎，張竹坡評點何等神速。他沒有將自己的勞動成果以重價賣給書坊，為「天下人共賞文字之美」，他自費雕刻了張批《金瓶梅》。他在〈第一奇書非淫書論〉中說：「小子窮愁看書，亦書生〈嘗〉〔常〕事。又非借此沽名，本因家無寸土，欲覓蠅頭以養生耳。即云奉行禁止，小子非套翻原版，固云我自作我的《金瓶梅》。……況小子年始二十有六，素與人全無恩怨，本非不律以泄憤懣，又非囊有餘錢，借梨棗以博虛名，不過為糊口計。」[7] 又不想謀利又想糊口，張竹虛則自入怪圈難以自拔，結果他賣書的錢不夠他招待來購書的朋友，終在窮困中倒下，死時只二十九歲。真可謂千古才子，英年早逝，令人扼腕。

張竹坡稱《金瓶梅》為「第一奇書」，估計不純為廣告意義，更主要源自他對《金瓶梅》的偏愛。所謂「第一奇書」，當隱去了「天下」二字，補全當為「天下第一奇書」。估計在張竹坡的意向中也未必是將《金瓶梅》放在天下經、史、子、集所有的書中去較勁而稱之為「第一奇書」；而是將《金瓶梅》放在天下小說中去打量，而稱之為「第一

6   轉見吳敢：《金瓶梅評點家張竹坡年譜》，瀋陽：遼寧人民出版社，1987 年，頁 128-129。
7   朱一玄：《金瓶梅資料彙編》，頁 423。

奇書」。「第一奇書」奇在何處？「第一奇書」意義何在？張竹坡來不及細論，而後之學者多有高論。我在上述拙著中也湊熱鬧，發表了點謬論：

> 這「四大奇書」中的《金瓶梅》，過去一直被視為「淫書」，列為禁書，評價偏低，直到近年才形成風行海內外的《金瓶梅》研究熱。眾多學者認為這部書雖有著不可忽視的缺憾，但從中國小說發展史的角度看，卻有著不可忽視的地位，它是中國小說史上第一部具有近代現實主義意義的長篇白話小說，是中國古小說觀念第二次更新的開山之作，它開文人小說之先河，開世情小說之先河，開諷刺、譴責小說之先河。在小說史上有著重大的承前啟後的作用，以致人們說，沒有《金瓶梅》就沒有《紅樓夢》。

二、「我的《金瓶梅》上，變賬簿以作文章」

作為天下第一奇書，《金瓶梅》從它問世（從抄本到刻本）之初，就充滿著傳奇色彩。

從現存文獻看，最早提到《金瓶梅》抄本的是明萬曆二十四年（1596）冬袁宏道在吳縣給董其昌（字思白）進士的信：

> 一月前，石簣見過，劇談五日。已乃放舟五湖，觀七十二峰紀勝處，遊竟復返衙齋，摩霄極地，無所不談，病魔為之少卻，獨恨坐無思白耳。
>
> 《金瓶梅》從何得來？伏枕略觀，雲霞滿紙，勝於枚生〈七發〉多矣。後段在何處抄竟，當於何處倒換？幸一的示。[8]

袁宏道從董其昌那裏借閱了《金瓶梅》前半部的抄本，急於瞭解到何處去「倒換」後段的抄本。至於董其昌「從何得來」，則不得而知。看了前半部，袁的印象是「雲霞滿紙，勝於枚生〈七發〉多矣」。這是現見對《金瓶梅》最早也是極高的評價。袁宏道（1568-1610）字中郎，號石公，公安（今屬湖北）人，萬曆進士，曾任江蘇吳縣縣令，官至吏部郎中，是晚明文壇「公安派」的領袖，受李卓吾影響，反對前、後七子的復古主義傾向，主張為文「獨抒性靈，不拘格套」，與其兄宗道、其弟中道並享盛名，世稱「三袁」。其交往多屬一時之名士（且多為「進士」）。袁宏道在《觴政》中還說：「傳奇則《水滸傳》《金瓶梅》等為逸典。不熟此典者，煲面甕腸，非飲徒也。」[9]

8　朱一玄：《金瓶梅資料彙編》，頁 157。

9　朱一玄：《金瓶梅資料彙編》，頁 178-179。

萬曆三十四年（1606），袁宏道在給謝在杭（即謝肇淛）進士的信中，再次惦念著《金瓶梅》：

> 今春謝胖來，念仁兄不置。胖落寞甚，而酒肉量不減。持數刺謁貴人，皆不納，此時想已南。仁兄近況何似？《金瓶梅》料已成誦，何久不見還也？弟山中差樂，今不得已，亦當出，不知佳晤何時？葡萄社光景，便已八年，歡場數人如雲逐海風，倏爾天末，亦有化為異物者，可感也。[10]

袁宏道「倒換」《金瓶梅》後段抄本似未成功，但他收藏了《金瓶梅》前段的抄本（或為再抄本）並轉借給謝肇淛看，這封信是催謝還書的。謝有〈金瓶梅跋〉云：「此書向無鏤版，抄寫流傳，參差散失。唯弇州家藏者最為完好。余於袁中郎得其十三，於丘諸城得其十五，稍為釐正，而闕所未備，以俟他日。」[11]這裏弇州是王世貞，丘諸城應是丘充志；王世貞家「藏者最為完好」，不知是傳聞，還是實事。謝從袁、丘兩處獲見《金瓶梅》全書的十分之八，這在當時已算幸運，於是技癢，寫了篇跋，高度評價《金瓶梅》「信稗官之上乘，爐錘之妙手也」。[12]《金瓶梅》手抄本的流傳情況甚為複雜，好在另有專家細說過，我這裏就不多說了。

《金瓶梅》還在以「手抄本」流傳時，人們對它的評價就有截然不同的兩種意見。僅以公安袁家為例。袁宏道「極口贊之」已見上文，其弟袁中道則持論相反，中道萬曆四十二年作有《遊居柿錄》曰：

> 往晤董太史思白，共說諸小說之佳者。思白曰：「近有一小說，名《金瓶梅》，極佳。」予私識之。後從中郎真州，見此書之半，大約模寫兒女情態俱備，乃從《水滸》潘金蓮演出一支。所云金者，即金蓮也；瓶者，李瓶兒也；梅者，春梅婢也。舊時京師，有一西門千戶，延一紹興老儒於家。老儒無事，逐日記其家淫蕩風月之事，以西門慶影其主人，以餘影其諸姬。瑣碎中有無限煙波，亦非慧人不能。
> 追憶思白言及此書曰：「決當焚之。」以今思之，不必焚，不必崇，聽之而已。焚之亦自有存者，非人力所能消除。但《水滸》崇之則誨盜；此書誨淫，有名教之思者，何必務為新奇以驚愚而蠹俗乎？[13]

10　朱一玄：《金瓶梅資料彙編》，頁157-158。
11　朱一玄：《金瓶梅資料彙編》，頁179。
12　朱一玄：《金瓶梅資料彙編》，頁179。
13　朱一玄：《金瓶梅資料彙編》，頁79。

其孫袁照同治年間編《袁石公遺事錄》，即給爺爺編傳記故事時，就發表了與爺爺不同的意見：

> 《金瓶梅》一書，久已失傳，後世坊間有一書襲取此名，其書鄙穢百端，不堪入目，非石公取作「外典」之書也。觀此記，謂原書借名蔡京、朱勔諸人，為指斥時事而作，與坊間所傳書旨迥別，可證。[14]

猶如「文革」期間，一家分為兩派，一派曰「好得很」，一派曰「好個屁」；於是前者被呼為「好派」，後者被稱為「屁派」。好在袁家兩派都是文雅之士，尤其祖孫是隔代相爭，況孫輩獪稱坊間此《金瓶》非爺爺所見彼《金瓶》。不然也許保不住要「幾揮老拳」了。

最早披露《金瓶梅》刊刻資訊的是嘉興人沈德符（字虎臣，號景倩），他有《萬曆野獲編》云：

> 袁中郎《觴政》以《金瓶梅》配《水滸傳》為（外）〔逸〕典，予恨未得見。丙午，遇中郎京邸，問：「曾有全帙否？」曰：「第睹數卷，甚奇快。今惟麻城劉延白承禧家有全本，蓋從其妻家徐文貞錄得者。」
> 又三年，小修上公車，已攜有其書，因與借抄挈歸。吳友馮猶龍見之驚喜，慫恿書坊以重價購刻；馬仲良時榷吳關，亦勸予應梓人之求，可以療饑。予曰：「此等書必遂有人版行，但一刻則家傳戶到，壞人心術，他日閻羅究詰始禍，何辭置對？吾豈以刀錐博泥梨哉！」仲良大以為然，遂固篋之。
> 未幾時，而吳中懸之國門矣。然原本實少五十三回至五十七回，遍覓不得，有陋儒補以入刻，無論膚淺鄙俚，時作吳語，即前後血脈，亦絕不貫串，一見知其贋作矣。聞此為嘉靖間大名士手筆，指斥時事，如蔡京父子則指分宜，林靈素則指陶仲文，朱則指陸炳，其他各有所屬云。

沈氏這段文字信息量極大，略作解說如次。

其一，關於抄本：

1. 從萬曆二十四年到丙午即萬曆三十四年，尋覓了十年，袁中郎仍未見到全本《金瓶梅》，這與上述袁中郎給謝肇淛的信相吻合。

2. 袁中郎說麻城劉承禧家藏有全本《金瓶梅》，是從劉妻家徐文貞（階）那裏過錄來的。徐文貞為禮部尚書、東閣大學士，劉為大收藏家，「好古玩書畫」。傳聞劉家藏

14　朱一玄：《金瓶梅資料彙編》，頁159。

有全本《金瓶梅》，只能說有此可能，並未證實。

3. 萬曆三十八年，袁中郎的弟弟袁小修（中道）上京考進士，竟隨身攜帶了部全本《金瓶梅》。他認為《金瓶梅》是誨淫之作，可能是投兄所好而攜來的。

4. 沈德符從袁小修那裏借來抄了一部，然後攜之南歸。

其二，關於刻本：

1. 吳縣（蘇州）的俗文家馮夢龍見到沈德符攜歸的《金瓶梅》抄本驚喜不已，他與書坊關係密切，於是「慫恿書坊以重價購刻」。

2. 萬曆四十一年主政吳關（蘇州附近的滸野鈔關）的馬仲良（之駿）也勸沈將抄本拿出來刊刻，「可以療饑」——這「饑」當為閱讀饑渴。

3. 沈德符不同意刊刻，理由是：「一刻則家傳戶到，壞人心術，他日閻羅究詰始禍，何辭置對？」由此推斷《金瓶梅》手抄本就「不潔」，並非如有的學者所云「原本無淫穢，後為無恥書賈大加偽撰」。

4. 「未幾時，而吳中懸之國門矣。」「未幾時」當為馮、馬勸刻不久（萬曆四十一年之後，因馬僅此一年在吳關任上），有學者推斷為東吳弄珠客為《金瓶梅》作序的萬曆四十五年，蘇州終於出現刊刻本《金瓶梅》。這「懸之國門」的《金瓶梅》的稿本，是別有源頭，還是從沈手中流出來的，不得而知。

5. 吳中刻本《金瓶梅》所用稿本原少第五十三回至第五十七回，「有陋儒補以入刻」，成為《金瓶梅》身上的一塊牛皮癬。這陋儒是誰？沈氏他們當年知之不難，因未曾記載，今則又成懸案。

其三，關於作者：

1. 作者，「聞此為嘉靖間大名士手筆」，後之論者也有認為其作者乃民間藝人者。

2. 創作動機，「指斥時事」，以宋代名義說明代之時事。僅此一言則引出無數的考證。

凡此種種，幾乎每個問題都長期吸引著金學家們的眼球，導致他們紛紛以專論或專著來討論。限於體例，本書僅緊扣原始文獻，作極簡明的勾勒，讓讀者明瞭源自《金瓶梅》的種種傳奇故事的來龍去脈。

現存最早的刊本《新刻金瓶梅詞話》一百回，即萬曆四十五年刊刻者是初刻本，還是初刻本的翻版？學界眾說紛紜。「新刻」云云，或許是翻刻的標記，或許是書籍的廣告策略，現存不少古小說的最早刊本都冠有「新刻」之類字樣。遺憾的是這《新刻金瓶梅詞話》，卻長期深藏在歷史帷幕中，直到1932年才從山西介休發現，令學界驚喜萬狀，1933年以古佚小說刊行會名義影印了一百二十部。1932年在山西介休發現的這部《新刻金瓶梅詞話》，學界稱之為「萬曆本」或「詞話本」，原藏北京圖書館，現藏臺灣故宮

博物院。同一版式的《新刻金瓶梅詞話》還有兩部藏於日本日光山輪王寺慈眼堂和德山毛利氏棲息堂，可能是日本江戶時代（相當於清康熙年間）就傳過去了，到二十世紀四十年代與六十年代才各自被重新發現。

在《新刻金瓶梅詞話》隱身的漫長歲月裏，民間流傳的是明崇禎年間刊刻的《新刻繡像批評金瓶梅》（按，又一個「新刻」啊！），學界稱之為「崇禎本」或「說散本」或「繡像本」。「崇禎本」是明末一位無名氏評點的底本。古人缺乏版權意識，幾乎每個小說評點者都對小說文本有所改動。如毛氏父子之於《三國演義》，李贄、金聖歎之於《水滸》，脂硯齋則似乎始終介入了《石頭記》的創作，這位無名氏對《金瓶梅》也是如此。他改得怎樣，學界有兩種截然不同的意見。

從藝術著眼，我同意劉輝〈金瓶梅版本考〉的意見：與「萬曆本」相比，「崇禎本」「濃厚的詞話說唱氣息大大地減弱了，沖淡了；無關緊要的人物也略去了；不必要的枝蔓亦砍掉了，使故事情節發展更加緊湊，行文愈加整潔，更加符合小說的美學要求。同時，對詞話本的明顯破綻作了修補，結構上也作了變動，特別是開頭部分，變詞話本依傍《水滸》而為獨立成篇。」[15]張竹坡的評點是以「崇禎本」為底本，也在文本上略有改動，他自己在〈第一奇書非淫書論〉中就說：「我的《金瓶梅》上，洗淫亂而存孝悌，變賬簿以作文章，直使《金瓶》一書，冰消瓦解，則算小子劈《金瓶梅》原版，亦何不可使邪說當辟。」[16]張竹坡連評帶改，是成功的。謝頤在序中說：「今經張子竹坡一批，不特照出作者金針之細，兼使其粉膩香濃，皆如狐窮秦鏡，怪窘溫犀，無不洞鑒原形。」[17]張批《金瓶梅》全稱為《皋鶴堂批評第一奇書金瓶梅》，它一經問世，《新刻繡像批評金瓶梅》遂不復流行於世，更不用說《新刻金瓶梅詞話》了。

要研究《金瓶梅》的成書與版本，自然不可忽視「萬曆本」，但張竹坡評點「第一奇書」本卻更適合廣大讀者的審美要求。鑒於此，本文是以「第一奇書」本為《金瓶梅》文本基礎，來對潘金蓮、西門慶作審美解讀。特殊需要「詞話本」中文字的地方我會隨文注明，讓讀者讀個明白。[18]

15　劉輝：《金瓶梅成書與版本研究》，瀋陽：遼寧人民出版社，1986 年，頁 74。

16　朱一玄：《金瓶梅資料彙編》，頁 423。

17　朱一玄：《金瓶梅資料彙編》，頁 414。

18　「第一奇書」本：王汝梅等校點：《金瓶梅》，濟南：齊魯書社，1987 年；詞話本：戴鴻森校點：《金瓶梅詞話》，北京：人民文學出版社，1982 年。按，此兩者皆有刪節，本書涉性文字，據北京大學出版社 1988 年 8 月線裝影印本《新刻繡像批評金瓶梅》過錄。

三、「金瓶」文章：眾聲喧嘩中的輝煌與遺憾

《金瓶梅》是一部傳奇之作，書裏書外佈滿了疑題與懸案。劉輝等主編的《金瓶梅之謎》就整整列了一百個難解之謎，馬征著的《金瓶梅中的懸案》則展示了一百八十多個懸案。而《金瓶梅》之所以吸引讀者去熱讀、去求索、去爭議的，恰恰因為有這些個疑題與懸案。誠如毛宗崗所云：「讀書之樂，不大驚則不大喜，不大疑則不大快，不大急則不大慰。」

就宏觀而言，《金瓶梅》的讀者，大致有三個層次：官方審讀，學者解讀，民間閱讀。

官方審讀，使《金瓶梅》長期在禁與不禁之中掙扎著。乾隆元年閑齋老人在〈儒林外史序〉中透露：「《水滸》《金瓶梅》誨盜誨淫，久干例禁。」當局偶爾網開一面，《金瓶梅》就得以行世或暢銷。遠的不說，1957 年毛澤東心血來潮說：「《金瓶梅》可以參考，就是書中污辱婦女的情節不好，各省委書記可以看看。」於是以「文學古籍刊行社」的名義將《新刻金瓶梅詞話》（插圖本）影印了兩千部，不知道是要考驗還是獎賞各位省委書記。有趣的是，西方也禁《金瓶梅》。1944 年 5 月 20 日是德國英澤爾出版社社長七十壽誕，這天他收到納粹宣傳部長戈培爾寄來的一封別開生面的生日賀信：「從今日起，《金瓶梅》一書不再作為非法出版物而受到禁止。」

因此，這部由庫恩節譯的《金瓶梅：西門慶與其六妻妾奇情史》，終於在嚴令查禁十二年之後，得以重見天日。[19]

官方的事，我等蟻民管不著，也就不去管它了。試想在「納粹」時代縱使你敢對戈培爾說個「不」字，那又有何用呢？好在近二十多年來隨著時代的進步與各方面的共同努力，《金瓶梅》出版之禁令似乎都已解除，各種版本的《金瓶梅》幾乎都可合法面世。讀者可各取所需，擇善而讀。

說到民間閱讀，我甚為信服舒蕪關於《紅樓夢》普通讀者的界定：

> 所謂《紅樓夢》的普通讀者，就是這樣一些人：他們識的字，夠看懂《紅樓夢》的大概故事。……他們是把《紅樓夢》當小說來讀，當作同其他小說一樣的小說來讀。他們讀著讀著，不知不覺地進入了大觀園，進入了怡紅院、瀟湘館，對其中人物或愛或憎，與人物同悲同歡，甚至將身化為寶玉或黛玉，去歌去哭，去生去死。這時，他們又已不僅是把《紅樓夢》當小說來讀，而且是把它當作真實生

19　參見何香久：《金瓶梅傳播史話》，北京：中國文聯出版社，1998 年，頁 368。

活去經歷，去體驗，去品味。他們讀了還要談，邊讀就邊談，談人，談事，談理，
談情，談美醜，談賢佞，談聚散，談恩仇，談某事之原可圓成而歎其竟未圓成，
談某事之本難避免而幸其居然避免；甚至一個力主「娶妻當如薛寶釵」，一個堅
持「知己唯求林黛玉」，爭得面紅耳赤，幾以老拳相向。他們談到這樣的程度，
態度當然是嚴肅的，是真正把《紅樓夢》當成了生活教科書。但是談過就了，從
未想到筆之於書，更不會把這些談論自命為「紅學」。[20]

如果將《紅樓夢》置換成《金瓶梅》，《金瓶梅》的普通讀者也大致如此。那麼中國當
代《金瓶梅》的普通讀者到底有多大個陣營呢？據何香久《金瓶梅傳播史話》的統計，
「1949 年到 1995 年，中國大陸共出版了三大系統（按，即詞話本、繡像本、張評本等三大系統）、
七種版本的《金瓶梅》」，「估計總印量在 40,000 冊（按，當為『部』）左右」。「而在
日本，此一時期出版的日譯本有 17 部，印數至少不低於 50,000 冊，而在歐美各國，僅
庫恩譯本及各種轉譯本便行銷近 20 萬冊」（按，「冊」都當為「部」）。此後十年，國外
《金瓶梅》的印數估計增長有限，而國內卻猛增到與國外總量持平，這是尚為保守的統計。
也就是說，1949 年以來至今，通過各種管道湧向普通讀者手中的《金瓶梅》當不下 20
萬部。平均每部書有三五個讀者，那就一共有 60 萬或 100 萬個讀者。

　　而同期「金學」專家學者的數目是多少呢？《金瓶梅》形象特殊，它的出版與研究
在大陸都相對滯後。其研究的基本隊伍中除少數堅定分子之外，多數是從「紅學界」或
別的什麼界遷徙過來的。姑將歷屆參會者全視為「金學」專家學者以便統計。據吳敢《20
世紀金瓶梅研究史長編》記載，從 1985 年 6 月到 2000 年 10 月，大陸共召開了六屆全國
《金瓶梅》學術討論會、四屆國際《金瓶梅》學術討論會。他以會議登記的原始文獻為依
據，對與會人數有準確的統計。前者共到會 619 人，平均每次 103 人；後者共到會 522
人，平均每次 130 人。其實全國的「金學」會也有少數「外賓」參加，國際「金學」會
的主體仍為「內賓」。「內賓」「外賓」兩者的差額顯示，大陸「金學」隊伍為一百來
人，海外（包括港臺地區）「金學」隊伍三十來人。

　　這就是說平均 6000 或 10000 個《金瓶梅》讀者中有一個「金學」專家學者。這麼一
個結構比例，既說明專家學者是多麼可貴的珍寶，又說明普通讀者是多麼巨大的存在。

　　小說讀者學，如同戲曲觀眾學，是文學接受美學中的重頭戲。不瞭解讀者，對小說
創作與小說研究都是不可思議的。阿·托爾斯泰就主張作家寫作時應心造一個讀者群在
眼前，以便有針對性地寫作。而中國小說讀者學，恰恰少有人問津，迄今無像樣的著述

20　舒蕪：《說夢錄·自序》，上海：上海古籍出版社，1982 年。

出現。如何看待（或處理）專家研究與普通讀者的關係，堪稱小說讀者學的靈魂。

據吳敢《20 世紀金瓶梅研究史長編》，百年來中國（含港臺地區）所出版之《金瓶梅》研究專著 199 部（國外出版之中外文專著除外）；中國大陸（不含港臺地區）中文報刊發表的《金瓶梅》研究論文 1949 篇。而且，這些專著與論文其中 190 部與 1903 篇見於 1980 年以後，堪稱湧現。其猛增之速度，雖不敢說幾令「紅學」減價，至少在「紅學」之側確確實實聳立起一門「金學」，並「當仁不讓也當之無愧地走在了國際金學的前列」，可謂輝煌無比。

這輝煌之中的「金瓶」文字，有多少與普通讀者的「正常理解與健康感受」接軌呢？普通讀者最想瞭解的無疑是「金學」家們對作品文本的解讀。甯宗一師曾一再呼籲，「金學」研究要回歸文本。但「金學家」們又有多少人真正在文本的解讀上下過工夫呢？吳敢風趣地稱對《金瓶梅》作者、評者、成書、版本等的研究為「瓶外學」，對《金瓶梅》思想、藝術、人物、語言等的研究為「瓶內學」。那麼，「瓶外學」與「瓶內學」實際上成何比例呢？1980 年以來「瓶內學」的專著 15 部，論文 276 篇，分別占 1980 年以來「金學」專著與論文的 0.5% 與 14.5%。可見「瓶內學」天地過於狹窄，而「瓶外學」天地又似過於寬泛，兩者的比例頗不協調。

「瓶外學」中第一個焦點是《金瓶梅》作者問題，有人稱為「金學」中的「哥德巴赫猜想」，向為海內外研究者所關注，發表了二百來篇論文和多部專著。「蘭陵笑笑生」的候選人被「研究史長編」著錄的就有 57 人之多（近年又有新說出現）。無論「瓶內學」還是「瓶外學」都離不開堅實的考證。對於堅實的考證，我從來就極為欽佩。如臺灣學者魏子雲先生以三十多年的心血，著書十五六種來解《金瓶梅》的成書與版本之謎，將「瓶外學」做到了極致，全球難尋第二例，其治學精神令人肅然起敬。「蘭陵笑笑生」的候選人中幾乎每個人都有與天下第一奇書相對應的傳奇故事，已構成了「金瓶」文字中獨特的風景線。但問題的另一面是，這些候選人「皆無直接證據，都是間接推論」，更何況其間「標新立異、弄虛作假、東搭西湊、嘩眾取寵者，時見其例」。[21]新近徽州有人考證《金瓶梅》作者是汪道昆，其科學性留待歷史檢驗，這裏不予評說。匪夷所思的是大陸有數處斥鉅資建《金瓶梅》遺址公園，《金瓶梅》本小說家言，作家的「白日夢」，何來遺址可言？

前不久，我在為朋友策劃的《是誰誤解了紅樓夢》一書所作短序中有這麼一段話：

> 說起考據，我主張重溫胡適「大膽地假設，小心地求證」的方法。在胡適那裏，

21　吳敢：〈《金瓶梅》及其作者「蘭陵笑笑生」〉，《文匯報》2003.12.14。

這十字真言是分三步走：其一，沒有證據，只可懸而不斷；其二，證據不夠，只可假設，不可武斷；其三，必須等到證實之後，方才奉為定論。胡適稱之為「科學方法」。實行這科學方法，還有兩個前提，一為科學精神，一為科學態度。胡適說：「科學精神在於尋求事實，尋求真理；科學態度在於撇開成見，擱起感情，只認得事實，只跟著證據走。」胡多次論及科學方法，而〈介紹我自己的思想〉中的上述云云，當是最為明徹的。

而就文學研究而言，無論考據，還是索隱，其歸宿應當是有助於人們去把握文學作品的美學內核，從而擔當起陶冶情操、塑造性格的審美使命。

眼下索隱派的先生們只有大膽地假設，沒有小心地求證；他們的「求證」不是跟著證據走，而是跟著感覺走。於是，他們將本有一定生命力的治學手段：考據與索隱，蛻化為猜謎了。長篇累牘的文字，徒見猜謎這智力遊戲的翻新。[22]

我的這段話是送給典型的「紅外線」產品——劉心武的「秦學」的。

《金瓶梅》作者問題既是「哥德巴赫猜想」，若能解答自然與數學家陳景潤一樣功德無量。但若這是個無解的「哥德巴赫猜想」，則有請金學家們從「紅外線」中吸取教訓，將聰明才智投之於有益有趣的文本解讀，讓「瓶內學」得到更健康的發展。

說起「瓶內學」，我在欣喜其「百花齊放」之餘，也有點遺憾。那就是有兩個流行觀念似不利於《金瓶梅》文本研究。其一，是盧興基首倡的「新興商人」說，有悖《金瓶梅》文情與宋明時代的國情，倒有以時下主流文化圖解古代作品之嫌。其二，對女性評價中濃烈的男權主義心態，金學隊伍主體是大老爺們，國內男士有男權主義觀念固然不可原諒，而美籍華裔著名學者夏志清在《中國古典小說導論》中所表現的男權主義觀念的強烈程度，使我感到驚訝；其著作已被國人奉為「經典」，而其中的經典謬論卻迄今無人質疑，這就更使我感到不安！

不敢說拙文就是一部挑戰之作，但它確為有感之作。我在書中對這兩種流行觀念多有質疑與論辯。我主張切實從文本實際出發去解讀《金瓶梅》的兩大主人公，平心而論，既不溢美，也不貶低。對於女性的評論，我既不持女權主義，也非「哀婦人而為之代言」，卻主張至少可以「婦女之友」的立場，設身處地去解讀她們。以慈悲為懷，在瞭解中同情，在同情中瞭解，切忌以罵代評。此番微衷，相信能獲得讀者認可。我對《金瓶梅》是在看中思、在思中看，看了思了，然後更懂得珍愛生命、珍愛女性、珍愛人性；歡快地告別昨天，從而更珍惜今天，輕捷地邁向明天。也願以此期之於本書讀者。魯迅曾有

22　拙作：〈幾回掩卷哭曹侯〉，《是誰誤解了紅樓夢》，西安：陝西人民出版社，2006 年，卷首。

言：「中國人總不肯研究自己。從小說來看民族性，也就是一個好題目」。[23]我則願讀者從《金瓶梅》中醜陋的中國人，看出中國人的醜陋，以期刷新中國人的精神面貌。

　　《金瓶梅》乃天下第一奇書，《金瓶梅》研究也堪稱天下第一奇觀。金聖歎評《水滸》有句名言：不讀《水滸》，不知天下之奇。我則將之置換成本書導言的正標與結語，曰：

　　　不讀《金瓶梅》，不知天下之奇。

23　魯迅：《華蓋集續編·馬上支日記》。

在瞭解中同情，在同情中瞭解
——換副眼光看金蓮

潘金蓮與西門慶無疑是《金瓶梅》中的兩大主角，也是全書寫得最成功最靈動的藝術形象。要寫《潘金蓮論》，我提起筆來，卻頗為茫然，不知從何下手。因為潘金蓮早就以「天下第一淫婦」的美名被釘在恥辱柱上，供人詈罵數百年。

> 金蓮不是人。（張竹坡〈金瓶梅讀法〉）[1]

> 潘金蓮者，專於吸人骨髓之妖精也。若潘金蓮者，則可殺而不可留者也。賦以美貌，正所謂傾城傾國並可傾家，殺身殺人亦可殺子孫。（文龍《金瓶梅》第二十八、四十一回批語）[2]

這是清代人的評論。張、文於《金瓶梅》多有卓見，但對潘金蓮的評說卻終未擺脫「紅顏禍水」的封建男權主義的觀念。魯迅不止一次清算這種謬見，先有〈女人未必多說謊〉，再有〈阿金〉，皆有高見。僅引後文：

> 我一向不相信昭君出塞會安漢，木蘭從軍就可以保隋；也不相信妲己亡殷，西施沼吳，楊妃亂唐的那些古老話。我以為在男權社會裏，女人是絕不會有這種大力量的，興亡的責任，都應該男的負。但向來的男性的作者，大抵將敗亡的大罪，推在女性身上，這真是一錢不值的沒有出息的男人。[3]

令人遺憾的是，1949 年以來，雖說時代不同，而評論《金瓶梅》，尤其是評論潘金蓮的男權主義觀點，非但沒有根本改變，反而似乎是有增無減，甚至愈演愈烈，這也堪稱是中國當代文化領域的一大奇觀：「淫婦」「惡毒婦」「婦女中的魔鬼」「西門慶家的女惡霸」「天下第一淫婦」「第一可惡可憎之女人」「催命榜上第一人」「罪惡之花、戕身之斧」……

1 　朱一玄：《金瓶梅資料彙編》，頁 432。

2 　朱一玄：《金瓶梅資料彙編》，頁 601、611。

3 　《魯迅全集》，北京：人民文學出版社，1981 年，第 6 卷，頁 201。

無所不用其極，以至說潘金蓮是「一個最淫蕩、最自私、最陰險毒辣、最刻薄無情的人」。國內學者如此固不可原諒，最令人不可理喻的卻是美籍華裔著名學者夏志清的濃烈的男權主義觀念。無可非議夏氏對中國古典小說、現代小說都有精到的研究，以至被國人奉為「經典」。但在《中國古典小說導論》第五章《金瓶梅》（單篇譯文被冠名為〈金瓶梅新論〉）中，夏氏將潘金蓮定性為「一個非常狡猾和殘酷的人物，一個為滿足其性欲無所不為的占有性色情狂」，西門慶反倒「是一個做事鬼鬼祟祟，為自己辯解的丈夫，而潘金蓮則是個名正言順地發號施令的妻子」，「她依然保持著對她們公有的丈夫的絕對控制權」，「西門慶是她取樂的工具」，西門慶之死實際上給人的印象是：「他被一個無情無義而永遠不知滿足的女性色情狂謀殺了」。[4]仿佛從西門慶的死到西門敗落的責任都要這潘金蓮來承擔，已將「紅顏禍水」論推到了極致。這令我深為驚詫。

如果沒有鬼才魏明倫以「荒誕川劇」《潘金蓮》抒發他的異端之見，如果沒有美籍華裔女學者田曉菲的《秋水堂論金瓶梅》發表了對潘金蓮極為慈悲的評說，我真懷疑歷史在這裏停止了它前進的腳步。或許是「紅顏禍水」論裏住了中國男士前進的腳步，因為自明至今，中國「金學」的基本隊伍是由男性支撐。男人們對潘金蓮罵聲不絕，而《金瓶梅》又曾久禁不止，有學者指出，不少男性在玩弄一種自欺欺人的解讀遊戲：睜開眼罵潘金蓮，閉上眼想潘金蓮。雖有些刻薄，卻似乎不無昭示意義。

罵不妨罵之，想不妨想之，那是別人的自由。但我卻認為，對於一個複雜而成功的藝術形象，靠「以罵代評」似乎簡單化了一點。罵固然也是一種評論，而且可解一時之恨，卻終替代不了入情入理的審美解讀。魯迅所論《紅樓夢》的「讀者學」觀點，對談《金瓶梅》人物也有意義。他在〈《絳洞花主》小引〉中說：

> 《紅樓夢》是中國許多人所知道，至少，是知道這名目的書。誰是作者和續者姑且不論，單是命意，就因讀者的眼光而有種種：經學家看見《易》，道學家看見淫，才子看見纏綿，革命家看見排滿，流言家看見宮闈秘事……[5]

可見讀者自身的眼光是何等重要。有道是：有一千個讀者就有一千個哈姆雷特。同理，有一千個讀者就該有一千個潘金蓮。而我卻希望讀者諸君不妨先撇開成見，擱起感情，換一副眼光，心平氣和地讀讀文本，以一顆平常心看看這位潘女士到底是什麼樣的人物，然後再作分解。在瞭解中同情，在同情中瞭解，方能持平。

4　夏志清著，胡益民等譯：《中國古典小說導論》，合肥：安徽文藝出版社，1988年，頁194、214、216。

5　《魯迅全集》第8卷，頁145。

評頭品足說金蓮
——身體的詩意書寫

評頭品足，是國人的嗜好。這種嗜好，既可以是審美的，也可能是世俗的。評頭品足，多從頭說起。我今面對潘金蓮這一特殊審美對象，卻反其道而行之，從足說起。

一、三寸金蓮：萬般風情始於足下

潘金蓮在《金瓶梅》中出場是從足開始的。作者寫道：

> 這潘金蓮，卻是南門外潘裁縫的女兒，排行六姐。因他自幼生得有些姿色，纏得一雙小腳兒，所以就叫金蓮（按，《金瓶梅詞話》說她「小名金蓮」，但書中並不見其「大名」）。（第一回）

潘金蓮在《水滸》中就是「尖尖的一雙小腳兒」，那是王婆為西門慶設計勾引潘金蓮，西門慶在王婆家與之對飲時故意拂落筷子而發現的，只是一筆帶過。《金瓶梅》卻格外注重那三寸金蓮。三寸金蓮既是她勾引浮浪子弟的資本，也是她與西門慶幽會的先導。西門慶借拾箸之機「便去他繡花鞋頭上只一捏，那婦人笑了起來」（第四回），沒逗兩下嘴，好事就做成了。潘金蓮因三寸金蓮而驕傲，也因此而與宋惠蓮（另一個金蓮）結仇，並由此演出種種美麗的戰爭，直至生命的終結。三寸金蓮竟成為她女性美與情欲、性感乃至命運的象徵。

其實「三寸金蓮」是由中國古代男性變態的審美心理所鑄造的畸形肢體。《南史》記載，東昏侯「鑿金為蓮花以貼地，令潘妃行其上，曰：此步步生蓮花也」。從此女性被裹的小腳有雅號曰「金蓮」。「潘金蓮」之名應是從這裏獲得靈感的。據說南唐李煜為其寵妃娘設計的蓮花舞是中國女性纏足之始，後來此風愈演愈烈，直至民國後而止。馮驥才的小說《三寸金蓮》寫的就是那段歷史的陳跡。「三寸金蓮」的標準為「小、瘦、尖、彎、香、軟、正」。要達到這種「境界」，被纏足的女性要承受多大的苦難，現代人簡直無法想像。只知時人有所謂「小腳一雙，眼淚一缸」的說法。就是這人為致殘的

畸形殘肢，卻一度成為某些中國文人如癡如醉的嗜好，以至形成一門特殊的學問——蓮學。品味鑒賞小腳的方法竟多達幾十種，諸如嗅、吸、舐、咬……無所不用其極。

　　中國男性為何曾對小腳如此迷戀？說到底，恐怕來自於性幻想與性虐待兩相交織的潛意識。清末的辜鴻銘是位蓮迷，他說：「中國女子裹足之妙，正與洋婦高跟鞋一樣作用。女子纏足後，足部涼，下身弱，故立則亭亭，行則窈窕，體內血至『三寸』即倒流往上，故覺臀部肥滿，大增美觀。」[1]性學博士張競生則進而說：「裹小腳的女人在行走的時候，她的下半身處於一種緊張的狀態，這使她大腿的皮膚和肌肉還有她陰道的皮膚和肌肉變得更緊。這樣走路的結果是，小腳女人的臀部大，並對男性更具性誘惑力。」蓮學著作《采菲錄》認為纖足可包含女性全身之美：「如肌膚白膩，眉兒之彎秀，玉指之尖，乳峰之圓，口角之小，唇色之紅，私處之秘，兼而有之，而氣息亦勝腋下胯下香味。」[2]還是荷蘭漢學家高羅佩說得現代化，他說，三寸金蓮，是以儒家風範塑造出來的女性端莊淑靜的標誌，能引起陰阜與陰道特殊的反射，增強其性敏感。以致一個男人觸及女人的腳，往往是性交的第一步。[3]西門慶所為就是證明。明人戀小腳尤甚。西門慶與金蓮相交得意時，竟以她的小鞋套杯飲酒，視為風流韻事。

　　萬般風情始於足下。不管造就一副三寸金蓮是歷經何等苦難，但已有三寸金蓮的潘金蓮，以明人的審美眼光（儘管其不失為變態心理）來看，她自然是位具有「魔鬼身材」的性感美人。

二、簾下勾情：勾起的審美第一印象

　　由足往上看，金蓮之美遠不限於三寸金蓮，她早在張大戶家就「出落得臉襯桃花，眉彎新月，尤細尤彎」。（第一回）其整體形象美在「俏潘娘簾下勾情」中有淋漓盡致的描寫。因風吹落金蓮手中挑簾的叉竿，不偏不倚正打在從簾下路過的西門慶的頭上，於是他們有了首次致命的邂逅。西門慶待要發作時，回過臉來看，卻不想是個美貌妖嬈的婦人。底下的文字，則是西門慶審美第一印象中的潘金蓮：

> 但見他黑鬒鬒賽鴉鴿的鬢兒，翠彎彎的新月的眉兒，清冷冷杏子眼兒，香噴噴櫻
> 桃口兒，直隆隆瓊瑤鼻兒，粉濃濃紅豔腮兒，嬌滴滴銀盆臉兒，輕嫋嫋花朵身兒，
> 玉纖纖蔥枝手兒，一撚撚楊柳腰兒，軟濃濃粉白肚兒，窄星星尖趫腳兒，肉奶奶

1　轉引自《采菲錄》。

2　參見李書崇：《東西方性文化漫筆》，合肥：安徽文藝出版社，1999 年，頁 249。

3　〔荷蘭〕高羅佩：《中國古代房內考》，上海：上海人民出版社，1990 年，頁 284-288。

胸兒,白生生腿兒,更有一件緊揪揪、白鮮鮮、黑裀裀正不知是甚麼東西。觀不盡這婦人容貌,且看他怎生打扮。但見:

頭上戴著黑油油頭髮髻,一徑裏墊出香雲,周圍小簪兒齊插。斜戴一朵並頭花,排草梳兒後押。難描畫柳葉眉,襯著兩朵桃花。玲瓏墜兒最堪誇,露來酥玉胸無價。毛青布大袖衫兒,又短襯湘裙碾絹綾紗。通花汗巾兒,袖口兒邊搭剌。香袋兒,身邊低掛。抹胸兒,重重紐扣香喉下。

往下看,尖趫趫金蓮小腳,雲頭巧緝山鴉。鞋兒白綾高底,步香塵,偏襯登踏。紅紗膝褲扣鶯花,行坐處,風吹裙袴。口兒裏常噴出異香蘭麝,櫻桃口笑臉生花。人見了魂飛魄喪,賣弄殺俏冤家。(第二回)

相對於《水滸》僅簡略的一句介紹「是個生的妖嬈的婦人」,《金瓶梅》則重鑄了她的美貌。在這裏,已不只是某個局部,而是從眉、眼、口、鼻、腮、臉、身、手、腰、肚、腳、胸乃至胴體等各個部位,全方位地展示了潘金蓮的形體美。如果排除種種雜念,靜止地觀賞這幅人體素描,宛若工筆丹青繪成的中國維納斯,煞是美麗。如同黑格爾所說:「人體到處都顯出人是一種受到生氣灌注的能感覺的整體。他的皮膚不像植物那樣被一層無生命的外殼遮蓋住,血脈流行在全部皮膚表面都可以看出,跳動的生命的心好像無處不在,顯現為人所特有的生氣活躍,生命的擴張。」[4]

其實在《金瓶梅》之前,據傳為遼時耶律乙辛所作的〈十香詞〉,從髮、胸、頰、頸、舌、口、手、足、陰部等十個部位,全面描寫了女性的體味,是支香豔濃郁的女性人體美的頌歌:

青絲七尺長,挽作內家裝;不知眠枕上,倍覺綠雲香。
紅綃一幅強,輕闌白玉光;試開胸探取,尤比顫酥香。
芙蓉失新豔,蓮花落故妝;兩般總堪比,可似粉腮香?
蝤蠐那足並?長須學鳳凰;昨宵歡臂上,應惹領邊香。
和羹好滋味,送語出宮商;安知郎口內,含有暖甘香。
非關兼酒氣,不是口脂香;卻疑花解語,風送過來香。
既摘上林蕊,還親御院桑;歸來便攜手,纖纖春筍香。
風靴拋合縫,羅襪卸輕霜;誰將暖白玉,雕出軟鉤香。
解帶色已戰,觸手心愈忙;那識羅裙內,銷魂別有香。

4　黑格爾著,朱光潛譯:《美學》,北京:商務印書館,1996年,第1卷,頁188。

　　咳唾千花釀，肌膚百和香；元非啖沈水，生得滿身香。[5]

《金瓶梅》對潘金蓮人體美的禮贊，或許受了這〈十香詞〉的影響，其藝術效果有過之而無不及。可見中國古代文人面對女性人體美，既非真的麻木不仁，也非一味淫心蕩漾。西門慶既為「嘲風弄月的班頭，拾翠尋香的元帥」，見的女性自不會少，他卻對金蓮之美驚愕不已。

　　美，本是位偉大的教師，她能教人尤其是男人立即斯文起來，溫和起來，可愛起來。西門慶在潘金蓮眼中也是「張生般龐兒，潘安的貌兒」的美男子。這意外的命定的相逢，充滿著詩情畫意，立即表演出才子佳人般的一見鍾情的浪漫劇。先是「可意的人兒，風風流流從簾子下丟與個眼色兒」，即刻使西門慶心頭有觸電之感：「先自酥了半邊，那怒氣早已鑽入爪窪國去了，變做笑吟吟臉兒。」接著是世俗久違的動人一幕：

　　這婦人情知不是，又手望他深深拜了一拜，說道：「奴家一時被風失手，誤中官人，休怪！」那人一面把手整頭巾，一面把腰曲著還唶道：「不妨，娘子請方便。」……那人笑道：「倒是我的不是。一時衝撞，娘子休怪。」婦人答道：「官人不要見責。」那人又笑著大大的唱個唶，回應道：「小人不敢！」那一雙……眼，不離這婦人身上，臨去也回頭了七八回，方一直搖搖擺擺，遮著扇兒去了。

這一幕發生在三月春光明媚時分，作者情不自禁地禮贊道：風日晴和漫出遊，偶從簾下識嬌羞。只因臨去秋波轉，惹起春心不自由。（第二回）

　　潘金蓮與西門慶「簾下勾情」，各自在對方的審美第一印象中都是極其美好的。審美第一印象，往往是以極富穿透力的直觀直感所捕捉到的審美對象最鮮活最典型的特徵。「鮮活」則令人振奮，「典型」則令人難忘。這又往往是因熟視無睹而審美疲憊，或因審美疲憊而熟視無睹的審美儀式中所無法達到的佳境。因而審美第一印象，在很大程度上制約著人們的審美評判，並演繹出種種故事。

　　試想，潘金蓮、西門慶「簾下勾情」的一幕，如果沒被那間壁賣茶的王婆子看見，不經這「積年通般勤，做媒婆、做賣婆、做牙婆，又會收小的，也會抱腰，又善放刁」的罪惡導演的歪導，僅作為一個生活的藝術片斷來鑒賞，它難道不可以與《紅樓夢》中寶黛首次相見，那似曾相識的心靈感應情節相媲美？這對男女如果只是幽會了，而沒在王婆的導演下走到謀色害命的境地，那麼這「簾下勾情」也堪與《西廂記》「驚艷」中鶯鶯與張生「怎當他臨去秋波那一轉」的動人場面相提並論。

5　　參見鍾雯：《四大禁書與性文化》，哈爾濱：哈爾濱出版社，1993年，頁344-346。

令人遺憾的是：這美麗的情景是通過西門慶「那一雙積年招花惹草、慣戲風情的賊眼」攝取的。既以其主觀鏡頭觀照潘金蓮，就不該有由外入裏的透視；既以作者全知全能的視角敘之，就不該有西門慶的「賊眼」窺視。兩者齊備，卻正是中國小說敘事視角的特點（儘管其矛盾混亂），如之奈何？！而且上述對潘金蓮人體美的透視，亦難排除被魯迅所諷刺的國人心理聯想路數不端之嫌。魯迅在〈小雜感〉中說某些人：

> 一見短袖子，立刻想到白臂膊，立刻想到全裸體，立刻想到生殖器，立刻想到性交，立刻想到雜交，立刻想到私生子。[6]（《而已集》）

這其間似乎就有西門慶的「賊眼」在閃爍，從而削弱了我們對金蓮人體美的第一審美印象。

三、月娘驚豔：從頭看到腳，風流往下跑；從腳看到頭，風流往上流

如果說通過西門慶的眼睛來看潘金蓮，可能有異性相吸的偏愛。那麼再讓我們通過西門慶正室、後宮領袖吳月娘的眼睛來看潘金蓮。請看，即使是同性相斥，吳月娘本不敏感的審美觸角，也被剛娶過來的金蓮所驚醒了：

> 這婦人一娶過門來，西門慶就在婦人房中宿歇，如魚似水，美愛無加。到第二日，婦人梳妝打扮，穿一套豔服，春梅捧茶，走來後邊大娘子吳月娘房裏，拜見大小，遞見面鞋腳。月娘在坐上仔細觀看這婦人，年紀不上二十五六，生的這樣標緻。
> 但見：
> 眉似初春柳葉，常含著雨恨雲愁；臉如三月桃花，每帶著風情月意。纖腰嫋娜，拘束的燕懶鶯慵；檀口輕盈，勾引得蜂狂蝶亂。玉貌妖嬈花解語，芳容窈窕玉生香。
> 吳月娘從頭看到腳，風流往下跑；從腳看到頭，風流往上流。論風流，如水晶盤內走明珠；語態度，似紅杏枝頭籠曉月。看了一回，口中不言，心內想道：「小廝每來家，只說武大怎樣一個老婆，不曾看見，不想果然生的標緻，怪不的俺那強人愛他。」（第九回）

潘金蓮到西門慶府上，在其妻妾隊伍中排行第五，被稱為「五娘」。首次到吳月娘房中

6　《魯迅全集》第 3 卷，頁 533。

行拜見禮，她趁機將其他四位作了一番掃描：

> 見吳月娘約三九年紀，生的面如銀盆，眼如杏子，舉止溫柔，持重寡言。第二個
> 李嬌兒，乃院中唱的，生的肌膚豐肥，身體沉重，雖數名妓者之稱，而風月多不
> 及金蓮也。第三個，就是新娶的孟玉樓，約三十年紀，生的貌若梨花，腰如楊柳，
> 瓜子臉兒，稀稀的幾點微麻，自是天然俏麗，惟裙下雙彎與金蓮無大小之分。第
> 四個孫雪娥，乃房裏出身，五短身材，輕盈體態，能造五鮮湯水，善舞翠盤之妙。
> （第九回）

沒有比較就沒有鑒別。試與西門府上一妻三妾比較一番，她們誰也無法與金蓮相比擬。
如果金蓮不是屈居西門慶名下，而是在唐明皇身邊，那麼白居易〈長恨歌〉中「天生麗
質難自棄，一朝選在君王側。回眸一笑百媚生，六宮粉黛無顏色」的美麗詩章，就不該
屬意於楊貴妃，而當歸屬於潘金蓮了！

　　金蓮美麗不是罪過，只是「天下從此多事矣」！

「魔鬼的才藝」與「尤物之媚態」
──身體詩意的釋放

一、媚態之於人身，猶火之有焰

女性並非僅僅因為美麗而可愛，而是因為可愛才更美麗。女性的可愛，是從其靈魂深處散發出來的只可意會難以言傳的女人味。盧梭曾深情地描繪他的情人：

> 她的美不在面貌上，而是在風姿上，因此經久不衰，現在仍保有當初少女的風采。她的態度親切嫵媚，目光十分溫柔，嫣然一笑好像一個天使……要找比她那樣更美的頭、更美的胸部、更美的手和更美的胳膊，那是辦不到的事。[1]

中國古代文人往往以「尤物」稱美女，白居易〈八駿圖歌〉：「由來尤物不在大，能蕩君心則可害」；蘇軾〈初食荔枝詩〉：「不知天工有意無，遣此尤物生海隅」等等，皆以美豔女人為能移人性情的「尤物」，寓褒於貶。明末清初的李笠翁則認為「尤物」之所以能移人性情在很大程度上有賴於她的「媚態」：

> 古云：「尤物足以移人。」尤物維何？媚態是已。世人不知，以為美色，烏知顏色雖美，是一物也，烏足移人？加之以態，則物而尤矣。如云美色即是尤物，即可移人，則今時絹做之美女、畫上之嬌娥，其顏色較之生人豈止十倍？何以不見移人，而使之害相思成鬱病耶？是知「媚態」二字必不可少。媚態之在人身，猶火之有焰、燈之有光、珠貝金銀之有寶色，是無形之物，非有形之物也。惟其是物而非物、無形似有形，是以名為尤物。尤物者，怪物也，不可解說之事也。凡女子，一見即令人思之而不能自已，遂至捨命以圖、與生為難者，皆怪物也，皆不可解說之事也。

---

1 《懺悔錄》。

> 吾於「態」之一字，服天地生人之巧、鬼神體物之工。使以我作天地鬼神，形體
> 吾能賦之，知識我能予之，至於是物而非物、無形似有形之態度，我實不能變之
> 化之，使其自無而有、復自有而無也。（《閒情偶寄·聲容》）

論者認為，李漁的這個見解是建立在中國傳統藝術精神的基礎之上的。中國傳統藝術精神向來強調人內在的精、氣、神。《世說新語》寫魏晉名士，著眼點不在外形，而在人的精神本體：氣質人格、才情風度等等。顧愷之說：「四體妍蚩本無關於妙處，傳神寫照，正在阿堵中。」李漁把這種傳統藝術精神貫徹到社會生活日用中，用以指導和品評女子的聲容修養，這是他的創造。李漁不認為美豔就意味著邪惡，也不認為尤物就是妖孽，他認為女人要博得男人或者丈夫的喜歡，「媚態」是絕對必要的。[2]

徒具美豔的女性，可能如塑膠花有色無香；只有既具「魔鬼身材」，又有「尤物之媚」，才可能「色、香、味」俱全。不妨可以說，潘金蓮在中國古代說部中雖不是一枝獨秀，也是少數富有女人味的角色之一。多少男性讀者恨金蓮罵金蓮，不見金蓮想金蓮。看《金瓶梅》，在很大程度上就是看潘金蓮；沒潘金蓮的世界如《金瓶梅》第八十七回「武都頭殺嫂祭兄」以後，就索然無味。多少讀者感謝蘭陵笑笑生筆下留情，沒有如《水滸》早早處死潘金蓮，這才有從第一回到第八十七回潘金蓮活躍其間的錦繡文章好看。

二、「誰知姐姐有這段兒聰明」

潘金蓮色藝雙全，媚態可掬，兩者互為因果。全面解說潘金蓮的媚態絕非易事，這裏僅取其一端：藝，略作評說。（儘管其色藝不分，但色於上節已詳。）

西門慶妻妾成群，其間藝術全才唯有金蓮（孟玉樓僅善彈月琴，總共沒露兩手）。在那女子無才便是德的時代，潘金蓮偏偏多才多藝。用王婆的話說，是「好個精細的娘子，百伶百俐，又不枉了做得一手好針線。諸子百家、雙陸象棋、拆牌道字皆通，一筆好字。」（第三回）

到第八十回應伯爵也充當了一次「媒婆」的角色，想把金蓮介紹給西門慶的下任張二官，全面誇耀了一番金蓮才藝之後說：「你如今有了這般勢耀，不得此女貌，同享榮華，枉自有許多富貴。」將潘金蓮的風流才藝視為榮華富貴者「有福的匹配」。兩相呼應，雖可見王婆與應伯爵之小人勢利，但潘金蓮的確是既知曲又能彈得一手好琵琶。孟玉樓說金蓮「平昔曉的曲子裏滋味」。吳月娘也誇「他什麼曲兒不知道：但題起頭兒，

2　參閱王宜庭《紅顏禍水》，天津：百花文藝出版社，1996 年，頁 24-25。

就知尾兒。像我每叫唱老婆和小優兒來,只曉的唱出來就罷了。偏他又說那一段兒唱的不是了,那一句兒唱的差了,又那一節兒稍了。」楊姑娘更驚訝:「我的姐姐,原來這等聰明!」(第七十三回)好在西門慶也有副懂音樂的耳朵,堪稱金蓮的「曲裹知音」。儘管他們也曾為曲兒爭執過,但西門慶與潘金蓮幽會之初,就有金蓮之彈唱助興,更使這對惺男惺女格外亢奮。《金瓶梅》第六回寫道:

> 西門慶與婦人重斟美酒,交杯疊股而飲。西門慶飲酒中間,看見婦人壁上掛著一面琵琶,便道:「久聞你善彈,今日好歹彈個曲兒我下酒。」婦人笑道:「奴自幼粗學一兩句,不十分好。你卻休要笑恥。」西門慶一面取下琵琶來,摟婦人在懷,看他放在膝兒上,輕舒玉筍,款弄冰弦,慢慢彈著,低聲唱道:
> 冠兒不帶懶梳妝,鬢挽青絲雲鬢光,金釵斜插在烏雲上。喚梅香,開籠箱,穿一套素縞衣裳,打扮的是西施模樣。出繡房,梅香,你與我卷起簾兒,燒一炷兒夜香。
> 西門慶聽了,歡喜的沒入腳處,一手摟過婦人粉頸來,就親了個嘴,稱誇道:「誰知姐姐有這段兒聰明,就是小人在勾欄,三街兩巷相交唱的,也沒你這手好彈唱!」

試想,西門慶妻妾中捨金蓮誰有這等情趣?勾欄小姐雖善彈唱,但那是在賣唱,那功利性往往沖淡了娛樂性,那裏或明或暗的討價還價往往讓那輕歌曼舞變得索然無味,遠遠比不上金蓮借曲抒情,率真自然。

潘金蓮不僅擅女紅,而且能即興賦詩,明心見性。為給西門慶賀三十大壽,潘金蓮特地做了「一雙玄色段子鞋;一雙挑線香草邊闌松竹梅花歲寒三友、醬色段子護膝;一條紗綠潞水光絹裏兒、紫線帶兒、裏面裝著排草玫瑰兜肚;一根並頭蓮瓣簪兒。簪兒上著五言四句詩一首,云:奴有並頭蓮,贈與君關鬢。凡事同頭上,切勿輕相棄。西門慶一見,滿心歡喜,把婦人一手摟過,親了個嘴,說道:『怎知你有如此聰慧!』」(第八回)西門慶妻妾中善女紅的當不乏其人,而既善女紅,又善詩賦,將兩者天才地交融在一起的,唯有金蓮。難怪她別具風情。

正因為金蓮有此才藝,所以她多次以曲明志,或以曲代簡、以曲代言,表現了她獨特的性格與獨特的媚態。

當初她被張大戶白白嫁給「三分似人,七分似鬼」的武大郎時,深感命運「好苦也」。常於無人處唱個《山坡羊》抒發滿心的鬱悶。

潘金蓮與武大郎,堪稱美與醜的兩個極端。站在男性立場上看,女性本當嫁雞隨雞,嫁狗隨狗,買金偏撞不著賣金的本不足奇。金蓮偏站女性立場上看,抱怨嫁雞隨雞,嫁狗隨狗,自比真金、鸞鳳、靈芝,羊脂玉體,而將那武大視為糞土與烏鴉,面對著這錯

配姻緣到底意難平！於是無人處以歌代哭。

金蓮與西門慶幽會未久，西門慶又「另續上個心甜的姊妹了」，將金蓮撇在一旁不聞不問，致使金蓮以曲代言，向西門慶貼身小廝玳安訴苦，又以曲代簡，寫了一首〈寄生草〉托玳安帶給西門慶。

送走了玳安，金蓮「每日長等短等，如石沉大海」「捱一日似三秋，盼一夜如半夏，等得杳無音信。不覺銀牙暗咬，星眼流波」，夜深了，「睡不著，短歎長吁」，於是獨自彈著琵琶，唱起了〈綿搭絮〉（按，此曲《金瓶梅》僅錄一首，而《金瓶梅詞話》有四首，今按「詞話」錄之）：

> 當初奴愛你風流，共你剪髮燃香，雨態雲蹤兩意投。背親夫，和你情偷。怕甚麼傍人講論，覆水難收！你若負了奴真情，正是緣木求魚空自守。

又

> 誰想你另有裙釵，氣的奴似醉如癡，斜傍定幃屏故意兒猜。不明白，怎生丟開？傳書寄柬，你又不來。你若負了奴的恩情，人不為仇天降災。

又

> 奴家又不曾愛你錢財，只愛你可意的冤家，知重知輕性兒乖。奴本是朵好花兒，園內初開，蝴蝶搶破，再也不來。我和你那樣的恩情，前世裏前緣今世裏該。

又

> 心中猶豫轉成憂，常言婦女心癡，惟有情人意不周。是我迎頭，和你把情偷。鮮花付與，怎肯干休？你如今另有知心，海神廟裏和你把狀投！（第八回）

她這麼忘情地彈著，唱著，「一夜翻來覆去，不曾睡著」。在這裏，金蓮彈唱的是一組情愛的樂章，其間有熱戀的回憶，失戀的苦痛，以及對負心男兒的委婉譴責與深切期待。此時此刻的金蓮與那待月西廂下的鶯鶯一樣楚楚動人。「如果我們只看這一段描寫，則金蓮宛然是古典詩詞中描畫的佳人」。

到第九回「西門慶偷娶潘金蓮」，她終於成了西門府上的「五娘」——西門慶第五房的妾。她的癡情並沒換來西門慶的「專寵」，西門慶一而再、再而三地移情別戀，讓金蓮也不得不一而再、再而三地借曲解愁。先有〈落梅風〉代簡寄滯留在麗春院中的西門慶。

如果說，金蓮第八回的詩簡還贏得過西門慶的造訪與偷娶；那麼，此次詩簡寄出後

金蓮獲得的則是難堪的污辱。

待「六娘」李瓶兒入門，並為西門慶喜添貴子，西門慶到潘金蓮這邊來的日漸稀少，這對以情愛（或情欲）為生命的潘金蓮來說，構成了極大的威脅與痛苦。除了種種爭寵的掙扎，更有第三十八回所寫她雪夜弄琵琶，傾訴心曲。這段描寫真可謂是聲色俱厲的錦繡文章：

> 潘金蓮見西門慶許多時不進她房裏來，每日翡翠衾寒，芙蓉帳冷。那一日把角門兒開著，在房內銀燈高點，靠定幃屏，彈弄琵琶，等到二三更，便使春梅瞧數次，不見動靜。正是：銀箏夜久殷勤弄，寂寞空房不忍彈。取過琵琶，橫在膝上，低低彈了個〈二犯江兒水〉，以遣其悶。
>
> 在床上和衣兒又睡不著，不免「悶把幃屏來靠，和衣強睡倒」。猛聽的房檐上鐵馬兒一片聲響，只道西門慶來了，敲的門環兒響，連忙使春梅去瞧。他回道：「娘錯了，是外邊風起落雪了。」婦人於是彈唱道：
>
> 聽風聲嘹亮，雪灑窗寮，任冰花片片飄。
>
> 一回兒燈昏香盡，心裏欲待去剔續，見西門慶不來，又有點懶得動旦了。唱道：
>
> 懶把寶燈挑，慵將香篆燒。〔只是捱一日似三秋，盼一夜如半夏。〕捱過今宵，怕到明朝。細尋思，這煩惱何日是了？〔暗想負心賊當初說的話兒，心中由不得我傷情兒。〕想起來，今夜裏心兒內焦，誤了我青春年少。〔誰想你弄的我三不歸，四捕兒，著他〕你撇的人，有上稍來沒下稍。
>
> 約一更時分，西門慶從夏提刑家吃了酒歸來，徑往李瓶兒房來。
>
> 這裏兩個吃酒，潘金蓮在那邊屋裏冷清清，獨自一個兒坐在床上，懷抱著琵琶，桌上燈昏燭暗。想要睡了，又恐怕西門慶一時來；待要不睡，又是困眊，又是寒冷。不免除去冠兒，亂挽烏雲，把帳兒放下半邊來，擁衾而坐。
>
> 又唱道：
>
> 懊恨薄情輕棄，離愁閑自惱。
>
> 又喚春梅過來，「你去外邊再瞧瞧，你爹來了沒有，快來回我話。」那春梅走去，良久回來，說道：「娘還認爹沒來哩，爹來家不耐煩了，正在六娘屋裏吃酒的不是！」這婦人不聽罷了，聽了如同心上戳了幾把刀子一般，罵了幾句負心賊，不由得撲簌簌眼中流下淚來。一徑把那琵琶兒放得高高的，口中又唱道：
>
> 論殺人好恕，情理難饒，負心的天鑒表！〔好教我提起來，又是那疼他，又是那恨他。〕心癢痛難掃，愁懷悶自焦。〔叫了聲賊狠心的冤家，我比她何如？鹽也是這般鹽，醋也是這般醋。磚兒能厚？瓦兒能薄？你一旦棄舊憐新。〕讓了甜桃，

去尋酸棗。〔不合今日教你哄了。〕奴將你這定盤星兒錯認了。〔合〕想起來，心兒裏焦，誤了我青春年少。你撇的人，有上稍來沒下稍。

為人莫作婦人身，百般苦樂由他人。

癡心老婆負心漢，悔莫當初錯認真。

常記得當初相聚，癡心兒望到老。〔誰想今日他把心變了，把奴來一旦輕拋不理，正如那日。〕被雲遮楚岫，水淹藍橋，打拆開鸞鳳交。〔到如今當面對語，心隔千山，隔著一堵牆，咫尺不得相見。〕心遠路非遙，〔意散了，如鹽落水，如水落沙相似了。〕情疏魚雁杳。〔空教我有情難控訴。〕地厚天高，〔空教我無夢到陽台。〕夢斷魂勞。俏冤家這其間心變了！〔合〕想起來，心兒裏焦，誤了我青春年少。你撇的人，有上稍來無下稍。

西門慶正在房中和李瓶兒吃酒，忽聽見這邊房裏彈的琵琶之聲，便問是誰彈琵琶。

迎春答道：「是五娘在那邊彈琵琶響。」李瓶兒道：「原來你五娘還沒睡哩。繡春，你快去請你五娘來吃酒。你說，俺娘請哩。」……

繡春請不來。西門慶拉著李瓶兒進入她房中，只見婦人坐在帳上，琵琶放在旁邊。

西門慶道：「怪小淫婦兒，怎的兩三轉請著你不去？」金蓮坐在床上，紋絲兒不動，把臉兒沉著。恁憑西門慶百般調笑，李瓶兒多方解圍，金蓮訴說了一番心頭苦悶，言之不盡，還是以歌代哭。

她長歎一聲：「我的苦惱誰人知道，眼淚打肚裏流罷了。」說著，順著香腮拋下珠淚來，然後又唱起來：

悶悶無聊，攘攘勞勞。淚珠兒到今滴盡了。〔合〕想起來，心裏亂焦，誤了我青春年少。撇的人來，有上稍來落下稍。

詞話本裏，金蓮彈弄琵琶所唱的曲子比繡像本為長，也更為深情。因而這段引文取的是詞話本，這也是擇其善而從之也。

這一節對金蓮的心曲與才藝都作了最充分的展示。她起於急切、心焦，進而隨著時空與客觀情景的變化，相繼或同時出現煩惱、傷感、怨恨、不服氣、自責、迷惘、絕望、對抗等。這種心路歷程又是通過她共唱四首小令強烈地展現出來。她對負心的男人真是百感交集：有疼（仍愛著西門慶），有恨（恨西門慶負心），有怨（怨西門慶棄舊憐新），有不服氣（自比李瓶兒不差），有自責（自責自己太癡心），有悔（悔莫當初錯認真），有懷戀（「常記得當初相聚，癡心兒望到老」），有迷惘（「你撇的人，有上稍來落下稍」）。

中國古典說部中的韻文，尤其是作者代書中人物所擬的詩詞曲賦，多與人物性格相游離，以至讀者煩其割斷了故事流程而棄之不讀，一些懂得讀者心理學的書商就在出版

時大加刪削，讓那些以此炫耀才學的作者空忙一場。但也有一二例外，能將之與人物性格融為一體，成為人物形象中不可分割的一部分。其最佳者自然要推《紅樓夢》，其次則當為《金瓶梅》。而《金瓶梅》中又似唯有潘金蓮的彈唱臻此藝境。李漁在《閒情偶寄》中說：「使姬妾滿堂，皆是蠢然一物，我欲言而彼默，我思靜而彼喧，所答非所問，所應非所求，是何異於入狐狸之穴，捨宣淫而外，一無事事者乎？故習技之道，不可不與修容、治服並講也。技藝以翰墨為上，絲竹次之，歌舞又次之，女工則其分內事，不必道也」；「婦人讀書習字，無論學成之後受益無窮。即其初學之時，先有裨於觀者：只須案攤書本，手捏柔毫，坐於綠窗翠箔之下，便是一幅畫圖。班姬續史之容，謝庭詠雪之態，不過如是，何必睹其題詠，較其工拙，而後有閨秀同房之樂哉？」在李漁看來，才女的價值不在其才藝，而在因才藝而平添的媚態。

試想《金瓶梅》中無金蓮彈唱這些情趣盎然的篇章，它該要遜色多少。

三、「你天生就這等聰明伶俐到這步田地」

《金瓶梅》不僅利用「敘事的語境」中金蓮動情動人的彈唱，充分表現她的多才多藝，還特意安排了一段她自幼學藝的歷史，既使情節真實可信，又對她的命運多了一份哀婉動人的詮釋。

潘金蓮父親早逝，她娘度日不過，從九歲就將她賣在王招宣府裏，習學彈唱，閑常又教她讀書寫字。她本性機變伶俐，不過十二三，就會描眉畫眼，敷粉施朱，品竹彈絲，女工針指，知書識字，梳一個纏髻兒，著一件扣身衫子，做張做致，喬模喬樣。到十五歲的時節，王招宣死了，潘媽媽爭將出來，三十兩銀子轉賣與張大戶家，與玉蓮同時進門。大戶教她習學彈唱。金蓮原自會的，甚是省力。金蓮學琵琶，玉蓮學箏，這兩個同房歇臥。（《金瓶梅》第一回）

到第七十八回又讓她母親潘姥姥以半埋怨半炫耀的口吻補說：「想著你從七歲沒了老子，我怎的守你到如今，從小兒交你做針指，往余秀才家上女學去，替你怎麼纏手縛腳兒的，你天生就是這等聰明伶俐到這步田地？」「他七歲兒上女學，上了三年，字仿也曾寫過，甚麼詩詞歌賦唱本上字不認的。」兩相補充，可勾勒出金蓮從學文化到學藝的一段傳奇歷程。

說其傳奇，是指即使在當代中國老、少、邊、窮地區的女孩就學仍是個嚴峻社會問題，金蓮生活的明代或宋代（以宋寫明），一個並不富裕且兒女成行的寡婦為何能讓金蓮自幼上了女學？明萬曆年間李贄為接受女弟子被鬧得沸沸揚揚，幾乎難以收拾。金蓮所處的山東一隅竟有女學可上，亦堪稱奇跡。潘姥姥送女兒上女學並轉向學藝幹什麼？難

道欲培養一名歌星（或歌伎）？書中也未提供答案。

但丁耀亢的《續金瓶梅》中提供了一種叫「養瘦馬」的教育或曰生意：

> （揚州）有一等絕妙的生意，名曰「養瘦馬」。窮人家生下個好女兒來，到了七八歲，長的好苗條，白淨臉兒，細細腰兒，纏得一點點小腳兒，就有富家領去收養他。第一是聰明清秀、人物風流的，教他彈琴吹簫、吟詩寫字、畫畫圍棋、打雙陸、抹骨牌，百般淫巧伎藝，都有一個師傅，請到女學館中，每年日月習到精巧處，又請一個女教師來，教她梳頭勻臉、點腮畫眉，在人前先學這三步風流俏腳步兒，拖著偏袖，怎麼著行動坐立，俱有美人圖一定的腳色。到了十四五歲，又教他熏香澡牝、枕上風情，買一本春宮圖兒、《如意君傳》，淫書浪曲，背地裏演習出各種嬌態。這樣女子定是乖巧，又學成了一套風流，春心自動。……又怕女子口饞，到了月經已通，多有發肥起來，腰粗臀大，臂厚胸高，如何了得。只叫他每日小食，吃了點心，每飯只是一碗，不過三片鮮肉，再不許他任意吃飽。因此到了破瓜時，俱養成畫生牙人一樣。遇著貴官公子到了揚州關上，一定要找尋個上好小媽媽子。這媒婆上千上萬，心裏有一本美女冊子，張家長李家短，偏他記得明白。領著看了，或是善絲竹的彈一曲琴，善寫畫的題一幅畫，試了伎藝，選中才貌，就是一千五百兩娶了去。這女子的父母，不過來受一分賣身財禮，多不過一二十兩，其餘俱是收養之家，准他那教習的謝禮。這是第一等瘦馬了。（第五十三回）

當初王招宣將金蓮教習成色藝俱佳的尤物，是想留給自己享用還是準備待價而沽呢？因他死得過早，無從考實，但他的教習方法當與揚州「養瘦馬」同出一轍。我們知道，有沒有這段求學的經歷，對金蓮的性格與命運關係極大。

四、女性是花，而素質才是那花中的蜜

有文化底蘊與藝術細胞的女性的媚態，甚至打情罵俏，是一首詩，或一幅畫，充滿著詩情畫意。否則，就可能是搖首弄姿，俗不可堪。而《水滸》中的潘金蓮卻目不識丁，因而彼金蓮無法與此金蓮比也。

說到媚態，上述「簾下勾情」就是絕妙佳品。再如「盼情郎佳人占鬼卦」中寫的金蓮於三伏天黃昏盼西門慶不到，罵了幾句「負心賊」，「無情無緒，用纖手向腳上脫下兩隻紅繡鞋兒來，試打相思卦」，再配上《山坡羊》曲：

凌波羅襪，天然生下。紅雲染就相思卦。似藕生芽，如蓮卸花，怎生纏得些兒大？
柳條兒比來剛半扠。他不念咱，咱何曾不念他！

倚著門兒，私下簾兒悄呀，空教奴被兒裏，叫著他那名兒罵。你怎戀煙花，不來
我家？奴眉兒淡淡教誰畫？何處綠楊拴繫馬？他辜負咱，咱何曾辜負他！

雖為心靈獨白，卻將她夢斷藍橋般的苦戀之情，表現得如詩如畫。在這回裏，金蓮終盼
來了情郎，兩人竟是以別具一格的逗嘴來表達別離後的情思，接著是金蓮丟帽撕扇的媚
態表演。僅看撕扇：

婦人見他手中拿著一把紅骨細灑金、金釘鉸川扇兒，取過來迎亮處，只一照──原
來婦人久慣知風月中事，見扇上多是牙咬的碎眼兒，就疑是那個妙人與他的──不
由分說，兩把折了。西門慶救時，已是扯的爛了。（第八回）

其妙處，曹雪芹深知之，因而在《紅樓夢》中寫下「撕扇子作千金一笑」（寶玉讓晴雯撕
扇洩憤）一節美文，與之遙相呼應。第十一回金蓮與孟玉樓、西門慶下棋一段，極寫金蓮
靈動而嬌媚之美：輸了棋，便把棋子撲撒亂了。田曉菲說這是楊貴妃見唐玄宗輸棋便縱
貓上棋局的情景再現（王仁裕《開元天寶遺事》）。金蓮「一直走到瑞香花下，倚著湖山，
推掐花兒」，見西門慶追來，「睨笑不止，說道：『怪行貨子！孟三兒輸了，你不敢禁
他，卻來纏我！』將手中花撮成瓣兒，灑西門慶一身。被西門慶走向前，雙手抱住，按
在湖山畔，就口吐丁香，舌融甜唾，戲謔作一處。」我則認為《紅樓夢》中黛玉葬花遇
寶玉的情節似由此生發而出，只是增加了些雅趣，減少了些野味；而《牡丹亭》中「遊
園驚夢」更與之有神似之處。此類情節，書中比比皆是，僅以此三個畫面，見金蓮於一
愁、一怒、一樂中所表現的迷人媚態，已顯無限風光也。

另類的智慧與野性的天真
——身體詩意的定位

　　潘金蓮自幼上過女學，並有兩番學藝的歷史，這在當年的貧家女子中算是例外，但她卻別有一番如屠格涅夫筆下的吉普賽女郎那種原生態野性與未加雕琢的天真。

一、「嘴似淮洪一般，隨問誰也辯他不過」

　　潘金蓮聰穎多慧，伶牙俐齒，百無禁忌，往往能道人之未能道，言人之不敢言。第二十一回寫金蓮、玉樓等人湊份為吳月娘、西門慶重修舊好置酒相慶，是潘金蓮暗中指使春梅等人席前彈唱一套〈南石榴花·佳期重會〉。其間奧秘，眾妻妾渾然不知。第二天西門慶與孟玉樓有段對話：「恁一個小淫婦，昨日叫丫頭們平白唱『佳期重會』，我就猜是他幹的營生。」玉樓道：「『佳期重會』是怎的說？」西門慶道：「他說吳家的不是正經相會，是私下約會。恰似夜燒香，有心等著我一般。」玉樓道：「六姐他諸般曲兒倒都知道，俺們都不曉得。」西門慶道：「你不知，這淫婦單管咬群兒。」

　　所謂「重修舊好」，指西門慶一度與吳月娘反目，而後由西門慶「折疊腿裝矮子，跪在地下，殺雞扯脖，口裏姐姐長，姐姐短」認錯，才被吳月娘接納共枕。他倆之所以能夠重修舊好，關鍵在吳月娘自反目以來，每月吃齋三次，逢七拜斗，焚香保佑夫主早早回心。有一夜西門慶從麗春院歸來，正碰見吳月娘在焚香禮拜，祝道：「妾身吳氏，作配西門，奈因夫主留戀煙花，中年無子。妾等妻妾六人，俱無所出，缺少墳前拜掃之人。妾夙夜憂心，恐無所托。是以發心每夜於星月之下，祝贊三光，要祈佑兒夫早早回心，棄卻繁華，齊心家事。不拘妾等六人之中，早見嗣息，以為終身之計，乃妾之素願也。」這番為西門終身之計的話語，說得何等中肯得體，何等通情達理，難怪西門慶聽後不覺滿心慚感道：「原來一向我錯惱了他，他一篇都是為我的心。還是正經夫妻。」忍不住從粉壁前又步走來，抱住月娘。這是多麼動人的一幕。家和萬事興，難怪眾妾置酒相慶。偏偏金蓮火眼金睛，一眼發現吳月娘焚香禮拜是在作秀，儀門半開半掩，就是專門表演給西門慶看的。因而她暗使春梅在席前彈唱〈佳期重會〉，嘲諷吳月娘的虛偽

與西門慶的淺薄。對金蓮「幹的營生」，玉樓說「俺們卻不曉得」，獨被西門慶識破，所以有上面的對話。

「潘金蓮不憤憶吹簫」，是第七十三回的前半部。說的是孟玉樓過生日，西門慶觸景傷情，想到去年今日，李瓶兒尚在，今年今日獨少她一人，「由不得心中痛酸，眼中落淚」，便叫席前弦童唱一套「憶吹簫，玉人何處也」，以寄懷想。眾人皆不理會，獨金蓮一聽到「他為我褪湘裙杜鵑花上血」，就盡知西門慶的心意，立即奚落他：「孩兒，那裏『豬八戒走在冷鋪中坐著——你怎的醜的沒對兒』！一個後婚老婆，又不是女兒，那裏討杜鵑花上血來？好個沒羞的行貨子！」唱詞中「湘裙杜鵑花上血」，本指少女初夜，因處女膜破損而流血。李瓶兒嫁西門慶，已是「三度梅」，不會有什麼「杜鵑花上血」。所以金蓮奚落西門慶把「一個後婚老婆」誇成黃花閨女。散席之後，她又當眾戳破西門慶心底隱秘。有道是，怕必有鬼，痛必是要害。潘金蓮正揭著西門慶痛處，他狡辯不脫，於是惱羞成怒，「跳起來，趕著拿靴腳踢他，那婦人奪門一溜煙跑了。」其實潘金蓮奚落西門慶倒不是他在「孟三姐的好日子，也不該唱這離別之詞」，而在於他之選曲所透露「那三等兒九做」，「一般都是你的老婆，做甚麼抬一個，滅一個？」

人道貼身小廝玳安是西門慶「肚裏蛔蟲」，其實真正透徹瞭解西門慶心事與要害的唯有潘金蓮。用她自己的話說，「我做獸醫二十年，猜不著驢肚裏病！」（第六十七回）西門府上幾乎無人敢頂撞西門慶，唯有潘金蓮眼光敏銳，詞鋒犀利，而且舉證確鑿，推理嚴密，往往讓西門慶愛恨交加，左右為難。如第六十一回，西門慶同王六兒偷情之後回到潘金蓮房內，潘立即判斷西門慶與王六兒「齊腰拴著線兒，只怕過界兒去了」。西門慶堅執不認，笑道：「那裏有此勾當。今日他男子漢陪我坐。」金蓮道：「你拿這個話兒來哄我？誰不知他漢子是個明忘八，又放羊，又拾柴，一徑把老婆丟與你，圖你家買賣做，要賺你的錢使。你這傻行貨子，只好四十里聽銃響罷了！」一句話將西門慶——王六兒——韓道國關係的實質講到位，不容西門慶有半點自我辯護的餘地。接著金蓮探出手來，把西門慶的褲子扯開，檢查他的下身，然後說：「可又來，你『臘鴨子煮在鍋裏——身子兒爛了，嘴頭兒還硬』。見放著不語先生在這裏，強盜和那淫婦怎麼弄聳聳到這咱晚才來家？弄的恁個樣兒，嘴頭兒還強哩，你賭個誓，我叫春梅舀一甌涼水，你只吃了，我就算你好膽子。論起來，鹽也是這般鹹，醋也是這般酸，『禿子包網巾——饒這一捻子兒也罷了』。若是信著你意兒，把天下老婆都耍遍了罷。賊沒羞的貨，一個大眼裏火行貨子，你早是個漢子，若是個老婆，就養遍街合遍巷；屬皮匠的——縫著就上。」可謂穢語連珠，奇比怪喻，匪夷所思，（稱陽具為「不語先生」——虧她想得出！）又句句在理，說得西門慶啞口無言，眼睜睜地只是笑。張竹坡批曰：「一路開口一串鈴，是金蓮的話，作瓶兒不得，作玉樓、月娘、春梅亦不得。故妙。」

　　第四十三回寫西門慶給官哥兒四隻金鐲子玩，弄來弄去，少了一隻（實為李嬌兒的丫頭夏花兒偷撿）。西門慶要將各房丫頭叫來審問，並揚言要買狼筋來抽打。潘金蓮在旁批評他不該拿金子給孩子玩，並借機諷刺他。幾句話說得西門慶急了，走向前把金蓮按在月娘炕上，提起拳來罵道：「單管嘴尖舌快的，不管你事，也來插一腳。」揚言「不看世界面上，把你這小歪剌骨，就一拳頭打死了」。於是有了潘金蓮反唇相譏，以攻為守的精彩一幕：

　　　　那潘金蓮就假作喬妝，哭將起來。說道：「我曉的你倚官仗勢，倚財為主，把心來橫了，只欺負的是我。你說你這般威勢，把這一個半個人命兒打死了，不放在意裏，那個攔著你手兒哩不成！你打不是的？我隨你怎麼打，難得只打得有這口氣兒在著，若沒了，愁我家那病媽媽子不問你要人？隨你家怎麼有錢有勢，和你家一遞一狀。你說你是衙門裏千戶便怎的？無故（非）只是個破紗帽、債殼子——窮官罷了。能禁的幾個人命，就不是叫皇帝敢殺下人也怎的！」
　　　　幾句話說的西門慶反呵呵笑了說道：「你看這小歪剌骨，這等刁嘴，我是破紗帽窮官。叫丫頭取我的紗帽來。我這紗帽那塊兒破？這清河縣問聲，我少誰家銀子？你說我是債殼子。」
　　　　金蓮道：「你怎的叫我是歪剌骨來？」因蹺起一隻腳來：「你看，老娘這腳，那些兒放著歪？你怎麼罵我是歪剌骨？」
　　　　月娘在旁笑道：「你兩個銅盆撞了鐵刷帚，常言『惡人自有惡人磨，見了惡人沒奈何』。自古嘴強的爭一步。六姐也虧你這個嘴頭子，不然，嘴鈍些兒也成不的。」
　　　　那西門慶見奈何不過他，穿了衣裳往外去了。

　　金蓮與西門慶對壘的一席話，可謂兵來將擋，水來土掩，先戳穿西門慶是仗財仗勢欺人，再就財而言極貶西門慶不過是個窮官，就勢而言即使是皇帝也不敢無故殺下人，何況你一個「破紗帽」？弄得西門慶無言以對，又是看帽子又是誇銀子，徒見其陋，難怪連吳月娘都笑話他。西門慶這強人也只得無可奈何地逃走了。當然，這也只是家庭閑鬧。
　　孫雪娥說金蓮「嘴似淮洪一般，隨問誰也辯他不過」（第十一回）吳月娘說金蓮「諸般都好，只是有這些孩子氣」（第十四回）。孟玉樓則說她是「一個大有口沒心的行貨子」（第七十五回）。連西門慶也說她「嘴頭兒雖厲害，倒也沒什麼心」（第七十四回）。外部世界不說，在西門庭院內最能燃起西門慶激情的可能是金蓮。沒有金蓮閑鬧——打情罵俏，西門慶會索然無味；一旦閑鬧起來，他又不是金蓮的對手。真叫他割捨不得，又奈何不得，或許正是這種矛盾，西門慶從中獲得了無限的樂趣。

男性的「隱私」若暴露無餘會有裸露之羞，若包裹太緊無一絲春光洩露，又覺得無甚風雅可言。金蓮的慧眼利齒，「無情」揭露西門慶的種種隱私，或許正適合了西門慶那種欲露不能、欲隱不忍的微妙心理。因而他並不真的去奈何她。「吵吵鬧鬧，白頭偕老」。可惜西門慶「英年早逝」，不然的話他們或許真的會將那別致的「閑鬧」進行到底。

有人用「媚、奸、妒、潑、淫、利」來概括金蓮語言的主流色調[1]，雖為不無有益的嘗試，然其似乎有將語言風格與話語內容混為一談之嫌。其實，如果拋開先入之成見，人們會發現，金蓮的語言充滿著機智、幽默、鋒芒，哪裏有她哪裏就會有笑聲，哪裏有她哪裏也就可能有鋒爭。

西門府上眾妻妾時常為爭寵而爆發「戰爭」。但第二十一回她們與西門慶在吳月娘房裏投骰猜拳取樂，玉樓得頭彩，月娘滿令，說：「今晚你該伴新郎宿歇。」因對李嬌兒、金蓮眾人說：「吃畢酒，咱送他倆個歸宿去。」金蓮道：「姐姐嚴令，豈敢不依！」遊戲竟成為眾妻妾和平分配丈夫夜權的最佳方式。這是何等難得的一次歡樂場面：

> 少頃酒闌，月娘等相送西門慶到玉樓房門首方回。玉樓讓眾人坐，都不坐。金蓮便戲玉樓道：「我兒，好好兒睡罷！你娘明日來看你，休要淘氣。」因向月娘道：「親家，孩兒小哩，看我面上，凡事耽待些兒罷。」
> 玉樓道：「六丫頭，你老米醋挨著做。我明日和你答話。」金蓮道：「找媒人婆上樓子，老娘好耐驚耐怕兒。」（按，詞話本還有一段：「玉樓道：『我的兒，你再坐回兒不是。』金蓮道：『俺每是外回家兒的門兒的外頭的人家。』」）於是和李嬌兒、西門大姐一路去了。

如果依月娘只把玉樓、西門慶送到房門首就無言而回，這情節還有什麼趣味呢？請看金蓮一身數職，一忽兒扮演老娘角色關照「淘氣」的孩兒，一忽兒又扮演婆婆角色要「親家」耽待，將她無傷大雅的醋意在調皮、風趣的話語中飄灑著，越發顯示出她天真、可愛、率直、開朗的一面，更使這情節頓時活靈活現起來。

二、堪稱饒舌的精品

換一個場合，金蓮那張利嘴，就會掀起另一番波瀾。如在第七十二回，潘金蓮的丫頭與奶媽如意兒爭用棒槌，她罵如意，如意反唇相譏，她就動手揪人家頭髮打人家肚子；

1　曹煒《金瓶梅文學語言研究》第四章。

這時孟玉樓來到，拉了她回房間，問是怎麼回事。她的回答竟是這麼長長的一大堆話：

> 我在屋裏正描鞋，你使小鸞來請我，我說且躺躺兒去，歪在床上還未睡著，只見這小肉兒（按，指春梅）百忙且搥裙子，我說：「你就帶著把我裏腳搥搥出來。」半日，只聽的亂起來，卻是秋菊問他（按，指奶媽如意兒）要棒槌使使，他不與，把棒槌劈手奪下了，說道：「前日拿了個去，不見了，又來要，如今緊等著與爹搥衣服。」教我心裏就惱起來，使了春梅去罵那賊淫婦，從幾時就這等大膽降伏人？俺每手裏教你降伏？你是這屋裏甚麼人？壓折轎竿兒娶你來？你比來旺兒媳婦子差些兒！
>
> 我就隨跟了去，他還嘴裏砒裏剝刺的，教我一頓卷罵。不是韓嫂兒死氣白賴在中間拉著我，我把賊沒廉恥雌漢的淫婦心裏肉也掏出他的來！要俺每在這屋裏點韮買蔥，教這淫婦在俺每手裏弄鬼兒。
>
> 也沒見大姐姐（按，指大婦吳月娘）也有些不是，想著她把死的來旺兒賊奴才淫婦（按，指宋惠蓮）慣的有些折兒，教我和他為冤結仇，落後一染膿帶還垛在我身上，說是我弄出那奴才去了。如今這個老婆（按，指如意兒），又是這般慣他，慣的恁沒張倒置的。你做奶子，行奶子的事，許你在跟前花黎胡哨？俺們眼裏是放的下沙子底人。
>
> 有那沒廉恥的貨（按，指西門慶），人（按，指李瓶兒）也不知死到那裏去了，還在那屋裏纏，但往那裏回來，就望著他那個影作個揖，口裏一似嚼蛆的，不知說些甚麼。到晚夕，要茶吃，淫婦（按，指如意兒）就起來連忙替他送茶，又忔忽兒替他蓋被兒，兩個就弄將起來，就是個久慣的淫婦！他說丫頭遞茶，許你去撐頭豁腦去雌漢子？為甚麼問他要披襖兒？沒廉恥他（按，指西門）便連忙鋪裏拿了紬緞來替他裁披襖兒。你還沒見哩，斷七（按，瓶兒死後七日）那日，她爹進屋裏燒紙去，見丫頭老婆（按，迎春、繡春、如意）正在炕上摳子兒，他進來收不及，反說道：「姐兒，你們耍耍，這供養的匾盒和酒也不要收到後邊去，你們吃了吧。」這等縱容著她，像的什麼？這淫婦還說：「爹來不來？俺們不等你了。」
>
> 不想我兩步三步就扠進去，唬的她眼張失道，於是就不言語了。行貨子，什麼好老婆？一個賊活人妻淫婦，就這等餓眼見瓜皮，不管好歹的都收攬下，原來是一個眼裏火爛桃行貨子，想有些什麼好正條兒？
>
> 那淫婦的漢子說死了，前日漢子抱著孩子，沒有門戶打探兒？還瞞著人搗鬼，張眼兒溜睛的。你看一向在人眼前，花哨星那樣花哨，就別模兒改樣的，你看又是個李瓶兒出世了。

那大姐姐成日在後邊，只推聾兒裝啞的，人但開口，就說不是了。（詞話本第 72 回）

「對話就是人物性格等等的自我介紹」（老舍語）。金蓮「本性機變伶俐」，她凡事「不伏弱」（春梅語），「去處掐個尖兒」（西門慶語），她得理不饒人，沒理也善辯。一場惡戰之後，氣猶未消，於是向前來邀她下棋的孟玉樓作了此番淋漓盡致的傾訴，也將她性格的一個側面作了淋漓盡致的自我介紹。彼時彼境，金蓮顯然來不及略加思索就說出了這番話。你看她，全無停頓，便疾言利齒，滔滔直下，氣勢逼人，起承轉合，自然天成，毫無「急不擇言」的錯亂。這哪叫說話，簡直是語言的暴風驟雨，語言的瀑布——飛流直下三千尺，令人應接不暇。

更妙的是，她一邊敘述事件過程，一邊即興創作出一些子虛烏有的「情節」，插入事件過程而絲毫不露痕跡，令人毋庸置疑。如故意加進如意兒「把棒槌劈手奪下」的舉動，以便將自己動手搵其腹部的行為置於後發制人的被迫地位。春梅對如意兒的那些潑辣露骨的「潑罵」，差不多都是金蓮親口罵出來的，但她不好意思告訴玉樓，因用轉述法仿佛全出丫頭之口，不失主子身分。

同時，她罵如意兒：「賊歪剌骨，雌漢的淫婦，還強說甚麼嘴，半夜替爹遞茶兒，扶被兒是誰來？討披襖穿是誰來？你背地幹的那繭兒，你說我不知道？就偷出肚子來，我也不怕！」如意被逼得狗急跳牆，反唇相譏：「正經有孩子還死了哩，俺每到的那些兒！」言下之意，有孩子的李瓶兒是被金蓮氣死的。這才讓她心頭火起，「用手搵他腹」。其實金蓮靈魂深處既恨如意兒是她情敵李瓶兒房中的舊人，又怕她與西門慶「捅」出個孩子來又填了李瓶兒的空檔，更嫌她「備舌」礙了她與陳敬濟往來的手腳，因而一動手就下意識地「搵他腹」——仿佛「天下有瓶兒房中雞犬皆能生子者哉！」金蓮在向玉樓傾訴時雖「急不擇言」，竟能機智地將這難堪的一幕略而不提。這也叫該露的露，該藏的藏，該添的添，該減的減，這該是何等匠心啊！

其後在充分顯示自己不為他人挾制欺負的大義凜然的語氣中，訴說這場爭紛的前因後果，而將眼前的是非曲直置之不問，只顧披露她的獨家新聞，讓人徹底瞭解如意兒是個私姘主子的「行貨」，其間的是非曲直不說自明，這又是何等的睿智。

接著連帶著死了的李瓶兒、宋惠蓮，掌家的西門慶、吳月娘等一個不漏地加以評說，而立足點是要治好這個家，省得將「那沒廉恥的貨」，「慣的恁沒張倒置的」——完全一副「立黨為公」的架式，即使傳到兩位掌家的耳中也無可挑剔，真可謂滴水不漏，令人歎為觀止！難怪那玉樓聽了，只是笑，又好奇地問：「你怎麼知道的這等詳細。」

文學創作中最忌人物的長篇大論，因為那樣會令沒有耐心的讀者望而生厭。然而，

金蓮這篇長談，不僅在《金瓶梅》中獨一無二，在整個中國古代說部中恐怕也難找到第二例，她的敘事角度與人稱隨機變換，搖曳多姿，僅對如意兒的詈詞就調換了十種，堪稱饒舌的精品。即使獨立為文，也可圈可點，何況更是能見個性、見性情的佳制。此是作者得意之筆。從這雄談可見潘金蓮是敏捷與機智、天真與潑辣的混合體。

三、「奴家又不曾愛你錢財」

潘金蓮生命機體中的天真氣息，往往被她的潑辣所毒化，也相應地被研究者們所誤讀，因而我願在此多說兩句。如就錢財而言，西門慶身邊的女人幾乎沒有哪個不是以錢財為軸心在旋轉著，在舞蹈著。且不談婚外的宋惠蓮、王六兒、如意兒，更不談紅燈區的李桂姐、鄭愛月，僅其大院內的妻妾也在錢財上各有計較，以致家裏家外都變成了最粗鄙的賣淫。誠如恩格斯所言：「妻子和普通的娼妓不同之處，只在於她不是像雇傭女工計件出賣勞動那樣出租自己的肉體，而是一次永遠出賣為奴隸。」[2] 惟獨潘金蓮雖窮得叮噹響，卻不計較什麼錢財。誠如她在〈綿搭絮〉中說：「奴家又不曾愛你錢財，只愛你可意的冤家，知重知輕性兒乖。」進入西門府後，金蓮固然也不止一次找西門慶要過衣服之類的東西，但她要東西，往往是為了面子、要強，不肯落在他人之後、被人恥笑，與王六兒等倚色謀財有本質之異。

潘金蓮曾當家管理銀錢，她卻從未以權謀私。第七十八回寫金蓮過生日，潘姥姥來看她，付不起六分銀子的轎錢。吳月娘指她一條道：「你與姥姥一錢銀子，寫賬就是了。」意思是從公賬上出。潘金蓮卻斷然拒絕，說：「我是不惹他（按，指西門慶），他的銀子都有數兒，只教我買東西，沒教我打發轎錢。」坐了一會兒，大眼看小眼，外邊抬轎的催著要去。還是玉樓見不是事，向袖中拿出一錢銀子來，打發抬轎的去了。事後，金蓮又盡力數落了她娘一頓：「今後你看有轎子錢便來他家來，沒轎子錢別要來。料他家也沒少你這個窮親戚，休要做打嘴的獻世包！」幾句說得潘姥姥嗚嗚咽咽哭起來了，然後到李瓶兒舊屋裏與如意、迎春訴起了苦。

看了這個情節，讀者大多同情潘姥姥孤苦無依，同時譴責金蓮的刻薄寡情。這個情節與《紅樓夢》第五十五回探春斥責趙姨娘的無理要求有些相似。只是探春受嫡庶觀念的影響，既不認娘，也不認舅；趙姨娘為弟弟趙國基多爭喪葬費是無理的，而潘姥姥的轎錢似乎不算大事，不值得金蓮小題大作，但她畢竟未發展到不認親娘的分上。潘姥姥

2　恩格斯：〈家庭、私有制和國家的起源〉，《馬克思恩格斯選集》，北京：人民出版社，1966 年，第 4 卷，頁 62-63。

未必比趙姨娘可愛，潘姥姥喜歡貪小便宜，只從誰待她好出發來衡量一切，似乎完全不體諒自己女兒的處境和心情。尤其是她曾時常往李瓶兒那裏撈點油水，李瓶兒在吳月娘生日時給了潘姥姥一件蔥白綾襖兒，兩雙緞子鞋面，二百文錢，她就高興得「屁滾尿流」。（第三十三回）李瓶兒死後還誇李「有仁義」，兩相比較罵金蓮「沒人心」，更叫金蓮惱火。早在第五十八回金蓮就對孟玉樓談過她娘：「單管黃貓黑尾，外合裏差，只替人（按，指李瓶兒）說話。吃人家碗半，被人家使喚。得人家一個甜來兒，千也說好，萬也說好。」但輿論往往責備趙姨娘，同情潘姥姥，責備潘金蓮，而同情賈探春。如孫述宇說潘金蓮「從不受一些慈愛溫柔之情的影響」；她「帶著無限的怨毒之力，正宜表達那種天地開闢以來萬古常新的人心之嗔惡」。[3]似有些失當。其實兩者秉公理財是一致的。還是與金蓮「一條腿兒」的春梅深知金蓮，她主動帶幾樣酒菜來李瓶兒房裏安慰潘姥姥，然後正色為金蓮辯護：

> 姥姥，罷，你老人家只知其一，不知其二，俺娘是爭強不伏弱的性兒。比不的六娘銀錢自有，他本等手裏沒有，你只說他不與你，別人不知道，我知道。想俺爹雖是有的銀子放在屋裏，俺娘正眼兒也不看他的。若遇著買花兒東西，明正公義問他要。不惚瞞瞞藏藏的，教人看小了他，怎麼張著嘴兒說人！他本沒錢，姥姥怪他，就虧了他了。莫不我護他？也要個公道。（第七十八回）

可見作者正是通過這個故事，極寫金蓮既不貪錢財又爭強愛面子的矛盾，並以此寫她天真可愛的一面。金蓮之前李嬌兒與孟玉樓都管過錢，李嬌兒似乎因丫頭夏花兒偷金而卸任；玉樓把賬簿交給金蓮是賭氣怕受累，看來唯金蓮廉潔且好逞能才擔此重任。

其實金蓮對母親並非完全寡情，只是她接濟母親的手段有時過於另類。如她碰見了書童與玉簫的「好事」，就對「齊跪在地上哀告」的兩人道：「賊囚根子，你且拿一匹孝絹，一匹布來，打發你潘姥姥家去。」（第六十四回）這種窮點子，真叫人哭笑不得。第八十二回，潘母去世，金蓮因西門慶剛死，熱孝在身不能出門，只得拜託陳敬濟前往安葬。陳歸來稟報時，金蓮聽了淒然淚下。第五十八回曾寫一磨鏡老叟向潘金蓮、孟玉樓訴說家中兒子不成器，老妻病在炕上，「心中想塊臘肉兒吃」。玉樓隨即與他一塊臘肉與兩個餅錠。潘金蓮則問老叟：「那老頭子，問你家媽媽兒吃小米粥不吃？」聽了肯定回答立即吩咐小廝來安兒：「你對春梅說，把昨日你姥姥捎來的新小米兒量二升，就拿兩根醬瓜兒出來，與他媽媽兒吃。」東西雖少，亦不值錢，但惻隱之心，昭然可見。

3　孫述宇：〈金瓶梅的藝術·嗔惡：潘金蓮〉，石昌渝等編：《臺港金瓶梅研究論文選》，南京：江蘇古籍出版社，1986年，頁85。

張竹坡有眉批云:「作者固借金蓮以諷天下人,見逆如金蓮,何嘗良心滅絕,是知凡天下為人子者皆有此心,奈之何獨獨我不能盡孝哉!」回末詩云:「不獨纖微解濟物,無緣滴水也難消。」詞話本還將之標入回目:「乞臘肉磨鏡叟訴冤」,可見作者何等重視對金蓮同情心的展現。

四、「我是不卜他」

《金瓶梅》第二十九回「吳神仙水鑒定終身」與第四十六回「妻妾戲笑卜龜兒」,和《紅樓夢》中寶玉在太虛幻境所見到的金陵十二釵判詞、聽到《紅樓夢曲》一樣,提示著書中人物的性格特徵,預示著書中人物的命運與結局,而書中人物對看相、卜卦的態度本身也是其性格的反映。

吳神仙(按,即無神仙也)受薦來給西門慶一家子相命,諸人皆崇敬如命,莊重虔誠。唯金蓮不當作一回事,「玉樓相畢,叫潘金蓮過來。那潘金蓮只顧嬉笑,不肯過來。月娘催促再三,方才出見。神仙抬頭觀看這個婦人,沉吟半日,方才說道:『此位娘子,髮濃鬢重,光斜視以多淫;臉媚眉彎,身不搖而自顫。面上黑痣,必主刑夫;唇中短促,終須壽夭。舉止輕浮惟好淫,眼如點漆壞人倫。月下星前長不足,雖居大廈少安心。」按理說這命相不好,換個人會求個「解法」,金蓮則置若罔聞。

「神仙相畢,眾婦女皆咬指以為神相」。金蓮則不願混跡於這「眾婦女」之中。沒過幾日,吳月娘又請一位婆子給眾婦女卜龜兒卦,惟獨金蓮宣稱:

> 我是不卜他。常言:算的著命,算不著行。想前日道士(按,即吳神仙)說我短命哩,怎的哩?說的人心裏影影的。隨他,明日街死街埋,路死路埋,倒在洋溝裏就是棺材。(第四十六回)

有人說,這一番話,可以當作潘金蓮的人生宣言來讀。我則認為既不可說它就是無神論的張揚,也未必是「破罐子破摔」的悲涼,因為她未到無神論的境界,也未到「破摔」的境地。但與身邊那些整日神神鬼鬼的婦女相比,至少她是別具一番智慧,別具一番膽識;我潘金蓮就是不信這一套,讓你算得著我的命,算不著我的行,我行我素,得樂且樂,別讓什麼「命相說的人心裏影影的」!

第五十一回吳月娘又邀了一干女眷,聽兩個尼姑宣講《金剛經》。眾人聽得歡喜入神,獨金蓮不耐煩,拉著李瓶兒蹺課,並說:「大姐姐好幹這營生!你家又不死人,平白交姑子家中宣起卷來了。」這才叫放言無忌。吳月娘打發她倆走後,對眾人說:「拔了蘿蔔地皮寬。交(教)他去了,省的他在這裏跑兔子一般。原不是聽佛法的人!」蹺

課的是兩個人，吳月娘點名批評只金蓮一個，還算準確。因為這堆婦女中，金蓮可是頭一位與佛法無緣，不相信「術教」「命定」的女人。無奈她的「人生宣言」，卻「出口成讖」（張竹坡語）。

五、「條件反射學說」發展史上本該有金蓮之名

這天不怕地不怕不敬神不信邪的金蓮具有另類的智慧，請看她對雪獅子貓兒的訓練即可知：

> 卻說潘金蓮房中養的一隻白獅子貓兒，渾身純白，只額兒上帶龜背一道黑，名喚「雪裏送炭」，又名「雪獅子」。又善會口銜汗巾子，拾扇兒。西門慶不在房中，婦人晚夕常抱他在被窩裏睡，又不撒尿屎在衣服上，呼之即止，揮之即去。婦人常喚他是「雪賊」。每日不吃牛肝乾魚，只吃生肉，調養的十分肥壯，毛內可藏一雞彈。甚是愛惜他，終日在房裏用紅絹裹肉，令貓撲而撾食。（第五十九回）

作者提示這種訓貓方式「就如昔日屠岸賈養神獒害趙盾丞相一般」。元雜劇《趙氏孤兒》第四折在程嬰道白中講了這樣一個故事：

> 程勃，你緊記著。又一日，西戎國貢進神獒，是一隻狗，身高四尺者，其名為獒。晉靈公將神獒賜與那穿紅的，正要謀害這穿紫的。即於後園中紮一草人，與穿紫的一般打扮。將草人腹中懸一副羊心肺，將神獒餓了五七日，然後剖開草人腹中，飽餐一頓。如此演成百日。去向靈公說道：如今朝中豈無不忠不孝的人，懷著欺君之意？靈公問道：其人安在？那穿紅的說：前者賜予臣的神獒便能認的。那穿紅的牽上神獒去，這穿紫的正立於殿上，那神獒認著是草人，向前便撲，趕的穿紫的繞殿而走。旁邊惱了一人，乃是殿前太尉提彌明，舉起金瓜（爪）打倒神獒，用手揪住腦杓皮，則一劈劈為兩半。[4]

究其本質，金蓮訓貓用的是蘇聯生理學家巴甫洛夫所創立的「條件反射學說」的原理：

> 從 1903 年起，巴浦洛夫用了 30 年時間研究高級神經活動心理學，他指出腦和高級神經活動，都是雙重反射形成的：一種是生下來就有的本能動作，叫無條件反射；一種是在後天條件影響下獲得的，叫條件反射。無條件刺激和有條件刺激同時出現時，可以形成條件反射。

4　紀君祥：《趙氏孤兒》，〔明〕臧晉叔編：《元曲選》，北京：中華書局，1958 年，頁 1493。

巴甫洛夫做過這樣的實驗：當狗站在他面前時，他對狗第一次說「給我腳掌」，並立刻把狗的腳掌放到自己手上，然後給狗最愛吃的食物。這樣重複幾次後，條件反射的聯繫就形成了。以後只要說「給我腳掌」，狗就會伸出腳掌來，因為這對狗來說，已成為給東西吃的信號了。實驗證明：凡具有神經系統的動物，都可以借反射的反應回答外界來的刺激，一切動物都可以通過神經系統而與客觀世界保持密切聯繫。這就是著名的「給我腳掌」實驗。巴甫洛夫即以此在探索生命奧秘的道路上，蓋起了一座條件反射學說的奇偉大廈，而被人們譽為天才的工程師和巨匠。[5]

每念及此，我都要擲筆三歎：多麼聰明的國人，如果他們的智慧執著於科學研究該有多少人間奇跡被創造出來，至少在「條件反射學說」發展史上要刻上「潘金蓮」或「屠岸賈」的名字。因為他們的實驗與巴甫洛夫的創造何等接近，而他們又比巴甫洛夫早多少個世紀啊！然而無論是屠岸賈，還是潘金蓮，他們的實驗往往起於經驗而止於經驗，沒有在經驗的基點前進半步，難怪有人說中國古代只有科技而沒有科學；而且他們的智慧與科技的使用方向同巴甫洛夫有著根本的不同，巴甫洛夫旨在探索生命的奧秘，而他們所訓的狗或貓客觀上只是充當特殊殺手，去殘害生命。這種智慧與科技中散發著妖氣和鬼氣，弄不好就會變成邪教！叫人如何不仰天長歎？！

六、王熙鳳未必比得上潘金蓮

學者們好將潘金蓮與《紅樓夢》中的鳳辣子——王熙鳳作比較。其實她們固然有可比性，但差異還是很明顯的。

家庭出身、社會地位姑且不論，三角眼的王熙鳳似乎不及金蓮美麗。才藝也不可與金蓮同日而語，王熙鳳在大觀園詩社曾充當過一社之長，卻總共只被逼出了一句詩：「一夜北風緊」，借小說人物之口，評之為：「這句雖粗，不見底下的，這正是會作詩的起法，不但好，而且留了多少地步與後人。」其實不過爾爾，尤其不能和「曉得曲裏滋味」的金蓮比。王熙鳳理財雖比金蓮威風得多，卻也勢利得多。王熙鳳也有張利嘴，《紅樓夢》第六十八回「苦尤娘賺入大觀園，酸鳳姐大鬧寧國府」，從賺到鬧都是王熙鳳，賺與鬧都是在講話，長篇大論地講，但她講了六次才二千五百來字，最長的一次也只八百來字，不像金蓮一口氣就淮洪般來了段一千多字的長論。

兩相比較，我非常同意孟超的話：「本來女人市場上也有特殊的際遇，常言說『不重生男重生女』，薹販得好，也許她可能做貴妃，當皇娘，也可以飛上枝頭，做了鳳凰，

5　《中國少年兒童百科全書・科學、技術》，杭州：浙江教育出版社，1994 年，頁 49。

升到一人之下萬人之上。只憑了那條不緊的裙帶兒，『兄弟姊妹皆列土』，還能養不起一個媽媽嗎？」[6]總之，潘金蓮以她超人的美麗、才藝、智慧……而落入悲劇結局，是她生錯了時代，走錯了地方，找錯了門徑，此劇就在這錯、錯、錯中鑄成，如之奈何！

6　孟超：《金瓶梅人物》，北京：北京出版社，2003 年，頁 4。

「虎中美女」與「紙虎兒」
——封建婚姻制度下的潘金蓮

　　《水滸》中潘金蓮與武大、與西門慶的故事，是作為打虎英雄武松故事的陪襯而出現的。到《金瓶梅》中武大、武松兄弟的故事，是作為潘金蓮、西門慶故事的陪襯。兩相比較，乾坤整個顛倒了。星星還是那個星星，月亮還是那個月亮，但它們在宇宙間的秩序卻被造物主重新作了安排，它們的色調也隨之而變。這造物主自然是那化名為蘭陵笑笑生的作者。

　　從文本看，蘭陵笑笑生完全有能力獨立完成一部文學巨著，但他偏偏要借《水滸》的一根肋骨來再造一具藝術生命，這就有弊有利。利者，借《水滸》之勢而傳播，則如虎添翼；弊者，擺脫不了殺害武大的固有模式，其實整個小說若無殺害武大的故事，它就清爽得多。

　　但中國讀者的閱讀心理總有幾分偏頗，如特喜歡看姦殺的鏡頭（姦好看，殺也好看，二者結合就更好看）。魯迅就多次寫到「愚弱的國民，即使體格如何健全，如何茁壯，也只能做毫無意義的示眾的材料和看客」。[1]作小說雖當致力於「明人倫戒淫奔」，卻免不了有作者要迎合某些「看客」（或曰「看官」）並不高尚的審美心理。這樣，就只能保留那姦殺的故事外殼，裏面再慢慢來調整。

一、即使錯配了武大，金蓮也曾想「嫁雞隨雞」

　　潘金蓮的「戶口」從《水滸》遷移到《金瓶梅》，其性格起點也隨情節變更有了變化。《水滸》寫金蓮是大戶人家使女，「因為那個大戶要纏她，這女使只得去告訴主人婆，意下不肯依從，那個大戶以此記恨於心，卻倒貼些房奩，不要武大一文錢，白白地嫁與他。自從武大娶得這個婦人之後，清河縣裏有幾個奸詐的浮浪子弟們，卻來他家蔣惱。原來這婦人，見武大身體短矮，人物猥獕，不會風流，她倒無般不好，為頭的愛偷

1　魯迅：〈《吶喊》自序〉，《魯迅論文學與藝術》，北京：人民文學出版社，1980 年，頁 89。

漢子,有詩為證:……卻說那潘金蓮過門之後,那武大是個懦依本分的人,被這一班人不時間在門前叫道:『好一塊羊肉,倒落在狗口裏。』因此武大在清河縣住不牢……」

不少論者很看重金蓮「不肯依從」大戶糾纏的行為,認為這說明她曾是個有反抗意識的使女。殊不知這一行為既與她「愛偷漢子」的性子不合,也與她在同一回對武松自稱「是一個不帶頭巾男子漢,叮叮噹噹響的婆娘,拳頭上立得人,胳膊上走得馬,人面上行得人,不是那等攛不出的鱉老婆」云云無法一致。如依《水滸》的寫法,那麼金蓮性格的起點到底是「不肯依從」,還是「為頭的愛偷漢子」,抑或「不帶頭巾男子漢」?令人一頭霧水,不知所云。所以徐朔方認為這段描寫「《水滸》寫得極差,虧得在《金瓶梅》中得到補救」。[2]《金瓶梅》是如何「補救」的呢?

《金瓶梅》改為金蓮先被母親賣在王招宣府,王招宣五十歲時死了,潘媽媽又以三十兩銀子轉賣給年過花甲的張大戶,張大戶於金蓮十八歲時收用了她。對此,「詞話本」有段感慨,叫:「美玉無瑕,一朝損壞;珍珠何日,再得完全?」充分肯定金蓮在王招宣府雖學了技藝,也學會了喬模喬樣的打扮,卻仍是尚未被污染的無瑕美玉與珍珠。(有人以林太太母子的不堪來推斷少年金蓮也不堪,這是不對的。多少年後金蓮在西門慶府上見到林太太還暗地喊她淫婦,吳月娘說她從小在王招宣府度過不該如此不敬林太太,金蓮解釋是姨媽與她為鄰才有那段歷史。這則反證金蓮從小就對林太太反感。正是這「反感」使之在王招宣府未被污染,而仍為無瑕美玉。)是張大戶玷污了這無瑕美玉,但張大戶力不從心,從此添了四五件病症:腰便添酸、眼便添淚、耳便添聾、鼻便添涕、尿便添滴,最後一命歸天,咎由自取。

但這張大戶死前並未放過金蓮,將她作了一舉多得的殘酷安置:他收用金蓮遭主家婆嫉妒(既嚷罵大戶,又苦打金蓮),知道不容,「卻賭氣倒貼房奩」將金蓮嫁了芳鄰武大,「這武大自從娶了金蓮,大戶甚是看顧他,若武大沒本錢做炊餅,大戶私與他銀兩。武大若挑擔兒出去,大戶候無人,便踅入房中與金蓮廝會。武大雖一時撞見,原是他的行貨,不敢聲言。朝來暮往,也有多時。」吃了人家的嘴軟,拿了人家的手軟,武大白得個老婆又得了許多實惠,眼睜睜看著張大戶與金蓮「廝會」且不敢聲言,這叫什麼男人?孟超有個假設極妙:「假使西門慶也照樣地花上炊餅本錢及金蓮身價,武大郎依然會在財勢之下,犧牲金蓮和他建立經濟上的主從關係的,那麼死的不會是武大郎,而被出賣與被收買了的怕還是潘金蓮吧!從這裏看潘金蓮,何嘗有人的價值,而只是供別人糊口的『炊餅』而已。」[3]這種男人與倚妻謀財的「明忘八」韓道國還有什麼兩樣?難怪連賣雪

2　徐朔方:〈《金瓶梅》的成書以及對它的評價〉,徐朔方等編:《金瓶梅論集》,北京:人民文學出版社,1986 年,頁 65。

3　孟超:《金瓶梅人物》,頁 5。

梨的鄆哥兒都笑他是「鴨」。（按，《新刻江湖切要》：「鴨，王八。」）武大名義上娶了個老婆，實則替張大戶保管了個「外室」，他從中賺幾個「中介費」而已。直到張大戶死後，他才轉正為金蓮丈夫。如此說來，武大的品格，較之《水滸》降低了不知幾何？

即使做了「鴨」，白得個美人糕，武大也心安理得。殊不知「塞翁失馬，焉知禍福」，福兮禍所伏。真該對武大哥說：「子曰：富與貴，是人之所欲也，不以其道而得之，不處也。」問題是與武大相反，「金蓮自嫁武大，見他一味老實，人物猥瑣，甚是憎嫌，常與他合氣，抱怨大戶：普天世界斷生了男子，何故將我嫁與這樣個貨？每日牽著不走，打著倒退的，只是一味味酒，著緊處，卻是錐鈀也不動。奴端的那世裏晦氣，卻嫁了他，是好苦也！」──這就是金蓮眼中的武大。

武大非但徹裏徹外沒有男人味，恐怕連男人的功能也很有限。金蓮稱武大為「三分似人，七分似鬼」的「身不滿尺的丁樹」（按，《水滸》作「三寸丁谷樹皮」）。據傅憎享考，「丁樹」乃「三寸丁谷樹皮」的節縮語。「三寸丁」乃男根的代詞。崇禎本《金瓶梅》第二回有眉批：「三寸入肉，強勝骨肉」，為內證；元雜劇《百花亭》：「單則三寸東西不易降，專在花柳叢中作戰場」，為外證。「丁樹」是疲軟之鳥，今時仍言「熊鳥貨」或是其遺存。涉性小說《繡榻野史》以「短、小、軟、彎、尖」為男根之五忌，「丁樹」集五弱於一體。金蓮的性饑渴與武大的性無能構成尖銳反差，她能不哀不怨嗎？[4]金蓮與西門慶初會之後有對比：「且說這婦人自從與張大戶勾搭，這老兒是軟如鼻涕膿如醬的一件東西，幾時得個爽利！就是嫁了武大，看官試想，三寸丁的物事，能有多少力量？」（第四回）

即使如此，金蓮也認命，承認作者所披露的殘酷現實：「但凡世上婦女，若自己有些顏色，所稟伶俐，配個好男子便罷了；若是武大這般，雖好殺，也未免有幾分憎嫌。自古佳人才子相配著的少，買金偏碰不著賣金的。」因而幾經轉賣，又遭侮辱，且年過十八，既通人事、又多無奈的金蓮此時此地多麼渴望有個遮風擋雨的家啊！她很願與武大合力將這家經營得好一點。

當張大戶死後，金蓮、武大被主家婆即時趕出，尋了紫石街西王皇親房子，賃內外兩間居住，依舊賣炊餅。但在紫石街又遭浮浪子弟騷擾，「住不牢，要往別處搬移，與老婆商議。婦人道：『賊餛飩，不曉事的，你賃人家房住，淺房淺屋，可知有小人囉唣！不如湊幾兩銀子，看相應的，典上他兩間住，卻也氣概些，免受人欺侮。』武大道：『我那裏有錢典房？』婦人道：『呸，濁才料！你是個男子漢，倒擺佈不開，常教老娘受氣？沒有銀子，把我的銀梳（按，詞話本作「釵梳」）湊辦了去，有何難處！過後有了，再置不

4　傅憎享：〈《金瓶梅》小說人名小議〉，《金瓶梅研究》，第 7 輯。

遲。』武大聽老婆這般說，當下湊了十數兩銀子，典了縣門前樓上下兩層四間房屋居住。第二層是樓，兩個小小院落，甚是乾淨。」（第一回）

　　田曉菲非常看重這比《水滸》所多出的一個關鍵性細節：金蓮當掉自己的釵環供武大典房。她說，這樣一來，繡像本的敘述者不說金蓮「好偷漢子」便有了重要的意義：一來繡像本往往讓人物以行動說話而較少評論判斷，二來「好偷漢子」的評語與下文金蓮主動出錢幫武大搬家的行為根本不合。試想如果金蓮那麼喜歡勾引男子，她又何必典賣自己的釵環以供搬家之需呢？（按，金蓮的大度，非很多女人小氣、愛惜首飾之可比。而在古典文學裏面，往往以一個女人是否能獻出自己的首飾供丈夫花用或供家用來判斷她的賢慧。若依照這個標準，則金蓮實在是個賢慧有志氣的婦人，而且她也並不留戀被浮浪子弟攪擾的生活。又可見她喜好的只是有男子漢氣概的男人而已，並不是金錢。）《水滸》全無此等描寫，金蓮遂成徹頭徹尾的惡婦。[5] 順便告訴讀者，中國現代之怪傑陳獨秀當年留學欲借夫人十兩重金鐲為遊資，夫人堅決不肯。陳獨秀因此與她反目，終身未有和好。[6]

　　還應指出的是，從《水滸》到《金瓶梅》都保留的評論金蓮的韻文：「金蓮容貌更堪題，笑靨春山八字眉。若遇風流清子弟，等閒雲雨便偷期。」是作者以全知全能的視角對她性格總領性的預言，「若遇」云云是一種假設條件，並非是對金蓮與武大結合之初的行為評說。

　　可見儘管金蓮在〈山坡羊〉反覆詠歎「姻緣錯配」，自稱鸞鳳、真金，充滿著自信、自尊、自傲，卻又不得不服從命運安排，遵循著封建社會的「嫁雞隨雞，嫁狗隨狗，嫁根扁擔挑著走」的遊戲規則。如無意外，她會與武大將那「小院春秋」打發得平安無事。──這才是金蓮的性格起點。有的學者無視這一性格起點，而將潘金蓮看作「生來就是個壞女人」。他們對潘金蓮的研究則起於罵而止於罵。

二、「武二眼裏認的是嫂子，拳頭卻不認的是嫂子」

　　世俗多指責沒有婚姻的愛情為淫蕩，而沒有多少人理解沒有愛情的婚姻的苦痛。儘管恩格斯說：「再也沒有比認為不以相互性愛和夫妻真正自由同意為基礎的任何婚姻都是不道德的那種觀念更加牢固而不可動搖的了。」[7] 生活在本沒有愛情甚至沒有性情的婚姻中，潘金蓮雖有怨恨，卻並沒真的理會。那怨那恨，也只會慨歎命也運也：「駿馬每

5　田曉菲：《秋水堂論金瓶梅》，天津：人民出版社，2005 年，頁 7。

6　見拙著：《文人陳獨秀：啟蒙的智慧》，西安：陝西人民出版社，2005 年，頁 153。

7　恩格斯：〈家庭、私有制和國家的起源〉，《馬克思恩格斯選集》，第 4 卷，頁 72。

馱癡漢走,巧妻常伴拙夫眠;世間多少不平事,不會作天莫作天!」因為靈肉一致的夫婦,在中國歷史上極為稀有。

也該叫樹欲靜而風不止,偏偏在金蓮與武大剛要安心過小日子時,打虎英雄武松闖入了他們的生活,立即在這小小院落,尤其是金蓮心頭掀起了狂瀾:

> 看了武松身材凜凜,相貌堂堂,又想他打死了那大蟲,畢竟有千百觔氣力,口中不說,心下思量道:一母所生的兄弟,怎生我家那身不滿尺的丁樹,三分似人,七分似鬼,奴那世裏遭瘟,撞著他來?如今看起武松這般人物壯健,何不叫他搬來我家住?想這段姻緣卻在這裏了。

武松、武大一母所生,卻是壯美與懦弱的兩極代表,怎叫金蓮見之不驚訝,對比之餘,立即有了一番盤算。第一步方案——叫他搬來我家住——實現了,一向以「真金」「金磚」自許的金蓮,「強如拾得金寶一般歡喜」。誰說「買金偏撞不著賣金的」?這不是買金的偏撞著賣金的了麼?金蓮在武松眼中也不僅是嫂子,更是個「十分妖嬈」的婦人,四目相撞難免觸電,「只把頭來低著」,不便——不敢正視。不知是武松本來就有點「壞」,還是金蓮誤讀了他的眼神。滿腔「野意」的金蓮根本就不懂得愛上小叔子是違反「倫常」的,於是她步步深入地去挑逗武松。假設武松如韓二一般與嫂子通姦,又假設武大即使知情也如當初對張大戶一般置之不理,那將是另一部小說了,或者是對《水滸》作簡單的重複。武松若真的帶走金蓮,充其量只是給梁山又添個孫二娘,那只是日益風行的「戲說」中的故事,與本題不相干。而《金瓶梅》中的武松是個「硬心的直漢」,吃衙門飯的懂得「法理」,雖在情、理之內應付著「烘動春心的嫂子」,但一旦到警戒紅線的邊緣,他立即停步,轉而睜起怒眼道:「武二是個頂天立地、嘬齒戴髮的男子漢,不是那等敗壞風俗傷人倫的豬狗!嫂嫂休要這般不識羞恥,為此等的勾當。倘有風吹草動,我武二眼裏認的是嫂嫂,拳頭卻不認的是嫂嫂!」這才叫「落花有意隨流水,流水無情戀落花」哩。

潘金蓮想從無愛無性的婚姻中掙扎出來的努力,本無可厚非,甚至可視為一種女性的覺醒。然而她的掙扎與覺醒是以違反倫常的錯誤方式表現出來的,而且饑不擇食的她找錯了對象,這就理所當然地遭到武松的斷喝。不過,由希望而失望的潘金蓮再也難以安靜了,「春心一點如絲亂,任鎖牢籠總是虛」。這意味著金蓮會盡可能去尋找新的機遇,同時也埋藏著新的危機。

三、邂逅西門慶：第一次品嘗到性愛禁果

正當以錯誤的方式初步覺醒了的金蓮四顧茫茫之際，命運之神給她送來了西門慶，他倆「簾下勾情」，致命邂逅。金蓮心頭再次升騰起生命的呼嘯：「不想這段姻緣，卻在他身上！」（按，此句僅見詞話本）

值得她慶幸的是，這次她邂逅的「可意的人兒」再也不是自家小叔子，而是個陌生路人，已無「倫常」之忌了；這位陌生男人有武松般的「健壯」，卻無武松般的「不通人情」；更何況他竟是「嘲風弄月的班頭，拾翠尋香的元帥」。男有心，女有意，更有王婆這天才導演牽線，潘金蓮與西門慶一拍即合。這是金蓮的第一次主動偷情，也是她身為女性真正品嘗到性愛禁果的甘甜。這是在張大戶與武大那裏所夢想不到的，真令她別有一番滋味在心頭：「直饒匹配眷姻諧，真個偷情滋味美。」

如果說與武松相逢，金蓮被激醒的只是朦朧的性愛意識；那麼，與西門慶「廝會」，金蓮則燃起了一股生命的烈焰。誠然，金蓮平生第一次性愛的滋味是在「偷情」這錯誤方式中獲得的（與張大戶、武大都算不上「性愛」）。人們卻沒有必要因此而鄙薄之。因為你必須正視，誠如恩格斯所指出的，既然「以通姦和賣淫為補充的一夫一妻制是與文明時代相適應的」，那麼「對付通姦就像對付死亡一樣，是沒有任何藥物可治的」；其次，在古代全然不顧男女雙方當事人意願的婚姻制度下，「如果說在自由男女之間確實發生過愛情關係，那只是就婚後通姦而言的」。[8]儘管金蓮求愛的方式是錯誤的，但在彼時彼地，若沒有孤注一擲的錯誤方式，金蓮就無以獲得愛情（或者性愛），她就生活在這麼個怪圈之中。這是她的可愛之處，也是她的可悲所在。

如果金蓮與西門慶的性愛只停留在幽會上，那她充其量可為宋惠蓮、王六兒之流，然她不像那兩位貪財，只「蒙官人抬舉，如今日與你百依百隨，是必過後休忘了奴家」，堪稱情種，由此出發她或許能昇華為《西廂記》中的鶯鶯小姐那樣的形象；如果她與西門慶能徹底走出世俗羅網為情私奔，那她充其量可為孫雪娥與來旺兒之流，然她多才多藝，聰明伶俐，與西門慶又為「曲中知音」，由此出發她或許能昇格為「鳳求凰」中的卓文君一類的形象；如果金蓮與西門慶初會之後，西門慶別有新歡，不再登金蓮之小院，金蓮之於情郎的戀情只是夢中想，曲中唱，靠「意淫」打發她心靈的苦悶，那她或許就可能幻化為《牡丹亭》中的杜麗娘……

8　恩格斯：〈家庭、私有制和國家的起源〉，《馬克思恩格斯選集》，第 4 卷，頁 62、66、68。

四、他們為何在「紙虎兒」武大前退避三舍？

然而金蓮偏偏不蹈前人覆轍，偏偏要將與西門慶的戀情轉化成婚姻，且「長做夫妻」（按，這「偏偏」恰為作者另闢蹊徑，為中國古典小說形象長廊開闢了新的增長點）。這樣一來她就遭遇到多重對手。先看第五回「捉姦情鄆哥定計」中的一段精彩描寫，然後再來分解：

> 只見武大，從外裸起裳衣，大踏步直搶入茶坊裏來。那婆子見是武大來得甚急，待要走去阻擋，卻被這小猴子（按，鄆哥兒也）死力頂住，那裏肯放？婆子只叫得：「武大來也！」
>
> 那婦人正和西門慶在房裏，做手腳不迭，先奔來頂住了門。這西門慶便鑽入床下躲了。武大搶到房門首，用手推那房門時，那裏推得開？口裏只叫：「做得好事！」
>
> 那婦人頂著門，慌作一團，口裏便說道：「你閑常時只好鳥嘴，賣弄殺好拳棒，臨時便沒些用兒，見了紙虎兒也嚇一交。」那婦人這幾句話，分明叫西門慶來打武大，奪路走。
>
> 西門慶在床底下聽了婦人這些話，提醒他這個念頭，便鑽出來，說道：「不是我沒本事，一時間沒這智量。」便來撥開門，叫聲：「不要來！」武大卻待揪他，被西門慶早飛起腳來，武大矮小，正踢中心窩，撲地望後便倒了。（第五回）

潘金蓮被作者在小說開卷處就定位為「虎中美女」。這顯然不是西方荒誕美學中「野獸與美女」的配方，而是將孔老夫子「苛政猛於虎」的學理演繹為「美女猛如虎」的命題，進而強化「紅顏禍水」的通則。令人不解的是這「虎中美女」，再加人間猛虎西門慶（在另一個場合打虎英雄武松竟不是他的對手！）為何在武大這「紙虎兒」面前退避三舍呢？這裏又有一個有趣的對比：武大平生第一次也是最後一次為捉姦而勇猛了一把（他若一向如此勇猛，其與金蓮的生活史或許要改寫），西門慶也平生第一次也是最後一次為通姦而狼狽地鑽入床底（他若一向如此沒智量，也就不會有許多風流故事然後風流而終）。

這是因為武大的身後聳立著一個男性世界的通則和以男性為中心的封建婚姻制度。這兩者是天然聯合體，兩者合二而一，會化成一個巨大的魔掌，遠勝莎翁筆下的奧塞羅的雙手，會碾碎一切違規的女性。就男性世界的通則而言，魯迅曾經沉痛地指出：「中國人向來就沒有爭到過『人』的價格，至多不過是奴隸。」[9]但如果恰而幸為男子，則不論他居於如何卑下的地位，受著主人如何不堪的奴役，卻總有比他更卑下的妻女來供他奴役，供他淫虐。女性由於其性別身分，不僅是丈夫的性對象，而且還是這個男性中心

9　魯迅：〈燈下漫筆〉，《魯迅全集》，第1卷，頁212。

社會（androcentric society）中所有男性的潛在的性對象！

就封建婚姻制度而言，舊時代的女性，不僅是外部男性中心社會性玩弄、性禁忌、性歧視、性凌虐、性專制的對象，在家庭、宗教內部，依然擺脫不了這樣的處境。女性的人格獨立、人身自由、人權平等從來都是不存在的，在家從父、出嫁從夫、夫死從子，她們從來都只能作為父、夫、子這些男性的附屬物和私有財產而存在，除此之外，沒有任何價值。[10]封建社會以「三從四德」為武器格殺了多少「淫婦」，也製造出多少痛苦的節婦，僅有明一朝見於史載的節婦就有三萬五千八百二十九人之多[11]。封建社會對婦女從生到死都有種種禁忌，但我認為其中最殘酷的是「七出」之條（也叫「七去」）。《大戴禮》載：「婦有七去：不順父母，去；無子，去；淫，去；妒，去；有惡疾，去；多言，去；盜竊，去。」這所謂七出，完全是維護以男性為中心以血緣關係為基礎的封建宗法家庭利益而制定的。《大戴禮》進而解釋：「不順父母，為其逆德也；無子，為其絕後也；淫，為其亂族也；妒，為其亂家也；有惡疾，不可與共粢盛（祭品）也；口多言，為其離親也；盜竊，為其反義也。」它的殘酷性在於不是對男女平權雙向制約，而是男性對於女性單向專制。丈夫可以撿起其中任何一條為依據或為藉口來將妻休掉，妻子卻無任何制約丈夫的權利。《白虎通·嫁娶篇》有云：「夫有惡行妻不得去者，地無去天之義也。」因為丈夫是天，妻子是地，只有天能制地，而無地制天之理。有這鐵律在，才有多少不幸婦女的悲劇產生。

作為賣炊餅角色的武大，他確實是社會最底層的無能之輩；而作為金蓮之夫角色的武大，他雖為「紙虎兒」卻有威懾「虎中美女」與人間猛虎（西門慶屬虎）的力量。不管這位妻子是如何來的（張大戶「賜婚」也算變相的「父母之命，媒妁之言」），也不管金蓮愛不愛他，或他有無能力做她的真正意義上的丈夫，這「紙虎兒」都對於「虎中美女」擁有實際上的夫權，從而將「虎中美女」視為私有財產而占有，不容他人染指。所有這些，都是男性中心社會通則與封建婚姻制度賦予他的。而封建法律（尤其是道德法律）從不承認什麼情愛或性愛，而對姦夫淫婦從來是譴責與懲罰的，對淫婦的懲罰更是花樣翻新且殘酷無比，難怪他們退避三舍。

五、「欲求生快活，須下死工夫」

但是，如果此時有一方妥協，或者是金蓮知過而退，退回原來的生活格局；或者是

10　舒蕪：《哀婦人》，合肥：安徽教育出版社，2004 年，頁 7、13。
11　據《古今圖書集成》。

武大既知金蓮犯了七出之條，給她一紙休書，放她一條生路，也就是給自己留條生路。遺憾的是他們雙方都不肯妥協，金蓮偏偏要鋌而走險，要向男權世界挑戰；武大也偏偏不給金蓮休書，自己被西門慶踢傷臥病在床，無力履行男權懲罰，卻搬出打虎英雄的弟弟武松代他執行。他在病床上對金蓮說：

> 你做的勾當，我親手捉著你姦，你倒挑撥姦夫踢了我心。至今求生不生，求死不死，你們卻自去快活。我死自不妨，和你們爭執不得了。我兄弟武二，你須知他性格，倘或早晚歸來，他肯干休？你若肯可憐我，早早扶得〔持〕我好了，他歸來時，我都不提起；你若不看顧我時，待他歸來，卻和你們說話。（第五回）

原本無謀殺武大之意的金蓮，實指望他在病床上自生自滅。而武大的話，卻讓金蓮與西門慶如五雷轟頂。此時此刻潘金蓮、西門慶所面臨的局面，恰如毛澤東所說武松所面臨的景陽崗上的老虎一樣，要麼打死老虎，要麼被老虎吃掉，兩者必居其一。他們深知武松殺人不眨眼，唯一的出路是在武松出差歸來之前將眼前這「紙虎兒」幹掉，讓他死無對證，然後再奔婚床。西門慶稱之為「欲求生快活，須下死工夫」。武大原想借武松來震懾他們，沒想到卻激化了矛盾；武松原是兄弟的保護神，不料他的存在卻加速了兄弟的死亡；男權世界的通則本是男性權威的護身符，卻成為男權挑戰者格殺男性的魔杖。

潘金蓮簡直是情慾的化身，為了情慾她竟不惜以錯誤乃至罪惡的方法孤注一擲！儘管在謀殺武大的過程中，用王婆的話說「你（西門慶）是一個把舵的，我是個撐船的」，而潘金蓮只是個幫兇。以往有的評論直呼潘金蓮為「殺人犯」，有失公道。若以法律仲裁，其實很簡單，只須按法律條文對號入座即可。但審美評論就複雜得多，因為它更注重情節的來龍去脈和更深層的原因，以及人物靈魂深處的波瀾。即使以法律仲裁，武松在狀子上也寫得很分明：「小人哥哥武大，被惡豪西門慶與嫂潘氏通姦，踢中心窩；王婆主謀，陷害性命。」潘金蓮充其量為從犯。當然，她也夠瘋狂了，儘管她也說：「只是奴家手軟，臨時安排不得礙手。」總之，她協從殺夫的行為是法不可恕而情實可憫。

不過，事後證明那打虎英雄武松並不可怕，西門慶用金錢勾結官場，略施小技就將武松搞定了——發配孟州。早知如此，何必大開殺戒，讓金蓮終身難以擺脫那謀殺親夫的十字架。

無限風光在巫山
——熱戀中的潘金蓮

　　夏志清稱潘金蓮進入西門府後的故事，為小說中的「小說」。[1]我則更看中潘金蓮入西門府之前，與西門慶的那段婚外戀情，視為小說中的精品，儘管它只能作為潘金蓮與西門慶故事的序曲。爾後故事發展軌道，尤其是潘金蓮的性格變遷與行為邏輯，都或明或暗在這序曲中找到源頭與依據。

一、赴巫山潘氏幽歡

　　先得狠狠當一把文抄公，請看第四回「赴巫山潘氏幽歡」：

> 這婦人見王婆去了，倒把椅兒扯開一邊坐著，卻只偷眼瞅看。西門慶坐在對面，一徑把那雙涎瞪瞪的眼睛看著他，便又問道：「卻才到忘了問得娘子尊姓？」婦人便低著頭帶笑的回道：「姓武。」西門慶故做不聽得說道：「姓堵？」那婦人卻把頭又別轉著笑著低聲說道：「你耳朵又不聾。」西門慶笑道：「呸，忘了，正是姓武。只是俺清河縣姓武的卻少，只有縣前一個賣炊餅的三寸丁姓武，叫做武大郎，敢是娘子一族麼？」
> 婦人聽得此言，便把臉通紅了，一面低著頭微笑道：「便是奴的丈夫。」西門慶聽了，半日不做聲，呆了臉，假意失聲道：「屈。」婦人一面笑著又斜瞅他一眼，低聲說道：「你又沒冤枉事，怎的叫屈？」西門慶道：「我替娘子叫屈哩！」
> 卻說西門慶口裏娘子長，娘子短，只顧白嘈。這婦人一面低著頭弄裙子兒，又一回咬著衫袖口兒，咬得袖口兒格格駁駁的響，要便斜溜他一眼兒。只見這西門慶推害熱，脫了上面綠紗褶子，道：「央煩娘子，替我搭在乾娘護炕上。」這婦人只顧咬著袖兒別轉著，不接他的，低聲笑道：「自手又不折，怎的支使人！」西

1　夏志清：《中國古典小說導論》，頁204。

門慶笑著道：「娘子不與小人安放，小人偏要自己安放。」一面伸手隔桌子，搭到床炕上去，卻故意把桌上一拂，拂落一隻筯來。卻也姻緣湊著，那祇筯兒剛落在金蓮裙下。西門慶一面斟酒勸那婦人，婦人笑著不理他。他卻又待拿筯子起來，讓他吃菜兒。尋來尋去不見了一隻。

這金蓮一面低著頭，把腳尖兒踢著笑道：「這不是你的筯兒？」西門慶聽說，走過金蓮這邊來，道：「原來在此。」蹲下身去，且不拾筯，便去他繡花鞋頭上只一捏。

那婦人笑將起來，說道：「怎這的囉唣！我要叫起來哩！」西門慶便雙膝跪下，說道：「娘子，可憐小人則個！」一面說著，一面便摸他褲子。婦人又開手道：「你這歪廝纏人，我卻要大耳刮子打的呢！」西門慶笑道：「娘子打死了小人，也得個好處。」於是不由分說，抱到王婆床炕上，脫衣解帶，共枕同歡。

卻說這婦人自從與張大戶勾搭，這老兒是軟如鼻涕膿如醬的一件東西，幾時得個爽利！就是嫁了武大，看官試想，三寸丁的物事，能有多少力量？今番遇了西門慶，風月久慣本事高強的，如何不喜。但見：

交頸鴛鴦戲水，並頭鸞鳳穿花。喜孜孜連理枝生，美甘甘同心帶結。一個將朱唇緊貼，一個將粉臉斜偎。羅襪高挑，肩膊上露兩彎新月，金釵斜墜，枕頭邊堆一朵烏雲。誓海盟山，搏弄得千般旖旎；羞雲怯雨，揉搓的萬種妖嬈。恰恰鶯聲，不離耳畔。津津甜唾，笑吐舌尖。楊柳腰脈脈春濃，櫻桃口微微氣喘。星眼朦朧，細細汗流香百顆；酥胸蕩漾，涓涓露滴牡丹心。直饒匹配眷姻諧，真個偷情滋味美。

筆者認為《金瓶梅》中做愛文字雖各有千秋，各盡其能，卻唯有這一則最美，可作詩來品，當畫來賞。張竹坡在回批中還特別挑出金蓮赴巫山途中一系列精緻傳神的動作來評說，更顯得金蓮仿佛水銀做成的本色派演員，原汁原味地走到你眼前，無半點矯揉造作，一片柔媚俊俏，靈動之極：

開手將兩人眼睛雙起花樣一描，最是難堪，卻最是入情。後卻使婦人五低頭，七笑，兩斜瞅，便使八十老人，亦不能寧耐也。

五低頭內，妙在一「別轉頭」。「七笑」……遂使紙上活現。「帶笑」者，臉上熱極也。「笑著」者，心內百不是也。「臉通紅了……微笑」者，帶三分慚愧也。「一面笑著……低聲」者，更忍不得癢極了也。「一低聲笑」者，心頭小鹿跳也。「笑著不理他」者，火已打眼內出也。「踢著笑」者，半日兩腿夾緊，至此略鬆一鬆也。「笑將起來」者，則到此真個忍不得也。何物文心，作怪至此！

又有「兩斜瞅」內，妙在要使斜瞅他一眼兒，是不知千瞅萬瞅也。寫淫婦至此，盡矣，化矣。再有筆墨能另寫一樣出來，吾不信也。然他偏又能寫後之無數淫婦人，無數眉眼伎倆，則作者不知是天仙是鬼怪！

又咬得衫袖「格格駁駁的響」，讀者果平心靜氣時，看到此處，不廢書而起，不聖賢即木石。

張評美中不足的是他心中有份「淫婦」的成見，在一定程度上影響了他對金蓮「妖情欲絕」（繡像本眉批）的媚態的欣賞。

二、田曉菲解讀：巫山上的旖旎風光

田曉菲不愧為被西學浸染又不失傳統的新派漢學家，再加其才女的獨特視角，同是這段故事，她能將之與《水滸傳》、詞話本《金瓶梅》相比較，得出一個全新的審美境界。本書對田說多有「偏愛」，這裏則又來當一次文抄公，好在她的文字鮮美，不會令讀者厭倦：

此回書上半，刻畫金蓮與西門慶初次偷情。《水滸傳》主要寫武松，「姦夫淫婦」不是作者用筆用心的所在，更為了刻畫武松的英雄形象而儘量把金蓮寫得放肆、放蕩、無情，西門慶也不過一個區區破落戶兼好色之徒。在《水滸傳》中，初次偷情一場寫得極為簡略，很像許多文言筆記小說之寫男女相悅，沒說三兩句話就寬衣解帶了，比現代好萊塢電影的情節進展更迅速，缺少細節描寫與鋪墊。《金瓶梅》之詞話本、繡像本在此處卻不僅寫出一個好看的故事，而且深入描繪人物性格，尤其刻畫金蓮的風致，向讀者呈現出她的性情在小說前後的微妙變化。

詞話本在王婆假作買酒離開房間之後、西門慶拂落雙箸之前增加一段：「卻說西門慶在房裏，把眼看那婦人，去鬢半軃，酥胸微露，粉面上顯出紅白來，一徑把壺來斟酒，勸那婦人酒，一回推害熱，脫了身上綠紗褶子：『央煩娘子，替我搭在乾娘護炕上。』那婦人連忙用手接了過去，搭放停當。」隨即便是拂箸、捏腳、雲雨。

且看繡像本中如何描寫：（按，引文從略）但看這裏金蓮低頭、別轉頭、低聲、微笑、斜瞅、斜溜，多少柔媚妖俏，完全不是《水滸傳》中的金蓮放蕩大膽乃至魯莽粗悍的作派。至此，我們也更明白何以繡像本作者把《水滸傳》中西門慶、王婆稱讚武大老實的一段文字刪去，正寫了此節的借鍋下麵，借助於武大來挑逗金蓮也。

詞話本中，西門慶假意嫌熱脫下外衣，請金蓮幫忙搭起來，金蓮便「連忙用手接了過去」，此節文字，實是為了映襯前文武松踏雪回來，金蓮「將手去接」武松的氈笠，武松道：「不勞嫂嫂生受。」隨即「自把雪來拂了，掛在壁子上。」（我們要注意連西門慶穿的外衣也與武松當日穿的絳絲衲襖同色。然而綠色在雪天裏、火爐旁便是冷色，在三月明媚春光裏，金蓮的桃紅比甲映襯下，便是與季節相應的生命之色也。）不過，金蓮接過外衣搭放停當，再加一個「連忙」，便未免顯得過於老實遲滯，繡像本作：「這婦人只顧咬著袖兒別轉著，不接他的，低聲笑道：『自手又不折，怎的支使人？』西門慶笑著道：『娘子不與小人安放，小人偏要自己安放。』一面伸手隔桌子，搭到床炕上去，卻故意把桌上一拂，拂落一隻箸來。」須知金蓮肯與西門慶搭衣服，反是客氣正經處；不肯與西門慶搭衣服，倒正是與西門慶調情處。西門慶的厚皮糾纏，也盡在「偏要」二字中畫出，又與拂落筷子銜接，毫無一絲做作痕跡。

《水滸傳》以及詞話本中，都寫西門慶拂落了一雙箸，繡像本偏要寫只拂落了一隻箸而已。於是緊接下面一段花團錦簇文字：「西門慶一面斟酒勸那婦人，婦人笑著不理他。他卻又待拿箸子起來，讓他吃菜兒。尋來尋去不見了一支。……這金蓮一面低著頭，把腳尖兒踢著笑道：『這不是你的箸兒？』西門慶聽說，走過金蓮這邊來，道：『原來在此。』蹲下身去，且不拾箸，便去他繡花鞋頭上只一捏。」拂落了一隻箸者，是為了寫金蓮的低頭、踢箸、笑言耳。正因為金蓮一直低著頭，所以早就看見西門慶拂落的箸；以腳尖踢之者，極畫金蓮此時情不自禁之處；「走過金蓮這邊」，補寫出兩個相對而坐的位置，是極端寫實的手法；而「只一捏」者，又反照前文金蓮在武松肩上的「只一捏」也。西門慶調金蓮，正如金蓮之調武松；金蓮的低頭，宛似武松的低頭。是金蓮既與武松相應，也是西門慶的鏡像也。

《水滸傳》在此寫到：「那婦人便笑將起來，說道：『官人休要囉唣，你有心，奴亦有意。你真個要勾搭我？』西門慶便跪下道：『只是娘子作成小人。』那婦人便把西門慶摟將起來。」金聖歎在此處評道：「反是婦人摟起西門慶來，春秋筆法」。詞話本增加一句：「那婦人便把西門慶摟將起來道：『只怕乾娘來撞見。』西門慶道：『不妨，乾娘知道。』」則金蓮主動摟起西門慶來這一情節未改，並任由金蓮直接說出情懷。

且看繡像本此處的處理：「那婦人笑將起來，說道：『怎這的囉唣！我要叫起來哩。』西門慶便雙膝跪下，說道：『娘子，可憐小人則個。』一面說著，一面便摸他褲子。婦人又開手道：『你這廝歪纏人，我卻要大耳刮子打的呢！』西門慶

笑道：『娘子打死了小人，也得個好處。』於是不由分說，抱到王婆床炕上，脫衣解帶，共枕同歡。」

金蓮「要」叫起來、「要」大耳刮子打，寫得比原先的「你真個要勾搭我」俏皮百倍。西門慶不說「作成」而說「可憐」，是浪子慣技；「打死……也得個好處」，是套話，也與後來王婆緊追不放要西門慶報酬而說出的「不要交老身棺材出了討挽歌郎錢」相映，與金蓮當日回家騙武大說要給王婆做送終鞋相映，可見死亡之陰影無時不籠罩這段姦情。至於「摸他褲子」「抱到王婆床炕上」，終於改成西門慶採取最後的主動，而不是金蓮。[2]

田曉菲欣賞的是「巫山上的旖旎風光」，以及寫出這「旖旎風光」的旖旎文章，她的分析精細到位。而我的著眼點是想透過這旖旎文章所寫的旖旎風光，看到金蓮從《水滸傳》中的「久慣牢成的淫婦」，被《金瓶梅》改造成了初次偷情的少婦。以此作為她與西門慶戀情生活的起點，與前述金蓮性格起點（嫁雞隨雞……）一樣，對金蓮形象的認識極為重要。可見金蓮並非「天生的淫婦」（或「天生的騷貨」），她與西門慶的初次偷情也不是簡單地以「淫」視之，倒是一對少夫少婦被生命的激情所鼓動而產生的既浪漫又驚險更不失刺激的婚外之戀。

三、「金蓮心愛西門慶」

西門慶本乃久慣風月之徒，他與金蓮首次幽會之後，王婆問：「這雌兒風月如何？」西門慶用折字法回答：「色系子女不可言」──即絕好，妙不可言之謂也。可見金蓮不僅床上功夫見佳，而且非常投入，令西門慶割捨不得，第二天又用錢打點王婆來約見金蓮。「那西門慶見婦人來了，如天上落下來一般，兩個並肩迭股而坐。」──已是現代戀人的坐法了，與第一次相見風光大異。上次西門慶的主要精力耗在調情上，這次才有心力從容地欣賞金蓮之美：

> 這西門慶仔細端詳那婦人，比初見時越發標緻。吃了酒，粉面上透出紅白來。兩道水鬢，描畫的長長的。端的平欺神仙，賽過嫦娥。……
> 西門慶誇之不足，摟在懷中，掀起他裙來，看見他一對小腳，穿著老鴉段子鞋兒，恰剛半扠，心中甚喜。一遞一口與他酒吃，嘲問話兒。……西門慶嘲問了一回，向袖中取出銀穿心金裹面盛著香茶木樨餅兒來，用舌尖遞送與婦人。兩人相摟相

2　田曉菲：《秋水堂論金瓶梅》，頁 15-18。

抱，嗚咽有聲。

自古「風流茶說合，酒是色媒人」，少頃吃得酒濃，不覺春心拱動。一回生，二回熟，有了再次幽會，「那婦人自當日為始，每日趲過王婆家來，和西門慶做一處，恩情似漆，心意如膠」（第四回）。轉眼兩月有餘，他們一直全身心地投入那最佳的龍虎鬥（潘金蓮屬龍，西門慶屬虎）：「那婦人枕邊風月，比娼妓尤甚，百般奉承。西門慶亦施逞槍法打動；兩個女貌郎才俱在妙齡之際」（第六回）。

以往的評論，多將「那婦人枕邊風月，比娼妓尤甚」，視為金蓮淫蕩的表現。然若換一個角度看，既然「金蓮心愛西門慶」，她對心愛的男人全身地投入有何不可呢？從這個意義上看，「比娼妓尤甚」，就如同西門慶讚揚金蓮琵琶的彈奏水準：「就是小人在勾欄，三街兩巷相交的，也沒有你這手好彈唱！」也是一種稱讚，只是其比擬的方式難為一般人所接受。這裏「娼妓」與「相交（教）唱的」，都成了某種專業水準的象徵。意思是說即使是專業的風月人員的風月水準也比不過金蓮。原因很簡單，娼妓多半出賣的是身，而熱戀中金蓮是全身心地投入，是靈與肉的全方位地投入，其枕邊風月，自然「比娼妓尤甚」。而孫雪娥對她的評價：「說起來比養漢老婆還浪，一夜沒漢子也不成的，背地裏幹的那繭兒，人幹不出，他幹出來。」（第十一回）則是一個失落者的嫉妒之聲。

毫無疑義，正是西門慶的體態、交談、旨趣乃至性功能深深地吸引著金蓮。金蓮在與西門慶的交往中走向了生命的全新境界：「性愛常常達到這樣強烈和持久的程度，如果不能結合和彼此分離，對雙方來說即使不是最大的不幸，也是一個大不幸；僅僅為了能彼此結合，雙方甘冒很大的危險，直至拿生命孤注一擲，而這種事情在古代充其量只是在通姦的場合才會發生」。[3]金蓮是以古代通姦的形式，向著準現代性愛邁進。儘管她終究沒邁出古代性愛的鐵門檻。

四、「負心的賊，如何撇閃了奴」

既然幾乎是用生命換來的性愛，理當倍加珍惜；既然是最佳龍虎配，其性愛關係理當順利發展。當初只要西門慶兩日不來，金蓮就俏罵：「負心的賊，如何撇閃了奴？又往那家另續上心甜的了，把奴冷丟，不來揪採！」但自端午之後，西門慶忙於娶孟玉樓與嫁女兒（西門大姐），直到七月二十八日他的生辰，西門慶竟有三個多月未到金蓮那兒去。「這婦人挨一日似三秋，盼一夜如半夏」，「每日門兒倚遍，眼兒望穿」，「不覺

---

[3] 恩格斯：〈家庭、私有制和國家的起源〉，《馬克思恩格斯選集》，第4卷，頁68。

銀牙暗咬，星眼流波」，甚至「由不得珠淚兒順著香腮流將下來」，日夜不得安寧。於是使盡渾身解數，又是說好話，又是付小費，請王婆、玳安去「圍追堵截」西門慶。她親手做了一籠裹餡肉角兒專等西門慶來享用，數了又數，因少一個而殘酷地懲罰武大前妻生的女兒迎兒；她為西門慶的生日準備了種種精緻的壽禮。她將對西門慶的苦苦相思，化為美麗荒唐的「相思卦」，化為如癡如醉的琵琶曲……

七月二十九日，當王婆終於將「走失」的西門慶找到了，金蓮是何等高興：

> 婦人聽見他來，就像天上吊下來的一般，連忙出房來迎接。（按，第四回是西門慶「見婦人來了，如天上落下來一般」，如今卻倒轉了。）
>
> 西門慶搖著扇兒進來，帶酒半酣，與婦人唱喏，婦人還了萬福，說道：「大官人貴人稀見面。怎的把奴丟了？一向不來傍個影兒！家中新娘子陪伴，如膠似漆，那裏想起奴家來！」
>
> 西門慶道：「你休聽人胡說，那討什麼新娘子來。只因小女出嫁，忙了幾日，不曾得閒工夫來看你。」婦人道：「你還哄我哩！你若不是憐新棄舊，另有別人，你指著旺跳身子說個誓，我方信你。」
>
> 西門慶道：「我若負了你，生碗來大疔瘡，害三五年黃病，匾擔大蛆叮口袋。」婦人道：「負心的賊！匾擔大蛆叮口袋，管你甚事？」一手向他頭上把一頂新纓子瓦楞帽兒撮下來，望地下只一丟。慌得王婆地下拾起來，替他放在桌上，說道：「大娘子，只怪老身不去請大官人來，就是這般的。」
>
> 婦人又向他頭上拔下一根簪兒，拿在手裏觀看，卻是一點油金簪兒，上面鈒著兩溜字兒：「金勒馬嘶芳草地，玉樓人醉杏花天。」卻是孟玉樓帶來的。婦人猜做那個唱的送他的，奪了放在袖子裏，說道：「你還不變心哩！奴與你的簪兒那裏去了？」西門慶道：「你那根簪子，前日因酒醉，跌下馬來，把帽子落了，頭髮散開，尋時就不見了。」婦人將手向西門慶臉邊彈個響櫃子，道「哥哥兒，你醉的眼怎花了，哄三歲孩兒也不信！」
>
> 王婆在旁插口道：「大娘子休怪大官人，他『離城四十里見蜜蜂兒拉屎，出門交獺象絆了一交——原來覷遠不覷近』。」西門慶道：「緊自他麻犯人，你又自作耍。」婦人見他手中拿著一把紅骨細灑金、金釘鉸川扇兒，取過來迎亮處，只一照——原來婦人久慣知風月中事，見扇上多是牙咬的碎眼兒，就疑是那個妙人與他的——不由分說，兩把折了。
>
> 西門慶救時，已是扯的爛了，說道：「扇子是我一個朋友卜志道送我的，一向藏著不曾用，今日才拿了三日，被你扯爛了。」

> 那婦人奚落了他一回。只見迎兒拿茶來，便叫迎兒放下茶託，與西門慶磕頭。王
> 婆道：「你兩口子聒聒了這半日，也勾了，休要誤了勾當。老身廚下收拾去也。」……
> 二人自在取樂頑耍，婦人陪伴西門慶飲酒多時，看看天色晚來。（詞話本第八回）

久別重逢後的金蓮，將她滿腔的思念化為敏銳的盤問、別致的奚落、俏皮的打鬧，然後
言歸於好。儘管作者用的是「淫欲無度」這類字眼，但是這對戀人久別重逢的情景，還
是被寫得相當感人的。

西門慶與潘金蓮、李瓶兒之外的諸位女性結合，幾乎都沒有什麼戀愛過程，一箭就
上垛，直奔主題，單調得可笑。李瓶兒與西門慶正式結合之前雖有段戀愛（或偷情）的歷
史，花子虛死後，李瓶兒催西門慶早日把她娶過去：「休要嫌奴醜陋，奴情願與官人鋪
床疊被，與眾娘子做個姐妹，奴自己甘心，不知官人心下如何？」「隨問把我做第幾個
也罷，親奴捨不得你」。說著滿眼落淚，可謂信誓旦旦。但一見西門慶家有事（受楊戩案
株連），李瓶兒立即就見風轉向，招了個倒踏門的蔣竹山。

倒是有著「自由之身」的潘金蓮在西門慶移情別戀真的「另續上了心甜的」姊妹孟
玉樓時，卻心無旁騖地苦戀著西門慶。可見此時此刻的潘金蓮對愛情是何等的忠貞，對
她心愛的人兒西門慶是何等的一往情深。都道金蓮「好偷漢子」，其實如果她真的是如
王六兒那樣人皆可夫的女人，在與西門慶分離三個多月的日子裏，她早該有了種種風流
韻事，而不會在那苦戀中煎熬著，何況是西門慶移情別戀在前。

愛的奉獻與妾的地位
——封建妾媵制度下的潘金蓮

一、「實指望買住漢子心」

　　潘金蓮一無娘家勢力撐腰（如吳月娘為千戶之女），二無豐厚的嫁妝（如李瓶兒、孟玉樓皆為富寡婦，即使是李嬌兒也從妓院中帶來了一筆財富），三無兒子來鞏固其家庭地位（如李瓶兒有官哥兒，吳月娘有孝哥兒）。她所有的只是另類的美貌、另類的激情、另類的風月。她是個唯性、唯欲、唯情主義者，捨此種種，別無所求。她以性為命，為情而生。

　　世間男女相逢皆講個緣分。無緣無分不談，有緣無分，無緣有分，有緣有分，各有千秋，人間多少悲喜劇皆源自這緣分二字。百年修得同船渡，千年修得共枕眠。潘金蓮與西門慶本來有緣有分，但金蓮卻嫌不足，她追求全緣全分，讓西門慶成為她的「惟一」，她的「最愛」。這就派生出種種矛盾與危機。這就有許多事故與故事在等待著她。

　　「奴今日與你百依百隨，是必過後休忘了奴家。」——這是金蓮與西門慶偷情期間的悄悄話。「奴家又不曾愛你錢財，只愛你可意的冤家，知重知輕性兒乖。」——這是金蓮的戀歌〈綿搭絮〉中的關鍵詞。二者結合，堪稱金蓮的性愛宣言。正是在這性愛宣言的鼓動下，金蓮不顧生命與聲響，以協殺親夫為代價換得自由之身，七月三十早晨接到武松的家書，八月初六燒了武大靈床，八月初八即匆匆嫁給西門慶。

　　聶紺弩曾以雜文筆調寫足了封建社會女子出嫁的狼狽情景：「在過去，一個女人，在三從四德賢妻良母主義之類的教育或薰陶中長大，和一個漠不相識的人訂婚，然後離開自己的父母兄弟姊妹，像關雲長單刀赴會一樣，像郭子儀單騎見回紇一樣，像陳麗卿空手入白刃一樣，嫁到一陌生的人家，以別人的父母為父母，以別人的兄弟姊妹為兄弟姊妹，這空氣首先就令人窒息。如果母親家沒有勢力，隨身沒有妝奩，自己沒有姿色，婚後沒有兒女，往往上受公婆折磨，下受小姑刁唆，中受老公嫌棄，一家人站在一條線上與自己為敵，自己的父母兄弟姊妹不能幫助，鄉黨鄰里不能干涉，無異陷身人間地獄，任有天大本事，也離不開，拔不出，擺不脫，丟不掉！這種場合，怕老公還來不及，怕

老公一家人還來不及，怎談得上使老公怕呢？這種老婆，真所謂滔滔者天下皆是也。」[1]這其中僅兩點與潘金蓮的情景不同：其一，西門慶上無父母、下無兄弟姊妹，金蓮卻並非無姿色；其二，金蓮到底是見過世面的人，她並不怎麼怕老公。這樣，她從武大那簡陋的窩巢進入西門慶這深門大院，並無多少陌生感，她很快就融入西門慶的妻妾群落，並成為其中一道亮麗的風景線。

第十五回寫到西門府上第一個元宵節，在「佳人笑賞玩燈樓」中，金蓮是何等天真浪漫：

> 吳月娘看了一回，見樓下人亂，就和李嬌兒各歸席上，吃酒去了。惟有潘金蓮、孟玉樓同兩個唱的，只顧搭伏著樓窗子，往下觀看。那潘金蓮一徑把白綾襖袖兒摟著，顯他那遍地金襖袖兒；露出那十指春蔥來，帶著六個金馬鐙戒指兒，探著半截身子，口中嗑瓜子兒，把嗑的瓜子皮兒，都吐落在人身上，和玉樓兩個嘻笑不止，……引惹的那樓下看燈的人，挨肩擦背，仰望上瞧，通擠匝不開，都壓羅羅兒……

佳人笑賞玩燈樓更令金蓮欣慰的是，她與西門慶「二人女貌郎才，正在妙年之際，凡事如膠似漆，百依百隨，淫欲之事，無日無之」（第九回）。為了西門慶的歡快，金蓮也是無所不用其極。痛快痛快，先痛後快，不痛不快，為快不惜其痛——這或許是金蓮獲得性愛快感的軌道。她不辭用櫻唇品簫，以香腮偎玉，甚至替西門慶咽溺（第七十二回），或裝丫頭市愛（第四十回），因聽得西門慶在翡翠軒誇李瓶兒身上白淨，「就暗暗將茉莉花蕊兒攪酥油定粉，把身上都搽遍了，搽得白膩光滑，異香可掬，欲奪其寵」（第二十九回）。每見西門慶到自己房裏來，金蓮「如拾金寶」（第三十三回），或如「天上落下來的一般」的歡欣。在床第上金蓮每每「恨不的鑽入他腹中，在枕畔千般貼戀，萬種牢籠，淚揾鮫綃，語言溫順，實指望買住漢子心」（第三十九回）。「潘金蓮醉鬧葡萄架」，「險不喪了奴的命」，——雖備受西門慶淫具所帶來的皮肉之痛，但回到房中金蓮仍「雲鬢斜嚲，酥胸半露，嬌眼乜斜，猶如沉醉楊妃一般」，令西門慶「淫思益熾，復與婦人交接」，「二人淫樂為之無度」（第二十八回）。這裏的「淫樂」或許應讀為歡樂。因為在《金瓶梅》中「淫」並非全為貶義，至少西門慶每每笑罵金蓮等「淫婦」「小淫婦」「賊小淫婦」「怪小淫婦」，多為特定情境中的昵稱，非謾罵；潘金蓮稱西門慶「怪行貨子」「賊強盜」也多屬此類。潘金蓮堪稱「新新人類」，她超前地用身體，乃至用下半身書寫著她生命的進行曲與交響曲。

1　聶紺弩：〈論怕老婆〉，《蛇與塔》，北京：三聯書店，1999年，頁76。

二、「誤了我青春年少」

然而，無論金蓮如何全身心投入，對西門慶做愛的奉獻與性的滿足，她都被置身於惶惶不可終日的困境之中。與當初在武家比，如今金蓮所面臨的是一個強悍的男人，不像武大那麼懦弱；她在西門府上是妾，而且是排名第五位的妾（故稱「五娘」）。儘管她當初身為一個懦夫之妻很不開心，但如今身為一個強人之妾也更有許多想像不到的難題。

首當其衝的是對愛情（或性愛），中國男人與女人的觀念就頗不一樣。為把這個問題講得更透徹一點，不妨先看看朱光潛對中西詩在情趣上的比較，實則是中西方男人愛情觀的比較。他說：

> 戀愛在中國詩中不如在西方詩中重要，有幾層原因。第一，西方社會表面上雖以國家為基礎，骨子裏卻側重個人主義。愛情在個人生命中最關痛癢，所以儘量發展，以至掩蓋其他人與人的關係。說盡一個詩人的戀愛史往往就已說盡他的生命史，在近代尤其如此。中國社會表面上雖以家庭為基礎，骨子裏卻側重兼善主義。文人往往費大半生的光陰於仕宦羈旅，「老妻寄異縣」是常事。他們朝夕所接觸的不是婦女而是同僚與文字友。
> 第二，西方受中世紀騎士風的影響，女子地位較高，教育也比較完善，在學問和情趣上往往可以與男子欣合，在中國得於友朋的樂趣，在西方往往可以得之於婦人女子。中國受儒家思想的影響，婦女的地位較低。夫婦恩愛常起於倫理觀念，在實際上志同道合的樂趣頗不易得。加以中國社會理想側重功名事業，「隨著四婆裙」在儒家看是一件恥事。
> 第三，東西戀愛觀相差也甚遠。西方人重視戀愛，有「戀愛至上」的標語。中國人重視婚姻而輕視戀愛，真正的戀愛往往見於「桑間濮上」。潦倒無聊，悲觀厭世的人才肯公然寄情於聲色，像隋煬帝李後主幾位風流天子都為世所詬病。我們可以說，西方詩人要在戀愛中實現人生，中國詩人往往只求在戀愛中消遣人生。中國詩人腳踏實地，愛情只是愛情；西方詩人比較能高瞻遠矚，愛情之中都有幾分人生哲學和宗教情操。[2]

若進一步將男性與女性相比較，則不難發現無論中西，男性與女性的情愛觀都有極大的差異。拜倫說得好：「男人的愛情是與男人的生命不同的東西；女人的愛情卻是女人的整個生存。」尼采在《快樂的科學》中也表達了同樣的看法：

2　　朱光潛：《詩論》，北京：三聯書店，1984年，頁71-73。

女人去奉獻她自己，男人則通過占有她去充實他自己。[3]

塞西爾·索瓦熱進而說：「女人陷入情網時必須忘掉自己的人格。這是自然法則。女人若沒有主人便無法生存。沒有主人，她就是一束散亂的花。」這裏的主人即男人。[4]

西門慶妻妾隊伍中或許只有金蓮庶幾達到尼采筆下女性情愛的境界，因為她不僅「整個身心的奉獻」給她心愛的男人，同時奢望全額地獲得對方愛與情與性的回報。第十二回寫西門慶在麗春院半月不歸：

> 丟的家中這些婦人都閒靜了。別人猶可，惟有潘金蓮這婦人，青春未及三十歲，欲火難禁一丈高。每日打扮的粉妝玉琢，皓齒朱唇，無日不在大門首倚門而望，（按，詞話本為「每日與孟玉樓兩個……」，此本去孟玉樓更顯其為「惟一」也。）只等到黃昏。到晚來歸入房中，單枕孤幃，鳳台無伴。睡不著，走來花園中，款步花苔。看見那月漾水底，便疑西門慶情性難拿；偶遇著玳瑁貓兒交歡，越引逗的他芳心迷亂。

此情此景，是何等動人。誰說《金瓶梅》是一片污穢，其實它每寫到金蓮幾乎都有錦繡文章好讀，就怕你無耐心欣賞，只是走馬觀花，一味追求感觀刺激，對其間的花——錦繡文章視而不見，那也只得徒呼奈何。言歸正傳，生活是何等作弄人，金蓮當初配武大則浩歎命運不公，而今跟了個「白馬王子」——用金蓮的話說是「俊冤家」，又不免管他不住，處處潛伏著危機。

其實就在搞定武大問題的當天，金蓮就急切地對西門慶說道：「我的武大今日已死，我只靠著你做主，不到後來『網巾圈兒打靠後』。」西門慶道：「這個何須你費心。」金蓮仍不放心地問：「你若負了心，怎的說？」西門慶道：「我若負了心，就是武大一般。」（第五回）多不吉利的話，但此時他們已別無選擇。從此，擔心男人負心成了金蓮生命的焦點。他們尚在戀愛期，就因西門慶的失約，讓金蓮痛苦不堪，既有熱望，又有咒誓：「你若負了奴的恩情，人不為仇天降災」，「你如今另有知心，海神廟裏和你把狀投」（第八回）。進入西門府後，金蓮不屈不撓地為獲得專愛而繼續革命。第三十八回「潘金蓮雪夜弄琵琶」，前文我是將之作為金蓮才藝來寫的，而這實則是一支失戀者之歌，其關鍵詞是多段反覆吟唱的：「想起來，心兒裏焦，誤了我青春年少。你撇的人，有上稍來沒下稍。」張竹坡說：「潘金蓮琵琶，寫得怨恨之至。真是舞殿冷袖，風雨淒淒」。

3　尼采：《快樂的科學》，北京：中國和平出版社，1986 年，頁 270。
4　轉見西蒙娜·德·波伏娃：《第二性》，北京：中國書籍出版社，2004 年，頁 676-677。

我則認為這首失戀者之歌，是一種生命的呼喚，寫得哀婉動人，豈是「怨恨」二字所能表達。

中國古代女性的悲劇雖千姿百態，大抵有兩大類：或由父母之命造成的悲劇，或男兒負心造成的悲劇。金蓮屈嫁武大，是父母之命造成的悲劇的變種。進入西門府後，金蓮卻時刻擔心陷入男兒負心的悲劇。平心而論，西門慶也並非徹底的負心男兒，他雖有官場、商場、交際場上諸多事兒要應付，僅就情愛而言，他與金蓮之間的纏綿已夠充分了。如意作為權威性的旁觀者，曾說：「我見爹常在五娘身邊，沒見爹往別的房裏去。」（第七十四回）西門慶自己也說：「怪油嘴，這一家雖是有他們，誰不知我在你身上偏多。」即使到了別的房裏，西門慶也往往是身在曹營心在漢。如有次金蓮與月娘口角，難以平衡，西門慶只得兩處都不留宿，去了李嬌兒房中，事後他向金蓮解釋：「昨日要來看你，他（吳月娘）說我來與你陪不是，不放我來。我往李嬌兒處睡了一夜。雖然我和人睡，一片心只想著你……」（第七十六回）「乖乖兒，誰似你這般疼我？」（第七十二回）「我的兒，你會這般解趣，怎教我不愛你！」（第十回）西門慶的此類贊詞，只獻給潘金蓮，其他妻妾從未獲得他如此之激賞。正因為如此，即使對金蓮所犯兩次致命的錯誤，西門慶的處理仍相當寬容。如她私通琴童，西門慶痛打並趕走琴童後，也打了金蓮一馬鞭，但潘金蓮與春梅聯合巧辯，「又見婦人脫的光赤條條，花朵兒般身子，嬌啼嫩語，跪在地下，那怒氣早已鑽入爪窪國去了。」第二夜，金蓮叫了一聲：「我的俊冤家！」接著說：「待想起什麼來，中人的拖刀之計，你把心愛的人兒，這等下無情的折挫！」（按，詞話本作「我的傻冤家」，由「傻」改為「俊」，與「偷情」時代西門慶喊金蓮為「俏冤家」遙相呼應，平添了無數嬌媚婉轉之情趣），頓時「把西門慶窩盤住了。是夜與他淫欲無度。」（第十二回）再就是官哥兒之死因雖一言難盡，但潘金蓮肯定有不可推脫的罪責，雖然瓶兒和月娘沒有理由懷疑金蓮是故意訓練這隻貓去嚇孩子，當聽到孩子被貓驚嚇得病危的報告時：

> 西門慶不聽便罷，聽了此言三屍暴跳，五臟氣沖，怒從心上起，惡向膽邊生，直走到潘金蓮房中，不由分說，尋著雪獅子，提著腳走向穿廊，望石台基掄起來只一摔，只聽響亮一聲，腦漿迸萬朵桃花，滿口牙零嚙碎玉。正是：
> 不在陽間擒鼠耗，卻歸陰府作狸仙。
> 潘金蓮見他拿出貓去摔死了，坐在炕上風紋也不動。待西門慶出了門，口裏喃喃吶吶罵道：「賊作死的強盜，把人妝出去殺了，才是好漢！一個貓兒礙著你屎，亡神也似走的來摔死了。他到陰司裏，明日還問你要命，你慌怎的，賊不逢好死變心的強盜。」（第五十九回）

對此，夏志清分析說：我們盡可以責備小說家沒有寫出一個兩人相爭的大場面，但他沉

著地處理這件事也可能是在暗示西門慶現在太瞭解潘金蓮的力量而不欲向她挑戰。而西門慶聽到金蓮喃喃吶吶的咒罵聲，竟匆匆離去，不敢反駁一句。[5]

我則認為，西門慶絕不至於不敢向潘金蓮挑戰，也不至於對潘氏的咒罵不敢反駁。因為金蓮的咒罵一則為喃喃吶吶——內心嘰咕而已，二則西門慶著急料理病危中的孩子匆匆而去，根本沒聽見金蓮的罵聲，即使聽到了此時他也無心去理會她。這當是人之常情。而整個事件處理經過中，西門慶來不及細想，也沒有從更壞的角度去揣測金蓮，這既緣於他處理家事從來是粗心大意（也有人說他如《紅樓夢》中的混世魔王薛蟠「傻得可愛」），更緣於他對金蓮是愛多怨少。

三、妾媵制度中的遊戲規則

旁觀者都認為西門慶將金蓮寵得發狂，而金蓮卻是「情重愈斟情」。她無楊貴妃之命，卻有楊貴妃之志：「後宮佳麗三千人，三千寵愛在一身」。西門慶雖無三千佳麗，卻也是妻妾成群。金蓮幾乎無視成群的妻妾，而欲西門慶專寵於她，不許肥水流入他人田。這樣她勢必與西門慶、與其他妻妾都會構成矛盾。就西門慶而言，他雖愛金蓮，卻性趣廣泛，還有廣闊田野等待著他去灌溉，豈能專寵金蓮；就其他妻妾而言，都或明或暗或強或弱地去奪取西門慶的「力比多」，又豈容他專寵金蓮？

以往的評論多責備潘金蓮好淫，其實造成這種狀況的根本原因有二：其一是封建家庭的封閉狀態。即使是武大家也要關門閉戶，窗上懸簾，以防戶內春光洩露。西門慶成群的妻妾更是被圈養在庭院之內，偶爾有個元宵看燈、清明秋千、喜慶赴宴就是天大喜事，眾妻妾在家中衣來伸手、飯來張口，除了打牌、閑嘮、鬥口之外，則無所事事。誠如聶紺弩所云：「家庭的天地是窄狹的。長期生活在那窄狹的天地裏的婦女，眼光或器量都不能不是窄狹的。家庭裏的婦女，往往只作為男性的性的對象而存在。她們自己也儼然以作為男性的性的對象為統一的職業，性生活幾乎就是她們的生活的全部，這樣的婦女是有時會玩出種種花樣來的。」[6]

其二是一夫多妻制，準確地說是妾媵制度下的家庭結構。對於封建社會的妾媵制度，就我的視野所及，數舒蕪的《紅樓夢裏的妾媵制度》講得透徹而形象。我則擠掉其中大量的形象資料，只取幾條理性原則列之於茲：

5　夏志清：《中國古典小說導論》，頁 211。

6　聶紺弩：〈賢妻良母論〉，《蛇與塔》，頁 61-62。

封建妾媵制度乃是奴隸制同父系中心宗法制相結合的產物，三房四妾才是「大家子」即貴族的標誌，加以限制就是有損貴族的高貴，（按，上個世紀初的北大怪傑辜鴻銘有怪論云，妾多多益善，一般都是一把茶壺配四隻杯子，難道有誰見過一隻茶杯配有四把茶壺嗎？）因而封建社會男子一妻多妾，視為正常，合法且必要。

妻妾之分是主奴之分：首先作妾的都是沒有人身自由的家內女奴隸；其次沒有人身自由的家內女奴隸，作了老爺公子的妾以後，身分並沒有改變，仍然是奴隸；再次作妾的奴隸身分首先在她和妻的關係上，就是說，妾首先是妻的奴隸。

在「妾」的範疇內又分幾等，最高的一等是「二房」，第二等的是「姨娘」，最低的是「通房丫頭」。「通房丫頭」完全沒有人格獨立和人身自由，只需主人「收用」，不用任何儀式。作為妾的女奴隸，其主要任務畢竟已經不是一般的服役伺候，而是對男主人作性的服役了。

這樣丈夫方面，事實上還是多妻，既可以無限地縱欲，儘量地繁殖，還可以仗著妻與妾之間被規定的「嫡庶」關係亦即主奴關係的制度來限制和調節她們之間難以避免的矛盾，藉以使自己擺脫或減輕困境。

妻子方面，其地位和權利既得到一些保證，她也就必須對丈夫以及丈夫的宗族負擔一系列的義務，首先是必須容許丈夫納妾，同丈夫的妾搞好關係，以及主動積極地替丈夫納妾，特別是在做妻子的不能替丈夫生兒子的時候，趕快替丈夫納妾更是天經地義。[7]

四、妾的可悲地位

舒蕪是以《紅樓夢》為形象資源來分析清代妾媵制度的。清承明制，以清推明，大致不差。由此可見，其一，金蓮在眾妾隊伍中排行第四，只能屬於「姨娘」之列，若「姨娘」一律平等，那她於妾輩地位在李嬌兒（其為二房）之下，春梅之上（其為通房丫頭，准妾，相當於《紅樓夢》裏賈璉房中的平兒，寶玉房中的襲人）；若「姨娘」也要排座次，那她的地位還得下降到三房孟玉樓、四房孫雪娥之下。所有妾都是西門府上的女奴隸，金蓮也不例外。

其二，吳月娘對西門慶納妾幾乎是來者不拒，多多益善。說「幾乎」是指她對西門慶娶李瓶兒有些疑惑：第一，她孝服不滿；第二，你當初和他男子漢相交；第三，你又

7　《哀婦人》，頁 649-662。

和他老婆聯手，買了他房子，收著他寄放的許多東西。（第十六回）總之怕有官司牽連。西門府內妻妾的分工也是等級森嚴的：「家中雖是吳月娘居大，常有疾病，不管家事，只是人情來往。出入銀錢，都在李嬌兒手裏。孫雪娥單管率領家人媳婦，在廚中上灶，打發各房飲食。譬如西門慶在那房裏宿歇，或吃酒或吃飯，選甚湯水，俱經雪娥手中整理，那房裏丫頭自經廚下去拿。」（第十一回）出入銀錢，李嬌兒因房中丫鬟偷盜而卸職，繼任的孟玉樓因避嫌而辭職，這才輪到金蓮權管些時日。但真正重頭錢財還掌握在吳月娘手中，如親家陳洪與李瓶兒轉移過來的大宗財物都始終收藏在吳月娘房中。眾妾固然屬於西門慶，又都是正房吳月娘的奴隸，所以金蓮曾對吳月娘說：「娘是個天，俺每是個地。娘容了俺每，俺每骨禿扠著心裏。」由此既能看清金蓮與吳月娘關係的實質，也能知道為什麼西門慶死後吳月娘有權將妾們賣的賣、嫁的嫁。

其三，西門慶對妻妾的態度有本質的差異。西門慶對吳月娘雖不怎麼愛卻不失起碼的尊重；西門慶對眾妾尤其是金蓮雖「愛」，卻並不怎麼尊重。西門慶曾與「紅燈區小姐」李桂姐誇耀：「你還不知我手段，除了俺家房下，家中這幾個老婆丫頭，但打起來也不善，著緊二三十馬鞭還打不下來。好不好還把頭髮都剪了。」（第十二回）這裏的「俺家房下」指吳月娘，「老婆丫頭」指幾位妾婦。她們的地位高下已說得很清楚了。有次金蓮與玉樓正在下棋解悶，西門慶從外面歸來，見她倆打扮得「粉妝玉琢」，不覺滿面堆笑，戲道：「好似一對粉頭也，值百十兩銀子！」以妓女（粉頭）的價格為標誌來誇獎自己的小妾，何其不倫不類！這正暴露出西門慶在心靈深處對愛妾的評價不過爾爾。因而惹得敏感的金蓮反唇相譏：「俺們倒不是粉頭。」有時家中議事，金蓮在旁發表點與眾不同的意見，不中西門慶的意，西門慶不去評論她意見本身有什麼不對，而是從根本上剝奪她的發言權：「賊淫婦，還不過去！人在這裏說話，也插嘴插舌的，有你什麼說處？」（第四十一回）西門慶與吳月娘親熱也好，鬧矛盾也好，從無此等言行。即使在床第，西門慶與吳月娘的行為從來就是「規範」的，雖乏激情，卻不荒唐。至於淫具與春藥也少見用之於上房正室，而在上房正室之外卻大發淫威。在作者看來，金蓮對西門慶無所不用其極的愛的奉獻與性的投入，實為妾婦之道。特別是第七十二回寫到：金蓮主動為西門慶咽尿，並說：「我的親親，你有多少尿，溺在奴口裏替你咽了罷，省的冷呵呵的熱身子下去凍著，倒值了多的。」西門慶聽了，越發歡喜不已，叫道：「乖乖兒，誰似你這般疼我？」於是真個溺在婦人口內。婦人用口接著，慢慢一口一口都咽了。西門慶問道：「好吃不好吃？」金蓮道：「略有些鹹味兒，你有香茶與我些壓壓。」……對此，作者不禁大發感慨：

看官聽說：大抵妾婦之道，鼓惑其夫，無所不至，雖屈身忍辱，殆不為恥。若夫

正室之妻，光明正大，豈肯為也！

近代怪傑辜鴻銘晚年既有小腳嬌妻姑淑，又有日籍美妾吉田貞子。他曾無遮無掩地炫耀說：「吾妻姑淑，是我的『興奮劑』；愛妾貞子，乃是我的『安眠片』。此兩佳人，一可助我寫作，一適催我入眠，皆吾須與不可離也。」[8]就功能而言，金蓮對於西門慶來說或許既是興奮劑，又是安眠片。而西門慶所謂愛金蓮，充其量也只能到達這個分上。辜鴻銘只一妻一妾似易和平共處，西門慶一妻五妾就難處得多。金蓮的可愛與可悲處，就在於她既不得不承認作為小妾的地位，而又絕不安於那小妾的地位；身為下賤，而心比天高，豈能相安無事？

五、《金瓶梅》：寫妾的書

《金瓶梅》是天下第一部寫妾婦生活的長篇小說。其以兩個半妾之名為書名（金者潘金蓮，瓶者李瓶兒，梅者龐春梅。前兩者為西門慶之妾，而春梅乃通房丫頭，充其量只能算半個妾），實在是別出心裁且別具一格，試另作任何別的排列都無此意象之迷人。其間對妾有著深切的同情與理解。金學界對《金瓶梅》書名的破譯不下十種高見，從拆字法到人類文化學諸種妙法都用上了，既見其盛，又顯其玄。而「寫妾的書」，這麼顯而易見的命意，卻或因其淺顯竟無人問津。

其實妾的生態、妾的心態、妾的命運與妾的掙扎等，所構成的妾文化，其影響未必僅見諸於妾。魯迅說：「中國人向來就沒有爭到過『人』的價格，至多不過是奴隸」，中國的歷史不過是「想做奴隸而不得的時代」和「暫時做穩了奴隸的時代」的往復循環而已。[9]奴隸與妾有何區別呢？如此說來，妾的生態、妾的心態與妾的掙扎難道就不見於鬚眉男子之身麼？有些大老爺若落到「妾」的地位，其形象未必比金蓮們見佳！

8　見李玉剛：《狂士怪傑：辜鴻銘別傳》，北京：華夏出版社，1999 年，頁 341。

9　魯迅：〈燈下漫筆〉，《魯迅全集》，頁 212。

御夫術的藝術精神
——男權主義下的潘金蓮

一、船多豈能不礙港

身為小妾（五娘），這是潘金蓮進入西門府以後生命進行曲的邏輯起點。

金蓮如何從這邏輯起點上去尋找到自己在這個家庭，乃至這個世界上的座標點，實在至為重要。她曾天真地想：「自古船多不礙港，車多不礙路」。當西門慶要娶李瓶兒為「六娘」，來徵求「五娘」的意見時，「五娘」爽快地回答：「我不肯招他，當初那個怎麼招我來。」（第十六回）她誤認為這裏是個「百花齊放」、各顯其嬌的生態環境。她沒有意識到，跨進這妻妾成群的大院的第一步就危機四伏。「西門慶偷娶潘金蓮」剛成實事，作者就有段說辭：

> 這婦人一要過門來，西門慶家中大小多不歡喜。看官聽說：世上婦人，眼裏火的極多。隨你甚賢慧婦人，男子漢娶小，說不嗔，及到其間，見漢子往他房裏同床共枕，歡樂去了，雖故性兒好殺，也有幾分臉酸心歹。（《金瓶梅詞話》第九回）

即使以辜鴻銘「壺一杯眾」的觀點看，西門慶僅一壺茶水，而茶杯眾多，他的「力比多」永遠供不應求，攤到某個杯子裏的茶水總是極其有限的。金蓮恨不得一口飲盡西江水，即使給她滿滿一杯也不過癮，更何況殘酷的現實決定常常很難真的給她一個滿杯，有時到她杯裏的很可能是些殘羹剩茶，用金蓮的話來說「剩了些殘軍敗將，才來我這裏來」——因為西門慶已在別處歡樂了一把再到金蓮房中來。這樣以性為命的金蓮則常常處於性饑渴狀態。於是爭茶——爭寵的戰爭，就是那一夫多妻制度下的西門府上的常事了。

爭茶的第一目標是爭茶壺，爭寵的首務是爭奪授寵主體。為了最大份額地爭得西門慶的情與性，金蓮除前述不拘一格的全身心向西門慶作愛的奉獻、性的投入之外，還有兩個重要環節：一為禮讓，二為抗爭。

二、「你會這般解趣，怎教我不愛你」

先說其禮讓。金蓮在情與性方面都有苛求，但她又正視西門慶「這一個」強人與一夫多妻制的現行遊戲規則，她明明知道西門慶就是那種「十個老婆，買不住一個男子漢的心」的角色，還是盡可能滿足西門慶多元化的性愛欲望，努力提供一個較為自在的空間，力求創造一個「船多不礙港，車多不礙路」的繁榮有序的生態環境。金蓮是個感性動物，但在這個層面上她又是理性的，聰穎的，甚至是善解人意的（這當然是對西門慶而言的）。這無疑是西門慶喜愛她的一個重要原因。

金蓮進入西門府後，按級別給她配了兩個丫頭：一個春梅、一個秋菊。兩個丫頭兩種性格兩種命運：「原來春梅比秋菊不同，本聰慧，喜謔浪，善應對，生的有幾分顏色，西門慶甚是寵他。秋菊為人濁蠢，不諳事體，婦人常常打的是他。」（第十回）而西門慶甚寵春梅，是以金蓮的善解人意為前提的。有次西門慶與金蓮在房裏做性遊戲時，呼春梅進來遞茶，金蓮恐怕丫頭看見不雅，連忙放下帳子來，西門慶道：「怕怎麼的？」因說起隔壁花子虛房裏有兩個好丫頭，有一個也有春梅年紀，也是花二哥收用過了，然後不無豔慕地說：「誰知道花二哥年紀小小的，房裏恁般用人！」鑼鼓聽聲，說話聽音，金蓮立即知趣，瞅了他一眼，說道：「怪行貨子，我不好罵你，你心裏要收這個丫頭，收他便了。如何遠打周折，指山說磨，拿人家來比奴。奴不是那樣人，他又不是我的丫頭！（按，春梅原是月娘房中的丫頭）既然如此，明日我往後邊坐一回，騰個空兒，你自在房中叫他來，收他便了。」收用丫頭極為簡便，不用任何手續，收用才是「通房丫頭」——准妾。西門慶聽金蓮的話，歡喜道：「我的兒，你會這般解趣，怎教我不愛你！」於是二人說得情投意合，美愛無加。（第十回）

「李瓶兒牆頭密約」寫西門慶與李瓶兒偷情，被金蓮窺知，經過一番真真假假的較量，金蓮終答應：「既是如此，我不言語便了。等你過那邊去，我這裏與你兩個觀風，教你兩個自在搞，你心下如何？」那西門慶歡喜的雙手摟抱著道：「我的乖乖的兒，正是如此！不枉的養兒不在屙金溺銀，只要見景生情。我到明日梯己買一套妝花衣服謝你。」金蓮趁機提出三項遊戲規則：頭一件，不許你往院裏去（按，因妓院裏的妓女李桂姐與金蓮有過節）；第二件，要依我說話；第三件，你過去和他（按，指李瓶兒）睡了，來家就要告我說，一字不許你瞞我。西門慶口頭上都依了她。（第十三回）後來，西門慶果真要娶李瓶兒，西門慶向金蓮傳達李瓶兒的意思：「他還有些香蠟細貨，也值幾百兩銀子，教我會經紀，替他打發。銀子教我收，湊著蓋房子。上緊修蓋，他要和你一處住，與你做個姊妹，恐怕你不肯。」誰知金蓮爽快地回答：「我也不多著個影兒在這裏，巴不的來才好。我這裏也空落落的，得他來與老娘做伴兒。自古『船多不礙港，車多不礙路』，我

不肯招他,當初那個怎麼招我來?擾奴甚麼分兒也怎的?」但她語兒一轉,說:「倒只怕人心不似奴心。你還問聲大姐姐去。」果然月娘無此胸襟,西門慶去徵求她意見時,她設了一大堆障礙,將西門慶恨得牙癢。相形之下,西門慶自然喜歡這通情達理的金蓮了,以至「兩個白日裏掩上房門,解衣上床交歡」。（第十六回）

第二十三回寫西門慶勾搭上奴婦宋惠蓮。西門慶有次吃得半醉,拉著金蓮說道:「小油嘴,我有句話兒和你說。我要留惠蓮在後邊一夜兒,後邊沒地方。看你怎的容他,在你這邊歇一夜兒罷。」雖然性愛是自私而排他的,金蓮卻無法制止丈夫廣泛的性趣,但西門慶的要求顯然有點過分。金蓮只拿丫頭作擋箭牌,不讓西門慶公然在她房中與奴婦鬼混:「我不好罵的,沒的那汗邪的!胡亂隨你和他那裏搞去,好嬌態,教他在我這裏?我是沒處安放他!我就算依了你,春梅賊小肉兒他也不容。你不信,叫了春梅問他?他若肯了,我就依你。」不是兩個主子的事真的要春梅批准,倒是春梅性子暴,真的可能恃嬌頂撞西門慶,以護其主;二來西門慶與惠蓮畢竟是苟且之事,不願更多人知道,也不好意思跌份去請求一個通房丫頭;再者西門慶收用春梅不久,與她的關係畢竟未到與金蓮那樣無所不說的境界。於是西門慶只好說:「既是你娘兒們不肯,罷,我和他往山子洞兒那裏過一夜。你分付丫頭拿床鋪蓋,生些火兒,不然這一冷怎麼當。」金蓮忍不住笑了:「我不好罵出你來的!賊奴才淫婦,他是養你的娘,你是王祥,寒冬臘月行孝順,在那石頭床上臥冰哩!」西門慶笑道:「怪小油嘴兒!休奚落我。罷麼,好歹叫丫頭生個火兒。」金蓮道:「你去,我知道。」當晚眾人席散,金蓮果然守信分付秋菊抱鋪蓋、籠火在山子底下藏春塢雪洞裏。應該說,金蓮處理得還算有分寸,既不失自己的人格,又沒從根本上拂西門慶之意。在當時的生態環境裏,奴婦惠蓮一心要「往高枝兒上去」金蓮也能容忍;但惠蓮在雪洞裏蜚短流長,中傷金蓮,這就讓竊聽專家金蓮不能容忍,於是不可避免要爆發戰爭。她們之間的戰爭,容後分解。

到第七十五回,西門慶又要與李瓶兒房中的奶媽如意兒苟合,於是有下面的一幕:

> （金蓮）便問:「你怎的不脫衣裳?」那西門慶摟定婦人,笑嘻嘻說道:「我特來對你說聲,我要過那邊歇一夜兒去。你拿那淫器包兒來與我。」
>
> 婦人罵道:「賊牢,你在老娘手裏使巧兒,拿些面子話兒來哄我!我剛才不在角門首站著,你過去的不耐煩了,又肯來問我?這個是你早辰和那歪剌骨兩個商定了腔兒,好去和他個窩去,一徑拿我紮筏子。嗔道頭裏不使丫頭,使他來送皮襖兒,又與我磕了頭兒來。小賊歪剌骨,把我當甚麼人兒,在我手內弄判子。我還是李瓶兒時,教你活埋我?雀兒不在那窩兒裏,我不醋了!」
>
> 西門慶笑道:「那裏有此勾當,他不來與你磕個頭兒,你又說他的那不是。」

　　婦人沉吟良久，說道：「我放你去便去，不許你拿了這包子去和那歪剌骨弄答的齷齷齪齪的，到明日還要來和我睡，好乾淨兒。」

　　西門慶道：「你不與我，使慣了卻怎樣的！」

　　纏了半日，婦人把銀托子掠與他，說道：「你要，拿了這個行貨子去。」

　　西門慶道：「與我這個也罷。」一面接的袖了，趐趄著腳兒就往外走。

　　婦人道：「你過來，我問你：莫非你與他停眠整宿，在一鋪兒長遠睡？惹的那兩個丫頭也羞恥。無故只是睡那一回兒，還教他另睡去。」

　　西門慶道：「誰和他長遠睡。」說畢就走。

　　婦人又叫回來說道：「你過來，我分付你，慌走怎的？」

　　西門慶道：「又說甚麼？」

　　婦人道：「我許你和他睡便睡，不許你和他說甚閒話，教他在俺每跟前欺心大膽的。我到明日打聽出來，你就休要進我這屋裏來，我就把你下截咬下來。」

　　西門慶道：「怪小淫婦兒，瑣碎死了。」一直走過那邊去了。（第七十五回）

這次金蓮是嘮叨了點，但她還是遷就容忍了西門慶的不良行為。其一，因為男權世界的荒唐原則，金蓮無力扭轉，其二，她只能以遷就西門慶的大度從西門慶那裏找回屬於她的有效空間，她若就此事大發其瀿或許會適得其反。這也許應叫反向爭取生存空間，退後一步天地寬，而不像美國漢學家夏志清所理解的那樣：

　　從這裏我們可以看到在他們的關係中已經變化了的調子：西門慶現在是一個做事鬼鬼祟祟、為自己辯解的丈夫，而潘金蓮則是個名正言順地發號施令的妻子，用諸如「我對你說」「我吩咐你」一類極其無禮貌的言詞來指揮他。……
　　他幾乎要得到金蓮的允許才能和別的女人呆在一起。[1]

這顯然是因不瞭解中國古代社會的夫權所造成的誤解。作為小妾的金蓮，若像夏志清所說那麼「牛」，那麼整個《金瓶梅》世界都會乾坤倒轉，不是現存這般模樣。

三、「老娘如今也賊了些兒了」

　　身為小妾的金蓮，對身為「強人」的西門慶的種種禮讓，只有小效而無大效。西門慶「是那風裏楊花，滾上滾下」（金蓮語），難以把握。她的種種努力，並未使她獲得專

---

[1]　夏志清：《中國古典小說導論》，頁 214。

寵，於是她就揚起抗爭的武器，大顯身手。金蓮曾與玉樓說：「如今年世，只怕睜眼兒金剛，不怕閉著眼兒的佛。老婆漢子，你若放些松兒與他，王兵馬的皁隸，還不把你當合的。」於是金蓮決心不當閉著眼兒的佛，要當那睜著眼兒的金剛，與「老婆漢子」鬥一鬥。其實禮讓與抗爭在金蓮那裏是一個銅錢的兩個面：兩者幾乎是同步進行的，往往爭中有讓，讓中有爭，並非分兩步走。這裏只是為了論述方便，才將它們拆開來解說。不過，說是抗爭，首先還是使盡解數來管制丈夫。有次西門慶問金蓮：「你怕我不怕，再敢管著。」（按，西門慶之所謂怕不怕指用性虐待的方式來懲罰金蓮。）金蓮坦然回答：「怪奴才，不管著你好上天也。」（第七十二回）所謂「管制」，金蓮的拿手把戲也不過在西門慶行為不端時，宣稱要撕破臉斷喝，公佈他的劣跡。西門慶前期雖為流氓卻是一方的名角（地方豪強），第三十回之後則更為一方名流（行政長官），還不至「無所畏懼」而不認可道德底線，因而還蠻在乎輿論的評判，所以他確實怕那嬌妾真的恃嬌亮開嗓子一喊。

請看金蓮最初發現西門慶與李瓶兒偷情的情景：

> 婦人見他來，跳起來坐著，一手撮著他耳朵，罵道：「好負心的賊！你昨日端的那裏去來？把老娘氣了一夜！你原來幹的那繭兒，我已是曉得不耐煩了。趁早實說，從前已往，與隔壁花家那淫婦偷了幾遭？一一說出來，我便甘休，但瞞著一字兒，到明日你前腳兒過去，後腳我就吆喝起來。教你負心的囚根子死無葬身之地！你安下人標住他漢子在院裏過夜，卻這裏耍他老婆。我教你吃不了包著走！嗔道昨日大白日裏，我和孟三姐在花園裏做生活，只見他家那大丫頭在牆那邊探頭舒腦的，原來是那淫婦使的勾使鬼，來勾你的了。你還哄我老娘！前日他家那忘八，半夜叫了你往院裏去，原來他家就是院裏！」
>
> 西門慶聽了，慌的妝矮子，只跌腳跪在地下，笑嘻嘻央及，說道：「怪小油嘴兒，噤聲些！實不瞞你，他如此這般，問了你兩個的年紀，到明日討了鞋樣去，每人替你做雙鞋兒，要拜認你兩個做姐姐，他情願做妹子。」
>
> 金蓮道：「我是不要那淫婦認甚哥哥姐姐的。他要了人家漢子，又來獻小殷勤兒，我老娘眼裏是放不下砂子的人，肯叫你在我跟前弄了鬼兒去？」（第十三回）

男兒膝頭有金。西門慶平生下跪有記載的似乎只有三次：一次是認蔡京為乾爹，那一跪贏來前途無量；再一次是發現吳月娘雪中焚香為他祝福，感動得「折疊裝矮子，跪在地下」，要與月娘重修和好。而對著小妾下跪，這則是惟一的一次。雖有幾分作秀成分，但在以「老娘」自居的小妾面前「妝矮子」，雖談不上夫權掃地，總是跌份的事，說明即使是流氓西門慶也不能百無禁忌。金蓮真的「吆喝起來」，雖未必真的能「教你負心的囚根子死無葬身之地」，丟人現眼卻是肯定的。

後來金蓮發現西門慶與如意兒苟歡，也如法炮製。她對西門慶說：

> 怪奴才，不管著你好上天也？我曉得你也丟不開這淫婦，到明日問了我方許你那
> 邊去。他若問你要東西，須對我說，只不許你悄悄偷與他。若不依我，打聽出來，
> 看我嚷不嚷？我就攛兒了這淫婦，也不差甚麼兒。又相李瓶兒來頭，教你哄了，
> 險些不把我打到贅字號去。你這爛桃行貨子，豆芽菜，有甚正條捆兒也怎的？老
> 娘如今也賊了些兒了。（第七十二回）

她明知對西門慶這般貨色用「正條」捆不住他，只得以邪治邪。但金蓮的以邪治邪有兩
個前提：第一，她只是爭取知情權，並非徹底堵住西門慶的歪門邪道，知情了才不至於
被他哄了，以防被「打到贅字號去」；第二，金蓮只說要喊破西門慶的醜事，卻從未真
的一喊，只是以此法來鎮他而已。此法若真的一用，臉皮一旦撕破，就會失效。啥法都
有個底線，一過底線就會適得其反。金蓮頗有戰略眼光，很能掌握分寸。這樣才使她既
在一定程度上管制了西門慶，又沒有把兩人的關係真的弄僵。這正是金蓮「賊」——精
明之所在也。

金蓮還有一招，就是抬出「後宮領袖」吳月娘來鎮住西門慶。西門慶與惠蓮偷情，
也是金蓮慧眼最早發現：

> 不想金蓮、玉樓都在李瓶兒房裏下棋，只見小鸞來請玉樓，說：「爹來家了。」
> 三人就散了。玉樓回後邊去了。金蓮走到房中，勻了臉，亦往後邊來。走入儀門。
> 只見小玉立在上房門首。金蓮問：「你爹在屋裏？」小玉搖手兒往前指，金蓮就
> 知其意。
> 走到前邊山子角門首，只見玉簫攔著門。金蓮只猜玉簫和西門慶在此私狎，便頂
> 進去。玉簫慌了，說道：「五娘休進去，爹在裏頭有勾當哩。」金蓮罵道：「怪
> 狗肉！我又怕你爹了？」不由分說，進入花園裏來。各處尋了一遍，走到藏春塢
> 山子洞兒裏，只見他兩個人在裏面才了事。
> 婦人聽見有人來，連忙繫上裙子往外走，看見金蓮，把臉通紅了。金蓮問道：「賊
> 臭肉！你在這裏做什麼？」惠蓮道：「我來叫畫童兒。」說著，一溜煙走了。
> 金蓮進來，看見西門慶在裏面繫褲子，罵道：「賊沒廉恥的貨！你和奴才淫婦，
> 大白日裏，在這裏端的幹這勾當兒。剛才我打與淫婦兩個耳刮子才好，不想他往
> 外走了。原來你就是畫童兒，他來尋你。你與我實說，和這淫婦偷了幾遭？若不
> 實說，等住回大姐姐來家，看我說不說！我若不把奴才淫婦臉打的脹豬，也不算。
> 俺們閒的聲喚在這裏，你也來插上一把子。老娘眼裏卻放不過。」

西門慶笑道：「怪小淫婦兒，悄悄兒罷，休要嚷的人知道。我實對你說，如此這般，連今日才一遭。」

金蓮道：「一遭二遭，我不信。你既要這奴才淫婦——兩個瞞神謊鬼弄刺子兒，我打聽出來，休怪了我卻和你們答話。」那西門慶笑的出去了。（第二十二回）

從某種意義上講，西門慶也算半個「怕老婆的強盜」。作為正室吳月娘似乎比其他妾婦更多一點管教丈夫——所謂「相夫教子」的權利與義務，暫無子可教，主要在相夫。再強悍的男人也需要有女人來調教他。只不過，吳月娘的調教能力有限，金蓮也只是將她作為底牌用用，嚇唬西門慶，其實她並沒有「等住回大姐姐來家」，去告發西門慶，而主要靠自己的智慧與膽略來搞定此類邪事。同是要阻止惠蓮成為西門慶第七個老婆，金蓮與孟玉樓在智慧與膽略上就有很大差異。金蓮說道：「真個由他，我就不信了！今日與你說的話，我若教賊奴才淫婦與西門慶放了第七個老婆——我不喇嘴說——就把『潘』字倒過來。」玉樓道：「漢子沒正條的，大姐姐又不管，咱每能走不能飛，到的那些兒？」金蓮道：「你也忒不長俊，要這命做甚麼？活一百歲殺肉吃！他若不依，我拼著這命，擯兌在他手裏，也不差甚麼。」玉樓笑道：「我是小膽兒，不敢惹他，看你有本事和他纏。」（第二十六回）

其實金蓮並非真的與西門慶拼命，她會以她的伶牙俐齒，居高臨下的氣勢，入情入理的分析，來逼迫西門慶同意她的觀點，或知趣敗下陣去。前者有對來旺事件的處理，後者有第四十三回所寫與西門慶的爭執，前文已述。禮讓也好，抗爭也好，金蓮多以打情罵俏這獨特的方式，將之打造得恰到好處。不僅如此，有時還得求助於算命先生的「回背」魔術，「只願得小人離退，夫主愛敬便了。」儘管金蓮素不信拆字算命。據作者說：「巫蠱魘昧之事，自古有之。金蓮自從叫劉瞎子回背之後，不上幾時，使西門慶變嗔怒而為寵愛，化憂辱而為歡娛，再不敢制他。正是：饒你奸似鬼，也吃洗腳水。」（第十三回）以唯物論視之，簡直叫活見鬼。但高明如曹雪芹也寫過這玩藝兒。不過，那是馬道婆以此法來陷害寶玉與鳳姐。

四、「御夫術」與「吃醋」

夫要御，而且還有完整的一套御夫術。人生的學問何其多也。不過，御夫術，並非中國婦女的專利，似乎地球村的婦女們都在琢磨著這門學問。法國著名女權主義者西蒙娜·德·波伏娃在其經典之作《第二性》中就曾有過精妙的分析：

「抓住」丈夫是一門藝術，「控制」他則屬於一種職業——而且是一種需要有相當

大的能力才可以勝任的職業。……

但最重要的是，整個傳統把「管理」男人的藝術強加給了妻子們；一個妻子必須發現並遷就他的弱點，必須聰明地、恰如其分地運用恭維與挖苦，順從與反抗，警覺與寬厚。這最後一種態度的結合是一件特別精細的事情。給予丈夫的自由必須不能太多也不能太少。若妻子過於彬彬有禮，她就會發現丈夫在逃避她；無論他送給別的女人多少錢和激情，都是從她這裏取走的；而且她還要冒著情婦有足夠的力量讓他同她離婚，或至少在他的生活中占據首位的風險。但若她什麼風險也不許他冒，若她的看管、吵鬧和苛求惹惱了他，她也很可能會讓他轉而同她明確鬧對立。這是一個要懂得如何有意地「作出讓步」的問題；如果某人的丈夫搞點「欺騙」，她應當閉上自己的眼睛；但在其他場合，她必須把眼睛睜得大大的。已婚女人尤其要防備年輕的女人，千萬不要認為她們太幸福了以至不會竊取她的「職業」。為了讓自己的丈夫同令她驚恐的競爭對手分開，她應當帶他出去旅行，努力轉移他的注意力；若有必要，她應當以德·蓬帕杜夫人為榜樣，找一個不那麼危險的新對手。如果所有這一切都不能奏效，她就只好求助於大哭大鬧，神經質發作，試圖自殺等；但過多的爭吵和責怪會驅使丈夫離家出走。所以妻子在最需要變得富有魅力時，她要冒著使自己變得令人無法容忍的危險；如果她想贏得這場比賽，她就得設法把動人的眼淚和動人的微笑，把虛聲恫嚇和賣弄風情熟練地結合起來。[2]

波伏娃透徹分析了「御夫術」產生的社會根源。一言以蔽之，御夫術是男權主義壓迫下的婦女用以對付男權主義的手段。男性作為強者，制服女性用的是權，這權中包括傳統，即子曰「惟女子與小人為難養也」；權力：三從四德是也；暴力：即尼采所云：「到女人那裏去，切莫忘記帶鞭子」；更有經濟與性力。女性作為弱者，制約男性只能用術，用藝術手段，即花樣翻新的御夫術。中國人習慣於將「御夫術」蛻化為或視之為「吃醋」。聶紺弩對「吃醋」有過妙論：

（女人的）經濟權操在老公手裏，住在老公家裏，姓老公的姓，生的兒子接的老公家的煙祀，她什麼都沒有，只有一點點可憐的幾乎是滑稽的地位，即她是老婆，也就是老公的性的對象。老公而〔如〕要眠花宿柳，偷情納妾，她就連這一點點可憐地位，也發生問題了。她再還是什麼呢，吃醋。不必說別的道理，只說為了

2　西蒙娜·德·波伏娃：《第二性》，頁 495-497。

自衛，也無可非議。[3]

可見御夫術，或吃醋，歸根到底是女性的一種自衛手段，抗爭只是她們的意向。這種自衛手段在男權世界裏到底能起多大作用，實在值得懷疑，充其量是死水微瀾，或被男人袖手旁觀的作秀活劇，至於要造就一個「怕老婆」的國度，那則近乎癡人說夢。儘管胡適曾云：「一個國家，怕老婆的故事多，則容易民主；反之則否。……中國怕老婆的故事特多，故將來必能民主。」[4]

需要提醒讀者的是，無論波伏娃，還是聶紺弩，他們論述的御夫術著眼點是正經的妻子，而本書論述的是小妾潘金蓮，其地位較之妻是等而下之，她的御夫術的有效能量就更有限。好在我們感興趣的只是，透過御夫的艱難努力，去看潘金蓮性格與命運。

五、紅杏出牆：對西門慶的惡性報復

不過，既然夫不可御，金蓮的「禮讓」實為「忍讓」收效甚微，她小打小鬧的抗爭也有如隔靴搔癢。面對著性趣廣泛、用情難專的強人，金蓮怎麼辦？金蓮再也沒有與西門慶婚前的苦戀苦等的耐性，當她「欲火難禁一丈高」時，情不自禁地兩次將紅杏伸出牆頭，作為對男權實質性的抗爭，作為與西門慶性趣廣泛的和平競賽。第一次是西門慶在麗春院半月不歸時，金蓮「將琴童叫進房」，灌醉了他，「兩個就幹做在一起」。這純粹是饑不擇食地拿琴童當「性速食」來充饑。既「不顧綱常貴賤」，也不「管甚丈夫利害」，「正是色膽如天怕甚事」。幸好她能言善辯，加之有春梅、玉樓為她洗刷，才逃過粗心的西門慶的殘酷懲罰。（第十二回）

再就是與西門慶的女婿陳敬濟私通。第十八回寫他們初次見面，「猛然一見，不覺心蕩目搖，精魂已失。正是五百年冤家相遇，三十年恩愛一旦遭逢」。不久兩人就「換肩擦膀，通不忌憚」。此後兩人就見縫插針，如饞貓饞狗一般，苟且解饞。但這兩位「乖滑伶俐」，配合默契。西門慶至死還蒙在鼓裏，不知金蓮以亂倫的方式，讓他當王八戴綠帽子。這種行為讓眾多的男性金學家們怒火中燒，罵不絕口。不妨將蘭陵笑笑生對李瓶兒變節一事的評說移之於此：「大凡婦人更變，不與男子一心，隨你咬折鐵釘般剛毅之夫，也難測其暗地之事。自古男治外而女治內，往往男子之名都被婦人壞了者，為何？皆由御之不得其道；要之，在乎容德相感，緣分相投，夫唱婦隨，庶可保其無咎。若似

3　聶紺弩：《蛇與塔》，頁 79。
4　《北平時報》，1948 年 5 月 6 日副刊。

花子虛落魄飄風，慢無紀律，而欲其內人不生他意，豈可得乎？正是：自意得其墊，無風可動搖。」（第十四回）將花子虛換上西門慶的名字，可能更合適。而今之評論者，其觀點竟比六百年前的蘭陵笑笑生還陳腐，豈不悲哉？

　　人類於性愛固然都有強烈的自我意識且是排他的，但中國男人在性愛領域往往極端自私，他們中有些人的女性觀尤其低劣。如周作人曾在痛斥上海灘的流氓文人的文章中說：「女人是娛樂的器具，而女根是醜惡不祥的東西，而性交又是男子的享樂的權利，而在女人則又成為污辱的供獻。」[5]周作人還說：「現代性心理告訴我們，老流氓愈要求處女，多妻者亦愈重守節，中國之尊重貞節，宜也。」[6]男人（才子）巴不得女人（佳人）失節；誘使挑逗其與己發生性關係，誘使挑逗假若成功，在男人是「豔福」，在女人卻是失節；在男人是風流韻事，在女人卻是永遠不可饒恕的罪孽，甚至不配活著，只該去死。[7]

　　男人往往以淫人妻女為樂事，而以妻女淫人為奇恥大辱。因而中國男人之大忌是被戴上了綠帽子。而今金蓮偏偏是妻妾成群的西門府上讓那強悍的男人戴上綠帽子的女人。雖不能說是大快人心事，也不應提倡女人都去為男人製造綠帽子，但當女人別無選擇，以此作為對男權世界的反抗時，可能只能更多地從男權世界去找原因，以及避免的辦法，而不能一罵了之。

5　《談龍集·上海氣》。
6　《秉燭後談·談卓文君》。
7　舒蕪：《哀婦人》，頁19。

爭寵風雲與人性弱點
——潘金蓮與孫雪娥、李桂姐、宋惠蓮之戰

潘金蓮力圖以御夫術，來創造一個「船多不礙港、車多不礙路、杯多不礙壺」的和諧的生存環境。但當作為弱者的御夫術並不生大效時，中國的女性往往不是進一步從港、從路、從壺那裏去爭取生存空間，而是致力於船與船、車與車、杯與杯的碰撞、擠壓。以為搗毀別的船、別的車、別的杯子，她的生存空間就大。而實際的結果，往往是兩敗俱傷，船沉車倒杯裂，一片狼籍。

這使人想起柏楊在《醜陋的中國人》中所云：「中國人的窩裏鬥，是中國人的劣根性。這不是中國人的品質不夠好，而是中國人的文化中，有濾過性的病毒，使我們到時候非顯現出來不可，使我們的行為不能自我控制！明明知道這是窩裏鬥，還是要窩裏鬥。鍋砸了大家都吃不成飯，天塌下來有個子高的可以頂。因為這種窩裏鬥的哲學，使我們中國人產生了一種很特殊的行為——死不認錯。」[1]《金瓶梅》中的妻妾之爭、妾妾之爭、妾奴之爭、奴奴之爭正是中國人的劣根性的表現。但不應忘記這種種戰爭的根源還是西門慶以及他背靠的封建婚姻制度，而不能一味地去責罵那些已淪為嫉婦或潑婦的女人們。

一、「漢子與做主兒，出了氣」：金蓮與孫雪娥之戰

潘金蓮嫁到西門府上，首次較量的是「四娘」孫雪娥。雪娥是先頭陳家娘子帶來的，「約二十年紀」，「五短身材，輕盈體態，能造五鮮湯水，善舞翠盤之妙」（詞話本第九回），被西門慶「扶」為第四房，分管各房飯食，地位在奴妾之間。

金蓮可能正眼就沒瞧得起過那「四娘」。西門慶平日也極少去四娘房中，好不容易去過一次，雪娥就在妓女洪四面前自稱起「四娘」，於是惹得「五娘」熱嘲冷諷。

金蓮道：「沒廉恥的小婦奴才，別人稱你便好，誰家自己稱是四娘來？這一家大小，誰興你，誰數你，誰叫你是四娘？漢子在屋裏睡了一夜兒，得了些顏色，就開起染房來

1　柏楊：《醜陋的中國人》，蘇州：古吳軒出版社，2005年，頁15。

了。若不是大娘房裏有他大妗子，他二娘房裏有桂姐，你房裏有楊姑奶奶，李大姐有銀姐在這裏，我那裏有他潘姥姥，且輪不到往你那屋裏去哩！」玉樓道：「你還沒曾見哩，今日早晨起來，打發他爹往前邊去了，在院子裏呼張喚李的，便那等花哨起來。」金蓮說：「常言道奴才不可逞，小孩兒不宜哄。」（第五十八回）

金蓮這言語完整表達較晚，但估計她進門不久就已經存有此念，從根本上瞧不起「房裏出身」的四娘。而四娘對「五娘」縱容丫頭春梅，「俏成一幫兒哄漢子」也頗有不平。

兩皆不平，往往為了點湯湯水水的細事就能火拼起來。一旦火拼，雪娥明知金蓮「嘴似淮洪也一般，隨問誰也辯他不過」，於是就跑到吳月娘那裏去揭金蓮的老底：「當初在家，把親漢子用毒藥擺死了，跟了來，如今把俺們也吃他活埋了。弄的漢子烏眼雞一般，見了俺們便不待見。」人們都道李瓶兒對花子虛之死有沉重的負罪感，殊不知武大之死也是金蓮心靈上永久的傷疤，誰揭這傷疤，她就跟誰急。而她的對手，卻往往都不放過這一點，哪壺不開提哪壺，是婦道內戰的慣用手段。她日後與惠蓮、與如意兒的戰爭都與這有關。

此時的「金蓮在家恃寵生嬌，顛寒作熱，鎮日夜不得個寧靜。性格多疑，專一聽籬察壁。」西門府上幾乎任何動靜都瞞不過她。雪娥在向吳月娘、李嬌兒傾訴時，金蓮早立於窗下潛聽，聽到要害處，她竟不躲不藏，而是挺身而出，當著吳月娘的面痛斥雪娥：「比如我當初擺死親夫，你就不消叫漢子娶我來家，省得我霸攔著他，撐了你的窩兒。……如今也不難的勾當，等他來家，與我一紙休書，我去就是了。」可見她們爭鬥的關鍵在誰霸攔她們公共的漢子，撐了別人的窩。對金蓮來說，如果連在妻妾中地位最低的雪娥都戰勝不了，那就意味著她日後沒日子可過了。

而婦道之戰的勝負，完全起決於丈夫的背向。上午就因雪娥罵了金蓮的貼身丫頭春梅，西門慶對雪娥拳打腳踢，罵道：「你罵他奴才，你如何不溺泡尿，把自己照照！」下午從廟上回來，西門慶聽金蓮放聲號哭，向他要休書：「我當初又不圖你錢財，自恁跟了你來，如何今日教人這等欺負？千也說我擺殺漢，萬也說我擺殺漢子！」這「擺殺漢子」事件的主謀是西門慶，他當然也不願別人輕易提起。「這西門慶不聽便罷，聽了時，三屍神暴跳，五臟氣沖天，一陣風走到後邊，采過雪娥頭髮來，盡力拿短棍打了幾下。多虧吳月娘向前扯住了才肯甘休。」（第十一回）因為「漢子與做主兒，出了氣」，金蓮首戰告捷。

只是雪娥從此與她結下了深仇大恨，日後時刻盯著金蓮的過失，然後一而再，再而三地到吳月娘那裏去告發她，直到吳月娘將之掃地出門為止。

二、「只拿鈍刀子鋸處我」：金蓮與李桂姐之戰

丈夫的背向並非一成不變的，西門慶的性趣又過於廣泛。金蓮與雪娥交戰不久，西門慶就花了五十兩銀子在妓院裏梳籠李桂姐，半月不回家。金蓮以〈落梅風〉調捎去情書，抒發其「黃昏想，白日思，盼殺人多情不至」的鬱悶之情，非但沒有喚回西門慶，反倒惱了李桂姐：「撤了酒席，走入房中，倒在床上，面朝裏邊睡了。」西門慶見李桂姐惱了，把帖子扯的稀爛，還當著眾人的面將遞信的玳安踢了兩腳。這邊西門慶在應伯爵們湊份助樂中哄著李桂姐，那邊金蓮聽了玳安的哭訴，不免牢騷滿腹：「十個九個院中淫婦，和你有甚情實？常言說的好：船載的金銀，填不滿煙花寨。」

這李桂姐雖是「院中淫婦」，但她是李嬌兒的侄女，後又拜吳月娘為乾娘，與西門府上有著千絲萬縷的聯繫。金蓮信口罵李桂姐，不防李嬌兒在窗下潛聽得，於是暗暗懷恨在心，從而也加入圍剿金蓮的隊伍，逮著金蓮的過失立即就告到吳月娘與西門慶那裏，說是「若是饒了這個淫婦除非饒了蠍子。」不僅從精神上羞辱她，而且讓她領受皮肉之苦。

待到李桂姐來西門府上招搖，好歹要見見「五娘」時，金蓮使春梅把角門關得鐵桶相似，李桂姐吃了閉門羹，羞訕滿面而回。金蓮這阿Q般的勝利，贏得的是更沉重的打擊。

李桂姐恃嬌激逼西門慶剪下金蓮一絡子頭髮給她瞧。西門慶為討好李桂姐，回家無緣無故折騰金蓮，先是令她褪衣跪下，繼而又要拿馬鞭打她，讓金蓮百思不解，柔聲痛哭道：「我的爹爹！你透與奴個伶俐說話，奴死也甘心。饒奴終日恁提心吊膽，陪著一千個小心。還投不著你的機會。只拿鈍刀子鋸處我。教奴怎生吃受？」連春梅都看不過去，嘲諷他說：「爹，你怎的恁沒羞！娘幹壞了你甚麼事兒？你信淫婦言語，平地裏起風波，要便搜尋娘？還教人和你一心一計哩！你教人有那眼兒看得上你！倒是我不依你。」拽上房門，走在前邊去了，根本不給西門慶遞馬鞭。一向快言快語的西門慶彎彎繞了半天，才赴主題，要剪金蓮一絡頭髮，並編造一堆難以自圓其說的理由，次日到李桂姐那裏去炫耀，直到這時作者才點明李桂姐的陰毒心理：

（春梅不給他遞馬鞭）

那西門慶無法可處，倒呵呵笑了，向金蓮道：「我且不打你。你上來，我問你要椿物兒，你與我不與我？」婦人道：「好親親！奴一身骨朵肉兒都屬了你，隨要什麼，奴無有不依隨的。不知你心裏要甚麼？」

西門慶道：「我要你頂上一柳兒好頭髮。」婦人道：「好心肝！奴身上隨你怎的

揀著，燒遍了也依，這個剪頭髮卻依不的。可不嚇死了我罷了。奴出娘胞兒，活了二十六歲，從沒幹這營生。打緊我頂上這頭髮近來又脫了好些，只當可憐見我罷！」

西門慶道：「你只怪我惱，我說的你就不依。」婦人道：「我不依你，再依誰？」因問：「你實對奴說，要奴這頭髮做甚麼？」

西門慶道：「我要做網巾。」婦人道：「你要做網巾，奴就與你做。休要拿與淫婦，教他好壓鎮我。」

西門慶道：「我不與人便了，要你髮兒，做頂線兒。」婦人道：「你既要做頂線，待奴剪與你。」

當下婦人分開頭髮，西門慶拿剪刀，按婦人頂上，齊臻臻剪下一大柳來，用紙包放在順袋內。婦人便倒在西門慶懷中，嬌聲哭道：「奴凡事依你，只願你休變了心腸。隨你前邊和人好，只休拋閃了奴家！」是夜與他歡會異常。

到次日，西門慶起身，婦人打發他吃了飯，出門騎馬，徑到院裏。桂姐便問：「你剪的他頭髮在那裏？」西門慶道：「有，在此。」便向茹袋內取出，遞與桂姐。打開看，果然黑油也一般好頭髮，就收在袖中。

西門慶道：「你看了還與我，他昨日為剪這頭髮，好不煩難。吃我變了臉惱了，他才容我剪下這一柳子來。我哄他，只說要做網巾頂線兒，徑拿進來與你瞧。可見我不失信。」

桂姐道：「甚麼稀罕貨，慌的恁個腔兒！等你家去，我還與你。比是你恁怕他，就不消剪他的來了。」西門慶答道：「那裏是怕他？恁說，我語言不的了。」

桂姐一面叫桂卿陪著他吃酒，走到背地裏，把婦人頭髮早絮在鞋底下，每日踹踏，不在話下。卻把西門慶纏住，連過了數日，不放來家。（第十二回）

這段文字寫盡了一個男子狎妓心理：為了討好妓女，有時是無所不用其極。由於西門慶之貪戀妓色，作為小妾的金蓮就輕易地敗在一個妓女腳下。金蓮「自從頭髮剪下之後，覺道心中不快，每日房門不出，茶飯慵餐。」以至要求助於算命先生的魔術。（第十二回）幸好李桂姐是麗春院裏的角色，若她如李嬌兒嫁到了西門府上那才有好戲看哩。

那李桂姐本是個「不見錢，眼不開」的妓女，她「假意虛情恰似真，花言巧語弄精神」，也無可厚非；問題是西門慶一死，她就在出殯的當天勸她姑娘李嬌兒改嫁到張二官府上當二房娘子，說：「你那裏便圖出身，你在這裏守到老死，也不怎麼。你我院中人家，棄舊迎新為本，趨炎附勢為強，不可錯過了時光。」（第八十回）這就徹底暴露了這類妓女的市儈面目。本書的體例決定不具體評價李桂姐，但從李桂姐與金蓮的較勁，

可見金蓮在西門府上的地位是何等不穩定。正是這種不穩定令金蓮終日提心吊膽，專一聽籬察壁，時時如履薄冰，如臨深淵，時時要為生存而挑戰或應戰。

三、「不許你在漢子跟前弄鬼」：金蓮與惠蓮之戰

　　西門慶與惠蓮的偷情行為，本來是金蓮所認可並提供了一定的方便的。但有個有前提，即「休奚落我」。按理說這個要求並不算苛刻，然而輕狂的惠蓮偏偏做不到這一點。

　　這惠蓮原是另一個金蓮，她與金蓮一樣出身寒門，是賣棺材的小個體戶宋仁的女兒，也跟金蓮一樣聰慧活潑，蕩起秋千來，「端的卻是飛仙一般，甚是可愛」。還有本領不消一根柴禾能燒爛豬頭肉；擲起骰子比誰都反應快，且口舌伶俐，俏皮動人。她最初在蔡通判家房裏，和大婆作弊養漢，壞了事，被打發出來，嫁與廚役蔣聰為妻，後暗與來旺兒搭上。正巧蔣聰被人打殺，來旺兒的媳婦病故，他倆就做成一對。她原名也叫金蓮，月娘覺得不好稱呼，遂改名為惠蓮。（按，「第一奇書」本作「蕙蓮」，本書依詞話本統稱之「惠蓮」）作者介紹：這個婦人小金蓮兩歲，今年二十四歲，生的白淨，身子兒不肥不瘦，模樣兒不短不長，比金蓮腳還小些兒。性明敏，善機變，會妝飾，是嘲漢子的班頭，壞家風的領袖。初來時，同眾媳婦上灶，還沒什麼妝飾；後過了個月有餘，因看見玉樓、金蓮打扮，他便把鬢墊的高高的，頭髮梳的虛籠籠的，雙眉描的長長的。在上邊遞茶遞水，被西門慶睃在眼裏。於是設計讓來旺兒出差杭州採辦，往回也有半年期程，以便他乘虛而入，調戲惠蓮。

　　她在藏春塢雪洞裏做愛時，偏不安分，先是說自己腳比金蓮還小：「拿什麼比他？昨日我拿他的鞋略試了試，還套著我的鞋穿。倒也不在乎大小，只是鞋樣子周正才好。」當時三寸金蓮不僅是女性美的象徵，也是女性性感的表徵。比腳就意味著從這兩個層面上壓倒金蓮。更有甚者，惠蓮問西門慶：「你家第五的秋胡戲，你娶他來家多少時了？是女招的，是後婚兒來？」西門道：「也是回頭人兒。」婦人說：「真道恁久慣牢成，原來也是個意中人兒，露水夫妻。」這無疑與雪娥一樣，要揭金蓮的老底子。

　　金蓮堪稱現代竊聽器的超前化身，她早潛身在藏春塢月窗下竊聽。「這金蓮不聽便罷，聽了，氣的在外兩隻胳膊都軟了，半日移腳不動。」即使如此，金蓮並未動意設法迫害來旺兩口子，只是旁敲側擊惠蓮，正道著她的「真病」，待惠蓮跪下認錯時再警告她：「我眼裏放不下砂子的人，漢子既要了你，俺們莫不爭你？不許你在漢子跟前弄鬼，輕言輕語的，你說把俺們下去了，你要在中間踢跳。我的姐姐，對你說：把這樣心兒且吐了些兒罷。」並告訴她：「你爹雖故家裏有這幾個老婆，或是外邊諸人家的粉頭，來家通不瞞我一些兒，一五一十就告我說。你大娘當時和他一個鼻子眼兒裏出氣，甚麼事

兒來家不告訴我！你比他差些兒！」讓惠蓮摸不著深淺，還真以為西門慶「這嘴頭子，就是個走水的槽。」

自從金蓮識破了她的機關，那惠蓮「每日只在金蓮房裏，把小意兒貼戀與他，頓茶頓水，做鞋腳針指，不拿強拿，不動強動。正經月娘後邊，每日只打個到面兒，就到金蓮這邊來。每日和金蓮、瓶兒兩個下棋抹牌，行成夥兒，或一時撞見西門慶來，金蓮故意令他旁邊斟酒，教他一處坐了頑耍。只圖漢子喜歡。」（第二十三回）應該說，金蓮處理此事很理智也很藝術，讓那淺薄輕浮的惠蓮只有「抱金蓮腿兒」的功夫，再也「不敢欺心」。至此，主僕相安無事。

問題是生活並沒有就此止步，一來惠蓮本不是個安分的料，她既傍西門慶，又調陳敬濟，還不想太虧了來旺兒，更收斂不住要在其他奴僕面前招搖；二來來旺既不是韓道國甘當明王八的貨，又與孫雪娥有「首尾」，雪娥與金蓮有仇而與來旺兒說金蓮挑撥主子「耍了」他老婆。那來旺兒在「醉謗」西門慶時不僅捎帶上了金蓮，要「叫他白刀子進去，紅刀子出來」，也翻出她「毒藥擺殺了親夫」的老帳，還說「多虧了他上東京去打點，救了五娘一命。」頓時將問題複雜化了。與來旺兒不睦的奴才來興，將這一切告訴金蓮時，金蓮氣得「粉面通紅，銀牙咬碎」，罵道：「這犯死的奴才！我與他往日無冤，近日無仇，他主子耍了他的老婆，他怎的纏我？我若教這奴才在西門慶家，永不算老婆！怎的我虧他救活了性命？」於是與西門慶攤牌了：「你背地圖他老婆，他便背地要你家小娘子，你的皮靴兒沒反正。那廝殺你便該當，與我何干？連我一例也要殺。趁早不為之計，夜頭早晚，人無後眼，只怕暗遭他毒手。」（第二十五回）頓時將矛盾激化了。

即使如此，金蓮也只是阻止西門慶繼續派來旺兒去杭州做買賣，說：「你若要他這奴才老婆，不如先把奴才打發他離門離戶。」西門慶往往色令智昏，而金蓮對事態的分析遠較之清晰：「（他）老婆無故只是為他。不爭你貪他這老婆，你留他在家裏也不好，你就打發他出去做買賣也不好。你留他在家裏，早晚沒這些眼防範他；你打發他外邊去，他使了你本錢，頭一件，你先說不得他。」打發他離門離戶，就能讓西門慶擺脫這諸種矛盾，所以金蓮稱之為剪草除根：「就是你也不耽心，老婆他也死心塌地。」（第二十五回）其實這與惠蓮給西門慶出主意：「不要教他在家裏，與他幾兩銀子本錢，教他信信脫脫遠離他鄉做買賣去。他出去了，早晚爹和我說句話兒，也方便些。」有某種相似之處。只不過惠蓮想兩頭漁利：既不丟家，又不離開西門慶；金蓮則是一箭雙雕：既報了新仇又除了西門府上的隱患，當然不會去周全惠蓮與來旺兒的利益。所以金蓮一席話兒，說得西門慶如醉方醒。

至於設計陷害來旺兒「見財起意，夤夜持刀，謀殺家主」；然後買通官府，對來旺

兒施以酷刑，「打的皮開肉綻，鮮血淋漓」，「帶下去收監」。（第二十六回）則完全是西門慶一手導演的傑作。潘金蓮絕無此能耐，而且以這種方式來「把奴才打發他離門離戶」可能也是金蓮所始料不及的。

西門慶是一個「隨風倒舵順水推船的行貨子」，是個「球子心腸──滾上滾下」的「謊神爺」。事態的發展，竟然演變成了金蓮與惠蓮爭奪對西門慶的控制權。西門慶一會兒在惠蓮的眼淚與色情的夾攻下，同意放了來旺兒，聽信惠蓮的主意：「再不你若嫌不方便，替他尋上個老婆，他也罷了。我常遠不是他的人了」，打算「買了對過喬家房，收拾三間房子與你住，搬你那裏去，咱兩個自在頑耍。」這意味著又多一個人「如你我輩一樣」合法地來分爭西門慶的「力比多」，僅此就氣得金蓮起誓：「我若教賊奴才淫婦與西門慶放了第七個老婆──我不喇嘴說──就把『潘』字倒過來」；（第二十六回）西門慶一會兒又被金蓮入情入理的利害分析所打動：「你既要幹這營生，不如一狠二狠，把奴才結果了，你就摟著他老婆也放心。」於是再次花錢打點官府，將來旺兒朝死裏整，幸虧縣裏孔目是個「仁慈正直之人」，「只把他當廳責了四十，論了遞解原籍徐州為民」。惠蓮明知西門慶是個「謊神爺」，但一聽他種種許諾就在「詞色之間未免輕露」，完全不給自己留有退路；一旦金蓮「把西門慶念翻轉了」，惠蓮就如「合在缸底下一般」，知道丈夫與自己都被人用「絕戶計」暗算了，不由得萬般含羞、無地自容，更兼與孫雪娥作了「我養漢養主子，強如你養奴才」的爭強與揪打，於是一而再尋死尋活，終忍氣不過而自縊身亡，亡年二十五歲。（第二十六回）

惠蓮與來旺兒兩口的敗局的形成，有著相當複雜的主客觀原因，其主動脈是二蓮的爭寵，而家人來興的告密、玉樓的穿插、雪娥的添亂等細微末節也深刻地影響著事態的發展，但主凶仍是西門慶，連惠蓮都放膽喊道：「你原來就是個弄人的劊子手！」以往的評論一古腦地責罵潘金蓮，是有失公正的。

在與惠蓮爭寵的鬥爭中，金蓮拼盡智慧與勇氣而得勝。但吳月娘因此而認定她為「九尾狐狸精出世」，把西門府上不安寧的責任記到了金蓮帳上，這就使她的勝利中埋藏著更深刻的危機。如此說來，金蓮在這場戰爭只能算是慘勝。

二蓮之戰，是潘孫之戰、潘李之戰的升級，是金、瓶之戰的預演，因為金蓮與李瓶兒之間的戰事較前面那些戰爭更複雜也更殘酷。

爭寵風雲與母以子殤
——潘金蓮與李瓶兒之戰

一、「哪有一隻碗裏放了兩把羹匙還會不衝撞」

　　曾為梁中書的小妾，或許可作為李瓶兒生活的起點，因為此前的出身書中沒有交代；也正因為身為梁中書的小妾，她獲得了第一筆財富，為她成為富婆墊了底。若撇開出身與財富，僅就婚戀生活而言，李瓶兒與潘金蓮之間的可比性還是很多的。

　　李瓶兒給西門慶的第一印象是：生的甚是白淨，五短身材，瓜子面兒，細彎彎兩道眉兒。（第十三回）與金蓮相比，同為美人，其白淨猶勝金蓮，因而西門慶第一眼看到的是她的白淨。僅「白淨」這一點日後讓金蓮想盡辦法來拼比。待偷情得手，西門慶向金蓮介紹李瓶兒時，又多了些內容：「說李瓶兒怎的生得白淨，身軟如綿花，好風月，又善飲。」（第十三回）在風月上的水準，金蓮自然不會在李瓶兒之下，至少堪稱龍虎相當。相交不久，西門慶與吳月娘都說李瓶兒「好個性兒」：

> 西門慶道：「花二哥他娶了這娘子兒，今年不上二（年）光景。他自說娘子好個
> 性兒。不然，房裏怎生得這兩個好丫頭？」月娘道：「前者六月間，他家老公公
> 死了，出殯時，我在山頭會他一面。生的五短身材，團面皮，細灣灣兩道眉兒，
> 且自白淨，好個溫克性兒……」（詞話本）

性情溫和當是李瓶兒性格底色，這與性情潑辣的金蓮成鮮明對比。但性情溫和的李瓶兒也有大發雌威的時候，如氣死花子虛、怒逐蔣竹山就是。只是到了西門慶懷抱卻一味溫和，這也叫一物降一物。

　　李瓶兒進入西門府之前也有幾起畸形婚姻。先為梁中書（梁乃東京蔡太師之女婿）的小妾，梁夫人性甚嫉妒，凡與梁有染的婢妾多被打死埋在後花園中；瓶兒只得在外邊書房內住，另有養娘扶持。只因政和三年正月上元之夜，梁山李逵打進了梁府，瓶兒帶了一百顆西洋大珠、二兩重一對鴉青寶石，與養娘馮媽媽逃至東京投親。

　　那時花太監由御前班直升廣南鎮守，因侄男花子虛沒妻室，就使人說親，娶為正室。但她名義上是花子虛的妻子，而實際上是花太監的玩物。瓶兒曾與偷情的西門慶說：「他（花子虛）逐日睡生夢死，奴那裏耐煩和他幹這營生！他每日只在外邊胡撞，就來家，奴等閒也不和他沾身。況且，老公公在時，和他另在一間房睡著，我還把他罵的狗血噴了頭。好不好對老公公說了，要打倘棍兒。奴與他這般頑耍，可不磕磣殺奴罷了！」（第十七回）可見那花子虛亦如武大，在花前如子虛烏有。年紀輕輕與老婆分房而居，連老婆的身子都沾不著，更不可能「幹這營生」，若不老實還可能挨老太監的打。花太監見花子虛不成器，家財只交付與瓶兒收著，貴重之物更「梯己交與」她，花子虛竟「一字不知」。（第十四回）不僅如此，花太監從內府帶出來的春宮圖手卷這「涉黃」作品也交瓶兒保管。凡此種種，足見李瓶兒與花太監關係曖昧。

　　那花太監果是花太監，雖被閹割了男根與性能力，卻並未割去性的意識，而那種有欲望而無能力的變態發洩方式的畸形與暴虐，往往出人意料。第三十二回李桂姐向吳月娘說薛太監慣頑，「把人搯撐的魂也沒了」。吳月娘不以為然地說：「左右是個內官家，又沒甚麼，隨他擺弄一回子就是了。」李桂姐說：「娘且是說的好，吃他奈何的人慌。」可見太監也有泡妞的，而且有「慣頑」家。太監泡妞比和尚泡妞更噁心。李桂姐所云，可作李瓶兒與花太監關係的佐證。當西門慶從李瓶兒那裏拿回春宮圖手卷與金蓮共同賞玩時，金蓮驚喜不已且愛不釋手。在性技知識上，瓶兒或許堪稱金蓮的老師。

　　花太監是被閹了的花子虛，花子虛是未閹的花太監，「奈何」等於沒奈何，「奈何的人慌」挑逗起的饑渴更難堪。這可能並不比金蓮在張大戶與武大那裏的享受好多少。因而一經與西門慶交手，瓶兒就感到無比歡暢：「誰似冤家這般可奴之意。就是醫奴的藥一般。白日黑夜，教奴只是想你。」（第十七回）只是瓶兒與西門慶的偷情沒有王婆之類的中介，來得更簡捷。據說美國有本暢銷書叫《如何做情人》，千言萬語只傳授一個訣竅：訴苦，互吐苦水，一拍即合。瓶兒當然無緣讀到那本暢銷書，但她竟無師自通，善於向西門慶訴苦，說西門大官人的拜把兄弟花子虛如何不善解人意，西門慶竟裝腔作勢承諾要以大哥的身分去教訓花二哥，但話音未落，他們就在錦被內翻起了紅浪。李瓶兒與西門慶合夥氣死花子虛，比金蓮與西門慶合夥毒死武大郎更巧妙也更毒辣，她雖不承擔刑事責任，但心靈的負罪感常常化為花子虛陰魂索命的惡夢，時時折磨著她。金蓮最惱恨別人翻她毒殺親夫的舊帳，在心理上應有相似之處，只有程度之差與方式之異罷了。

　　瓶兒視西門慶為「醫奴的藥」。一旦西門慶捲入楊戩案，瓶兒就立即墜入魔障而不可終日。於是另尋「醫奴的藥」，這就有蔣竹山乘虛入贅的故事。誰知蔣竹山腰中無力，「是個中看不中吃臘槍頭」，根本不是「醫奴的藥」。經過了這番曲折，瓶兒甘受身心之

辱，而進入西門府，從此也安心在社會規範內生活著，再也沒有將紅杏探出牆頭。與瓶兒形成鮮明對比的是，金蓮在苦戀期間幾乎將西門慶視為她的最愛，視為她的命，儘管有西門慶另娶孟玉樓的故事穿插期間，金蓮仍心無旁騖地苦等著西門慶，但進入西門府後她怨恨西門慶用情不專，甚至有失寵之危機，才咬牙反擊那社會規範，幾番跨出警戒線，尋求新的刺激。

金蓮與瓶兒的性格與命運同中有異，異中有同，她們的關係也有個從相安無事到相煎何急的變遷歷史。瓶兒與西門慶的偷情，最先由金蓮發現，她不但基本認可了他們的行為，而且為他們保密乃至「觀風」放哨。「李瓶兒迎奸赴會」，首登西門府赴的是金蓮生日宴會，當夜未歸就住在金蓮房中，其樂融融。未嫁入西門府，瓶兒就主動要與金蓮住作比鄰，說是「奴捨不得她，好個人兒」。八月二十日初入西門府，西門慶一連三天未進瓶兒房，八月二十三日李瓶兒上吊自殺，是金蓮最早發現，並救下灌湯讓她活過來的。（第十九回）

按理講，金瓶原「是一個跳板上人」：同為小妾，本應成為天然盟友。但金蓮卻有言：「哪有一隻碗裏放了兩把羹匙還會不衝撞的嗎？」（第七十六回。按，此語轉見林語堂《吾國與吾民》，現通行本皆與之有異。）這已形象地道出她們之間發生衝突的必然性。學者多以為瓶兒較之金蓮有三大優勢：壓倒眾妾的富有，天生的白淨，以及為西門慶生了個傳宗接代的兒子。她因此成為西門慶最寵愛的女人，也因此成為金蓮的眼中釘、肉中刺。其實真正對金蓮構成致命威脅的，是瓶兒為西門慶生了個寶貝兒子。

二、「李大姐生的這孩子就是腳硬」

「不孝有三，無後為大」，兒子在一個封建宗法家庭實在非同小可，對西門慶來說尤其如此。西門慶為獨生子，這在當年就是件稀罕事。他事業有成，妻妾成群，也年屆而立，卻不見有子。子嗣已成這個家庭重大工程。這就是為什麼吳月娘焚香求子那麼令西門慶感動的原因，也是正室吳月娘欣然同意西門慶多多納妾的隱秘所在。

瓶兒正是在這個背景下喜得貴子，當然是對西門府的特殊貢獻。更何況瓶兒生子之日，正是西門慶得官之時，雙喜相映，如何不樂？孩子取名為「官哥兒」。西門慶對募緣長老說得很實在：「實不相瞞，在下雖不成個人家，也有幾萬產業，忝居武職，不想偌大年紀，未曾生下兒子，有意做些善果，去年第六房賤內生下孩子，咱萬事已是足了。」（第五十七回）

官哥兒不愧為西門之星，闔家上下都在簇擁著、呵護著、奉承著這小寶貝。為了孩子，李瓶兒、吳月娘都竭力規勸平日行為不端的西門慶廣結善緣。李瓶兒說：「我的哥

哥，你做這刑名官，早晚公門中與人行些方便兒，也是你個陰騭，別的不打緊，只積你這點孩子兒罷。」（第三十四回）吳月娘說：「哥，你天大的造化！生下孩兒，你又發起善念廣結良緣，豈不是俺一家兒的福分。只是那善念頭怕他不多，那惡念頭怕他不盡。哥，你日後那沒來回沒正經養婆娘，沒搭煞貪財好色的事體，少幹幾樁兒，卻攢不下些陰功，與那小孩兒也好。」（第五十七回）可謂苦口婆心，全為官哥。西門慶的兩番回答，都不盡如人意，但他的確在捨金求緣。第三十九回「寄法名官哥穿道服」，不惜重金在玉皇廟為官哥兒舉行隆重的寄名儀式；第五十七回「聞緣簿千金喜捨」，又為官哥兒捨金五百兩修繕永福寺，捐金三十兩印經五千卷，普施功德。古今暴發戶所謂廣結良緣，無非「撒漫使錢」，而行為上卻是「我行我素」。

　　西門慶將李瓶兒生的孩子命名為官哥兒，不僅是對自己為官的紀念，更是對這孩子寄以厚望。官哥兒剛剛滿月時，應伯爵就奉承：「相貌端正，天生的就是個戴紗帽胚胞兒」（第十三回）。第五十七回寫道：

> （西門慶）一面拉著月娘，走到李瓶兒房裏來看官哥。李瓶兒笑嘻嘻的接住了，就叫奶子抱出官哥兒來。只見眉目稀疏，就如粉塊妝成，笑欣欣直攛到月娘懷裏來。月娘把手接著抱起道：「我的兒，恁的乖覺，長大來定是聰明伶俐的。」又向那孩子說：「兒，長大起來，恁地奉養老娘哩？」李瓶兒就說：「娘說那裏話，假饒兒子長成，討的一官半職，也先向上頭封贈起。那鳳冠霞帔，穩穩兒先到娘哩。」西門慶介面便說：「兒，你長大來，還掙個文官。不要學你家老子，做個西班出身，雖有興頭，卻沒十分尊重。」

這段對話意味著官哥兒未來有著三重使命：其一，「討的一官半職」，奉養生母李瓶兒；其二，讓嫡母吳月娘獲得封贈，有鳳冠霞帔的風光；其三，從正途替父親掙個文官，西門慶覺得自己「做個西班出身，雖有興頭，卻沒十分尊重」，不希望兒子再走自己的老路。由此也可見，這個孩子對西門的未來是何等重要啊！

　　這裏需要多解釋幾句的是第二項使命。舒蕪在《紅樓夢裏的妾勝制度》中說：

> （封建妾勝）制度既然規定「庶出」的子女都以「嫡母」為正式的合法的母親，而生身的「庶母」只能算是非正式的端不到台面上來的母親，這個制度是這樣違反自然的母子之情，所以它當然就要求有相應的強制性的道德規範來鞏固自己。
> 這個道德規範要求：作妾的不應該把自己親生的子女看作自己的子女，卻應該看作「主母」的子女；「庶出」的子女也不應該把生身之母看作母親，只應該看作父親的一個妾，看作代替「嫡母」懷孕生育的人。

這個道德規範還要求：作妾的不應該有「受歧視」的怨恨，更不應該以這種怨恨傳染（給）親生子女，只應該自安本分，教育孩子自視與「嫡母」的孩子並無差別和隔閡；「庶出」的子女也不應該跟生身之母有「受歧視」的怨恨，應該相信別人待自己與待「嫡出」兄弟並無不同。只有符合這個規範的，才是知禮明義識大體的正派人，反之就如探春所說：「不過是那陰微下賤的見識。」加以妾的身分是奴隸，而妾所生的子女，按照父系中心的原則，卻是主子，是少爺小姐，這個主奴界限絕不許淆亂，從而更阻止妾和她所生的子女以母子相認。

從這個意義上講，官哥兒是李瓶兒替吳月娘生的兒子。第三十九回「寄法名官哥穿道服」，那經疏上只寫有：「大宋國山東清河縣縣牌坊居住，奉道祈恩酬醮保安信官西門慶，本命丙寅年七月廿八日子時建生，同妻吳氏，本命戊辰年八月十五日子時建生。」表白道：「還有寶眷，小道未曾添上。」西門慶道：「你只添上個李氏，辛未年正月十五日卯時建生，同男官哥兒，丙申年七月廿三日申時建生罷。」按理講書上母親名下只寫吳月娘就夠了，西門慶還算開通（或許明與清稍有別）添了個李氏。

官哥兒將來若有出息，討的一官半職，首先獲得封贈的，配戴鳳冠霞帔的當然是吳月娘。他若像探春不認趙姨娘為娘那樣不認李瓶兒為娘是本分，若認她為娘是恩惠，若奉養生母更是天恩，「奉養老娘」由吳月娘說出則顯得嫡母的仁慈。總之，從封建婚姻制度著眼，官哥兒是正室吳月娘的兒子。小不點結娃娃親，由吳月娘作主；長大也該由吳月娘來管教。有次官哥兒撲向李桂姐懷裏，吳大子笑道：「恁點小孩兒，他也曉的愛好。」月娘說：「他老子是誰？到明日大了，管情也是小嫖頭兒。」孟玉樓道：「若做了小嫖頭兒，叫大媽媽就打死了。」預計未來打死小嫖頭兒是大媽媽吳月娘，而不是他的生母李瓶兒。從《紅樓夢》中趙姨娘的故事看，李瓶兒未來未必有權管教兒子。有次趙姨娘在房裏罵她兒子賈環，鳳姐從窗外聽見，立刻隔窗訓斥她：「憑他怎麼著，還有老爺、太太管他呢，就大口家啐他？他現是主子，不好，橫豎有教導他的人，與你什麼相干？」（第二十回）

當然凡此種種都是著眼於「規範」內應該如何來論說的，但現實生活未必都按「規範」行進，也許如金蓮估計的官哥兒「他自長成了，只認自家的娘，那個認你（吳月娘）！」妾代你生的兒子，終隔一層肚皮，比不上自己的親生子。因而吳月娘「我求天拜地，也要求一個（兒子）來，羞那些賊淫婦的毖臉！」吳月娘終於如願以償，只是太遲了。

不說未來了，因為官哥一死，他的三重使命統統落空，還是回到現實中來吧。李瓶兒雖無法與吳月娘比高低，但在眾妾中她是惟一有突出貢獻的，官哥兒的誕生，不僅使西門慶後繼有人，而且為他帶來了官運與財運，西門慶當官不久就有大生意送上門來，他視為官哥兒帶來的財氣，心裏暗道：「李大姐生的這孩子甚是腳硬，一養下來，我平

地就得此官，我今日與喬家結親，又進這許多財。」（第四十三回）西門慶的導向決定全家對李瓶兒這樣英雄的母親另眼相看，李瓶兒則堪稱母以子貴。

三、「做甚麼恁抬一個滅一個」

一直處在西門慶寵愛巔峰上的潘金蓮，而今與李瓶兒相比，用金蓮自己的話說：「俺每是買了個母雞不下蛋」，於是立刻覺得找不到自己的位置了。

第三十九回到玉皇廟打醮為官哥兒寄法名，經書上將李瓶兒置於正室之下，眾妾之上的特殊地位，而不生孩子的金蓮輩「都是不在數的，都打到贅字號裏去了」。吳月娘解釋：「也罷了，有了一個，也就是一般。莫不你家有一隊伍人，也都寫上，惹的道士不笑話麼？」只當瓶兒是眾妾中的優秀代表吧，不爭也罷，這事就算敷衍過去了。可是玉皇廟打醮的正月初九日，正是金蓮生日：

> 原來初八日西門慶因打醮，不用葷酒。潘金蓮晚夕就沒曾上的壽，直等到今晚來家與他遞酒，來到大門站立。不想等到日落時分，只見陳敬濟和玳安自騎頭口來家。潘金蓮問：「你爹來了？」敬濟道：「爹怕來不成了……」金蓮聽了，一聲兒沒言語，使性子回到上房裏，對月娘說：「『賈瞎子傳操——乾起了個五更』『隔牆掠肝腸——死心塌地』『兜肚斷了帶子——沒得絆了』……」

想當初，金蓮初入西門時，那生日家宴辦得何等火熱而又浪漫；看今朝，只為瓶兒之子「保壽命之平安」，竟連金蓮生日之禮也公然被擠掉，怎叫金蓮不牢騷滿腹。

然而，僅隔幾日，正月十五元宵節，也正好是李瓶兒的生日，卻是另一番火紅景象。作者從第四十二到四十六回用了極大篇幅，寫這書中的第三個元宵節。三次元宵以這次寫得最為波瀾疊起，熱鬧豪華。第四十二回目就叫「逞豪華門前放煙火，賞元宵樓上醉花燈」，這是西門慶生活歷程中的全盛時期的張揚。這元宵節裏，西門府上，賓客盈門，歌舞吹彈，闔族狂歡。雖偶有不協和的插曲，歡快卻是主旋律。而李瓶兒母子倆則是那主旋律中的重要樂章。早在正月十二日吳月娘就邀請新締結的喬親家到時赴李瓶兒的壽宴。十三日喬親家就送來了生日禮。十四日西門慶回禮喬親家，寫了八個請帖邀請眾官堂客來赴席，與李瓶兒做生日。連院中吳銀兒也送來壽禮，並拜認乾娘。尤其是皇親喬五太太前呼後擁的到來，更大大加重了李瓶兒壽席的分量。喬五太太見官哥兒，誇道：「好個端正的哥哥！」即叫左右，「連忙把氈包內打開，捧過一端宮中紫閃黃錦段，並一副鍍金手鐲與哥兒戴。月娘連忙下來，拜謝了。」端的好筵席：「盤堆異果奇珍，瓶插金花翠葉」。席上「吳月娘與李瓶兒同遞酒，階下戲子鼓樂響動。喬太太與眾親戚又親

與李瓶兒把盞祝壽。方入席坐下，李桂姐、吳銀兒、韓玉釧兒、董嬌兒四個唱的，在席前唱了一套〈壽比南山〉」。金蓮那幾乎被人遺忘了的生日，如何能與李瓶兒的生日排場相比。

尤其令金蓮難堪的，不是地位與待遇的滑跌，而是性愛之歡頓陷饑渴。金蓮可是視性與愛為生命之泉的啊！官哥兒出生當日，西門慶「見一個滿抱的孩子，生的甚是白淨（按，像李瓶兒），心中十分歡喜。闔家無不歡悅。晚夕，就在李瓶兒房中歇了，不住來看孩子。」（第三十回）

從此，更「常在他房裏宿歇」。從而造成「有孩子屋裏熱鬧，俺每沒孩子的屋裏冷清。」（金蓮語）金蓮「於是常懷嫉妒之心，每蓄不平之意。」有次金蓮等西門慶進房，他卻直往李瓶兒房裏去了。金蓮心上如攬一把火相似，罵道：「賊強人，到明日永世千年，就跌折腳也別要進我那屋裏！蹧蹧門檻兒，叫那牢拉的囚根子把踝子骨歪折了！」下如此毒口詛咒她心愛的人，連旁觀的玉樓都感到驚訝。（第三十一回）再往後西門慶又勾上了王六兒，更有很長時間沒進金蓮房裏：

> 單看潘金蓮見西門慶許多時不進他房裏來，每日翡翠衾寒，芙蓉帳冷。那一日把角門兒開著，在房內銀燈高點，靠定幃屏，彈弄琵琶，等到二三更，使春梅連瞧數次，不見動靜。……猛聽得房簷上鐵馬兒一片聲響，只道西門慶敲的門環兒響，連忙使春梅去瞧……那春梅走去，良久回來，說道：「娘還認爹沒來哩，爹來家不耐煩了，在六娘房裏吃酒的不是？」這婦人不聽罷了，聽了如同心上戳了幾把刀子一般，罵了幾句負心賊，由不得僕簌簌眼中流下淚來。一徑把那琵琶兒放得高高的，口中又唱道：……奴將你這定盤星兒錯認了……（第三十八回）

隔壁正在吃酒的李瓶兒與西門慶聽到琵琶聲，來請金蓮過去下棋賭杯。金蓮坐在床上紋絲兒不動，把臉兒沉著，半日說道：「那沒時運的人，丟在這冷屋裏，隨我自生自活的，又來瞅睬我怎的？沒的空費了你這個心，留著別處使。」被他們好歹勸著，金蓮仍禁不住長歎：「我的苦惱，誰人知道，眼淚打肚裏流罷了。」（第三十八回）金蓮的話何等哀婉動人。李瓶兒雖攀上寵愛的巔峰，但她也知道西門慶常進她屋裏，來看孩子不打緊，「教人把肚子也氣破了」（第四十四回），這裏潛伏著危機。她倒真的希望有個「船多不礙港，車多不礙路」的生態環境。為不擔個「把攔漢子」的名聲，她常「竄掇」西門慶到金蓮房裏去。但她卻作不了主，男權中心觀念推擁著西門慶率意而行。這在西門慶看來，是理所當然的，在金蓮看來卻是偏心偏肺：「自從養了這種子，恰似生了太子一般」，「都是你老婆，無故只是多有了這尿泡種子罷了，難道怎麼樣兒的，做甚麼恁抬一個滅一個，把人到泥裏！」（第三十一回）

四、「我只說你日頭常晌午」

金蓮雖怨西門慶平日「專一只奈何人」，她卻奈何不了西門慶。因而就將她的怨她的恨一齊灑向那無辜的小孩官哥兒和他媽李瓶兒。小孩未出世，她就到處散佈這孩子不是正版的西門之子。李瓶兒去年八月二十日嫁到西門，今年六月二十三日生官哥兒。金蓮曾就李瓶兒何時懷的孩子，大做文章：「他從去年八月來，又不是黃花女兒，今年懷，入門養。一個後婚老婆，漢子不知見過了多少，也一兩個月才坐胎，就認做是咱家孩子？我說，差了。若是八月裏孩兒，還有咱家些影兒；若是六月的，『踩小板登兒糊險道神——還差著一帽頭子哩』，『失迷了家鄉，那裏尋犢兒去』。」這是李瓶兒尤其是西門慶最忌諱的事。是否是西門慶的種，他自己最在意也應該有數，金蓮就此做文章無非是要否定李瓶兒養子之功，不讓她有專寵的專利權。

待孩子出世，「闔家歡喜，亂成一塊」，金蓮卻「越發怒氣，逕自去到房裏，自閉門戶，向床上哭去了。」（第三十回）此後凡與這孩子相干的，金蓮總是或製造麻煩（如失壺丟金事件，本與瓶兒無關，金蓮卻借機推波作瀾，給瓶兒製造事端），或與西門一家的權威話語唱反調。寄法名官哥穿道服，別人說：「穿著這衣服，就是個小道士兒。」她卻說：「甚麼小道士兒，倒好相個小太乙兒！」被月娘正色說了兩句：「六姐，你這個甚麼話，孩子們面上，快休恁的。」那金蓮訕訕的不言語了。

吳月娘作主，讓官哥兒與喬大戶的女兒聯姻，西門慶嫌那女兒是「房裏生的」即妾生的。金蓮聽說，立刻插嘴：「嫌人家是房裏養的，誰家是房外養的？就是喬家這孩子也是房裏生的，正是『險道神撞著壽星老兒，你也休說我長，我也休嫌你短』。」言下之意，官哥兒也是「房裏生」，正好相對，憑什麼嫌人家？西門慶聽了此言，心中大怒，喝罵金蓮：「有你甚麼說處？」金蓮把臉羞得通紅，抽身走出來說：「誰說這裏我有說處？」轉眼就與玉樓說：「多大的孩子，一個懷抱的尿泡種子，平白扳親家，有錢沒處施展的，爭破臥單的蓋，『狗咬尿泡——空歡喜』！如今做濕親家還好，到明日休要做了乾親家才難。『吹殺燈擠眼兒——後來的事看不見』。做親時人家好，過三年五載方了的才一個兒。」全是些不吉利的詛咒，並一再強調：「你家失迷家鄉，還不知是誰家的種兒哩！」（第四十一回）

第五十七回寫到西門慶、吳月娘、李瓶兒從各自不同角度對官哥兒未來的展望。不想潘金蓮在外邊聽見，不覺怒從心上起，就罵道：

> 沒廉恥、弄虛脾的臭娼根，偏你會養兒子！也不曾經過三個黃梅、四個夏至，又不曾長成十五六歲，出幼過關，上學堂讀書，還是個水泡，與閻羅王合養在這裏

的！怎見的就做官，就封贈那老夫人？怪賊囚根子，沒廉恥的貨，怎的就見的要
做文官，不要像你！

「偏你會養兒子」，罵的是李瓶兒；「怎見的就做官，就封贈那老夫人」，罵的是吳月娘；
「怎的就見的要做文官，不要像你」，罵的是西門慶，全面否定了他們的美夢。這似乎有
點像魯迅在《野草‧立論》中所寫的那樣，用「這個孩子將來要死」來恭賀人家喜添貴
子。[1]雖真實得不可再真實，但這有違人情之常，更不符合有中國特色的禮儀。這在魯迅
是刻薄還是深刻，我不予評價；在金蓮卻肯定是由嫉恨轉向了惡毒。李瓶兒對金蓮的惡
毒詛咒也有所知曉。她有次與乾女兒吳銀兒訴苦，說有人「將他爹和這孩子背地咒的白
湛湛的」，「若不是你爹和你大娘看戲，這孩子也活不到如今。」（第四十四回）但瓶兒
只求息事寧人，既無反攻之力又不敢多與西門慶作實質性的進言，終釀成大不幸。

也許是天公不作美，西門慶明明是條強漢子，好容易盼個兒子卻極其脆弱，聽個歌、
剃個頭都會將他嚇哭、嚇昏，更怕貓怕狗。「潘金蓮懷嫉驚兒」寫金蓮抱著官哥兒，「走
到儀門首，一徑把那孩兒舉的高高的」，在上房穿廊上碰見吳月娘，那潘金蓮笑嘻嘻看
孩子說道：「『大媽媽，你做甚麼哩？』你說：『小大官兒來尋俺媽媽來了』。」月娘
抬頭看見，說道：「五姐，你說的甚麼話？……舉的恁高，只怕嚇著他。」學者們好作
誅心之論，說金蓮故意把膽小的孩子「舉的高高的」，讓他受驚。其實這次金蓮倒未必
是故意驚嚇小孩，她聽到小孩在房裏哭，就去過問，奶子如意說：「娘往後邊去了。哥
哥尋娘，這等哭。」這挑起了她的好奇心與潛伏的母愛本能，笑嘻嘻地向前戲弄那孩子，
說道：「你這多少時初生的小人芽兒，就知道你媽媽。等我抱到後邊尋你媽媽去！」見
了吳月娘又繪聲繪色模擬小孩口吻與她打招呼。言行之間，洋溢著一股母愛。這是她與
官哥兒惟一親近的一次。但她畢竟未做過母親，不善帶小孩，客觀上的確讓小孩受了驚，
「誰知睡下不多時，那孩子就有些睡夢中驚哭，半夜發寒熱起來。」官哥兒這次略喝了些
藥，很快就好了。李瓶兒心頭一塊石頭方落地。（第三十二回）

但隨著金、瓶矛盾的深化，到「潘金蓮打狗傷人」，她就真的有意傷害那無辜的小
孩了。這天「金蓮吃的大醉歸房，因見西門慶夜間在李瓶兒房裏歇了一夜，早晨又請任
醫官來看他，惱在心裏。知道他孩子不好。進門不想天假其便，黑影中躧了一腳狗屎」。
於是拿大棍把那狗沒高低只顧打，打的惱叫起來，製造噪音驚醒病中的官哥兒。李瓶兒
叫丫頭迎春過來勸阻，她還打了一陣，接著又來尋丫頭秋菊的不是，責怪秋菊讓狗呆在
她院子裏，然後比打狗更瘋狂地打秋菊：

1　《魯迅全集》，第 2 卷，頁 207。

哄得他低頭瞧，提著鞋拽巴兜臉就是幾鞋底子，打的秋菊嘴唇都破了，只顧搵著抹血，忙走開一邊，婦人罵道：「好賊奴才，你走了！」教春梅：「與我采過來跪著，取馬鞭子來，把他身上衣服與我扯去，好好教我打三十鞭子便罷。但扭一扭兒，我亂打了不算。」春梅於是扯了他衣裳，婦人叫春梅把他手扯住，雨點般鞭子打起來，打的這個丫頭殺豬也似叫。

那邊官哥兒才合上眼兒又驚醒了。又使了繡春來說：「俺娘上覆五娘；饒了秋菊罷，只怕唬醒了哥哥。」

……

隨著婦人打秋菊，打夠約二三十馬鞭子，然後又蓋了十欄杆，打的皮開肉綻，才放出來。又把他臉和腮頰，都用尖指甲掐的稀爛。

李瓶兒在那邊，只是雙手握著孩子耳朵，腮邊墮淚，敢怒而不敢言。

次日，金蓮還幸災樂禍地對玉樓說，李瓶兒「養了這個孩子，把漢子調唆的生根也似的，把他便扶的正正的，把人恨不的躪到泥裏頭還躪。今日恁的天也有眼，你的孩子也生出病了。」（第五十八回）更惡毒的是，金蓮馴養了一隻白獅子貓兒，終日在房裏用紅絹裹肉，令貓撲而攝食。「這日也是合當有事，李瓶兒給他穿上紅段衫兒，安頓在外間炕上頑要，迎春守著，奶子便在旁吃飯。不料這雪獅子正蹲在護炕上，看見官哥兒在炕上，穿著紅衫兒一動動的頑要，只當平日哄餵他肉食一般，猛然望下一跳，將官哥兒身上皆抓破了。只聽那官哥兒呱的一聲，倒咽了一口氣，就不言語了，手腳俱風搐起來。……那貓還趕著他要攝，被迎春打出外邊去了。」（第五十九回）以往的評論多稱潘金蓮為謀殺官哥兒的罪犯，其實官哥兒之死，遠不這麼簡單。試想李瓶兒若不大意，對小孩看護到位，或許他難遭此貓的襲擊；若按西門慶一向主張，小孩有病請小兒科太醫，也不至讓巫醫劉婆子用艾火把風氣反於內，變為慢風；而劉婆子竟是吳月娘與李瓶兒相商作主，瞞著西門慶請來的……凡此種種才造成小孩最終無救而亡。當然金蓮確有不可推卸的責任，作者也說：「潘金蓮見李瓶兒有了官哥兒，西門慶百依百隨，要一奉十，故行此陰謀之事，馴養此貓，必欲死其子，使李瓶兒寵衰，教西門慶復親於己，就如昔日屠岸賈養神獒害趙盾丞相一般。」（第五十九回）不過，金蓮畢竟沒有直接驅貓殺嬰，西門慶不能只憑著是金蓮房中貓作祟來懲罰她，充其量也只能將貓摔死以洩憤。

然而，真正令人齒寒的是，「潘金蓮見孩子沒了，每日抖搜精神，百般稱快，指著丫頭罵道：『賊淫婦！我只說你日頭常晌午，卻怎的今日也有錯了的時節。你「班鳩跌了彈——也嘴答谷了」！「春凳折了靠背兒——沒的椅了」！「王婆子賣了磨——推不

的了」！「老鴇子死了粉頭——沒指望了」！卻怎的也和我一般？』李瓶兒這邊屋裏分明聽見，不敢聲言，背地裏只是掉淚。」（第六十回）李瓶兒受此氣惱，更兼失兒之痛，花子虛夢中索還孽債之驚，西門慶性生活之昏亂所致之病，……諸般苦楚相煎，不久也就嗚呼哀哉了。

瓶兒臨終有極周到極富人情味的遺囑（從西門慶到丫頭到奶媽都有深情的囑咐與安排），充分展示了她生命中人性美的一個側面，教西門慶及丫頭奶媽感動不已，從而折射出金蓮生命中人性惡的一個側面：由嫉妒走向變態走向惡毒，以至直接或間接地釀造出人間悲劇，而悲劇主人公竟是與她同一個地平線的姐妹！儘管那罪惡的總根源是封建社會的這制度、那制度，金蓮在瓶兒母子的死上畢竟有不可推卸的罪責。

五、「娘休要似奴粗心，吃人暗算了」

嫉妒或許是人類與生俱來的一種病態心理。我不知是否有人將它用到佳境：激發人去作你高我要比你更高的競技攀登，而不是你邪我比你更邪的逆向競爭？可惜醜陋的中國人的嫉妒，往往是「木秀於林，風必摧之」。槍打出頭鳥，見好就眼紅，甚至不惜以卑劣手段將對手打下去，致使屢屢有劣勝優敗的悲劇發生。至於性愛領域的嫉妒，或許就更可觀可畏。妻妾吃丈夫的醋，尚可視為一種自衛，妾婦之間的相互潑醋則誠如賽凡提斯所云：醋海風濤是兇險的，能斷送一切。

金瓶之爭，並未因瓶兒之死而立刻歇火。瓶兒的幽靈還徘徊在西門府，金蓮不斷與瓶兒的幽靈搏鬥。尤其是當瓶兒的幽靈轉換成另一個女性形態：奶媽如意兒時，這種搏鬥就更加有聲有色了。西門慶在瓶兒亡靈前與如意兒苟合，這在西門慶是愛屋及烏，他與如意兒說：「我兒，你原來身體皮肉也和你娘（李瓶兒）一般白淨，我摟著你就如和他睡一般。」（第六十七回）在金蓮則是恨屋及烏，她視如意兒為又一個李瓶兒，又一個宋惠蓮，最害怕的是她與西門慶捅出個孩子來，金蓮「摳打如意兒」，下意識「只用手摳他腹」（第七十二回）。

更可怕的是，瓶兒臨終悄悄向月娘哭泣道：「娘到明日好生看養著，與他爹做個根蒂兒，休要似奴粗心，吃人暗算了。」人之將死，其言也善，瓶兒遺囑，多有善言，但她這番悄悄話，等於宣佈她母子之死皆是金蓮暗算所致。然後將仇恨的接力棒交給了吳月娘，這無疑是給金蓮致命的一擊。吳月娘聽了瓶兒的話，立刻心領神會，這就為金蓮日後的悲劇埋下了伏線。作者說：只這一句話，就感觸月娘的心來。後來西門慶死了，金蓮就在家中住不牢者，就是想著李瓶兒臨終這句話。正是「惟有感恩並積恨，千年萬載不生塵。」（第六十二回）

爭寵風雲與妻權之威
——潘金蓮與吳月娘之戰

　　作為正妻，吳月娘雖也受制於夫權，但她卻負有管理家務的職責，享有統制諸妾的權利，這就是妻權。妻權是夫權的延伸與派生物。《釋名》有云：「夫為男君，故名其妻曰女君也。」對妾而言，妻權對她的管理，可能比夫權方面來得更具體更嚴謹。妾的地位雖取決於夫權，她的生存空間往往在夫權與妻權的夾道裏。妾事夫之外，還有個任務，那就是事妻，《儀禮》有云：「妾之事女君，與妻事舅姑等。」如果妻上有公婆的話，妾之上就等於有幾重公婆了。

一、「他來了多少時，便這等慣了他」

　　金蓮雖天真卻機智，初入西門，她也知道與正室吳月娘相處好。《金瓶梅》第九回寫到，金蓮嫁進西門三日之後：

> 每日清晨起來，就來房裏與月娘做針指，做鞋腳，凡事不拿強拿，不動強動。指著丫頭趕著月娘，一口一聲只叫「大娘」，快把小意兒貼戀。幾次把月娘歡喜得沒入腳處，稱呼他做「六姐」。衣服首飾揀心愛的與他，吃飯吃茶都和他在一處。

若真的如此「貼戀」，或許真能創造出一個「船多不礙事，車多不礙路」的和諧局面。但在一夫多妻制度下，很難維持幾天平和的日子。先是「李嬌兒眾人見月娘錯敬他，都氣不忿，背後常說：『俺們是舊人，到不理論；他來了多少時，便這等慣了他。大姐姐好沒分曉。』」

　　小妾與正妻如果相處得融洽，正妻也可能是另一座靠山。無論在別的妾那裏，或丈夫那裏受了委屈，可以從正妻那裏去討個說法，爭取平衡，或去那裏傾訴（以至哭訴），也不失為排泄管道。金蓮多次如此利用過妻權。她甚至還會利用妻權，去對付另一個與自己不諧和的妾；或聯合別的妾來牽制妻權。李瓶兒嫁入西門之初，「自此西門慶連在瓶兒房裏歇了數夜。別人都罷了，只有潘金蓮惱的要不的，背地唆調吳月娘，與李瓶兒

合氣。對著李瓶兒，又說吳月娘容不的人，李瓶兒尚不知墜他計中，每以姐姐呼之，與他親厚尤密。」（第二十回）李瓶兒生了官哥兒時，金蓮又對吳月娘說：「李瓶兒背地好不說姐姐哩！說姐姐會那等虔婆勢，喬坐衙。」所謂「虔婆」就是妓院中的鴇母；所謂「喬坐衙」，就是非官非吏都偏喬模喬樣擺出官吏的架子。待吳月娘說要與瓶兒對質時，金蓮立刻改口，一邊勸月娘「大人不責小人過」，一邊又加油添醋說，李瓶兒「作動只倚著孩兒降人」，月娘聽了如何不惱。（第五十一回）

更有甚者，金蓮還有意利用或擴大夫權與妻權之間的空隙，以求得更大的生存空間。只因月娘勸阻西門慶娶李瓶兒，金蓮在順應西門慶的前提下，略一激他就惱，便罵月娘「教那不賢良的淫婦說去，到明日休想我理他！」「自是以後，西門慶與月娘尚氣，彼此覿面都不說話。月娘隨他往那房裏去，也不管他，來遲去早，也不問他；或是他進房中取東取西，只教丫頭上前答應，也不理他。兩個都把心來冷淡了。」「潘金蓮自西門慶與月娘尚氣之後，見漢子偏聽，以為得志。每日抖搜著精神，妝飾打扮，希寵市愛。」（第十八回）娶李瓶兒的迎新宴會上，李桂姐等四個唱的〈喜得功名遂〉，唱到「天之配合，一對兒如鸞似鳳」，直至「永團圓，世世夫妻」。金蓮向月娘說道：「大姐姐，你聽唱的小老婆，今日不該唱這一套，他做了一對魚水團圓、世世夫妻，把姐姐放到那裏？」那月娘雖然好性兒，聽了這兩句，未免有幾分惱在心頭。他哥以「三從四德」相勸，月娘道：「他有了他富貴的姐姐，把我這窮官兒家丫頭只當亡故了的算賬。你也不要管他，左右是我，隨他把我怎麼的罷。」說著，月娘哭了。（第二十回）不過，吳月娘這次已意識到是誰在她與西門慶之間挑撥：「他自吃人在他根前那等花麗狐哨，喬龍畫虎的，兩面刀哄他，就是千好萬好了。似俺每這等依老實，苦口良言，著他理你理兒？」（第二十回）吳月娘與金蓮的矛盾衝突也就勢在必然了。

二、「如今這屋裏亂世為王，九尾狐狸精出世」

吳月娘對金蓮的反感的明確表露，是從來旺兒、宋惠蓮夫婦事件開始的。西門慶為霸占宋惠蓮而陷害來旺兒，揣著狀子，說來旺兒「某日酒醉持刀，貪夜殺害家主，又抵換銀兩等」，押著往提刑院去。吳月娘走到前廳再三勸阻，說：「奴才無禮，家中處分他便了，又要拉出去驚官動府做甚麼？」西門慶聽言，圓睜二目，喝道：「你婦人家，不曉道理！奴才安心要殺我，你倒還教饒他罷？」吳月娘當下羞報，回到後邊竟對著跪著哭泣的宋惠蓮說：「孩兒，你起來，不消哭，你漢子橫豎問不的他死罪。賊強人，他吃了迷魂湯了，俺們說話不中聽，老婆當軍——充數兒罷了。」月娘息事寧人，固然有意求得家宅安寧，但她勸阻無效而罵「賊強人」時，並不在意來旺的安危，而在怨「賊

強人」沒把大老婆看在眼裏，當軍充數而已。

為什麼會這樣呢？月娘認定「賊強人」喝了小老婆金蓮的「迷魂湯」，對她言聽計從，這還了得？此刻聽什麼話倒不重要，關鍵是聽了誰的話。於是當著眾人的面，月娘發洩對金蓮的極度不滿：

> 如今這屋裏亂世為王，九尾狐狸精出世。不知聽信了甚麼人言語，平白把小廝弄出去了。你就賴他做賊，萬物也要個著實才好，拿紙棺材糊人，成個道理？恁沒道理，昏君行貨！（第二十六回）

言下之意，西門慶是個沒主意的「昏君行貨」，而金蓮才是那製造亂世的「九尾狐狸精」；賴來旺兒做賊，也是信了金蓮言語而製造的「拿紙棺材糊人」的勾當。

這是就月娘這方而言的，而金蓮那一方也早有行動。金蓮曾逮著月娘房裏丫頭玉簫與西門慶的「秘書」書童偷情。「玉簫打磨兒跪在地下，央她千萬休與西門慶說。」金蓮趁機佈置了「特務活動」：「既要我饒你，你要依我三件事」，「第一件，你娘房裏但凡大小事兒，就來告我說。你不說，我打聽出來，定不饒你。第二件，我但問你要甚麼，你就捎出來與我。第三件，你娘向來沒有身孕，如今他怎生便有了？」玉簫先將月娘「吃了薛姑子的衣胞符藥便有了」的情節向金蓮匯報了，書童見金蓮聽了冷笑，便知此事有幾分不諧。（第六十四回）

金蓮與月娘的矛盾在不斷地潛滋暗長，直到第七十五回釀成公開的衝突。這次衝突的導火線是春梅斥罵申二姐。申原是西門慶請來的女先兒，住在上房那邊給月娘唱小曲兒，自然也就是月娘的座上客。月娘不在，春梅叫申二姐到前邊唱小曲了，申二姐不去，當場被春梅罵走。月娘知道後，責怪金蓮：「他不唱便罷了，這丫頭恁慣的沒張倒置的，平白罵他怎麼的？怪不的俺家主子也沒那正主了，奴才也沒個規矩，成甚麼道理！」儼然以「後宮領袖」的身分來教訓小妾，不料被金蓮頂了回去，反責怪申二姐「誰叫他拿班兒做勢的」；月娘進而明確告誡金蓮要「管他一管」春梅，不然「好人歹人都不吃他罵了去？」金蓮反唇相譏：「莫不為瞎淫婦（申二姐）打他幾棍兒？」將月娘氣得臉通紅。（第七十五回）

三、「娘是個天，俺每是個地」

而金蓮與月娘衝突的根本原因在爭寵固寵的資本：子嗣問題。一方面吳月娘因無子而遭金蓮諷刺「姐姐好沒正經？自家又沒得養，別人養的兒子，又去漲遭魂的揪相知，呵卵。」月娘聽了「怒從心上，恨痛牙根」。經巫醫兼治，月娘終有了身孕，聽了李瓶

兒臨終之言：「休要似奴心粗，吃人暗算」，更令月娘警覺。有前車之鑑，月娘覺得唯有提防金蓮「暗算」，才可能保住西門「根蒂兒」與自己正妻的地位。

另一方面是金蓮已知月娘已有身孕，她知道月娘作為正室若再添個兒子，就遠超過李瓶兒加官哥兒對她所構成的威脅。只是在月娘與西門慶之間製造些小矛小盾，其實無濟於事。最根本的出路是自己設法也替西門慶生個兒子。金蓮從玉簫情報中得到啟示，她也弄到了「薛姑子符藥」，「今日晚夕吃了」，「與他交媾，圖壬子日好生子」。（第七十五回）萬事俱備，只欠東風。

這「今日」即春梅罵走申二姐觸犯吳月娘之日，金蓮若精明點，這天她無論如何都當稍安勿躁，至少不能與月娘發生衝突。吳月娘雖不是西門慶夜權的總調度，但西門慶也不好時時與她對著幹，因而吳月娘在一定程度上支配著西門慶的夜權。偏偏春梅這天得罪了月娘，偏偏金蓮不願春梅受委屈，為丫頭而頂撞了月娘。緊接著的故事是，金蓮在月娘的邊房裏坐等西門慶「一答兒往前邊去」，「見西門慶不動身，走來掀著簾兒叫他」。月娘與西門慶都未必知道金蓮安排的「希望工程」。但因剛剛被金蓮所頂撞，所以月娘偏偏要行使一次正室的否決權，對西門慶說：

> 我偏不要你去，我還和你說話哩。你兩人合穿著一條褲子也怎的？強汗世界，巴巴走來我屋裏，硬來叫你。沒廉恥的貨，只你是他的老婆，別人不是他的老婆？你叫賊皮搭行貨子，怪不的人說。一視同仁，都是你的老婆，休要顯出來便好。就吃他在前邊把攔住了，從東京來，通（連）影邊兒不進後邊歇一夜兒，叫人怎麼不惱你？冷灶著一把火，熱灶著一把兒才好。通叫他把攔住了。我便罷了，不和你一般見識，別人他肯讓的過？口兒內雖故不言語，好殺他心裏也有幾分惱。今日孟三姐在應二嫂那裏，通一日沒吃甚麼兒，不知掉了口冷氣，只害心淒噁心。來家，應二嫂遞了兩鍾酒，都吐了。你還不往屋裏瞧他瞧去？

果然是憤怒出詩人，醋婦勝詩人。木訥的月娘，今日在醋勁的激發下，不斷地轉換敘事視角，把西門慶與潘金蓮數落得淋漓盡致，處處出於醋意，卻又頭頭是道，不顯醋味，也儼然一副「立黨為公」的氣度，硬把西門慶趕到了孟玉樓房中，說一千道一萬，反正不讓他到金蓮房中去。

儘管金蓮情欲過剩，若換平常日子，也許她還能忍耐，但「今日」吳月娘的否決權卻破壞了金蓮的生子大計。次日「潘金蓮見月娘攔了西門慶不放來，又誤了壬子日期，心中甚是不悅。」不與吳月娘打招呼，就把她娘潘姥姥打發往家去了，這分明是無視月娘的表現。月娘向大妗子訴說，金蓮「昨日說了他兩句兒，今日就使性子」的無禮行為，於是一場積蓄已久的妻妾之戰終於爆發了：

當下月娘自知屋裏說話，不防金蓮暗走到明間簾下，聽覷多時了。猛可開言說道：「可是大娘說的，我打發了他家去，我好把攔漢子。」

月娘道：「是我說的，你如今怎麼我？本等一個漢子，從東京來了，成日只把攔在你那前頭，通不來後邊傍個影兒。原來只你是他的老婆，別人不是他的老婆？行動題起來『別人不知道，我知道』。就是昨日李桂姐家去了，大妗子問了聲『李桂姐住了一日兒，如何就家去了？他姑夫因為甚麼惱他？』我還說『誰知為甚麼惱他？』你便就撐著頭兒說『別人不知道，只我曉的』。你成日守著他，怎麼不曉的！」

金蓮道：「他不往我那屋裏去，我莫拿豬毛繩子套了他去不成！那個浪的慌了也怎的？」

月娘道：「你不浪的慌，他昨日在我屋裏好好兒坐的，你怎的掀著簾子，硬入來叫他前邊去，是怎麼說？漢子頂天立地，吃辛受苦，犯了甚麼罪來，你拿豬毛繩子套他？賤不識高低的貨，俺每倒不言語了，你倒只顧趕人。一個皮襖兒，你悄悄就問漢子討了，穿在身上，掛口兒也不來後邊題一聲兒。都是這等起來，俺每在這屋裏放水鴨兒，就是孤老院裏也有個甲頭。一個使的丫頭，和他貓鼠同眠，慣的有些折兒！不管好歹就罵人。說著你，嘴頭子不伏個燒埋。」

金蓮道：「是我的丫頭也怎的？你每打不是！我也在這裏，還多著個影兒哩。皮襖是我問他要來。莫不只為我要皮襖，開門來也拿了幾件衣裳與人，那個你怎的就不說了？丫頭便是我慣了他，是我浪了圖漢子喜歡。像這等的卻是誰浪？」

吳月娘吃他這兩句，觸在心上，便紫漲了雙腮，說道：「這個我浪了，隨你怎的說。我當初是女兒填房嫁他，不是趁來的老婆。那沒廉恥趁漢子精便浪，俺每真材實料，不浪。」……

那潘金蓮見月娘罵他這等言語，坐在地下就打滾撒潑。自家打幾個嘴巴，頭上髻都撞落一邊，放聲大哭，叫起來，說道：「我死了罷，要這命做甚麼，你家漢子說條念款說將來，我趁將你家來了！這也不難的勾當，等他來家，與了我休書，我去就是了。你趕人不得趕上。」

月娘道：「你看，……就是了，……潑腳子貨，別人一句兒還沒說出來……你看他嘴頭子，就相淮洪一般。他還打滾兒賴人，莫不等的漢子來家，把我別變了。你放恁個刁兒，那個怕你麼？」金蓮道：「你是真材實料的，誰敢辯別你？」

月娘越發大怒，說道：「我不真材實料，我敢在這家裏養下漢來？」

金蓮道：「你不養下漢，誰養下漢來？你就拿主兒來與我！」

玉樓見兩個拌的越發不好起來，一面拉金蓮往前邊去，說道：「你恁怪刺刺的，

　　大家都省口些罷了。只顧亂起來，左右是兩句話，叫三位師父笑話。你起來，我
　　送你前邊去罷。」
　　那金蓮只顧不肯起來，被玉樓和玉簫一齊拉起來，送他前邊去了。（七十五回）

這才是貨真價實的妻妾之戰，而非一般的「衝浪」比賽：一方是不斷翻陳年舊帳，將所
有的積怨都傾瀉出來，一方是以「淮洪」般的口才，反唇相譏；一方是「紫漲了雙腮」，
一方是「坐在地下就打滾撒潑」。交戰雙方，互不相讓，攪動了全家上下。雖然雙方僅
限於文鬥，並未升級為武鬥，其激烈程度卻遠勝金蓮所介入的其他戰爭。作者幾乎用了
兩回篇幅來寫它，而其波及面則更深遠。

　　這場妻妾之戰，將西門慶推到兩難之境：一方面正室月娘有孕在身，過分的激動觸
動了胎氣，同時她也以此為殺手鐧來要脅西門慶，以防真的被金蓮「他心裏把我降伏下
來」，西門慶除了悉心安撫，還急於請醫問藥以安胎；另一方面愛妾滿腹委屈：「與你
家做小老婆，不氣長」，「一味在我面上虛情假意，倒老還疼你那正經夫妻。他如今兒
替你懷著孩子，俺每一根草兒，拿甚麼比他！」西門慶只得承認：「你叫我說誰的是？
昨日要來看你，他（月娘）說我來與你陪不是，不放我來。我往李嬌兒房裏睡了一夜。雖
然我和人睡，一片心只想著你。」（第七十六回）原說一夫多妻多瀟灑，如今卻見其間有
如此難以自拔的困苦與煩惱。

　　然而，金蓮只要還得在西門屋簷下生活，就得屈服於妻權。金蓮在玉樓「有勢休要
使盡，有話休要說盡。凡事看上顧下，留些兒防後才好」的生存哲學的啟發下，順從玉
樓導演了一場向月娘負荊請罪的活劇：

　　玉樓掀開簾兒先進去，說道：「大娘，我怎的走了去就牽了他來！他不敢不來。」
　　便道：「我兒，還不過來與你娘磕頭！」在旁邊便道：「親家，孩兒年幼，不識
　　好歹，衝撞親家。高抬貴手，將就他罷，饒過這一遭兒。到明日再無禮，犯到親
　　家手裏，隨親家打，我老身也不敢說了。」
　　那潘金蓮與月娘磕了四個頭。跳起來，趕著玉樓打道：「汗邪了你這麻淫婦，你
　　又做我娘來了。」連眾人都笑了，那月娘忍不住也笑了。
　　玉樓道：「賊奴才，你見你主子與了你好臉兒，就抖毛兒打起老娘來了。」大妗
　　子道：「你姐妹們笑開，怎歡歡喜喜卻不好？就是俺這姑娘一時間一言半語聒聒
　　你們，大家廝抬廝敬，盡讓一句兒就罷了。常言：『牡丹花兒雖好，還要綠葉扶
　　持。』」月娘道：「他不言語，那個好說他？」
　　金蓮道：「娘是個天，俺每是個地。娘容了俺每，俺每骨禿扠著心裏。」
　　玉樓打了他肩背一下，說道：「我的兒，你這回才像老娘養的。且休要說嘴，俺

每做了這一日活，也該你來助助忙兒。」這金蓮便向炕上與玉樓裝定果盒，不在話下。（第七十六回）

「娘是個天，俺每是個地」，絕非戲言，恰恰準確地反映了封建妾媵制度下妻、妾地位的高下。有西門慶在，彼此在夫權的制約下，尚不致於嚴重失衡。一旦西門慶死去，妻權的威嚴就更明顯。西門慶臨死時或許對月娘與金蓮妻妾之間日後的危機有所預感。「見月娘不在跟前，一手拉著金蓮，心中捨他不的，滿眼落淚，說道：『我的冤家，我死後，你姐妹們好好守著我的靈，休要失散了。』那金蓮亦悲不自勝，說道：『我的哥哥，只怕人不肯容我』。」這與李瓶兒臨終獨與月娘私語「防人暗算」成為鮮明對比。不一時，吳月娘進來，西門慶哽咽著與月娘說：「我覺自家好生不濟，有兩句遺言和你說，我死後，你若生下一男半女，你姊妹好好待著，一處居住休要失散了，惹人家笑話。」並特別挑明，指著金蓮說：「六兒從前的事，你耽待他罷」。「從前的事」當然是主要指金蓮大鬧吳月娘的那場角鬥。月娘聽了只放聲大哭，並不正面向氣息奄奄的西門慶承諾這一重大歷史使命，這就為金蓮日後的命運埋下了危機。

四、「你我如今是寡婦，比不得有漢子香噴噴在家裏」

西門慶死後，留下一群寡婦。吳月娘是這群寡婦中的領袖，其他寡婦的命運都掌握在她手中。更何況吳月娘還為西門慶生了個遺腹子孝哥兒，於是更有行使妻權的資本。一朝權在手，便將令來行。女人對付女人，往往比男人更在行更兇狠。女人可以用她自身優勢去牽制、去軟化、去俘虜男性，而她的這一切對另一個女性來說或許就立即土崩瓦解，化為灰燼。若出於嫉妒，女性的優勢在另一個女性則可能轉化為副作用。

因而潘金蓮當初博得西門慶喜愛的種種才藝、風采、功能……在吳月娘面前統統失效。兼之她既不安分、又不檢點，西門慶死後，她與陳敬濟的偷情也確實到了肆無忌憚的程度。金蓮房中的丫頭秋菊，當初是她變態施虐的對象，常無緣無故敲打她；而今的秋菊也變成了瘋狂的上告專業戶，一而再、再而三地識破金蓮的姦情，然後一而再、再而三地到吳月娘那裏去告發金蓮。吳月娘開始並不相信，直到終於有一天，秋菊拉著吳月娘去捉姦，當場逮個正著。

事態至此，不整頓「後宮」，也實在難以為計。月娘盡力數說金蓮：「六姐，今後再休這般沒有廉恥！你我如今是寡婦，比不得有漢子香噴噴在家裏。……我今日說過，要你自家立志，替漢子爭氣。」金蓮被羞的臉上紅一塊白一塊。但事情並非到此為止，月娘的整頓方案，首當其衝就是不安分的潘金蓮。先打發官媒賣了春梅，再尋釁趕走陳

敬濟，斷了金蓮的左右臂，然後叫王婆將金蓮領去發賣。月娘是打著「替漢子爭氣」的旗幟來整頓「後宮」秩序的。其實金蓮一方面卻以與女婿亂倫的行為給這面旗幟上抹黑，一方面卻又極力維護著這面旗幟，自月娘識破他們姦情後，陳敬濟每日去舅舅家吃飯，「月娘也不追問」，反倒是金蓮教薛婆對陳說：「休要使性兒往他母舅張家那裏吃飯，惹他張舅唇齒，說你在丈人家做買賣，卻來我家吃飯，顯得俺們都是沒生活的一般」。仍以「丈母自居」，不願讓張團練覺得「丈人家」在丈人走後「都是沒生活的一般」。無論她行為如何荒唐，她內心深處還不願倒了西門慶的旗幟。與李嬌兒鬧著離門離戶相反，若不被逐，金蓮還願留在西門慶靈旗下生活下去。如今真的要走，她「在西門慶靈前大哭了一回」，可見她仍留戀這亡靈。

作為小妾的金蓮一直生活在一個悖論的怪圈裏，她一直以九牛二虎之力衝撞著夫權，但又不得不借助夫權保護自己；一旦脫離夫權的勢力範圍，她竟一無所能，而被妻權毫不費力就打得一敗塗地。慘敗於妻權之下的金蓮，竟是一個毫無招數的任人宰割的羔羊。

歷來的論者多說金蓮是一個醋罐子，卻不見她與孟玉樓相處甚洽（倒是孟玉樓私下裏稱金蓮為西門「心愛的人」，微有醋意），她與准妾春梅名為主僕，實則親如姐妹，從未潑醋。可見只要與她無直接的利害衝突，人不犯之，她則與人相安無事。當然她東衝西突，從夫權到妻權，她都進犯，她爭寵潑醋，卻並不知製造那種種戰爭的根源是封建的一夫多妻制在作祟；她自己也是那一夫多妻制的產物，若真的沒有那一夫多妻制，或許也就沒有她在西門府上的種種故事。不僅是金蓮，中國女性自金蓮之後不知要經過多少世紀的奮進，才能從那有形或無形的一夫多妻制的鐵門檻中掙扎出來！

悲哉金蓮：爲夢而亡

——潘金蓮的悲劇意義

在「金瓶梅」世界裏，金蓮無疑是最爲風流的女性，她的命運與結局卻最爲悲慘。

一、「我如今要打發你上陽關」

西門慶死後，金蓮既沒有像李嬌兒那樣以三百兩銀子的身價，嫁給西門慶二世張二官，仍做了二房娘子；也沒有像孟玉樓那樣以明媒正娶，改嫁到李衙內家當了正房（較西門府上還升級了），更不如春梅雖以賤價出賣，但到周守備府上很快生子扶正……金蓮在西門慶時代仿佛很潑辣、很勇敢，但在後西門慶時代她卻立即顯得很懦弱、很無奈，連像孫雪娥那樣私奔的勇氣與打算都沒有（儘管孫雪娥私奔以失敗告終，總不失爲一種努力與掙扎），而像隻全無主體意識的阿貓阿狗一樣，任主婦吳月娘將她推向「市場」出賣。

這裏需要解釋的是，這所謂「市場」，既非經濟市場，也非人才市場，而是販賣人口（尤其是婦女）的市場。這種交易往往以媒婆（多爲官媒）爲中介，供方或爲父母或爲主家（主人或主婦），需方則五花八門，交易雙方價格談成，立份文書（即賣身契）便可合法成交。《金瓶梅》中眾多的媒婆以作媒說親、拉皮條客爲副，以作販賣婦女之中介爲主；既是「官媒」，雖無營業執照，卻也是官方認可社會承認的合法職業。這種職業的合法化，則證明宋代或明代販賣婦女的合法化。當然這只能是奴隸制的殘餘，而絕非什麼資本主義萌芽的表現。這種殘餘像條又黑又長的尾巴，長期搖曳在中國社會。它對中國官場結構、仕民人格結構的影響且不說，更重要的是它與中國不同層次的家庭內部種種家用奴隸的需求互爲表裏。妾媵制度確定妾婦既是丈夫的奴隸，也是主婦的奴隸，丈夫在時，妾受雙重管制；丈夫死後，則完全受制於主婦。因而吳月娘只發一句話就將金蓮打發變賣了。

富有諷刺意義的是，金蓮變賣的中介竟是當初爲她與西門慶撮合牽線的王婆。她在西門府上恩恩怨怨了一番，仿佛黃粱一夢，黃粱尚溫，她在一個輪回中旋轉了一番，又回到歷史的起點上。只是今非昔比，等待金蓮的是更殘酷的現實。那王婆是何許人物？

作者早就介紹，那開茶館的王婆是個「積年通殷勤，做媒婆、做牙婆，又會收小的，也會抱腰，又善放刁」，一心只要「撰他幾貫風流錢使」，她有本領「玉皇殿上侍香金童，把臂拖來；王母宮中傳言玉女，攔腰抱住。略施奸計，使阿羅漢抱住比丘尼；才用機關，交李天王摟定鬼子母。甜言說誘，男如封涉也生心；軟語調和，女似麻姑須亂性。藏頭露尾，攛掇淑女害相思；送暖偷寒，調弄嫦娥偷漢子。」（第二回）想當初，這王婆為撮合潘金蓮與西門慶是何等賣勁給力；看今朝，潘金蓮落入她手中，則另換了一副面孔。請看這一幕：

> 這金蓮一見王婆子在房裏，就睜了，向前道了萬福，坐下。王婆子開言便道：「你快收拾了。剛才大娘說，叫我今日領你出去哩。」金蓮道：「我漢子死了多少時兒，我為下甚麼非，作下甚麼歹來？如何平空打發我出去？」
> 王婆道：「你休稀裏打哄，做啞裝聾！自古蛇鑽窟窿蛇知道，各人幹的事兒，各人心裏明。金蓮你休呆裏撒奸，說長道短，我手裏使不的巧語花言，幫閒鑽懶。自古沒個不散的筵席，『出頭椽兒先朽爛』。人的名兒，樹的影兒。『蒼蠅不鑽沒縫兒蛋』。你休把養漢當飯，我如今要打發你上陽關。」（第八十六回）

這番話理當是吳月娘說的，（按，詞話本中此話便在吳月娘名下）但吳月娘嘴沒這般溜滑，王婆竟喧賓奪主，越位訓了金蓮一頓。金蓮沒理會勢利小人王婆，只與月娘亂了一回就開路。到了王婆家金蓮仍舊打扮得喬眉喬眼，仍舊簾下看人，沒幾個時辰就與王婆的兒子王潮兒「刮剌上了」。對此辯之罵之皆有，還是作品回目：「金蓮解渴王潮兒」說明問題：「解渴」只當解渴，無須深究。

二、錯、錯、錯：種種機緣皆錯過

在王婆家待售，本來有種種可能。首先是「女婿」陳敬濟要買她。但王婆百般刁難：「咱放倒身說話，你既要見這雌兒一面，與我五兩銀子，見兩面與我十兩。你若娶他，便與我一百兩銀子，我的十兩媒人錢在外。我不管閒帳，你如今兩串錢兒，打水不渾的。」陳敬濟與她討價還價，王婆就當街大聲吆喝：「誰家女婿要娶丈母，還來老娘屋裏放屁！」嚇得陳敬濟雙膝跪下，央及：「王奶奶禁聲，我依王奶奶價值一百兩銀子罷。爭奈我父親在東京，我明日起身往東京取銀子去。」金蓮也催他趕緊取去，「只恐來遲了，別人娶了奴去，就不是你的人了。」（第八十六回）試想金蓮與陳敬濟都是管過錢財的人，若有「心計」，何至於連一百兩銀子的買身錢都湊不齊。連孫雪娥私奔時所帶金銀細軟都相當可觀，更不用說李嬌兒拐帶的錢財就更多。等陳敬濟搖搖晃晃，從東京取來銀子，

潘金蓮早身首異處了。

再次是張二官。這張二官聽應伯爵說：「西門慶第五娘子潘金蓮生的標緻，會一手琵琶。百家詞曲，雙陸象棋，無不通曉。又會寫字。」動了念頭，一替兩替使家人拿銀子往王婆家相看，王婆只推他大娘分付，不倒口要一百兩銀子。那人來回講了幾遍，還到八十兩上，王婆還不吐口兒。然後剛從西門府上買來的丫頭春鴻說，金蓮因在家養女婿才打發出來的；李嬌兒則將金蓮從當初用毒藥擺佈死漢子，到在西門府上偷小廝，把李瓶兒母子倆生生害殺一總說出，讓張二官打消買金蓮的念頭。（第八十七回）這在李嬌兒是黨同伐異，在張二官是顧此失彼（寧花三百兩銀子買個既不聰明，又乏情趣、更不漂亮、只擅偷盜的李嬌兒，而不願花八十兩銀子買金蓮），在金蓮則是個命運的寓言。還有湖州的商人何官人，只肯出七十兩銀子買金蓮，最後卻把整個家庭拱手讓給了王六兒；此六兒金蓮，竟連彼六兒的命運都不如。

復次是周守備。這當然是春梅的主意。春梅不是那種失意時搖尾乞憐，得意時將唾沫飛向舊主人臉上的小人，而是為奴時不卑，為主時不亢，頗有獨立精神的女性。春梅聽薛嫂兒說，金蓮在王婆家聘嫁，就晚夕啼啼哭哭對守備說：「俺娘兒兩個在一處廝守這幾年，他大氣兒不曾呵著我，把我當親女兒一般看承。只知拆散開了，不想今日他出來了。你若肯娶將他來，俺娘兒每還在一處，過好日子。」春梅對金蓮的模樣、才華、年齡、屬相作了全面介紹之後，進而說：「他若來，奴情願做第三也罷。」在那女性爭寵成風的年代，春梅能如此大度，實屬難能可貴，可見她未辜負金蓮的一番情誼。想前些日子，金蓮聽說月娘要賣春梅，「就睜了眼，半日說不出話來，不覺滿眼落淚，叫道：薛嫂兒，你看我娘兒兩個沒漢子的，好苦也。」送走春梅，金蓮回房，「往常有春梅，娘兒兩個相親相熱，說知心話兒，今日他去了，丟得屋裏冷冷落落，甚是孤悽，不覺放聲大哭」（第八十五回）張竹坡評云：「西門死無此痛哭，潘姥姥死又無此痛哭。」足見春梅在金蓮生活與精神上的地位。如果兩人真的被賣於周守備一家，對金蓮來說無疑是不幸中的大幸。周守備正寵著春梅，春梅一哭求，周守備果派手下親隨去考察、砍價。經幾番討價還價，王婆越發張致咬定一百兩絲毫不讓。其實周守備已拍板：「明日兌與他一百兩，拿轎子抬了來罷。」按理講此事已大功告成了，不料守備的大管家周忠看不慣王婆的作派，說：「爺就與了一百兩，王婆還要五兩媒人錢。且丟他兩日，他若張致，拿到府中拶與他一頓拶子，他才怕。」（第八十七回）本來是件願買願賣的交易，一方追求利益效應，一方卻欲借用權力效應，將那現買現賣的生意拖了兩天，引來將是另一番光景。

三、「我這段姻緣還落在他手裏」

以上幾種方案中任何一項得以實現，金蓮都還有日子可過。然而，就在陳敬濟回東京取錢尚未歸來，周守備信周忠的話「丟他兩日」之際，充軍孟州的武松遇赦歸來了，主動找到王婆門上，說：「我聞的人說，西門慶已是死了，我嫂子出來在你老人家這裏居住。敢煩媽媽對嫂子說，他若不嫁人便罷，若是嫁人，如今迎兒（按，即武大與前妻之女）大了，娶得嫂子家去，看管迎兒，早晚招個女婿，一家一計過日子，庶不叫人笑話。」（第八十七回）

若真的如此，又何嘗不是件風流韻事。中國古代有一種奇特的婚俗，那就是收繼婚，或叫「轉房」「挽親」之類，即寡居的婦女，可由其亡夫的親屬收娶為妻。或兄弟死，其弟或兄可娶其妻為妻，或父親死，兒子可收父妾為妻；叔伯死，侄可收嬸母為妻。不為風俗許可的姦淫父兄妻妾的行為，謂之亂倫；為風俗所許可的收繼婚，謂之合法。此俗古已有之，明初有禁，但禁而不絕。李瓶兒嫁入西門府之初，月娘的丫頭小玉曾嘲笑她是「往口外和番」，即說她與王昭君一樣（呼韓邪死後，又嫁給其前閼氏子為妻）父輩花太監用了，再傳給侄子花子虛。李瓶兒與花家兩代人的關係並非正式的收繼婚，小玉以此開玩笑，證明明代人對此並不生疏。而武松在武大死後娶金蓮，屬合法的收繼婚。所以他堂而皇之與王婆來談婚論嫁。（女婿娶丈母似不屬此列，所以王婆一吆喝，陳敬濟立即下跪求饒。）

令人遺憾的是，武松是為兄復仇而來，他不想像當年在獅子樓或飛雲浦那樣，揮刀在王婆家殺掉金蓮與王婆，他要將復仇儀式弄得像景陽崗打虎那樣有招有式。因而要智取金蓮、王婆，把她們賺到武大亡靈前再一一收拾，而江湖上的歷練讓他將智取的話語說得入情入理。不過狡詐的王婆一開始尚有防患之心，她沒有滿口答應武松的請求，只說：「他在便在我這裏，倒不知嫁人不嫁人。」遠在局外的吳月娘則一眼看出了其中的殺機。王婆說金蓮「嫁了他家小叔，還吃舊鍋裏粥去了。」月娘聽了，暗中跌腳，與孟玉樓說：「往後死在他小叔子手裏罷了。那漢子殺人不斬眼，豈肯干休！」（第八十七回）月娘明知如此，既不通知王婆，也不提醒金蓮，大有借刀殺人之嫌。陳敬濟則直認月娘是殺金蓮的主謀：「生生吃他信奴才言語，把他打發出去，才吃武松殺了。他若在家，那武松有七個頭八個膽，敢往你家來殺他？我這仇恨，結的有海來深。六姐死在陰司裏，也不饒他。」（第九十二回）

唯獨金蓮當局者迷。金蓮一輩子所愛者有三個男人：第一是武松、第二是西門慶、第三是陳敬濟；其他苟合者都是聊以「解渴」的白開水，根本沒往心上去。這三個男人中後兩者已得手，西門慶且已死去，陳敬濟又似嫩了點（陳其實只能算半個男人，他在同性

戀鏈條中充當「女色」），唯一未得手且最令金蓮懸念的就是那夢中的武松。

《紅樓夢》中的賈寶玉有妙論說女人是水做的，男人是泥做的。但這戀愛季節的男孩未必知道，人類自離開了伊甸園，被上帝一分為二，男人女人一生為之忙碌的一個重大主題就是各自尋找生命的另一半；離開了泥做的男人，女人就可能變為一團死水無瀾；而水做的女人，只要給她一點愛、一點情，哪怕是一點性，或這些方面的信息與夢痕，她就可能立即鮮活起來，就會「天光雲影共徘徊」。金蓮就是這樣的女人。人類在性愛上的冒險精神，可能超過其他任何領域。越是難以企及的性愛對象，就越能激起他（她）的想念與冒險精神，甚至不惜以生命孤注一擲。潘金蓮就是這樣一個冒險家。她一方面反覆慨歎「為人莫作婦人身，百年苦樂由他人」，「百年」自是遙遠的歷史，但她積三十年之「革命」經驗，深恨女人難得半點自主權、苦也樂也全由他人決定的社會現實；如若下輩子還能為人，她的宏願是「為人莫作婦人身」。雖然宏願只當宏願，本質上是為千載怨女們出口惡氣，從性別分工上鳴個大不平。另一方面她又是自己激情的俘虜，那不摻雜任何勢利打算的激情令她對夢中的男人毫無防患之心。

儘管曾經深受其辱，金蓮仍認定武松是個好男人。因而在王婆家待聘的金蓮，從簾下望到徑往王婆門首來的武松，就激動不已，連忙閃入裏間竊聽他與王婆的談判。當聽到武松說要娶得嫂子家去，「又見武松在外出落得長大身材，胖了，比昔時又會說話兒，舊心不改，心下暗道：『我這段姻緣還落在他手裏。』就等不得王婆叫他，自己出來，向武松道了萬福，說道：『既是叔叔，還要奴家去看管迎兒，招女婿成家，可知好哩。』」見武松一口答應了王婆「一百兩銀子才嫁人」的價格，並主動提出給王婆五兩謝銀，王婆高興得屁滾尿流，誇武松「真是好漢」，金蓮進屋「又濃濃點了一鍾瓜仁泡茶，雙手遞與武松吃了」，作為獎賞，並催武松「既要娶奴家，叔叔上緊些」。此時的金蓮真可謂心幡鼓蕩，滿腔憧憬要步入新的生活航程，將夢境變為現實。面對此時的金蓮，真令人難以說她是癡？是愚？還是天真得可憐、可愛又可悲？

四、「武松這漢子，端的好狠也」

那王婆不信武松這麼個剛釋放囚徒真的有那麼多銀子，只胡亂地答應著武松。誰知武松身邊正有施恩送他的一百兩銀子，又另外包了五兩碎銀子，白晃晃擺在王婆面前，王婆還有何話可說？又有誰知那一百兩銀子的身價是王婆自家定的，她以為奇貨可居，可大撈一把。真的向月娘交錢時，只胡亂與她一二十兩銀子就是，「綁著鬼也落他一半養家」。這該死的王婆，若不如此貪心，稍稍讓點價，金蓮早到別人家去了，而落不到武松手中，那就會換作另一種故事了。

　　這武松也夠損的，待金蓮搭上紅蓋頭在王婆陪同下來到武門新房時，他也確實張羅了酒菜，堂屋裏也明亮亮點著燈燭，煞有介事，仿佛真的「帽兒光光，做個新郎」。但他的新婚宴席是擺在武大靈牌前的，既未拜天地也未夫妻對拜，他就自酌自飲了四五碗酒。緊接著不是夫妻雙雙入洞房，而是將禮堂變成刑場。那武松把金蓮「旋剝淨了，跪在靈桌子前」，香灰塞口——讓她呼叫不得；揪翻在地，「先用油靴只顧踢他肋肢，後用兩隻腳踏他兩隻胳膊」——讓她掙扎不得。直到「用手去攤開他胸脯，說時遲，那時快，把刀子去婦人白馥馥心窩內只一剜，剜了個血窟窿，那鮮血就冒出來。那婦人就星眸半閃，兩隻腳只顧登踏。」至此猶不解恨。接著「武松口噙著刀子，雙手去幹開他胸脯，撲挖的一聲，把心肝五臟生扯下來，血瀝瀝供養在靈前。後方一刀割下頭來。血流滿地。」張竹坡一直評道：「直對打虎」。其實武松打虎雖有招有式，卻遠無此細緻。連作者自己也情不自禁地驚歎：「武松這漢子，端的好狠也！」崇禎本眉批：「讀至此，不敢生悲，不忍稱快，然而心實惻惻難言哉！」

　　中國人雖渴望個體的長生不老，卻頗喜觀看死亡，尤其是女性的裸死。因而以往的評論，對金蓮之死投放了不少幸災樂禍的詛咒。其實，金蓮之死，與西門慶之死形成鮮明對比。西門慶之死是喜劇性，金蓮之死則是悲劇性的。作者視西門慶為「鳥人」，對他的死多有諷刺；而對金蓮之死多有同情：「好似初春大雪壓折金線柳，臘月狂風吹折玉梅花」，並擬「古人有詩一首，單悼金蓮死的好苦也」。詩雖不佳，但「堪悼金蓮誠可憐」的感情還是得以充分表達。

鬼才魏明倫筆下的潘金蓮及其他

——翻案文章如何做

一、《金瓶梅》續作種種

《金瓶梅》流傳之後,即有人以續作的形式對它作形象的評論,或作形象的再創造。然基本框架是在因果報應的層面上作翻案文章,因而它們多半是理性挺進,感性萎縮;教化沸騰,形象呆滯。當然也有少數例外。現知《金瓶梅》最早的續作為《玉嬌李》。明人沈德符《萬曆野獲編》有載:

> 袁中郎《觴政》以《金瓶梅》配《水滸傳》為外典,予恨未得見。……中郎又云:「尚有名《玉嬌李》者,亦出此名士手,與前書各設報應因果。武大後世化為淫夫,上烝下報;潘金蓮亦作河間婦,終以極刑;西門慶則一呆憨男子,坐視妻妾外遇,以見輪回不爽。」中郎亦耳剽,未之見也。
>
> 去年抵輦下,從丘工部六區(志充)得寓目焉,僅卷首耳。而穢黷百端,背倫滅理,幾不忍讀。(《萬曆野獲編》卷二十五)

此後尚有丁耀亢《續金瓶梅》六十四回,《新鐫古本批評三世報隔簾花影》四十八回(不題撰人),《三續金瓶梅》四十回(不題撰人),慧珠女士《新金瓶梅》十六回等,皆屬清人所為。其中最主要的當為丁耀亢的《續金瓶梅》。西湖釣史在〈續金瓶梅集序〉中有云:

> 《續金瓶梅》者,懲述者不達作者之意,遵今上聖明頒行《太上感應篇》,以《金瓶梅》為之注腳,本陰陽鬼神以為經,取聲色貨利以為緯,大而君臣家國,細而閨壼婢僕,兵火之離合,桑海之變遷,生死起滅,幻入風雲,因果禪宗,寓言褻

昵。[1]

無非將「女色誤國」延伸到「奸臣誤國」，以至「黨禍誤國」。丁耀亢在作品中說：

> 古人說：這個「黨」字，貽害國家，牢不可破，自東漢、唐、宋以來，皆受門戶
> 二字之禍，比叛臣，閹宦、敵國、外患更是屬害不同。即如一株好樹，就是斧斤
> 水火，還有遺漏苟免的，或是在深山窮穀，散材無用，可以偷生。如要樹裏自生
> 出個蠹蟲來，那蟲藏在樹心裏，自梢吃到根，又自根吃到梢，把樹的津液晝夜吃
> 枯，其根不伐自倒，謂之蠹蟲食樹，樹枯而蠹死，奸臣蠹國，國滅而奸亡。總因
> 著個「黨」字，指曲為直，指直為曲，為大亂陰陽根本。（《續金瓶梅》第三十四回）

其指斥時弊，大抵如此，似較《金瓶梅》來得更魯莽。本書關心的是潘金蓮形象的歷史
變遷，上述種種，不在論列。《續金瓶梅》中潘金蓮雖轉生為黎金桂，卻無新的增長點
可言。

《聊齋志異》的作者蒲松齡雖視《金瓶梅》為「淫史」，但他曾有個大膽的設想，打
算寫一則潘金蓮與豬八戒荒誕情緣的故事。《蒲松齡集》中的套曲〈醜俊巴〉開頭的〈西
江月〉云：「一個說金蓮最妙，一個說八戒極精；我遂及他撮合成，那管他為唐為宋。
淨壇府呆仙害病，枉死域淫鬼留情；豐都城畔喊一聲，就成了一雙鸞鳳。」可惜是未竟
稿。若寫成了，或許比《大話西遊》《星光燦爛豬八戒》之類作品更有趣。

此後根據《金瓶梅》新改編的小說，影視作品（如李翰祥導演的「金瓶」系列《金瓶風月》
等），多為商業行為的產物，似乎並非在意於藝術。

二、荒誕川劇《潘金蓮》的轟動效應

真正令人震撼的當為兩部戲文：一為 1927 年歐陽予倩所寫三幕話劇《潘金蓮》，一
為 1986 年鬼才魏明倫創作的荒誕川劇《潘金蓮》。（按，原副標題為「一個女人和四個男人
的故事」，收入文集時改為「一個女人的沉淪史」。）

兩劇相隔半個多世紀，卻都是思想解放的產物。歐陽予倩說「我當時受了『五四』
運動反封建、解放個性、破除迷信思想的影響，就寫了這樣一齣為潘金蓮翻案的戲。」
（〈歐陽予倩選集前言〉）魏明倫說：他的《潘金蓮》「在八十年代中期思想解放大潮中應

1　丁耀亢：《續金瓶梅》，上海：上海古籍出版社，1993 年。

運而生。」[2] 兩者都是對《水滸傳》《金瓶梅》中金蓮形象的顛覆，魏明倫在《潘金蓮》劇本前言中說：

> 十四世紀大作家施耐庵的筆下，潘金蓮是淫婦、禍水！
>
> 十六世紀怪作家笑笑生的筆下，潘金蓮是色情狂，殺人狂！
>
> 本世紀二十年代劇作家歐陽予倩的筆下，反其道而行之，潘金蓮是封建婚姻的叛逆者，是自由戀愛的追求者，甚至給人以「婦女解放先驅者」之感！
>
> 二十一世紀即將到來，本劇根據《水滸傳》原型故事，撇開《金瓶梅》續作篇章，取捨歐陽老的劇本得失，重寫一個令人同情，令人惋惜，又招人譴責，引人深思的潘金蓮！
>
> 這一個女人，或這一類女人，是怎樣從單純到複雜，從掙扎到沉淪，從無辜到有罪？作者特邀古今中外人物跨朝越國而來，與潘金蓮比較命運，交流感情，評論是非。
>
> 內容既已悖離古訓，形式隨之突破成規。拙作有別於辭典釋文中的神話劇、童話劇、寓言劇、科幻劇，也不同於西方「荒誕派戲劇」。特殊品種，難以稱謂，只算是鄙人一家「土家荒誕」。
>
> 試一回新招，撿一袋問號：潘金蓮是罪該萬死，還是罪不當死？是罪在紅顏女子，還是罪在黑暗世道？是反思古代婦女命運，還是聯想當代家庭問題，抑或是遐想未來婚姻之奧秘……
>
> 作者苦思無結論！
>
> 是非且聽百家鳴！[3]

著名作家陳祖芬在〈戲妖魏明倫〉中，形象地介紹魏明倫的《潘金蓮》的藝術成就與轟動效應：

> 先有人的覺醒，後有《潘金蓮》的脫穎，兩百多個劇團、幾十個劇種上演了《潘》劇。有些都演過百場。蘇州最大的開明劇院演出《潘金蓮》，演員謝幕時，台下觀眾齊喊：「我們要見魏明倫！」不過喊的是蘇州話，自貢演員們聽不懂。觀眾更喊，演員更謝幕，觀眾看明白這個戲看的是劇本的功夫。廣東惠陽想搬演這齣戲，說人家魏明倫有創造，我們也創造一種用普通話唱粵劇腔的戲，當地有條東

2　《魏明倫劇作精品集》，上海：上海古籍出版社，1998 年，頁 344。

3　《魏明倫劇作精品集》，頁 101-102。

江，乾脆就叫東江戲。東江戲《潘金蓮》演紅後，惠陽成立了東江戲劇團，廣東省多了一個劇種。

《潘金蓮》引起的關於婚姻、愛情、人性的爭論不斷，三聯書店彙編出版了一本關於該劇的評論集。

《潘金蓮》的震波很快漫出大陸，波及港臺與海外。臺灣復興戲劇學校要排演魏明倫的川劇《潘金蓮》，而且是把川劇、豫劇、黃梅戲、歌仔戲四個劇種揉在一起排。香港又連載又演出。美國三藩市《時代報》連載一個月。倫敦八七國際戲劇節請《潘金蓮》演出。[4]

從觀眾心理角度來看，中外觀眾那麼熱衷於川劇《潘金蓮》，除了對魏明倫的天才創新的認可之外，更重要的原因是，人們已聽膩了歷來對潘金蓮的「罵評」，渴望對她有新的說法，有更公正的評說，以寬仁之心，對她有同情的瞭解與有分寸的批判。

三、翻案文章往哪裏翻

對古典名著從內容到形式進行改編、改造、再創造，以適應新的藝術形式的需要，適應新的讀者（觀眾）的需要，不僅無可厚非，而且應大力提倡。其實僅影視上，就有十幾個潘金蓮，分別被命之為：最絕版、最真實、最噴火、最夠味、最「淫蕩」、最悲慘、最東方、最僵風、最幽默、最端莊、最淫亂、最可憐、最實惠、最新潮的潘金蓮……不可謂不盛。但這裏有個基本分寸問題。川劇《潘金蓮》提供了一個成功的範例。即使再大膽的改造，只要人物的基本特徵與典型環境不脫原型，人們都能接受。

我手邊有部《金瓶梅的傳說》，作的卻是另一番改造，潘金蓮成了「大家閨秀、賢妻良母」，武大「身材魁梧，相貌堂堂，他也絕不是一個賣飲（按，疑為「炊」之誤）餅的小本買賣人，而是個堂堂正正的父母官，做的是老家的陽穀縣令」，「潘、武巧遇結良緣」。編者旨在用傳說來翻《水滸傳》《金瓶梅》的案，展示「潘、武奇冤真相」。我不知道這種翻案文章的意義何在？這類傳說多署有「搜集整理」者的名氏，以顯其不誣。然其「搜集」之功少，而「整理」的痕跡太多。未到田野作業，哪來泥土芳香？

4　《魏明倫劇作精品集》，頁 337-338。

流氓的狂歡
——西門慶的行爲藝術

一、小引：山中猛虎與人間猛虎

何物西門慶？

先看《水滸傳》第二十三回介紹：

> 你道那人姓甚名誰？那裏居住？原來只是陽穀縣一個破落戶財主，就縣前開著個生藥鋪。從小也是一個奸詐的人，使得些好拳棒；近來暴發跡，專在縣裏管些公事，與人放刁把濫，說事過錢，排陷官吏。因此，滿縣人都饒讓他些個。那人複姓西門，單諱一個慶字，排行第一，人都喚他做西門大郎。近來發跡有錢，人都稱他做西門大官人。

再看《金瓶梅》第一回介紹：

> 話說大宋徽宗皇帝政和年間，山東省東平府清河縣中，有一個風流子弟，生得狀貌魁梧，性情瀟灑，饒有幾貫家資，年紀二十六七。這人複姓西門，單諱一個慶字。他父親西門達，原走川廣販賣藥材，就在這清河縣前開著一個大大的生藥鋪。現住著門面五間到底七進的房子，家中呼奴使婢，驟馬成群，雖算不得十分富貴，卻也是清河縣中一個殷實的人家。只為這西門達員外夫婦去世的早，單生這個兒子卻又百般愛惜，聽其所為，所以這人不甚讀書，終日閒遊浪蕩，一自父母亡後，專一在外眠花宿柳，惹草招風……

兩相比較，其一，《金瓶梅》中的西門慶較《水滸傳》多了一幅「標準像」：狀貌魁梧——其體格外形，性情瀟灑——其精神表現。西門慶是《金瓶梅》的第一號主角，又是一個全景型流氓，按中國通行的文藝學與對反面人物臉譜化寫法，西門慶似乎只配卡通式的漫畫造像，沒想到《金瓶梅》為這個天字第一號流氓塑了個富有「風流子弟」丰采

的造像，這正是《金瓶梅》的高明處。有此造像，西門慶形象立即從《水滸傳》的模糊之境趨向清晰可鑒，同時正因為他是位漂亮的流氓，才有可能創造出許多風流故事。

其二，從《水滸傳》到《金瓶梅》，西門慶已由破落戶變成殷實人家，由排陷官吏變為交通官吏，由奸詐之人變成秉性剛強、作事機深詭譎的角色，令其家境、背景、手段都有所提升，讓其未來的發跡變泰顯得順理成章，而不令人感到太突然，倒更真實。更重要的是作者改變了西門慶的年齡。從《金瓶梅》第三回西門慶與潘金蓮幽會對飲時互道年庚，知潘金蓮二十五歲，庚辰屬龍，西門慶長她兩歲，當為二十七歲屬虎。須知在《水滸傳》中西門慶自道比潘金蓮「癡長五歲」，則其原為三十歲，可見是《金瓶梅》故意將西門慶改了年齡，使其屬虎。這一改，真可謂神來之筆，非同小可。其意義就遠非田曉菲在《秋水堂論金瓶梅》所云：「（潘與西門）則龍虎鬥固不待言，也為寫後來瓶兒羊落虎口張本」，也不只是視潘金蓮「乃虎中美女，後引出一個風情故事來」（《詞話》第一回），更在改變了西門慶與武松角鬥的結局。

眾所周知，打虎英雄武松是何等英武，且不說《水滸傳》中的描寫，在《金瓶梅》中他也是「腳尖飛起，深山虎豹失精魂；拳頭落時，窮谷熊羆皆喪魄」的勇士。在《水滸傳》裏，當打虎英雄武松得知西門慶、潘金蓮勾搭成姦毒殺兄弟武大後，在獅子樓上將西門慶攛下街心，一刀結束了那條歹毒的性命。到《金瓶梅》，武松在獅子樓非但未能格殺西門慶，卻誤傷了陪酒的皂隸李外傳，實則讓打虎英雄變成了唐·吉訶德，表演了一場誤把風車當魔鬼來廝殺的滑稽劇了。其結果比唐·吉訶德更狼狽：武松為兄報仇未遂卻遭西門慶暗算被充軍到孟州。西門慶這個漂亮的流氓竟然猛於老虎，打虎英雄武松竟敗在人間猛虎西門慶手下。不禁令人感慨，打山中虎易，除人間虎難。

按《金瓶梅》的紀年，故事起自北宋徽宗政和二年（1112），迄於南宋建炎元年（1127），共約十六年時間。西門慶出場時二十六七歲，死時三十三歲。這就是說，小說的主要情節經歷的六七年，正是武松充軍的年限（自政和三年到重和元年）。《水滸傳》打虎故事的主角武松，到《金瓶梅》中退居配角。西門慶從《水滸傳》到《金瓶梅》卻反客為主，成為第一號主角了。西門慶在武松拳下死裏逃生，非但無所收斂，反而大逞其虎威，與潘金蓮一虎一龍，演出一幕幕人間悲喜劇。

《金瓶梅》中的西門慶乃一個全景型的流氓。其為市井細民時，就是個橫行里巷的流氓團夥的首領；經商時是個坑害同行、偷稅漏稅的不法商販；從政時是個行賄受賄、貪贓枉法的官僚。即使是居家、嫖娼以至在床笫，他也是個無惡不作的流氓。也就是說他的行為方式，他的思維方式，他的舉止裝扮，他的語言談吐，他的生活方方面面，無不充斥、彌漫著濃烈的流氓習氣、流氓作風、流氓作派。西門慶在他生活的王國裏儼然成了不可一世的「當代英雄」。塑造出這麼個流氓的典型形象，是《金瓶梅》對中國文學

史乃至文化史的重大貢獻。因為有他就能透視出古今一切流氓的靈魂與身影；因為捨此，在中國文學史上或許就再也找不到如此形象、如此生動、如此典型的流氓。即使是後世蓬勃發展的「痞子文學」中的英雄豪傑，在這位先驅面前也是小巫見大巫。因而要對我們的民族或一性格某側面進行精神分析，就沒有理由不去解剖西門慶這個名角。

中國的流氓源遠流長。魯迅在〈流氓的變遷〉中上溯到孔墨，朱大可在《流氓的精神分析》中下述及洪秀全。可見中國的流氓有過龐大的家族與輝煌的歷史。以至上個世紀九十年代初幾乎同時有陳寶良《中國流氓史》、完顏紹元〈流氓的變遷〉一大一小兩部專著出版，較完備地勾勒了中國流氓的歷史變遷。在魯迅的筆下，流氓源自儒俠，卻是盜俠的末流。他說：「流氓等於無賴子加壯士，加三百代言。流氓的造成，大約有兩種東西：一種是孔子之徒，就是儒；一是墨子之徒，就是俠。這兩種東西本來也很好，可是後來他們的思想一墮落，就慢慢地演成了所謂流氓。」[1]他進而說：「為盜要被官兵所打，捕盜也要被強盜所打，要十分安全的俠客，是覺得都不妥當的，於是有流氓。」[2]

朱大可將「喪地者」「喪國者」「喪本者」統稱為流氓。[3]把對流氓的分解，昇華為對中國民族或一性格側面的精神分析，是從魯迅到朱大可幾代知識分子的共同意向。

流氓從詞義上講，原指無業遊民，後指不務正業、為非作歹的人。遺憾的是，中國百科全書式的叢書《太平御覽》共 55 部 4558 個子目，《古今圖書集成》共 32 典 6109 個部，可謂包羅萬象，竟偏偏漏了「流氓」這一類。中國辭書也由來已久，但直到清康熙年間刊行的《佩文韻府》，「流氓」一詞仍未進入中華詞庫。中國學者對「流氓」的注視，可能是從馬克思《共產黨宣言》對「流氓無產者」的分析中獲得靈感的，然後結合中國的社會實際作了有意義的解析。從魯迅到朱大可都是從它的原義出發，走向對社會現象尤其是精神現象的分析。但不知出於什麼原因，他們卻無視或忽視了中國文學史上這個最典型的流氓形象──西門慶。魯迅說：「現在的小說，還沒有寫出這一種典型的書，惟《九尾龜》中的章秋穀，以為他給妓女吃苦，是因為她要敲人們竹杠，所以給以懲罰之類的敘述，約略近之。由現狀再降下去，大概這一流人物將成為文藝書中的主角了。」[4]

每讀至此，我都驚訝魯迅竟如此準確地預見了爾後的「痞子文學」（以痞子為主角的文學），然而又為他這篇名文未論及《金瓶梅》中的西門慶而深表遺憾。

1　魯迅：〈流氓與文學〉，劉運峰編：《魯迅佚文全集》，北京：群言出版社，2001 年，頁 791。

2　魯迅：〈流氓的變遷〉，吳子敏等編：《魯迅論文學與藝術》，北京：人民文學出版社，1980 年，頁 362。

3　朱大可：〈流氓的精神分析〉，《鍾山》1994 年第 6 期。

4　魯迅：〈流氓的變遷〉，《魯迅論文學與藝術》，頁 362。

顯然，將流氓置之於中國社會發展史中研究，將西門慶置之於中國流氓史中研究，是何等必要。「你想研究晚明中國嗎？請研究流氓；你想研究流氓嗎？請研究西門慶。」友人知我在寫這麼一本以研究西門慶為主體的著作，為我擬了這麼一段廣告詞。雖有過火之嫌，卻又不無道理，因為西門慶堪稱古今流氓的絕世標本。為感謝友人的美意，我將之寫入這引言中。

二、交通官吏與糾集無賴

《金瓶梅》的精彩處，還不在於寫了一個全景型的流氓，而在於寫出了一個流氓發跡變泰的歷史，一個流氓全方位的狂歡，一個流氓所向披靡、無往不勝的英雄氣概。

西門慶原是個商人的獨生子，雖為殷實之家卻「算不得十分富貴」。（按，《水滸傳》與詞話本《金瓶梅》都說他是「破落戶」。）不富不貴哪來的社會地位？論家勢是「父母雙亡，兄弟俱無」，中國是個宗法社會，社會勢力往往以家族勢力為基礎，西門慶實無家族勢力可言。論智慧除了遊戲技能（惹草招風、拳棒、賭博、雙陸、象棋、抹牌、道字，無所不能）外，實則「不甚讀書」。封建社會的入世原則是「學而優則仕」，一個「不甚讀書」的人顯然難以從「正途」踏上仕途。按理講他在地方的能量是有限的，但「只為這西門慶生來秉性剛強，做事機深詭譎，又放官吏債，就是那朝中高、楊、童、蔡四大奸臣，他也有門路與他浸潤，所以專在縣裏管些公事，與人把攬說事過錢，因而滿縣人都懼怕他」。

《金瓶梅》詞話本只說西門慶「交通官吏」，卻未具體說明他交通何方官吏，《金瓶梅》張竹坡評點本已交代西門慶作為一介鄉民之所以能與朝中高、楊、童、蔡四大奸臣相浸潤，就在於他髮妻留下一女西門大姐，被許於東京八十萬禁軍楊戩提督的親家陳洪的兒子陳敬濟（按，詞話本為「陳經濟」）為妻室。有了這一姻親，西門慶就掛上了朝中四大奸臣的關係網。

有了此關係網，就有許多好戲等著登台上演。如到了第十四回，花子虛被諸兄弟指控私吞花太監遺產抓進牢房，李瓶兒向西門慶求情時，西門慶就憑此關係大顯神通。西門慶說：「聞得東京開封府楊府尹乃蔡太師門生，蔡太京與我這四門親家楊提督，都是當朝天子面前說得話的人。拿兩個分上，去對楊府尹說，有個不依的，不拘多大事情也了了。如今倒是蔡太師用些禮物，那提督楊爺與我舍下有親，他肯受禮？」李瓶兒搬出六十錠大元寶共計三千兩，交西門慶做人情費。西門慶僅用部分銀兩連夜打點，求了親家陳洪一封書信，差人上京，由楊戩而蔡太師而楊府尹循環一周，層層打通關系，楊府尹雖「極是清廉」也不得不為花子虛一案大開綠燈。

而這件傑作的幕後導演西門慶則一舉多得：其一，利用關係網鞏固關係網，將關係

網用到位，用出驚人的效應。世間萬物用進廢退，關係網不用就會疏遠。其二，在花子虛等人面前乃至清河一方顯示了自己通天的本領，讓人們敬之畏之。其三，李瓶兒以此事為契機，對西門慶由敬而慕，進而鋪平了由奸而嫁的道路。其四，西門慶從花子虛案中大獲其利。至此才把西門慶「與人把攬說事過錢」的行為情節化了，讓人知道其生財之道。

西門慶深諳交通官吏的戰術。西門慶有選擇有目標地交通官吏，他與朝中四大奸臣皆有「浸潤」，但目標是向那「一人之下，萬人之上」的、與當朝天子說得上話的首相蔡京靠近。西門慶精通「送禮的藝術」，深知節假日、生日再加紅白喜事，是向首長送禮獻媚的最佳時機，但也不是誰想送禮就送得上去，送禮者往往苦於有時無機。西門慶給蔡京送生辰大禮，並非直接送往蔡京，而是先勾結上蔡京的管家（相當今日之生活秘書）翟謙，將翟作為接近蔡京的最堅實的跳板。為投翟謙所好，西門慶就地取材，將他夥計韓道國與他姘頭王六兒的女兒選送給翟謙作妾。這樣，西門慶才能將生辰厚禮送上蔡府。西門慶給蔡京送禮不但厚重而且新奇，令百官相形見絀，令蔡京喜上眉梢，可謂挖空心思的送禮高手。有蔡京這棵大樹撐腰，西門慶真可謂求仁得仁、求義得義。不過，他所求的恰恰是非仁非義：以不仁不義之職，行不仁不義之便，得不仁不義之利，如之奈何！由此你不難明白，西門慶尚是一介鄉民時，為何「滿縣人都懼怕他」。

西門慶在地方上「結識的朋友，也都是些幫閒抹嘴，不守本分的人」。這幫兄弟皆以雅號反映他們的性格亮點：應伯爵為「應白嚼」或「白嚼喉」或「用不著」（按，這乃反話，實為「用得著」）；謝希大為「謝攜帶」，也可謂又吃又帶不算腐敗；吳典恩為「無點恩」，乃忘恩負義之徒；雲理守為「雲裏手」，乃偷拿扒竊之能手；常峙節為「常時借」或為「常失節」，即長年靠東挪西借過日子，或不顧名節之輩……

在西門慶結拜的十兄弟中，論年資與口才，他不及應伯爵；論出身與心計，他未必及吳典恩；論富貴，他似不及花子虛。但因「西門慶有錢，又撒漫肯使」，就在這流氓團夥中成了呼風喚雨的領袖人物。在玉皇廟拜結儀式上，十兄弟排座次時，眾人一齊推「西門大官人居長」。西門慶尚知禮讓，說：「這還是敘齒，應二哥大如我，是應二哥居長。」伯爵伸著舌頭道：「爺可不折殺小人罷了！如今年時，只好敘些財勢，那裏好敘齒？若敘齒，還有大如我的哩」。如今只敘財勢誰敘齒，誰有財有勢誰就是老大。西門大官人「有威有德，眾兄弟都服你」，——西門慶不居長誰居長？

西門慶所結十兄弟，九個都是幫閒之輩，極是勢利小人。他們麇集在西門慶的旗幟下，極盡沾光揩油之能事。《金瓶梅》第十二回寫眾幫閒在李家妓院湊份辦了一桌酒席祝賀西門慶梳籠李桂姐，他們於「遮天映日，猶如蝗蝻一齊來；擠眼掇肩，好似餓牢才打出」之餘，「臨出門來，孫寡嘴把李家明間內供養的鍍金銅佛，塞在褲腰裏。應伯爵

推逗桂姐親嘴,把頭上金琢針兒戲了。謝希大把西門慶川扇兒藏了。祝實念走到桂卿房裏照面,溜了他一面水銀鏡子。常峙節借的西門慶一錢銀子,竟是寫在嫖賬上了。」但西門慶卻少不了他們:西門慶貪色,有應伯爵之類幫閒拉皮條,湊熱鬧,真真假假,吵吵鬧鬧,助興添樂無人能及;西門慶貪財,有應伯爵之類幫閒充當經紀人角色,牽線搭橋,無所不能;西門慶貪玩,應伯爵之類幫閒「會一腳好球,雙陸棋子,件件皆通」,無所不會;西門慶愛排場,好虛榮,應伯爵之類幫閒更善於心領神會,「見景生情」,極盡阿諛頌揚之能事。更何況他們還能替西門慶承擔起對上送禮,對外鑽營,對下幫兇……等諸般重任。西門慶對於這班幫閒隊伍,實如影隨形,如蠅逐糞,難捨難分。

這樣,西門慶就上有靠山,下有爪牙;上能通天,下顯神通;於紅道、黑道,左右逢源,道道皆通;上能呼風,下能喚雨,隨心所欲,興風作浪;上須媚人,下有人媚,各盡所能,各得其所。

三、商場上的超前運作

西門慶是個混蛋,不是笨蛋。在商場,論經營,他不及夥計韓道國;論算計,他不及女婿陳敬濟;論採辦,他不及奴僕來旺兒,但他有辦法將這些人才招攬過來為他所用。同時,他善於使用各種手段,瞭解商品資訊;他既親自主管,又善雇工貿易;既能壟斷貨源,又善分股經營;既有設店經營,又有長途販運。這樣,不僅使原在他父親手中跌落了的生藥鋪起死回生,還在五六年間增開了緞子鋪、綢絹鋪、絨線鋪、解當鋪,加上走標船、販鹽引、納香蠟、放高利貸等。真是財源滾滾來,轉眼由一個破落戶成為富壓一方的暴發戶(除樓堂館閣等不動產以外,他還擁有近十多萬兩白銀的資本)。這裏僅擇其經商的幾項超前行徑略事敘說。

(一)從坐地經營到長途販運。

西門慶經商是以從父親手上接營一個生藥鋪為起點,然後利用上、下關係將生意做得有起色,並進而「牛」起來了。《金瓶梅》第十六回寫西門慶與李瓶兒幽會時,家人玳安來報信:「家中有三個川廣客人,在家中坐著,有許多細貨,要科兌與傅二叔。只要一百兩銀子。押合同,約八月中找完銀子。大娘使小的來,請爹家去理會此事。」李瓶兒也說「買賣要緊」,催他快回家打發了再來。而西門慶卻不以為然:

> 你不知,賊蠻奴才,行市遲,貨物沒處發兒,才來上門脫與人;若快時,他就張致了。滿清河縣,除了我鋪子大,發貨多,隨問多少時,不怕他不來尋我。

可見作為已經做大了的坐商，西門慶知道如何去對付那些「貨物沒處兌發」的小股行商，從中牟利。到第三十三回，應伯爵又為西門慶拉了一筆生意：湖州絲線商人何官兒因急著要回家，想把手頭五百兩銀子的絲線儘快脫手，西門慶僅用四百五十兩銀子買下，在獅子街開出兩間空房辦起了絨線鋪，請「原是絨線行」的韓道國做夥計，與來保合管。這座絨線鋪不僅經銷外地絨線絲綢，還「雇人染絲」，兼營來料加工，「一日也賣數十兩銀子」。

作為坐商的西門慶，雖憑著三尺硬地盤剝外來行商，但也從中獲得靈感，覺得與其收購行商散貨，倒不如自己做起大行商，長途販運，批零兼營，這樣才能使資本迅速增殖。《金瓶梅》以山東清河、臨清一帶作為故事背景，「這臨清閘上，是個熱鬧繁華大碼頭去處，商賈往來，船隻聚會之所，車輛輻輳之地，有三十二條花柳巷，七十二座管弦樓」。在這裏做行商有天時地利之便，剩下的就需要雄厚的資金與商戰的膽略。這兩者，西門慶都不缺乏，因而他立即做起了「外邊江湖又走標船」的行商。不過，西門慶並非親自出馬、走上市場，而是仍坐鎮在家、派人外出採購銷售。

西門慶經營的主要項目是絲綢布匹之類。絲綢產地主要在江南，西門慶多次派人沿著運河南下，到南京、湖州、杭州等地販運絲綢。

(二)從獨家經營到合股經營。

隨著資本的日益雄厚，西門慶已不滿足於獨家經營，於是謀求合股經營來擴大商品交換與流通。作為一方富豪他謀求合股經營時有兩個原則不能動搖，一為以我為核心，他要充當有似今天的董事長或總裁的角色。二為審慎選擇合作夥伴。像李智、黃四等人如應伯爵所說的那樣：「不圖打魚，只圖混水，借著他這名聲兒，才好行事」（第四十五回），西門慶寧借錢給他們卻絕不與之合股經商。

西門慶合股經營的最佳搭檔是兒女親家喬大戶。兩家合作始於官府坐派三萬鹽引後，各出五百兩銀子去揚州支鹽。這批鹽並未運回清河地面，而是途中就轉手賣了，然後從江南採購回大量的絲綢布匹之類，連行李共裝二十大車。應伯爵慧眼識錢途，趕緊恭喜西門慶，說貨到之日「決增十倍之利」。貨到之日，西門慶就在獅子街上曾是花子虛的一所房子，開鋪發賣。應伯爵保薦「段子行賣手」甘潤來當「大堂經理」。西門慶與喬大戶達成合股協定：十分利中西門慶三分，喬大戶三分，其餘由韓道國、甘潤、崔本均分。段子鋪九月初四開張那天：「親朋遞果盒掛紅者約三十多人。夏提刑也差人送禮花紅來。喬大戶叫了十二名吹打的樂工，雜耍撮弄。西門慶這裏，李銘、吳惠、鄭春三個小優兒彈唱。甘夥計與韓夥計都在櫃上發賣，一個看銀子，一個講說價錢。崔本專管收生活。西門慶穿大紅冠帶著，燒罷紙，各親友遞果盒、把盞畢，後邊廳上安放十五

張桌席，五果五菜，三湯五割，從新遞酒上坐，鼓樂喧天。」（第六十回）開張大吉，當天就做成了五百兩銀子買賣，日後則越做越大。本利已達五萬兩銀子。

(三)從開解當鋪到放官吏債。

解當鋪即當鋪，又稱「質庫」「押店」，是以實物作抵押而放貸款的店鋪。在約定期限內可憑當票付清本利，贖回原物；逾期不贖即歸當鋪所有。當鋪往往以低額收購抵押品，賺昧心錢。西門慶當鋪的主顧竟然多是敗落下來的名門貴族。開張不久，竟收進了白皇親的珍貴之物：一座屏風是「大螺鈿大理石」做的，有「三尺闊，五尺高」，還有「兩架銅鑼，銅鼓連鐺兒」，「都是彩畫金妝，雕刻雲頭，十分齊整」。應伯爵說：「休說兩架銅鼓，只一架屏風，五十兩銀子還沒處尋去」。而實際上三件寶物合起來，西門慶只當給白皇親三十兩銀子，令旁觀的謝希大連呼：「我的南無耶！」料已是「下坡車兒營生」的白皇親，短期內難以贖回他的寶物，「及到三年過來，七本八利相等」，（第四十五回）東西就算白送西門慶了。當鋪生意日益興隆，以致「李瓶兒那邊樓上，廂成架子，攔解當庫衣服首飾，古董書畫玩好之物」。

開解當鋪，本就是變相的高利貸。西門慶意猶不足，進而放官吏債。何為「放官吏債」？陳詔先生說主要有兩種情況：一是以借債勾結官吏，聯絡感情，以便官官相護；二是候選官或新選官為酬座師、同年，置辦禮物而不得不借債，到任後重利歸還。[5]

不過，西門慶的高利貸的發放對象未必僅限在官場，可能更重要的是商場，如李智（三）、黃四本攬了一筆朝廷「派了年例三萬香蠟」有一萬兩銀子的大買賣，西門慶向他們提供了一千五百兩銀子的貸款，明代律典規定，放貸「利息以三分為率」。西門慶「每月得利五分」，顯然是違規的暴利。如此說來，西門慶所謂放官吏債，在他當官之前是依靠交通官吏，倚勢放債；在他當官之後，是靠自己的官位，以權放債。放官吏債，非指只向官吏放債，而是依仗官吏之權勢放穩拿穩賺的高利貸。

西門慶以那個時代極為超前的手段，在不過五六年的光陰裏獲得了「潑天的富貴」，令人歎為觀止。說其超前是指西門慶的種種經營手段，即使在今天仍未過時，甚至還有勃勃生機。那麼，西門慶以其超前手段積累了多少資金呢？他臨終時對女婿陳敬濟有交待：

> 我死後，段子鋪是五萬銀子本錢，有你喬親家爹那邊多少本利，都找與他。教傅夥計把貨賣一宗，交一宗，休要開了。賁四絨線鋪本銀六千五百兩，吳二舅綢絨

5　陳詔：《金瓶梅小考》，上海：上海書店出版社，1999 年，頁 60。

鋪是五千兩，都賣盡了貨物，收了來家。

又李三討了批來，也不消做了，叫你應二叔拿了別人家做去吧。李三、黃四身上還欠五百兩本錢、一百五十兩利錢未算，討來發送我。

你祇和傅夥計守著家門這兩個鋪子吧。印子鋪占用銀二萬兩，生藥鋪五千兩，韓夥計、來保松江船上四千兩。開了河，你早起身往下邊接船去。接了來家，賣了銀子交進來，你娘兒每盤纏。

前邊劉學官還少我二百兩，華主簿少我五十兩，門外徐四鋪內還欠我本利三百四十兩，都有合同見在，上緊使人催去。

到日後，對門並獅子街兩處房子都賣了吧，只怕你娘兒們顧攬不過來。（第七十九回）

西門慶的資本，僅動產大概在十萬兩銀子以上（黃霖說是十五萬兩）。折合成現鈔大概在千萬元，在今天已算不上第幾強了，在晚明也可能算不上是天文數字。史載嘉靖時代的奸相嚴嵩之子嚴世蕃被抄時發現金銀數十窖，每窖藏金一百萬兩；即以太監錢能的家奴強尼而言，抄家時也被抄出玉帶三千五百束，黃金十餘萬兩，白銀三千箱，胡椒數千石[6]。不過，若不是死亡中止了西門慶財富瘋狂增長的勢頭，還不知他會富到何種境界。

四、官場上的超常效應

在官場，西門慶也是一路順風。他既不需像范進那樣在科舉路上掙扎，也不需像楊家將那樣到沙場上一槍一刀地廝殺立功，更不需像武松那樣到景陽崗上去與猛虎搏鬥為民除害，他只是通過行賄，買通當朝太師蔡京，就輕而易舉地由一介流氓變為金吾衛副千戶。當了官的流氓，立即顯得比他的頂頭上司夏提刑更瀟灑風流，也更膽大妄為。他幾乎是無師自通地創造性地掌握了中國官場「厚黑學」。

西門慶上任伊始，辦案並不稀罕被告幾個小錢。不像夏提刑熱衷於小敲小詐，乃至遭西門慶嘲弄：「別的倒也罷了，只吃了他貪濫蹹婪，有事不論青紅皂白，得了錢在手裏就放了，成甚麼道理！我便再三扭著不肯，『你我雖是個武職官兒，掌著這刑條，還放些體面才好。』」西門慶這裏所謂的「體面」，不是為維護法律的尊嚴，而是說小敲小詐不值的，要敲詐就敲詐個大頭。

苗青為圖謀錢財殺了主人苗天秀，走西門慶姘頭王六兒的門路以五十兩銀子兩套衣

6　范文瀾《中國通史簡編》。

服行賄西門慶，想逃脫法律的制裁。西門慶一看就知這裏大有油水可撈，立即通過王六
兒為中介與嫌犯討價還價，說：「這些東西兒，平白你要他做什麼？你不知道，這苗青
乃揚州苗員外家人，因為船上與兩個船家殺害家主，攛在河裏，圖財謀命。如今見打撈
不著屍首。他原跟來的一個小廝安童，與兩個船家當官三口執證著要他。這一拿去，穩
定是個凌遲罪名。那兩個都是真犯斬罪。兩個船家見供他有二千兩銀貨在身上，拿這些
銀子來做什麼！」談判的結果是：苗青打點一千兩銀子，裝在四個酒壇內，又宰一口豬，
約掌燈以後，抬送到西門慶門首。西門慶與苗青說：「既央人說，我饒了你一死。此禮
我若不受你的，你也不放心。我還把一半送你掌刑夏老爹，同做分上。你不可久住，即
便星夜回去。」接著以他與夏提刑的分贓密談代替了對這樁命案的審理：

> 飲酒中間，西門慶方題起苗青的事來，道：「這廝昨日央及了個士夫（按，以姘頭
> 王六兒充士夫），再三來對學生說，又饋送了些禮在此。學生不敢自專，今日請長
> 官來，與長官計議。」於是，把禮帖遞與夏提刑。夏提刑看了，便道：「恁憑長
> 官尊意裁處。」
> 西門慶道：「依著學生，明日只把那個賊人、真贓送過去罷，也不消要這苗青。
> 那個原告小廝安童，便收領在外，待有了苗天秀屍首，歸結未遲。禮還送到長官
> 處。」夏提刑道：「長官，這就不是了。長官見得極是，此是長官費心一番，何
> 必見讓於我？決然使不得。」
> 彼此推辭了半日，西門慶不得已，還把禮物兩家平分了，裝了五百兩在食盒內。
> 夏提刑下席來，作揖謝道：「既是長官見愛，我學生不受，顯得迂闊了。盛情感
> 激不盡，實為多愧。」又領了幾杯酒，方才告辭起身。西門慶隨即差玳安拿食盒，
> 還當酒抬送到夏提刑家。（第四十七回）

對苗青案作貪贓枉法處理的主謀就是西門慶，他的膽略、計謀都在夏提刑之上。好在他
未獨吞贓款，而與夏提刑平分秋色，所以令夏提刑「感激不盡，實為多愧」。

論官職，西門慶在山東充其量也只不過是個中下層官員。但他憑著潑天的財富兼精
通公關學與鑽營術，竟成了山東一方的中心人物。從中央到地方，方方面面的官吏，無
不與他關係密切。以至凡有中央要員路過山東地界，都以西門府上為招待所。新赴任的
宋巡按與蔡御史同船到達東昌府，一省官員都去迎接。西門慶卻打通蔡御史的關節，將
剛剛到任的一省之長——巡按御史宋喬年請到他家作客。此舉造成了轟動一方的政治效
應：

> 原來宋御史將各項伺候人馬都令散了，只用了幾個藍旗清道，官吏跟隨，與蔡御

史坐兩頂大轎，打著雙簷傘，同往西門慶家來。當時哄動了東平府，大鬧了清河縣，都說：「巡按老爺也認的西門大官人，來他家吃酒來了。」慌的周守備、荊都監、張團練各領本哨人馬把住左右街口伺候。

西門慶這次酒席耗資千兩金銀。有趣的是，席上興味正濃之時，宋喬年以處分公事為由中途退席。送走宋喬年之後，西門慶與蔡御史說：「我觀宋公為人有些蹺蹊」。還是蔡御史一語道破了宋氏作秀的底蘊：「他雖故是江西人，倒也沒甚蹺蹊處。只是今日初會，怎不做些模樣？」事實正是如此，宋喬年後來不再作秀，不僅頻繁出入西門，而且將些重要的宴會都放在西門慶家舉行。

先是宴請欽差殿前六黃太尉，宋喬年只是派人象徵性地給西門慶送來「一桌金銀酒器」。儘管李瓶兒剛死，家中一片忙亂，西門慶還是耗費鉅資，盡心盡力辦好了這次宴會，令黃老公公與巡撫、巡按們皆大歡喜。宋喬年客氣地說：「今日負累取擾，深感深感。分資有所不足，容當奉補。」卻未見奉補。

繼而又在西門慶家宴請巡撫都御史侯蒙，眾官員酒足飯飽之餘，向西門慶道謝：「生受，容為奉補。」這回宋喬年卻說：「分資誠為不足，四泉看我的分上罷了，諸公也不消奉補。」連上回客套都取消了，可見此時宋某已與西門慶關係鐵到了不分彼此的境地。

宋喬年請客，西門慶買單。這種離奇又現代化的做法的政治效應，應伯爵在宴請黃太尉前後都作過「科學論證」。之前說：「雖然你這席酒替他陪幾兩銀子，也與咱門戶添許多光輝。」之後又說：「哥就陪了幾兩銀子，咱山東一省也響出名去了。」（第六十五回）

總之，善於弄權、捨得花錢的西門慶，其職權效應能與社會影響都遠遠超過他實際的職位。

五、潑天富貴與酒色生涯

《金瓶梅》第十五回「佳人笑賞玩燈樓」寫到：吳月娘帶著李嬌兒、孟玉樓、潘金蓮等這一行人正月十五登樓賞燈，引得一些浮浪子弟在樓下議論紛紛，甚至認為她們是「貴戚王孫家豔妾來此看燈，不然，如何內家妝束？」妻妾服飾是主人的名片，主人不會奢侈，妻妾何來豔麗？「內家」本指皇宮的嬪妃宮女。其實，此時的西門慶不過一介鄉民而已，他的妻妾竟與「內家」無異，這豈了得？！

西門慶自己的衣飾，更是難以言喻。西門慶剛做錦衣衛副千戶時，買了幾條腰帶，非常得意。應伯爵稱讚說：「虧哥那裏尋的，都是一條賽一條的好帶，難得這般寬大。

別的倒也罷了，只這條犀角帶並鶴頂紅，就是滿京城拿著銀子也尋不出來。不是面獎，就是東京衛主老爺玉帶金帶空有，也沒這條犀角帶。這是水犀角，不是旱犀角。旱犀角不值錢，水犀角號作通天犀。你不信，取一碗水，把犀角安放在水內，分水為兩處。此為無價之寶，又夜間燃火照千里，火光通宵不滅。」（「詞話本」）

這是西門慶花一百兩銀子從王招宣府裏買來的。應伯爵聽了又誇美一番：「難得這等寬樣好看。哥，你到明日繫出去，甚是霍綽。就是你同僚間，見了也愛。」（第三十一回）幾條腰帶尚且如此，遑論其他。

不知道西門慶赴過多少次宴會和開過多少次宴會，只知道西門慶與六位妻妾的生日，兒子官哥兒從三朝、到滿月到百日到……一年中的大小節日，川流不息地送往迎來，都得設宴慶賀。小宴有規矩，大宴有程式。

有人統計，《金瓶梅》寫到的菜肴約有 200 多種，其中禽類 41 種，獸類 67 種，水產類 25 種，素菜 24 種，蛋品 2 種，主食中餅類 37 種，糕類 12 種，麵食類 30 種，飯粥類 12 種；另有湯類 7 種，酒類 31 種，茶類 19 種，乾鮮果品 12 種，堪稱食博會。除了《紅樓夢》，在其他作品中難以見到。

剛出場時，西門慶不過「住著門面五間到底七進的房子」，雖很寬裕，但在清河縣還算不上是出類拔萃的。花子虛被迫出賣房宅莊田時，他本想立即把花家二所住宅和一處莊園全部買下，但是又怕花子虛發現他的野心和姦情，便只用了五百四十兩銀子買下隔壁的小宅。花子虛氣死後，西門慶支出五百兩銀子，大興土木，打通花家小宅與西門宅的牆垣，與住宅房後的花園取齊，前邊起蓋一座「山子捲棚、花園耍子」，後邊又建起三間玩花樓。僅此一項工程就用了「約有半年光陰」。花園修好後，吳月娘率眾妻妾丫鬟前來遊賞，只見裏面花木庭台，錯落有致，曲徑通幽，令人留連忘返。作品寫道：

> 正面丈五高、周圍二十板。當先一座門樓，四下幾間台榭。假山真水，翠竹蒼松。高而不尖謂之台，巍而不峻謂之榭。四時賞玩，各有風光：春賞燕遊堂，桃李爭妍；夏賞臨溪館，荷蓮鬥彩；秋賞疊翠樓，黃菊舒金；冬賞藏春閣，白梅橫玉。更有那嬌花籠淺徑，芳樹壓雕欄，弄風楊柳縱蛾眉，帶雨海棠陪嫩臉。燕遊堂前，燈光花似開不開；藏春閣後，白銀杏半放不放。湖山側半綻金錢，寶檻邊初生石筍。翩翩紫燕穿簾幕，噎噎黃鶯度翠陰。也有那月窗雪洞，也有那水閣風亭。木香棚與茶蘼架相連，千葉桃與三春柳作對。松牆竹徑，曲水方池，映階蕉棕，白日葵榴。遊漁藻內驚人，粉蝶花間對舞。（第十九回）

這裏有山、有水、有亭台、有樓閣，何等風光。

花園建好後，西門慶仍不滿足，又用三百兩銀子買下向皇親莊園中「三間廳、六間

廂房、一層群房」，用七百兩銀子買下喬大戶的莊院。這樣，花園與庭院就連成一大片，好生氣派。不僅如此，西門慶對室內裝飾也很講究。

其出行則有「香車寶馬」。他的坐騎令同僚夏提刑艷羨，於是他慷慨送夏提刑一匹黃馬。彼時一匹好馬的價值，應相當於今日之一輛高級轎車。夏提刑高興得以家釀菊花酒招待西門慶，以作為酬謝。可見「驃馬成群」的西門慶的闊綽大方。

西門慶的生命流淌在酒色財氣之中，這節文字則就酒色而言。我將酒的內涵擴大，將衣、食、住、行皆融入其中，已敘說在先。現則言其色情生活，讓人看看其生活是何等糜爛，何等張狂。

在性生活領域，西門慶也獨領風騷。西門慶的自然條件優越：「生得十分浮浪」，「越顯出張生般龐兒，潘安的貌」，加上「語言甜淨」，及魁梧體魄所顯示的性能力，使他成為「嘲風弄月的班頭，拾翠尋香的元帥」。不用說「三寸丁」武大，就是花子虛、蔣竹山等都無法與之比擬。李瓶兒在西門慶家出事後與蔣竹山苟且過了些日子，西門慶在鞭責李瓶兒時問：「我比蔣太醫那廝誰強？」李瓶兒說：「他拿什麼來比你？你是個天，他是塊磚。你在三十三天之上，他在九十九地之下。」（第十九回）這懸殊不只是社會地位，更指性能力的強弱。西門慶總是用一雙永不厭足的色眼去打量身邊的每一個女性，稍有姿色，便會成為他追逐的對象。在他的征服之路上滿是勝利的里程碑：他不僅有令人眼花撩亂的妻妾隊伍，而且有隨時供他臨幸的情婦，更有由他包占的行院妓女。此外，還有男色作為其性變態心理的補償。從理性而言，婦女成了被損害、被侮辱的群體；從感性而言，西門慶似乎又成了這些女人的圖騰。西門慶妻妾間有種種鬥爭，其鬥智鬥勇宛若《三國演義》中的赤壁大戰。

西門慶也似乎真的將三國英雄與梁山好漢的英雄氣概帶到了床第，使金、瓶、梅們雖不時驚呼：「不喪了奴的命」，但又幾乎一致視其為「醫奴的藥」，「一經你手，教奴沒日沒夜只想你。」即使在妓院，西門慶也是一個霸氣熏天的勝利者。小說第二十回寫西門慶大鬧麗春院，不僅將李桂姐家鬧得人仰馬翻，而且將個杭州布商丁二嚇得鑽了床底，直叫「桂姐救命」。

小說通過眾人之口，對西門慶進行過禮贊，說得最充分的一是送他歌童的苗員外，二是替他與林太太拉皮條的文嫂。

苗員外給兩個不願意跟隨西門慶的歌童做思想工作，說：「西門大官家裏豪富潑天，金銀廣布，身居著右班左職。現在蔡太師門下做個乾兒子，就是內相、朝官那個不與他心腹往來。家裏開著兩個綾緞鋪，如今又要開個標行，進的利錢也委的無數。況兼他性格溫柔，吟風弄月，家裏養著七八十個丫頭，那一個不穿綾著襖？後房裏擺著五六房娘子，那個不插珠掛金？那些小優們、戲子們個個借他錢鈔服他差使，平康巷、青水巷這

些角伎，人人受他恩惠。這也不消說的，只是咱前日酒席之中已把小的子許下他了，如今終不成改個口哩！」（《金瓶梅詞話》第五十五回）文嫂對林太太說：

縣門前西門大老爹，如今見在提刑院做掌刑千戶，家中放官吏債，開四五處鋪面：緞子鋪、生藥鋪、綢絹鋪、絨線鋪，外邊江湖又走標船，揚州興販鹽引，東平府上納香蠟，夥計主管約有數十。東京蔡太師是他乾爺，朱太尉是他衛主，翟管家是他親家，巡撫、巡按多與他相交，知府、知縣是不消說。家中田連阡陌，米爛成倉，赤的是金，白的是銀，圓的是珠，光的是寶。身邊除了大娘子乃是清河左衛吳千戶之女，填房與他為繼室只成房頭、穿袍兒的也有五六個，以下歌兒舞女，得寵侍妾，不下數十。端的朝朝寒食，夜夜元宵。今老爹不上三十四五年紀，正是當年漢子，大身材，一表人物，也曾吃藥養龜，慣調風情；雙陸象棋，無所不通；蹴踘打毬，無所不曉，諸子百家，折白道字，眼見就會。端的擎玉敲金，百伶百俐。（《金瓶梅詞話》第六十九回）

可見西門慶是個何等得意的流氓。試想，在這樣一位肆無忌憚、百無禁忌、無法無天的流氓面前，還有什麼能阻擋他作威作惡的雄健步伐？！連吳月娘也只是無可奈何地笑罵：「狗吃熱屎，原道是個香甜的，生血掉在牙兒內，怎生改得！」

在西門慶面前，似乎是沒有蹚不過的河，沒有邁不過的坎。他由西門大郎到西門大官人到西門大老爹——由一介鄉民到副千戶到正千戶，暢行無阻，步步高升。從官場到商場到「情」場……方方面面，表現了一個流氓的極度狂歡。

流氓的神話
——西門慶的超常功能

魯迅在〈流氓的變遷〉中勾勒了中國流氓社會功能的歷史變遷。

先是「鬧點小亂子」：司馬遷說，「儒以文亂法，而俠以武犯禁」，「亂法」和「犯禁」，絕不是「叛」，不過鬧點小亂子而已。

再就是「替天行道」：「俠」字漸消，強盜起了，但也是俠之流，他們的旗幟是「替天行道」。他們所反對的是奸臣，不是天子，他們所打劫的是平民，不是將相。

繼而是保鏢：滿洲入關，中國漸被壓服了，有「俠氣」的人也不敢再起盜心，不敢指斥奸臣，不敢直接為天子效力，於是跟一個好官員或欽差大臣，給他保鏢，替他捕盜，一部《施公案》也說得很分明，還有《彭公案》《七俠五義》之流至今沒有窮盡。

等而下之的流氓：「為盜要被官兵所打，捕盜也要被強盜所打，要十分安全的俠客，是覺得都不妥當的」，於是「和尚喝酒他來打，男女通姦他來捉，私倡私販他來凌辱，為的是維持風化；鄉下人不懂租界章程他來欺侮，為的是看不起無知；剪髮女人他來嘲罵，社會改革者他來憎惡，為的是寶愛秩序。但後面是傳統的靠山，對手又都非浩蕩的強敵，他就在其間橫行過去」。[1]

西門慶則全面刷新了中國流氓的功能，他對封建社會的官制、法制、稅法、禮教等方方面面都有著瓦解與破壞作用，簡直是創造了流氓的神話。

一、「你主人身上有甚官役」

《金瓶梅》所寫的明代得官的正途是「科甲」，此外還有軍功、蔭功、世襲、保舉、捐納等多種獲官之道。

那麼，西門慶是由什麼途徑而獲官的呢？他既無功名，又無軍功，祖上亦無根基，除捐納之外其他諸途都與他無緣。

---

1   魯迅：〈流氓的變遷〉，《魯迅論文學與藝術》，頁 362。

　　原來捐納之例始於秦始皇四年，因蝗災大疫，准百姓納粟千石，拜爵一級。後來歷朝為賑災，或補河工、軍需之不足，援例准予士民捐資納粟以得官，俗稱「捐官」。大體有幾種：一是「捐實官」。京官可捐到郎中，外官可捐到道員，武官可捐到參將。捐實官，捐了就可以到差。沒有缺額，也上衙門應卯，被稱為「額外郎中」或「額外員外郎」等；有了機會就可以補缺額，去執掌印把子。這種有錢途有實惠的捐納，自然花錢最多。二是「捐出身」，也叫「捐前程」。既有捐「記名」、或「紀錄」的，又有捐「虛銜」「頂戴」的。前者為資格，後者為名義。三是官再捐官。小官花錢捐個大官，候補的官可捐個快缺額的官，革職的可捐個復職，致仕（退休）也可捐個留職。四是捐考試資格。即買個文憑，以取得參加更高一級的科舉考試的資格。

　　西門慶捐納的當然是第一種「捐實官」。「捐納」本是政府為緩解財政危機而迫不得已的權宜之計，其間雖弊端百出，但在形式上還得由政府有關部門（吏部、戶部）按一定規定（如定額、定價、定質）公開辦理。

　　那麼，西門慶是怎麼捐納的呢？且看下一幕吧：

> 少頃，太師出廳。翟謙先稟知太師，然後令來保、吳主管進見，跪於階下。翟謙先把壽禮揭帖呈遞與太師觀看，來保、吳主管各抬獻禮物。

這裏是泛寫。第二十五、二十七回有西門慶送蔡生辰禮單，將這些黃烘烘、白晃晃的寶物具體化了：

> 一副四陽捧壽銀人（高一尺有餘），兩把金壽字壺，兩副玉桃杯，兩套杭州織造大紅五彩羅絲蟒衣，兩件蕉布紗蟒衣（玄色），大紅紗蟒衣。

西門慶雖不通送禮心理學，也未識侯門深淺，但他有潑天的膽量與大方的手腳，他首次給一人之下萬人之上當朝太師送生辰禮，在品質與數量上都絕對超乎尋常。蔡京見了「如何不喜？」卻又佯作推辭。

　　蔡京壽誕在六月十五日的資訊，是蔡京管家翟謙（按，翟謙是西門慶繞彎的「親家」）提供的；給蔡京送生辰禮，也是翟謙提醒的。而西門慶這次送禮，其實是為感謝蔡京下書釋放鹽客的天恩。沒想到卻有意外收穫，乃至改變了西門慶的人生道路：

> 太師又向來保說道：「累次承你主人費心，無物可伸，如何是好？你主人身上可有甚官役？」來保道：「小的主人一介鄉民，有何官役？」太師道：「既無官役，昨日朝廷欽賜了我幾張空名告身劄付，我安你主人在你那山東提刑所，做個理刑副千戶，頂補千戶賀金的員缺，好不好？」來保慌的叩頭謝道：「蒙老爺莫大之

恩,小的家主舉家粉首碎身,莫能報答!」於是喚堂候官抬書案過來,即時簽押
了一道空名告身劄付,把西門慶名字填注上面,列銜金吾衛衣左所副千戶、山東
等處提刑所理刑。

所謂「告身劄付」,即委任官職的證件。此制始於南北朝,唐宋沿用。空名「告身劄付」,
即空白待填的官職委任狀。這種「告身劄付」按規定應由吏部頒發到官、吏之手。但蔡
京稱,他手上的空白委任狀是由朝廷「欽賜」的,皇帝不受法制約束,將這種特權輕易
地賜給了權臣,猶今之將招幹、招生指標特批給了某些個人,其中權奸就會以此做起錢
權交易。

於是在《金瓶梅》中西門慶與蔡京合夥開闢了一條新的捐納仕途:蔡京將皇上欽賜
的幹部指標私下「賞」給了西門慶,他從中得了大量「油水」(以「生辰禮」形式),政
府未得分毫之利還得以吏部或兵部的名義錄用西門慶等人作為政府官員。這才叫貨真價
實的賣官鬻爵,賄賂公行。

「空名告身劄付」填好之第二日,蔡京的管家翟謙又差一個辦事官李中友,陪二人到
吏、兵二部去辦理手續。「聞得是太師老爺府裏,誰敢遲滯,顛倒奉行」,立即掛號討
了勘合(第三十回)。

這樣,西門慶就由「一介鄉民」成了政府官員,任職為:「列銜金吾衛(錦)衣左
所副千戶、山東等處提刑所理刑。」到第三十六回,西門慶向蔡狀元、安進士作自我介
紹是「襲錦衣千戶之職,見任理刑。」可見第三十回文章中原奪一「錦」字。西門慶所
任何官?「金吾衛」是何官?漢有「執金吾」,唐設「金吾衛」,宋改「環衛官」,無
定員與職事,明再設。《明史·職官志》云:明初置帳前總制親軍指揮使司,後改置金
吾侍衛親軍都護府,千戶所正千戶正五品,副千戶從五品。「錦衣」即「錦衣衛」,明
代近衛軍名。「提刑」,宋置,提點刑獄之官;《金瓶梅》中似非宋制,而為明代東、
西廠的衛官。這樣,西門慶的官職相當於明代廠衛的屬官,或許相當今之省公安廳副廳
長。

西門慶雖以特殊的捐納途徑得官,但他仍嚮往那「正途」。他曾不無感慨地對兒子
官哥兒說:「兒,你長大來,還掙個文官。不要學你家老子,做個西班出身,雖有興頭,
卻沒十分尊重。」(第五十七回)

這種現象甚為有趣:這班痞子一旦得勢,是老九有的他要,老九沒有的他也要,可
謂欲壑難填!

上述第三十回,西門慶首次給蔡京送生辰禮,是由奴僕來保們代勞;到第五十五回,
再給蔡京送禮,則由西門慶親自出馬,送的禮物更是花樣翻新。

有黃金鋪路，西門慶與蔡京的關係就更上一層樓了。

> 西門慶和翟謙進了幾重門，……隱隱聽見鼓樂之聲，如在天上一般。西門慶又問道：「這裏民居隔絕，那裏來的鼓樂喧嚷？」翟管家道：「這是老爺叫（教）的女樂，一班二十四人，都曉得天魔舞、霓裳舞、觀音舞。但凡老爺早膳、中飯、夜宴，都是奏的。如今想是早膳了。」西門慶聽言未了，又鼻子裏覺得異香馥馥，樂聲一發近了。翟管家道：「這裏與老爺書房相近了，腳步兒放鬆些。」轉個回廊，只見一座大廳，如寶殿仙宮。廳前仙鶴、孔雀種種珍禽，又有那瓊花、曇花、佛桑花，四時不謝，開的閃閃爍爍，應接不暇。西門慶還未敢闖進，交（教）翟管家先進去了，然後挨挨排排，走到堂前。只見堂上虎皮交椅上坐一個大猩紅蟒衣的，是太師了。屏風後列有二三十個美女，一個個都是宮樣妝束，執巾執扇，捧擁著他。翟管家也站在一邊。西門慶朝上拜了四拜，蔡太師也起身，就絨單上回了個禮。落後，翟管家走近蔡太師耳邊，暗暗說了幾句話下來，西門慶理會的是那話了，又朝上拜四拜，蔡太師便不答禮。——這四拜是認乾爺，因此受了。西門慶開言便以父子稱呼……

如果說西門慶第一次給蔡京送禮是捐個實官，那麼，他第二次給蔡京送禮則是官再捐官。表面上看當了蔡京「乾生子」雖不算官，而實際上遠勝一般官職，以至西門慶說：「但得能拜在太師門下做個乾生子，便也不枉了人生一世。」有趣的是蔡京在宴請前來慶賀的滿朝文武之外，獨獨請了西門慶一頓，酒席上「兩個喁喁笑語，真似父子一般」。

田秉鍔統計，西門慶投靠蔡京的過程可分七步：(一)上書楊提督，轉央蔡太師，脫殺人罪，加武松罪（十回）。(二)「交割楊提督書禮，轉求內閣蔡太師束帖」，借救花子虛而送禮（十四回）。(三)「打點金銀玩寶」，送蔡攸，關係進層（十八回）。(四)來保、吳典恩東京送蔡太師生辰禮，關係固定（三十回）。(五)來保、夏壽東京相府辦事。（四十八回）(六)西門慶東京上蔡太師壽禮（五十五回）。(七)升官謝恩進京，西門慶認蔡京義父，關係極親。[2]

蔡京乃宋徽宗的左丞相，崇政殿大學士兼吏部尚書，拜太師魯國公，位居一品。按理講，這樣一個位極人臣的權要，其基本使命當為輔政安民。可是《金瓶梅》中的蔡京的主要功能是弄權與斂財。兩者相輔相成，堪稱一絕。於是蔡京建立起一個以自己為軸心的關係網絡。這關係網絡有著宗法家庭的特徵，即認父、收子、納門生、結親家等，但它又畢竟跨越血統，於是其親疏的確立，則一看效忠程度，二看「入網」時間，三看

2　田秉鍔：《金瓶梅與中國文化》，南京：江蘇文藝出版社，1992 年，頁 137。

「貢獻」大小。由此形成一個上自京師、下達江湖，一榮俱榮、一損俱損的「蔡黨」體系。

東平府府尹陳文昭、山東巡按監察御史宋喬年為蔡京門生，兩淮巡鹽御史、狀元郎蔡蘊為蔡京「假子」，陝西巡按宋盤為蔡京之子蔡攸（祥和殿學士兼禮部尚書）的妻兄、大名府梁中書為蔡京女婿、戶部侍郎韓爺為蔡京親家……西門慶自從加入「蔡黨」，就更有官運與「錢途」。西門慶從京師回來不久，翟謙就有信通報：「昨日神運、都功兩次工上，生已對老爺說了，安上親家名字。工完題奏，必有恩典，親家必有掌刑之喜。」即說其官再捐官，由副升正，已穩操勝券。

西門慶之所以如此官運亨通，根本原因當然在於上有蔡京為「蔡黨」黨魁所致。徵之《宋史》，《金瓶梅》中的蔡京，庶近其人：「干進之徒，舉集其門，輸貨僮奴以得美官者踵相躡。綱紀法度一切為虛文。患失之心，無所不至。根結盤固，牢不可脫」（《續資治通鑑》卷九十七）。而徵之《明史》，嘉靖奸相嚴嵩也有驚人的相似處，《明史·嚴嵩傳》云：「嵩無他才略，惟一意媚上，竊權罔利。嵩年八十，聽以肩輿入禁宛。帝自十八年葬章聖太后後，即不視朝；……惟嵩獨顧問。其子世藩已伏法，黜嵩及諸孫皆為民。嵩竊政二十年，溺信惡子，流毒天下，人咸指目為奸臣。」明人田藝蘅《留青記》云：嚴嵩「詐偽百端，貪酷萬狀，結交內侍，殺戮大臣，乾兒、門生佈滿天下」。難怪沈德符在《萬曆野獲編》中說，《金瓶梅》「指斥時事，如蔡京父子則指分宜（嚴嵩）」。這就深化了蔡京形象及蔡京接納西門慶拜結行徑的典型意義。蔡京終被劾充軍，其子蔡攸處斬；嚴嵩也終被削職為民，其子世藩伏誅。古今奸邪下場相同。

上行下效，西門慶通過送金錢、送美女，走門路、拜把子，交結上下官吏，也組成了一個強有力的關係網，使他不僅能在彈劾聲中得以升遷，而且成為山東政界的中心人物，同時也開起了賣官鬻爵的分店。兵部都監荊忠，為考績與升遷，用二百兩銀子打通西門慶的關節。西門慶便乘宋巡按來作客之機保薦了荊都監與自己的妻兄。「酒杯一端，政策放寬」。宋巡按立即接了兩人的履歷本，令書辦吏典收執，並上奏朝廷將他們大大吹捧一番，稱荊都監「冠武科而稱為儒將」；稱吳鎧（吳大舅）為「一方之保障」，「國家之屏藩」，簡直令人肉麻。而吏部、兵部竟然准宋氏之奏，為「鼓舞臣僚」，荊、吳二人俱「特加超擢」。

本來，作為得官最榮耀的正途——科甲，在制度確定上明代比以往任何朝廷更規範。但到《金瓶梅》時代，在實際操作中，正途出身的「士」們反不如搞邪門歪道的流氓西門慶。蔡狀元雖然亦為蔡京義子，第一次省親路過山東時，不得不向西門慶借路費。第二次他新點為兩淮巡鹽御史路經山東赴任時，西門慶不僅以酒宴相待，還特地叫了兩個妓女陪酒，其中一個留下陪夜。第二天早晨，他用紅紙大包封著一兩銀子賞那陪夜妓女。妓女嫌禮太輕拿與西門慶看，西門慶不無鄙薄地說：「文職的營生，他那裏有大錢與你，

這就是上上簽了。」比起出手大方的「款哥」西門慶，貴而不富的蔡狀元當然相形見絀了。蔡狀元也只得自貶而奉承西門慶：「恐我不如安石之才，而君有王右軍之高致矣。」已入仕途的「士」尚且如此，落魄的文人更可想而知了。像小說中無論是在西門家「打工」的溫秀才，還是與他競爭孟玉樓的「斯文詩禮人家」的尚舉人，在西門慶眼中連應伯爵之類幫閒篾片都不如。更有趣的是水秀才雖經西門慶的鐵哥們兒應伯爵推薦，想到西門府上打工，竟遭拒絕。

文人至此，已是斯文掃地。將之與日見暴發的西門慶相比，知識分子不能不從「萬般皆下品，唯有讀書高」的迷夢中跌落到「萬般皆上品，唯有讀書低」的深淵之中。人們不得不慨歎：「生兒不用識文字，鬥雞走狗勝讀書。」至此，人們看到封建官制已被西門慶之流破壞得夠可以了。連玩世不恭的蘭陵笑笑生也不得不站出來大發一番感慨：

> 看官聽說：那時徽宗，天下失政，奸臣當道，讒佞盈朝。高、楊、童、蔡四個奸黨，在朝中賣官鬻獄，賄賂公行，懸秤升官，指方補價。夤緣鑽刺者，驟升美任；賢能廉直者，經歲不除。以致風俗頹敗，贓官污吏，遍滿天下，役煩賦興，民窮盜起，天下騷然。不因奸佞居台輔，合是中原血染人。（第三十回）

二、「隨他本上參的怎麼重，只批了『該部知道』」

商鞅說：「能領其國者，不可以須臾忘於法。」歷朝皆然，概莫能外。明初朱元璋就指出：「禮法立，則人心定，上下安。」並親自指導李善長以唐律為藍本，制定了中國封建社會最完備的一部法律──《大明律》。據說朱元璋對貪贓枉法的官吏，懲罰空前的嚴厲，乃至到了剝皮挖心的嚴酷境界。但在現實生活中，尤其是明中後期官場之貪贓賣法，徇私枉法，仍司空見慣。

西門慶經歷過兩次彈劾。

第一次被彈劾，是兵科給事中宇文虛中參劾蔡京、王黼、楊戩等權奸誤國，目的是「以振本兵，以消邊患」。

宇文虛中事見《宋史·宇文虛中傳》。田秉鍔研究，小說與史實之異在於：其一，時間向前移了六、七年，小說中事在宋徽宗政和五年乙未；其二，由上書陳策到參劾權奸；其三，由針對蔡攸、童貫、王黼、楊戩改為針對蔡京、王黼、楊戩；其四，由專述邊防改為斥權奸誤國。[3]

3　田秉鍔：《金瓶梅人性論》，上海：學林出版社，1996 年，頁 103-104。

小說深化了史實。

從史實到小說，結局皆不美滿。歷史上，宇文虛中因上書由「中書舍人」降為集英殿修撰，他後來所上守邊「十一策」「十二議」皆不報。直到金兵南下，宋徽宗才想起這位宇文虛中，但為時已晚，此時的宇文虛中只能為皇上起草「罪己詔」，並代表朝廷三次赴金講和，最後被留在金，而全家又被金人焚死。小說中，皇上「宸斷」本為「蔡京姑留輔政。王黼、楊戩著拿送三法司」，「律應處斬」。旋而「聖上寬恩」，「聖心回動」，楊爺已沒事，蔡爺、王爺當然也無恙。

不過，這些不是《金瓶梅》要著重表現的，它重點寫的是西門慶在這一事件中的種種動作。西門慶先是接到親家陳洪的書信，報導：「茲因邊關告警，搶過雄州地界，兵部王尚書不發救兵，失誤軍機，連累朝中楊老爺，俱被科道官參劾太重。聖旨惱怒，拿下南牢監禁，會同三法司審問。其門下親族用事人等，俱照例發邊衛充軍。生一聞消息，舉家驚惶，無處可投。先打發小兒、令愛，隨身箱籠家活，暫借親家府上寄寓」，並有五百兩銀子交西門慶打點使用。陳洪遣子避禍是經不起推敲的敗筆：其一，陳敬濟逃到岳家，同樣不安全，因西門慶同為被追究之楊黨；其二，若說找門徑打點，陳洪未必一定要借助西門慶。作者如此寫來無非要安排陳敬濟到西門府上，然後主要表現西門慶在這次彈劾事件中的作為。作者寫到西門慶也確是泥菩薩過江自身難保，聽到這個消息立即慌了手腳。他將這五兩銀子交吳主管（吳典恩），讓他連夜往縣裏承行房裏，抄錄一張東京行下來的文書邸報來看。「他不看萬事皆休，看了耳邊廂只聽颼的一聲，魂魄不知往哪裏去了。」於是一方面即忙打點金銀寶翫，派家人來保、來旺絕早起程上京；一方面緊閉大門，既停止花園工程，也將娶李瓶兒的勾當丟到九霄雲外去了。一向張狂的西門慶，何致如此？

實因朝廷要查辦的楊戩的親黨中赫然寫有「西門慶」三個大字。科道認定他們為「鷹犬之徒，狐假虎威之輩，揆置本官，倚勢害人；貪殘無比，積弊如山；小民蹙額，市肆為之騷然。乞敕下法司，將一干人犯，或投之荒裔，以禦魑魅，或置之典刑，以正國法，不可一日使之留於世也。」（第十八回。按，判詞依《金瓶梅詞話》）此即判了他的死刑。事態的發展如蔡京之子蔡攸所說：「楊老爺的事，昨日內裏有消息出來，聖上寬恩，另有處分了。其手下用事有名人犯，待查明問罪。」也就是說主子無事，走狗倒可能被烹。西門慶雖為「交通官吏」的老手，此時也不能不心驚肉跳。於是風風火火地派人上京，花錢通過蔡京之子的門路找到當朝右相、資政殿大學士兼禮部尚書李邦彥府上。西門慶的家人之所以繞道找到李府，實如蔡攸所言：「蔡老爺亦因言官論列，連日回避。閣中之事，並昨日三法司會問，都是右相李爺秉筆。」但實際起作用的仍為「蔡爺」的面子加金錢，來保見蔡攸時從袖中取出揭帖遞上，蔡攸見帖上寫著「白米五百石」，才願指

點迷津,並派管家高安引來保等到了李府。不然,他們能進李府的門嗎?來保送蔡攸揭帖上寫「白米五百石」,即白銀五百兩。稱銀為米,乃明代通行隱語。李見是「蔡大爺分上,又是你楊老爺親」,又「見五百兩金銀只買一個名字,如何不做分上?即令左右抬書案過來,取筆將文卷上西門慶名字改作賈慶,一面收上禮物去」。就這樣,一場由朝廷直接受理的案子頓時被一筆勾銷。漫道「國法」如山,頃刻被西門慶們的金錢所摧毀。

第一次被彈劾時,西門慶尚為「一介鄉民」。第二次被彈劾,他已是提刑所理刑。西門慶上任未久,就私放了謀財害命的苗青。那苗青本不是智取生辰綱的晁蓋,西門慶自然也不是私放晁蓋的宋江。他的行徑完全是貪贓賣法。他身為政府司法官員,卻玩國法於股掌之中。不料此事被曾御史以「參劾貪肆不職武官,乞賜罷黜,以正法紀事」為由重重地參了一本:

> 參照山東提刑所掌刑金吾衛正千戶夏延齡:⋯⋯
> 理刑副千戶西門慶:本係市井棍徒,夤緣升職,濫冒武功,菽麥不知,一丁不識。縱妻妾嬉遊街巷,而帷薄為之不清;攜樂婦而酣飲市樓,官箴為之有玷。至於包養韓氏之婦,恣其歡淫,而行檢不修;受苗青夜略之金,曲為掩飾,而贓跡顯著。此二臣者皆貪鄙不職,久乖清議,一刻不可留任。(第四十八回)

乍見邸報,西門慶不免有些驚慌。但此時他到底較上次老練,馬上回過神與前來討主意的夏提刑說:「常言兵來將擋,水來土掩。事到其間,道在人為。少不的你我打點禮物,早差人上東京,央及老爺那裏去。」「老爺」即蔡太師。於是夏提刑急急作辭,到家拿了二百兩銀子,兩把銀壺;西門慶這裏是金鑲玉寶石鬧妝一條,三百兩銀子。夏家差了家人夏壽,西門慶這裏是來保。西門慶寫了一封書信與蔡太師管家翟謙,星夜趕往東京。果然錢能通神。收了禮,蔡太師府上的翟管家說:等曾御史的本到,他就對老爺說,「隨他本上參的怎麼重,只批『該部知道』。老爺這裏再拿帖兒分付兵部余尚書,只把他的本立了案,不覆上去。隨他有撥天關本事,也無妨。」——這就叫時下所謂「冷處理」。殊不知當西門慶派到東京走後門、通關節的人打馬回府時,曾御史的本還在驛馬背上的黃包袱裏,尚未送到京呢。

具有諷刺意義的是,曾御史為「正法紀」經過一番奮鬥,前事未了,繼而又上章極言蔡京所陳七事內多舛訛,分散了目標,授人以柄。結果卻被蔡京等暗算,先黜為陝西慶州知州。而陝西巡按御史宋盤乃蔡京之子蔡攸的妻兄,宋盤按蔡京旨意,「劾其私事,逮其家人,鍛煉成獄,將孝序除名,竄於嶺表,以報其仇」(第四十九回)。歷史上的曾孝序確與蔡京有過過節。為外官時,路過京師與蔡京論理財事,他說:「天下之財,貴

於流通；取民膏血，以聚京師，恐非太平法。」令蔡京不快。後蔡京行結糶俵糶之法，他又上疏云：「民力殫矣。民為邦本，一有逃移，誰與守邦。」蔡京益怒，遂鍛煉成獄，竄於嶺表，遇赦歸（《宋史·曾孝序傳》）。不過，在歷史上曾孝序雖然未遇到「這一個」西門慶，卻未必沒遇到西門慶之類。

小說中寫到：「巡按曾公見本上去不行，就知二官打點了，心中忿怒。因蔡太師所陳七事（按，即更鹽鈔法、結糶俵糶法等，見第四十八回），內多舛訛，皆損下益上之事，即赴京見朝覆命，上了一道表章。極言天下之財貴於流通，取民膏以聚京師，恐非太平之治，民間結糶俵糶之法不可行，當十大錢不可用，鹽鈔法不可屢更：『臣聞民力殫矣，誰與守邦？』蔡京大怒，奏上徽宗天子，說他『大肆倡言，阻撓國事』。」從史實到小說，情節、結局乃至語言都相似，只是小說為敘述方便，將兩事並作一事來寫。

曾孝序似乎是《金瓶梅》世界中惟一的亮色。這個形象的塑造，是那黑暗王國中的一線光明：舉世滔滔，唯我獨清。既為御史，就盡御史之職，知其不可為而為之。曾孝序以合法的途徑去維護法律的尊嚴，西門慶卻以非法手段掩蓋他的枉法行徑。兩相較量，因有金錢與權勢（蔡京）的介入，結果是「巨貪」打敗「反貪」，「枉法」擠垮「執法」。反貪的御史落入法網，被劾的貪官不僅逍遙法外，還節節攀高。西門慶三年期滿考績時，倒被宋御史大大美言一番，給他的考語為：「才幹有為，精察素著。家稱殷實而在任不貪，國事克勤而台工有績。翌神運而分毫不索，司法令而齊民果仰」，認為「宜加轉正，以掌刑名」（第七十回）。可以說完全是推倒了曾御史的彈劾。西門慶果然被「轉正」，而夏提刑調任京官當鑾簿（儀仗官）。試想，在西門慶之流的心目中有何國法可言，還有何公道可言？！

三、「全是錢老爹這封書，十車貨少使了許多稅」

稅收不僅是國家財政的主要來源，也是國家調節產業佈局的重要手段。關於「商稅」，明初曾有過一段較為開明的時期。《明史·食貨志》載：

> 關市之徵，宋元頗繁瑣，明初務簡約，其後增置漸多，行齎居鬻，所過所止，各有稅。其名物件，析榜於官署，按而徵之。

稅率規定為：「凡商稅三十而取一，過者以違令論。」對於濫收稅的官員，朱元璋並不賞識，說是「稅有定額，若以恢辦為能，是剝削下民，失吏職也」。然愈往後來稅收卻不斷升級。至《金瓶梅》問世的萬曆年間，「私擅抽稅，罔利害民，雖累詔察革不能去也。」以致：

> 中官（太監）遍天下，非領稅，即領礦，驅脅官吏，務朘削焉……奸民納賄於中官，輒給指揮千戶箚，用為爪牙。水陸行數十里，即樹旗建廠。視商賈懦者，肆為攘奪，沒其全貨，負戴行李亦被搜索。又立土商名目，窮鄉僻塢，米鹽雞豕，皆令輸稅，所至數激民變。（《明史·食貨志》）

《金瓶梅》第五十八回寫到，韓道國從杭州販運一萬兩銀子的緞絹貨物，「見今直抵臨清鈔關，缺少稅鈔銀兩，未曾裝載進城。」

第七十七回寫到，崔本從湖州販運一千兩銀子的緞絹貨物到臨清碼頭，「教後生榮海看守貨物，便雇頭口來家，取車稅銀兩」。

這兩段文字即反映，《金瓶梅》時代販運貨物必須過關納稅，否則就不能運貨進城。不僅商品如此，即使是采置的禮品甚至家庭日用品也要過稅。第二十五回寫到，來旺從杭州採辦抵臨清碼頭，先回家告訴西門慶說：「杭州織造蔡太師生辰的尺頭並家中衣服，俱已完備，打成包裹，裝了四箱，搭在官船上來家，只少雇夫過稅。」那為慶賀蔡京生辰定做的錦蟒衣等自然是貴重禮物，家中衣服是日用品，因沒過稅就只得「押著許多駄垛箱籠船上」。

何況西門慶多有長途販運的商品，數量巨大，若如數納稅，金額一定不少。為此，西門慶絞盡腦汁，上下疏通，買通關卡，偷稅漏稅。如上述第五十八回韓道國押貨船到臨清碼頭，因未交足稅鈔，不得進城，「西門慶叫陳敬濟後邊討五十兩銀子來，令書童寫一封書，使了印色，差一名節級，次日早起身，一同去下去與關上錢老爹，叫他過稅之時青目一二。」結果是：「火到豬頭爛，錢到公事辦」，——其實是錢到私事辦——西門慶只象徵性地納了少許稅銀就順利過關。

韓道國向西門慶「彙報工作」時，兩人有段精彩的對話：

> 西門慶因問：「錢老爹書下了，也見些分上不曾？」韓道國道：「全是錢老爹這封書，十車貨少使了許多稅錢。小人把段箱兩箱並一箱，三停只報了兩停，都當茶葉、馬牙香，櫃上稅過來了。通共十大車貨，只納了三十兩五錢鈔銀子。老爹接了報單，也沒差巡欄下來查點，就把車喝過去了。」西門慶聽言，滿心歡喜，因說：「到明日，少不的重重買一分禮，謝他。」（第五十九回）

以 1/30 的稅率，西門慶這次漏稅三百兩；以 1/20 的稅率，他則漏稅銀四百七十兩。應伯爵說西門慶這趟緞絹貿易「決增十倍之利」，卻是個保守的預算，因為他根本沒將西門慶買進賣出的反覆偷稅漏稅計算在其中。

來保從南京裝回了二十大車的貨物（包括行李），使了後生王顯上來取車稅銀兩，西

門慶照樣「差榮海拿一百兩銀子，又具羊酒金段禮物謝主事」，並寫了一封「此貨過稅，還望青目一二」的信。結果自然又是順利過關。不過西門慶也不是過河拆橋的角色，他懂得留有後路，方可將這偷稅漏稅的買賣來日方長地做下去。「到明日，少不的重重買一分禮，謝那錢老爹（稅官）。」

西門慶不僅自己偷稅漏稅，還利用他的關係，幫助別人幹此勾當，他從中得回扣。揚州鹽商王四峰等，可能是偷稅漏稅露了馬腳，又沒打點好官府，被安撫使送到監獄中去了。「許銀二千兩，央西門慶對蔡太師討人情釋放。」經西門慶周旋，蔡太師果然差人下書與巡撫說了，「書到，眾鹽客都牌提到鹽運司，與了勘合，都放出來了。」二千兩銀子，西門慶只送了一千兩，跑腿的來保也從中賺了五十兩。

四、「盜了西王母的女兒，也不減我潑天富貴」

封建禮制規定：「衣服有別，宮室有度」（《荀子》）。據《明史・輿服志三》云：「天順二年定官民衣服不得用蟒龍、飛魚、鬥牛、大鵬、像生獅子、四寶相花、大西番蓮、大雲花樣，並玄、黃、紫及玄色、黑、綠、柳黃、薑黃、明黃諸色。……十六年，群臣朝於駐蹕所，兵部尚書張瓚服蟒，帝怒，諭閣臣夏言曰：『尚書二品，何自服蟒？』言對曰：『瓚所服乃欽賜飛魚服，鮮明類蟒耳。』帝曰：『飛魚何組兩角？其嚴禁之。』於是禮部奏定，文武官不許擅用蟒衣，飛魚、鬥牛、違禁華異服色。……錦衣衛指揮、侍衛者仍得衣麒麟，其帶俸侍衛及千百戶雖侍衛，不許僭用。」西門慶僅個五品官員，竟堂堂正正地穿起「青段五彩飛魚蟒衣，張爪舞牙，頭角崢嶸，揚鬚鼓鬣，金碧掩映，蟠在身上」。應伯爵見了，竟「嚇了一跳」。為什麼呢？因為這衣本是皇帝送給何太監的，按明制為一品蟒衣，西門慶竟從何太監手裏弄來，穿上招搖起來，視同兒戲。可見在這個暴發戶心目中，禮教觀念早蕩然無存了。

李瓶兒尚知：「買賣不與道路為仇」，西門慶卻毫無行業道德，或乘人之危，打劫客商，如壓價收購川廣、湖州客商的滯留貨物；或尋機挑釁，搗人店鋪，如收買流氓把蔣竹山一個「好不興隆」的生藥鋪打個稀爛，說是他「在我眼皮子跟前開鋪子，要撐我的買賣」（第十九回）。西門慶搗毀蔣竹山的生藥鋪做得很藝術。他找來兩個光棍──張勝與魯華──來治蔣竹山為他出氣（在他家出事期間倒踏門娶了李瓶兒，又用李瓶兒的銀子開了生藥鋪）。張、魯誣賴蔣欠債不還，魯動手而張動嘴，裝模作樣地兩邊相勸。蔣氣得大喊大叫，張卻一味冷幽默，說蔣「你又吃了早酒了！」話音未落，魯又是一拳，「教他臉上開果子鋪」。兩個光棍一唱一和，配合默契，勝似那些大紅大紫的小品藝術。蔣喊冤報警卻被拴入衙門，夏提刑的判詞也別具一格：「看這廝咬文嚼字，就像個賴債的」。

又被痛責三十大板，打得鮮血淋漓。所有這一切，幾乎都由著名導演西門慶一手策劃。

古語云：「盜亦有道」。流氓也該是義字當先。西門慶十兄弟雖有「桃園三結義」之形，卻無「桃園三結義」之實。西門慶雖有抹掉吳典恩借銀的「月利五分」以及周濟窮得無米下鍋的常時節的義舉，在幫閒兄弟中博得個「仗義疏財」「輕財好施」「天道好還」等美名，在當代某些評論家那裏也獲得了有如「《水滸傳》裏的魯達精神」之類的美譽。其實西門慶在幫閒兄弟間的略事點染，與梁山好漢的劫富濟貧不可同日而語。更何況即使是在幫閒兄弟之間，更多的也是爾虞我詐、勾心鬥角。西門慶十人在玉皇廟昊天上帝座前焚燭跪拜開讀的疏文何等堂皇：「伏為桃園義重，眾心仰慕而敢效其風……況四海皆可兄弟，豈異姓不如骨肉？」然於跪拜結盟之前，已有應伯爵等人在集資酬神的銀兩分量成色上作了手腳，結盟之後即有西門慶對花子虛占妻謀財的傑作。哪裏還有半點義氣可言？

作為封建宗法家族的一家之長，西門慶建立的也不是一個禮儀之家，而是個危機四伏的所在。撇開男性不論，僅女性世界也是戰火彌漫。西門慶則是這個家庭種種戰爭的根源。蔣竹山在李瓶兒面前對西門慶的評說，頗為尖銳：

> 苦哉，苦哉！娘子因何嫁他？……此人專在縣中抱攬說事，舉放私債，家中挑販人口。家中不算丫頭，大小五六個老婆，著緊打趣棍兒，稍不中意就令媒人領出賣了。就是打老婆的班頭，坑婦女的領袖。娘子早時對我說，不然進入他家，如飛蛾投火一般，坑你上不上下不下，那時悔之晚矣。（《金瓶梅詞話》第十七回）

即使與「情人」相交，西門慶也無多少情義可言。宋惠蓮曾與西門慶得意過一番，終被西門慶坑害得家破人亡。她臨死時對西門慶有段精彩的批判：

> 爹，你好人兒！你瞞著我幹的好勾當兒！還當說甚麼孩子不孩子，你原來就是個弄人的劊子手，把人活埋慣了。害死人，還看出殯的！（第二十六回）

財富與惡劣為伴，在自大狂西門慶心目任何宗教信仰似乎都喪失了感召力與約束力。西門慶信過佛——「拿了數兩銀錢，二鬥白米齋襯」，為武大請僧人超度亡魂；款待西域胡僧；「捨財助建」永福寺等。還信過道——玉皇廟打醮，給兒子起道號「吳應元」；李瓶兒病危，請五嶽觀潘法師驅邪；又信卜祝——請吳神仙相面；又信巫覡——請陰陽徐先生問葬；又信天地鬼神——進京遇風，受了驚嚇返家即「滿爐焚香，對天地位下告許願心」。但說到底，他又什麼都不信。他的哲學就是：「咱只消盡這家私，廣為善事，就使強姦了嫦娥，和姦了織女，拐了許飛瓊，盜了西王母的女兒，也不減我潑天的富貴。」（第五十七回）真是「銅臭驅散了一切宗教的靈光，在狂妄的褻仙謗佛中污辱了各

種美的象徵和幻想，連同最美的三位仙女以及道教女仙領袖都被踐踏到淫蕩的泥坑中了」。[4]

五、從「禮崩樂壞」到「乾坤顛倒」

西門慶之所以能如此瘋狂，如此全面地瓦解與破壞封建社會一切現存制度與秩序，原因是多方面的。

首先在於西門慶所處的時代──明代中後期（小說中則是假託宋朝），是個「禮崩樂壞」乃至「天崩地解」（王夫之語）的時代。說起那個時代，《金瓶梅詞話》第一回寫道：

> 宋徽宗皇帝政和年間，朝中寵信高、楊、童、蔡四大奸臣。以致天下大亂，黎民失業，百姓倒懸，四方盜賊蜂起，罡星下生人間，攪亂大宋花花世界，四處反了四大寇。

而《金瓶梅》第一百回則又是一番模樣：

> 卻說大金人馬搶過東昌府來，看看到清河地方。只見官吏逃亡，城門晝閉，人民逃竄，父子流亡。但見：煙生四野，日蔽黃沙。封豕長蛇，互相吞噬；龍爭虎鬥，各自爭強。皂幟紅旗，佈滿郊野；男啼女哭，萬戶驚惶。強軍猛將，一似蟻聚蜂屯，短劍長槍，好似森林密竹。一處處死屍朽骨，橫三豎四；一攢攢折刀斷劍，七斷八截。個個攜男抱女，家家閉戶關門。十室九空，不顯鄉村城郭；獐奔鼠竄，那存禮樂衣冠。

兩者呼應，自然提示著「內亂」與「外患」的必然聯繫。《金瓶梅》第七十一回寫西門慶眼中的宋徽宗：

> 這皇帝果生得堯眉舜目，禹背湯肩。才俊過人：口工詩韻，善寫墨君竹，能揮薛稷書，通三教之書，曉九流之典。朝歡暮樂，依稀似劍閣孟商王；愛色貪花，仿佛如金陵陳後主……

這實則春秋之筆。試看劍閣孟商王乃蜀主孟昶，一味「打毬走馬，又為方士房中之術，多采良家子以充後宮」（《新五代史·後蜀世家》），終亡國於宋。金陵陳後主為江南陳國的末代皇帝陳叔寶，他「生深宮之中，長婦人之手……寄情於文酒，昵近群小」（《陳書·

4　楊義：〈《金瓶梅》：世情書與怪才奇書的雙重品格〉，《文學評論》1994 年第 5 期。

後主紀》），隋軍一到，即為亡國之囚。

以後蜀主與陳後主來比喻宋徽宗，實在妙不可言。這朝歡暮樂、愛色貪花的皇上，好像是更高檔次的西門慶。一朝天子一朝臣，有其君必有其臣。有此君主才會有四大奸臣的被寵信，才會有內亂、外患的蜂起。

一切都在腐敗，都在墮落，都在霉爛，所以一個流氓在其間能為所欲為，乃至肆無忌憚。在一個正常的時代與社會，怎麼可能設想那位極人臣的蔡京會與一介鄉民、地痞流氓的西門慶打得火熱，為之封官進爵、護短遮過，乃至共同貪贓賣法，甚至帶他去見「聖上」……真是不可思議！若不是蘭陵笑笑生以刀筆層層解剖，僅看他與底層人士的交往，換一個時代與角度或許還能獲得與民眾打成一片的「公僕」的美譽哩。不過，以西門慶來逆推，蔡京所代表的政府本為流氓政府，西門慶不過那流氓政府的派生物而已。西門慶在那裏當然會如魚得水，遊刃有餘！

其次在於西門慶是個不甚讀書的混世魔王，他心無規範、目無法紀，因而格外膽大妄為。當一個天不怕地不怕的混世魔王作起惡、弄起邪，世界還有什麼規範能阻擋他，還有什麼制度與秩序不被他打得花落水流。但西門慶似乎又懂得如何在封建社會遊戲規則的掩護下去破壞那個社會的遊戲規則，這就比一般蠻橫光棍的「殺傷力」更勝一籌了。

西門慶雖未必真的如曾孝序在彈劾狀中所說「一丁不識」。但他又未必如有的研究者所說，「是個有文化的人」。加拿大學者劉烈稱《水滸傳》中的西門慶為「一西」，《金瓶梅》中的西門慶為「二西」以視區別。他說：二西的知交揚州苗員外曾對兩個要送給二西的歌童說：「況兼他性格溫柔，吟風弄月……」；牙婆稱他「諸子百家，拆白道字，眼見就會」；二西又改過韓道國送給衛門的帖；批評過水秀才的才學。二西還是個極喜文物書畫的人，宋御史到他家中，見「堂廡寬廣，院中幽深，書畫文物極一時之盛，又見掛著一幅三陽捧日橫批古畫……」於是劉烈認定：「二西是個好書畫的人，至少是個秀才。」[5]

劉烈之言，不失為大膽的假設，卻又不免失之於皮相。西門慶的書房的佈置一為擺排場，二為附庸風雅。而其書房的功能實則一為書童處理禮尚往來之「寫字樓」，二為他與書童行使「南風」之「風月樓」。「吟風弄月」「拆白道字」「臧否秀才」乃流氓本色。牙婆懂什麼「諸子百家」，信口胡謅而已，不足為據。西門慶實則不甚讀書，識字不多。最明顯不過的是，第四十八回，來保自京城帶回報道蔡京經濟改革七項舉措的邸報，這對剛從彈劾案中緩過神的西門慶來說，實為重要資訊，但他只見上面許多「字

5　劉烈：《西門慶與潘金蓮──金瓶梅詞話主人公及其他》，哈爾濱：黑龍江教育出版社，1989年，頁63-64。

樣」（張竹坡批云：「字樣」二字妙色，是不識字人眼中物也）不認識。假若西門慶真的是秀才之類的文化人、讀個邸報還這麼費事嗎？

西門慶不斷變換角色，他雖不甚讀書，他卻能迅速適應新的角色、進入新的角色，當乾爹與當乾兒，當主人與當奴才，當光棍與當千戶……在奴才面前為主子，在主子面前為奴才，在紅燈區、在衙門、在宴席、在相府，他各有一套話語，雅得那麼俗與俗得那麼雅，似乎都各得其所。西門慶以他不雅不俗、亦雅亦俗，不倫不類、亦倫亦類的話語，創造了一門有別於傳統文化、又適應他生存環境的特殊文化──西門慶文化。這樣一個流氓，他就能對封建社會的方方面面進行深入骨髓的破壞，而不滿足於表面作惡。

再次在於西門慶有著揮霍無度卻迅速增值的潑天富貴。「守著一庫金銀財寶」，這是道婆為西門慶所畫的精神肖像。《金瓶梅》以為人物命名構建了一個金錢世界：西門慶號「四泉」，蔡狀元名蘊號「一泉」，何永壽字「天泉」，王三官名寀號「三泉」，宋御史，名喬年，字松原，特注「松樹之松，原泉之原」，也與「泉」有點聯繫。有人據此推斷蘭陵笑笑生可能與「泉城」濟南有關，聊備一說。但《金瓶梅》中人物以「泉」為號，實寓為「錢」而已。以「泉」為號，既見當時之風尚，更是西門慶們之「風采」。道婆為西門慶畫像，只說對了一半，西門慶有一庫金銀財寶，但不死守著它。「（金錢）兀那東西，是好動不喜靜的，曾肯埋沒在一處？也是天生應人用的，一個人堆積的，就有一個人缺少了。因此積下財寶，極有罪的。」（第五十六回）這就是西門慶的通貨觀。因而不管碰上誰，也不管碰上什麼事，他都捨得，都敢於並善於用金錢去砸。用作者的話說，西門慶「原是一個散漫好使錢的漢子」。「揮金買笑，一擲巨萬」，因而有形形色色的婦女，包括那頗有身分的林太太，都可以拋棄一切廉恥，投身於他懷抱。「富貴必因奸巧得，功名全仗鄧通成」，有了錢，沒有官可以買到官，沒有權可以買到權。「火到豬頭爛，錢到公事辦」，有了錢就可以貪贓賣法。金錢是法律的主人，法律是金錢的奴僕，金錢可使違法者逍遙法外，法律可使主事者財源滾滾來。一切成了錢權交易，還有什麼法律尊嚴，還有什麼公理道德？

在那「金令司天，錢神卓地」，「錢可通神」的封建末世，在那「禮崩樂壞」的晚明時代，在那濁氣逼人的十六世紀末年，西門慶以金錢為前茅，真是所向披靡、無堅不摧。簡直弄得乾坤顛倒，日月無光：「緊著起來，朝廷爺一時沒錢使，還問太僕寺借馬價銀子來使」，「娘子是甚怎說話！想朝廷不與庶民做親哩？」──封建社會一切神聖原則都在他們面前土崩瓦解。

如果你是站在批判封建制度的立場上，如果你同意恩格斯關於「惡是歷史發展的動力藉以表現出來的形式」，「人的惡劣的情欲──貪欲與權勢欲成了歷史發展的槓桿」

的論述。[6]那麼，你在厭惡、抨擊以至詛咒西門慶之餘，你會驚訝地發現這個超級流氓竟有如此輝煌的業績，在他的身上竟表現著那麼偉大的革命性：他以自己的流氓行徑加速了一個時代、一個社會、一個政府全面的墮落、腐敗與崩潰。這就是一個流氓的神話。

　　或許就是那光輝業績與偉大革命性，使西門慶的形象複雜起來了，致使不少研究者為之困惑，對他有種種理解與誤解，以致我們要花費較大的篇幅去討論西門慶的階級屬性、西門慶的性意識，西門慶的喜劇結局，從而破譯這個流氓的神話，去真正認識與把握「這一個」流氓的意義。

6　恩格斯：〈路德維希·費爾巴哈和德國古典哲學的終結〉，《馬克思恩格斯選集》，第 4 卷，頁218。

流氓的寓言
——西門慶「新興商人」說質疑

一、張竹坡的審美感覺：西門慶是混賬惡人

明人廿公首倡《金瓶梅》「寓言說」：

> 《金瓶梅》傳為世廟時，一巨公寓言，蓋有所刺也。然曲盡人間醜態，其亦先師不
> 刪〈鄭〉〈衛〉之旨乎？中間處處埋伏因果，作者亦大慈悲矣。（〈金瓶梅跋〉）[1]

明人袁中道在《遊居柿錄》也有云：

> 舊時京師，有一西門千戶，延一紹興老儒於家。老儒無事，逐日記其家淫蕩風月
> 之事，以西門慶影其主人，以餘影其諸姬。瑣碎中有無限煙波，亦非慧人不能。
> （同上）

這些「提示」，將人們的注意力引向對「隱去」的真人真事的求索。而清人張竹坡在評
點《金瓶梅》時，特撰有一篇長文〈金瓶梅寓意說〉，將讀者的眼光拉向文本。他說：

> 稗官者，寓言也。其假捏一人，幻造一事，雖為風影之談，亦必依山點石，借海
> 揚波。故《金瓶》一部，有名人物，不下百數，為之尋端競委，大半皆屬寓言。
> 庶因物有名，託名摭事，以成此一百回曲曲折折之書。[2]

張竹坡或循人（物）名稱之諧音去求索寓意，或從器物的特徵去類比推衍人物之間的聯
繫與命運，但說得過於牽強。

不過，我們最想聽到的還是張竹坡對小說主人公西門慶及其他人物的評說。他說：

1　朱一玄：《金瓶梅資料彙編》，頁 177。
2　朱一玄：《金瓶梅資料彙編》，頁 418-419。

西門慶是混賬惡人，吳月娘是奸險好人，玉樓是乖人，金蓮不是人，瓶兒是癡人，春梅是狂人，敬濟是浮浪小人，嬌兒是死人，雪娥是蠢人，宋惠蓮是不識高低的人，如意兒是頂缺之人。若王六兒與林太太等，直與李桂姐輩一流，總是不得叫做人。而伯爵、希大等輩，皆是沒良心的人。兼之蔡太師、蔡狀元、宋御史，皆是枉為人也。[3]

我們並不指望張竹坡能為西門慶的定性尋找到惟一不可或移的名詞，也慶倖他能以「人」的標準去感覺、去衡量他所評點的種種金瓶人物，儘管他不可能懂得什麼「文學就是人學」的學理。就西門慶而言，「西門慶是混賬惡人」云云卻不免空泛了一點。

在張竹坡之前，有東吳弄珠客在〈金瓶梅序〉中說：「借西門慶以描畫世之大淨，應伯爵以描繪世之小丑，諸淫婦以描畫世之醜婆淨，令人讀之汗下。蓋為世戒，非為世勸也。」[4]這「大淨」是戲曲舞台上的角色定位，非社會舞台上的角色定位；就審美而言，則是憑抽象的道德觀念感覺出來的「審美印象」。

張竹坡之後，「惡霸」「地痞」「色鬼」「淫棍」「壞蛋」「衣冠禽獸」等等，也無一例外不是出於某種審美感覺。感覺不失為審美的第一動力，但審美似乎又不能僅僅停留於感覺，而當以此為起點前進再前進，方可達到理性分析的層面。

二、鄭振鐸、吳晗之後：
「三位一體」說與「新興商人」說的對峙

流氓西門慶到底是哪個階級的代表人物？據說弄清這個問題是研究《金瓶梅》的起點。在《金瓶梅》研究史上，最早對西門慶進行階級分析的，大概要數鄭振鐸與吳晗。鄭振鐸說：「西門慶一生的發跡的歷程，代表了中國社會——古與今的——裏一般流氓，或土豪階級的發跡的歷程。腐敗的政治，黑暗的社會，竟把這樣的一個無賴，一帆風順的『日日高升』，居然在不久，便成一縣的要人，社會的柱石？這個國家如何會不整個的崩壞？不必等金兵的南下，這個放縱的、陳腐的社會已是到處都顯著裂罅的了。」[5]

吳晗說，《金瓶梅》「以批判的筆法，暴露當時新興的結合官僚勢力的商人階級的醜惡生活，透過西門慶的個人生活，由一個破落戶而土豪、鄉紳而官僚的逐步發展，通

3　張竹坡：〈金瓶梅讀法〉，朱一玄：《金瓶梅資料彙編》，頁432。

4　朱一玄：《金瓶梅資料彙編》，頁178。

5　鄭振鐸：〈談《金瓶梅詞話》〉，《文學》雜誌第1卷第1期（1933年7月）。

過西門慶的聯繫，告訴了我們當時封建階級的醜惡面貌，和這個階級的必然沒落」[6]這兩篇名文均寫於二十世紀三十年代，代表了那個時代《金瓶梅》研究的最高水準。其後數十年的中國「金學界」，只是對鄭、吳的觀點各作詮釋，構成兩水分流、兩峰對峙的景觀。

沿著「鄭說」軌道延伸的學者不在少數，乃至今天仍能見其影響。如 1948 年孟超把西門慶定為「豪門領袖」：「地主、官僚、商人、惡霸、市儈、流氓，額外再加少不了的色鬼欲魔，這一切的條件，都萃在他一人之身，於是他成了《金瓶梅》社會中至高無上的『第一人』，那群醜之中的『偉大』的領袖了！」[7]無非是說西門慶是古今說部中最壞的反面人物，只是羅列太甚，有惡諡拼盤之嫌。

1960 年出版北京大學中文系師生編著的《中國小說史稿》，則從孟超的大拼盤中撿起了三頂帽子扣在西門慶頭上，稱之為「官僚、惡霸、富商三位一體的封建勢力代表人物」。[8]

1978 年，這部屢經磨難的《中國小說史稿》，終於寫定為《中國小說史》時，給西門慶的定位仍為「官僚、惡霸、富商三位一體的典型人物」。只是說到這個形象產生的社會背景時，有了變化，更強調了資本主義因素的萌芽。說，西門慶「無疑是明中葉以來，商品經濟高度發展，資本主義因素在許多地區開始萌芽，封建階級和封建制度瀕於腐朽沒落，因而力圖垂死掙扎時期的特有產物。」[9]

由於北京大學《中國小說史》的鼓動，這貌似全面的「三位一體」論一度成了論述西門慶的權威觀點。上個世紀從六十年代任訪秋的〈略論《金瓶梅》中的人物形象及其藝術成就〉，到八十年代趙景深的〈《金瓶梅》題材、主題與人物〉等，幾乎都在重複或充實著這「三位一體」的宏論。

而吳晗的觀點，到上個世紀八十年代被人概括為「新興商人」說，然後不斷被發揚光大。先是 1981 年，徐朔方雖也重複西門慶「三位一體」的特徵，卻強調了其中的主導階級屬性：「是近代史上官僚資本家的遠祖，儘管具體歷史條件不同，他們之間的譜系還是聯得起來的。」[10]

繼而是 1983 年，章培恒則認定西門慶是明萬曆時期伴隨資本主義萌芽出現的上層市民形象：「他是以市民的身分，靠經商致富，再以此為憑藉，在政治上取得顯赫地位的。

6　吳晗：〈《金瓶梅》的著作時代及其社會背景〉，《文學季刊》創刊號（1934 年 1 月）。

7　孟超：《金瓶梅人物》，頁 160。

8　北京大學中文系：《中國小說史稿》，北京：人民文學出版社，1973 年，頁 190。

9　北京大學中文系：《中國小說史》，北京：人民文學出版社，1978 年，頁 180。

10　徐朔方：〈論《金瓶梅》〉，《論金瓶梅的成書及其他》，濟南：齊魯書社，1998 年，頁 4。

他之與封建統治集團狼狽為奸，說明當時的市民階層還不是一個獨立的政治力量；而他之得以爬上這樣的政治地位，又反映出當時的封建統治集團已不得不降尊紆貴，尋求市民中上層人物的助力，也就是反映了封建統治力量的削弱和市民階層的逐步壯大。」[11]

到 1987 年、1988 年，盧興基的〈《金瓶梅》——十六世紀一個新興商人的悲劇〉[12]（按，本書所引盧說，皆見此文，下不另注。）、〈十六世紀一個新興商人的悲劇故事——《金瓶梅》主題研究〉[13]、〈中國十六世紀的社會與《金瓶梅》的悲劇主題——論《金瓶梅》之二〉[14]等系列文章，將這一命題推到了登峰造極的境界。盧認為「西門慶是十六世紀中國的新興商人」，《金瓶梅》的主題是：「他給我們寫了一個新興的商人西門慶及其家庭的興衰，他的廣泛的社會網路和私生活，他是如何暴發致富，又是如何縱欲身亡的歷史，這是一齣人生的悲劇。」《金瓶梅》是我國長篇小說發展史上第一次以城市市民生活為題材，真實地描寫了明代中葉資本主義萌芽破土而出的社會變化，「以大膽的描寫衝擊著封建禮教和理學思想的統治，表現著一種完全嶄新的倫理觀和價值觀」，而「它的主人公西門慶，也正是在朝向第一代商業資產階級蛻變的父祖。他還沒有發育成型，並且仍舊帶著他所生存的那個封建母胎的不純性」，「這是一個在我國的封建末世出現的一個人物典型，具有巨大的歷史破壞性。如果中國的歷史繼續按照自己的方向正常運轉，他們就將是二千年封建社會的掘墓人」。盧說一度被視為對「三位一體」說的衝擊與「說不盡的《金瓶梅》」新增長點的標誌，在金學界廣為傳播與追蹤著，以至有專著詮釋此說。

近八十年來《金瓶梅》研究，幾乎皆以鄭振鐸、吳晗之論為起點，而終演變為如此對立的觀點，這是鄭、吳所始料未及的。

憑心而論，那「三位一體」說雖平列了西門慶形象中的某些特徵，但將其人物出身、作風與社會地位混為一談，非但算不得對人物的定性分析，反將鄭振鐸觀點中的合理成分取消掉了。「三位一體」說將「惡霸」換成「地主」時，仿佛以階級定性替代了以惡德為人物定性的做法，但「地主」實與西門慶掛不上。因為全書中西門慶只有一次土地交易，那就是買了趙寡婦的莊子，但他卻不是在經營土地或農產品，既不雇工，也不出租，而只是一種消費用地——擴大墓地，作遊樂場所。這在第三十回已有清楚的交代：

金蓮便問：「張安來說甚麼話？」西門慶道：「張安前日來說：咱家墳隔壁趙寡

11　章培恒：〈論《金瓶梅詞話》〉，《復旦學報》1983 年第 4 期。
12　《中國社會科學》1987 年第 3 期。
13　杜維沫等編：《金瓶梅研究集》，濟南：齊魯書社，1988 年。
14　中國金瓶梅學會：《金瓶梅研究》（1990 年），第 1 輯。

> 婦家莊兒連地要賣，價銀三百兩。我只還他二百五十兩銀子，叫張安和她講去。
> 裏面一眼井，四個井圈打水。若買成這莊子，展開合為一處，裏面蓋三間捲棚，
> 三間廳房，疊山子花園、井亭、射箭廳、打毬場，耍子去處，破使幾兩銀子收拾
> 也罷。」婦人道：「也罷，咱買了吧。明日你娘每上墳，到那裏好遊玩耍子。」

據此一次土地交易，顯然無法將西門慶定為「地主」。

當「三位一體」說者在西門慶產生的背景中加上「商品經濟高度發展，資本主義因素在許多地區開始萌芽」時，並沒有講清西門慶與這「萌芽」有何關係，也沒有講清一向被人們看好的「萌芽」怎麼會產生「市儈專政」。可見「三位一體」說貌似全面，而實難自圓其說，更難為西門慶定性。

而「新興商人」說，這顯然是人們對《金瓶梅》研究實現新突破的可貴努力的產物，也就格外引人注目。然其離小說及其所反映的社會實際卻更遙遠，因而需花更大氣力來分解。

三、「官商」西門慶：首先是「官」還是「商」？

「新興商人」說，是從吳晗文章中剝脫出來的。但此說提出者，卻將吳晗觀點割裂成自相矛盾的兩個側面，並自相設問：「不知吳晗先生的判斷中究竟是西門慶社會關係屬於封建階級，還是西門慶所屬的新興的商人階級應歸屬於封建階級？前者不符事實，後者自相矛盾。」

其實吳晗的觀點是一個不可分裂的整體。在吳晗那裏，所謂「新興商人階級」實為封建地主階級的一部分。在談到「商人階級」興起的原因時，吳晗說：「由於倭寇的肅清，商業和手工業的發達，海外貿易的擴展，國內市場的擴大，計畝徵銀的一條鞭賦稅制度的實行，貨幣地租逐漸發展，高利貸和商業資本更加活躍，農產品商品化的過程加快了。商人階級興起了。」對這些原因略加分析不外兩種情況：一為商品經濟發展的環境，二為商品經濟發展的政策。其環境如倭寇的肅清，國內外市場的擴展，則是封建國家的行為；其政策如一條鞭法，貨幣地租，亦為封建國家的法令。在封建國家所創造的經濟環境與經濟政策下發展起來的商品經濟，歸根到底只能是封建的商品經濟。在封建商品經濟中湧現出來的商人階級，也只能是封建階級的一部分。

吳晗所舉例子就充分證明了這一點，他說：「從親王勳爵官僚士大夫都經營商業，如楚王宗室錯處市廛，經紀貿易與市民無異。通衢諸綢帛店俱係宗室。間有三吳人攜負

至彼開鋪者，亦必借王府名色[15]。如翊國公郭勳京師店舍多至千餘區[16]。如慶雲伯周瑛於河西務設肆邀商賈，虐市民，虧國課。周壽奉使多挾商艘[17]。如吳中官僚集團的開設囤房債典百貨之肆。」總不能因為經商而將這些「親王勳爵官僚士大夫」從封建地主階級中剔出而列之於「資產階級」吧？當說到那「商人階級」與農民階級的關係時，吳晗的意思就更明白了。他說：「商人階級因為海外和內地貿易的關係，他們手中存有巨額的銀貨，他們一方面利用農民要求銀貨納稅的需要，高價將其售出，一方面又和政府官吏勾結，把商品賣給政府，收回大宗的銀貨，如此循環剝削，資本積累的過程，商人階級壯大了，他們日漸成為社會上的新興力量，成為農民階級新的吸血蟲。」吳晗進而說：西門慶的時代，西門慶這一階級人的生活，我們可以拿兩種地方記載來說明。《博平縣誌》卷四〈人道〉六〈民風解〉：

> ……由嘉靖中葉以抵於今，流風愈趨愈下，慣習驕吝，互尚荒佚，以歡宴放飲為豁達，以珍味豔色為盛禮。其流之於市井販鬻廝隸走卒，亦多纓帽緗鞋，紗裙細袴，酒廬茶肆，異調新聲，泊泊浸淫，靡焉勿振。甚至嬌聲充溢於鄉曲，別號下延於乞丐。……逐末遊食，相率成風。

截然地把嘉靖中葉前後分成兩個時代。崇禎七年刻《鄆城縣誌》卷七〈風俗〉：

> 里中無老少，輒習浮薄，見敦厚儉樸者窘且笑之。逐末營利，填衢溢巷，貨雜水陸，淫巧恣異，而重俠少年復聚黨招呼，動以百數，椎擊健訟，武斷雄行。胥吏之徒亦華侈相高，日用服食，擬於市宦。

所描寫的「市井販鬻」「逐末營利」商業發展情形和社會風氣的變化及其生活，不恰是《金瓶梅》時代的社會背景嗎？

可見這所謂新興商人階級既不改變封建社會的生產方式，也不將商業資本轉化為產業資本，只是在利用封建國家的政策，以售其奸，一方面利用他們的地位和權勢上下謀財，一方面利用手中的資財加上權力更加瘋狂地剝削、壓迫農民階級。

「新興商人階級」云云，其「新興商人」，蓋指明代中後期「這樣的一個時代，這樣的一個社會」的與官僚勢力相結合的新型商人，他們或由商而官，或由官兼商，並非職業性商人，而是官商。「官商」首先是官，其次才是商。官是社會地位所在，商是致富

15　包汝楫《南中紀聞》。

16　《明史》卷一三〇〈郭英傳〉。

17　《明史》卷三〇六〈周能傳〉。

的手段。其所經營的也只能是封建的商品經濟。而這裏的「階級」，義同「階層」。綜而言之，「新興商人階級」即新型的官商階層，其本為封建地主階級結構中的一個層次，而絕非獨立於封建地主階級之外的什麼新的階級。

吳晗勾勒的西門慶的歷程，恰恰是這麼個歷程：「由一個破落戶而土豪、鄉紳而官僚的逐步發展」，官僚是西門慶的終極地位與身分。那麼，封建官僚階級就是西門慶的階級歸屬，至於他曾為流氓、或土豪、或商人都不能改變這一點。如劉邦、朱元璋由流氓而皇帝，則絕不能因其流氓出身而改變他們作為皇帝的地位與身分，以及由此所確定的階級屬性。

四、西門慶發跡的關鍵：是「官」還是「商」？

西門慶在《金瓶梅》中只風光了大約七年時間，以二十七歲為界，其生涯可分為前後兩期。前期他只不過「一介鄉民」，此後，則以政府行政長官——理刑官的身分出現。前期共五年半的時間，占三十回篇幅，是全書的序幕；後期從第三十一回到第七十九回，只一年半時間，卻占全書一半的篇幅，是小說的正文；第七十九回西門慶死後，則是其故事的餘波。

作為序幕中的西門慶，只是與其父西門達在商場跌落的窘境相比較而言，算「發跡」了，其實此時他的財富相當有限。西門慶前期發跡之道有三：其一，交通官吏，尋找政治上的靠山；其二，交結流氓，以尋找安身立命的社會基礎；其三，發財致富，為其發跡提供經濟基礎。其致富之道，也非如「新興商人」論者所云：「依靠的主要是商業經營」。西門慶經商靠開生藥鋪起步，但這生藥鋪生財不多，直到西門慶生命的終點，生藥鋪也才值五千兩銀子。其前期致富在經商之外，還有三條財路：一為把攬說事過錢，如替鹽商王四峰等向蔡京說情，一次得銀千兩；二為吞沒親家陳洪家財；三為發妻財，娶孟玉樓、李瓶兒兩位富孀，都獲得了可觀的財產，這也叫借色取財。

孟玉樓原是清河縣南門外販布楊家的正頭娘子，丈夫去販布，死在外地，留下了不少錢財。據媒婆薛嫂的介紹：「手裏有一分好錢。南京拔步床也有兩張。四季衣服，插不下手去，也有四五隻箱子。金鐲銀釧不消說，手裏現銀子也有上千兩。好三梭布也有三二百筒。」一席話說得西門慶滿心歡喜。儘管中途殺出個張四百般阻撓，而且還有尚舉人為競爭對手，西門慶還是以勝利者姿態派家丁「七手八腳將婦人床帳、妝奩、箱籠，扛的扛，抬得抬，一陣風都搬去了」，正式續娶為三房（第七回）。

其實此前，西門慶早與潘金蓮勾搭成姦，謀殺了武大，充軍了武二，只等著將潘金蓮娶入門。論色藝，孟玉樓雖然也是「風流俊俏，百伶百俐」。（第七回）卻絕對無法與

金蓮相比擬。但作為曾為潘裁縫之女，王招宣府之藝童、張大戶之准妾、武大郎之妻的潘金蓮，除了風流美色之外別無物質財富。然魚我所欲也，熊掌亦我所欲也，兩者不可兼得。西門慶在這兩難之境中，只得暫時擱下美色去奪取財富。對此，張竹坡有評：

> 見西門慶既貪不義之色，且貪無恥之財，……寫出一玉樓來，則本意原不為色。
> 故雖有美如此，而亦淡然置之。見得財的利害，比色更屬害些，是此書本意也。
> （第七回）

而李瓶兒原是大名府梁中書（梁乃蔡京之女婿）的侍妾，後是花太監之侄花子虛之妻。花太監因病告老還鄉，在清河縣替花子虛夫婦置下房產。（第十回）花太監本有四個侄子：花子由、花子光、花子華和花子虛。花太監獨喜李瓶兒，反不怎麼相信四個侄子，告老還鄉後把許多錢財交付李瓶兒收藏。花太監死後，花子虛的三個兄弟只分一些床帳傢俱之類，於是他們三人聯名控告花子虛獨吞家財，花子虛因此被官府帶走。此時，李瓶兒一方面想打贏這場官司，一方面又趁機自謀後路。她搬出「六十錠大元寶，共計三千兩，教西門慶收去尋人情，上下使用」；繼而叫西門慶暗地運走她背著花子虛收藏的四箱櫃蟒衣玉帶，帽頂條環，「都是值錢珍寶之物」。花子虛雖被釋放，但被迫變賣房產莊田，將所得一千八百九十五兩銀子交花子由們瓜分。而家中「兩箱內三千兩大元寶又不見蹤影」，當他向李瓶兒追問時，反遭一頓臭罵；待設酒宴詢問西門慶，西門慶「躲得一徑往院裏去了」。花子虛終被西門慶與李瓶兒合夥活活氣死。花子虛死後，李瓶兒又拿出四十斤沉香、二百斤白蠟、兩罐子水銀、八十斤胡椒、二百兩銀子供西門慶支配。（第十四回）

李瓶兒實為西門慶一手製造的寡婦。李瓶兒之入西門府，使西門府上大為改觀。小說寫道：「西門慶自從娶李瓶兒過門，又兼得了兩三場橫財，家道營盛，外莊內宅煥然一新，米麥陳倉，騾馬成群，奴僕成行」，「又打開門面二間，兌出兩千兩銀子來，委傅夥計，齎第傅開解當鋪。」（第二十回）前期的西門慶至此才算紅火起來了。可見經商在西門慶的發跡史乃至致富史中未必起了決定性作用。

西門慶的前期，只是他人生道路的鋪墊。他真正的發跡在其送生辰擔給蔡京，換回個副千戶之後。且不說事前的做衣製帽，送往迎來，上下「熱亂」，單道「上任日期，在衙門中擺大酒席桌面，出票拘集三院樂工牌色長承應，吹打彈唱，後堂飲酒。日暮時分散歸。每日騎著大白馬，頭戴烏紗，身穿五彩灑線揉頭獅子補子員領，四指大寬萌金茄楠香帶，粉底皂靴，排軍喝道，張打著大黑扇，前呼後擁，何止十數人跟隨，在街上搖擺。上任回來，先拜本府縣，帥府都監，並清河左右衛同僚官，然後親朋鄰舍，何等榮耀施為！」（《金瓶梅詞話》第三十一回）西門慶的發跡，固然是錢權交易的產物，更是

他長期「交通官吏」的輝煌成果。發跡之後的西門慶從來沒忘記過自己作為政府官員的身分。皇親喬大戶與他結親，他竟說：

> 既做親也罷了，只是有些不搬陪些。喬家雖如今有這個家事，他只是個縣中大戶白衣人。你我如今見居著這官，又在衙門中管著事。到明日會親酒席間，他戴著小帽，與俺這官戶怎生相處？甚不雅相！（第四十一回）

「士別三日，當刮目相待」。一旦紗帽上頂，心中時刻惦記著個官字，自稱「居著這官」，「俺這官戶」，反嫌皇親是戴著小帽的「白衣人」。

西門慶在任期間「組織觀念」蠻強，即使在彌留之際還念念不忘給衙門送「假牌」去請假，以至來探病的同僚安慰他：「衙門中事，我每日委答應的遞事件與你，不消掛意。」可見西門慶是何等敬業，由此更可知西門慶對那官職是何等看重！綜觀其一生，不難發現，正因為西門慶當上個副千戶，且很快「轉正」了，他才有可能成為山東一方的中心人物：不僅有眾多的幫閒篾片、獻媚女性將他當作星座，圍之旋轉；就是上流社會中人如太師、太尉、巡撫、巡按、御史、狀元、太監、皇親，「哪個不與他心腹往來」？

但是，如果西門慶僅靠官俸過日子，雖為五品官，他仍只能是一個「窮官」。據《明史·食貨志》載，西門慶這個級別的正五品官員，或歲供祿米二百二十石，鈔百五十貫；或月俸祿米十六石。當時的官俸是米、鈔兼支，官位高者支米「十之四五」，官位低者支米「十之七八」。西門慶的薪水為米、鈔各半。而米價在明朝波動較大，米貴時一石可換鈔二十五貫，米賤時只十貫。有時是米、絹、鈔三者合一；又有「本色」「折色」之分，有點像有的單位拿實物抵工資。「自古官俸之薄，未有若此者。」——這是來自史官的歎息。

有過經商歷史的西門慶，一旦進入官場，就立即將自己變官商，將官場變為商場，為自己開闢廣闊的「錢途」。

正因為西門慶居官作宦，他才可能以權謀私，幹著錢權交易的勾當，既能在官場賣法貪贓，又能在商場投機倒把，他才真正暴發起來。西門慶於官場賣法貪贓已見上文，這裏只談商場中事。

「納粟中鹽」，是典型的錢權交易。歷代鹽是官賣，明代實行「中開制」，即根據邊防軍事或其他需要，允許商人以力役或實物向朝廷換取販鹽的專利執照（鹽引），然後憑引到指定場所支鹽，並在指定行鹽範圍內銷售。無引支鹽，即為私鹽，是要受到法辦的。但因是專賣，壟斷生意，所以利潤很大，鹽商往往大肆鑽營，大發其財。西門慶自然不會放過這宗美事。他與喬親家頭年合股在「邊上」納過一千兩銀子的糧草，從朝廷坐派淮鹽三萬引。這「舊派」鹽引，原同廢紙。因鹽之專賣利大，所以朝廷徵稅較重，立法

也較多。小說第四十八回寫蔡京向朝廷奏請七事之一就是「更鹽鈔法」，其中規定「限日行鹽之處販賣，如遇過限，並行拘收」。西門慶之「舊派」鹽引自在拘收之列。

西門慶何以能使舊派鹽引死而復活呢？

這正是權力效應。作為副千戶的西門慶，曾對蔡蘊（號一泉，蔡京之假子）有過兩次重大的感情投資，第一次是蔡蘊狀元及第回籍省親，由蔡京管家翟謙為中介兩頭串連，兩人建交。翟先與蔡蘊有言：「清河縣有老爺門下一個西門千戶，乃是大巨家，富而好禮。亦是老爺抬舉，見做理刑官。你到那裏，他必然厚待。」然後有信通報西門慶，云：「新狀元蔡一泉，乃老爺之假子，奉敕回籍省視，道經貴處，仍望留之一飯，彼亦不敢有忘也。」如此道來，兩人同屬蔡京黨羽，不看僧面看佛面，西門慶當然會熱情款待這蔡狀元。酒宴歌舞招待之外，還贈「金緞一端，領絹二端，合香五百，白金一百兩。」令蔡狀元感激不已，連連道謝：「不日旋京，倘得寸進，自當圖報」。（第三十六回）這是政和六年秋後的事。不到半年蔡狀元點了兩淮巡鹽御史，再次來到西門府上。西門慶對他則有更隆重的接待、更到位的侍候。僅宴席就耗資千兩金銀（可謂吞金咽銀），宴後專派「三陪小姐」滿足他「好的是南風」（即後庭花）的特殊愛好。

須知兩淮巡鹽御史，可是了不得的實權派官員。明代食鹽的重要生產地如長蘆（天津沿海）、河東（山西西南黃河灣）、兩淮（江蘇蘇北沿海）等處，由朝廷派監察御史全權管理這些地方的鹽務（生產、販運），均設有龐大的辦事機構，即鹽運使衙門。當時的所謂「官鹽」，並非真的由朝廷來專賣，而是分地區把食鹽的生產權與專賣權承包給鹽商，國家只管向他們徵收鹽稅，謂之「鹽課」（包括灶課、引課、雜課）。兩淮的鹽運使衙門設在揚州，是全國最大的鹽政機構。巡鹽御史，從三品。順便說，林黛玉的父親林如海也曾任過此職。

昔日蔡郎再度來已是有權有勢了。酒足飯飽之餘，蔡御史說：「四泉，有甚事只顧吩咐，學生無不領命。」西門慶見機提出：「去歲因舍親在邊上納過些糧草，坐派了些鹽引，正派在貴治揚州支鹽。望乞到那裏青目青目，早些支放，就是愛厚。」蔡御史爽快地回答：「我到揚州，你等徑來察院見我。我比別的商人早掣一個月。」西門慶道：「老先生下顧，早放十日就夠了」。蔡御史把西門慶遞上的原貼就袖在袖內，只傾情地享受酒色之樂，別的無須再說。官官相衛，「舊派」鹽引不但沒被拘收，蔡御史還讓西門慶比別的商人早掣取鹽一個月（西門慶說「早放十日就夠了」）。

明嘉靖、萬曆年間，每大引合鹽四百斤，每小引合鹽兩百斤。三萬引鹽，起碼折鹽六百萬斤，合三千噸，足裝一列火車。即使在今天也是一筆大買賣。在商品經濟生活中，時間就是金錢。這麼多的鹽提前一天投放市場都會有可觀的利潤，更何況比別人早一個月呢？這就是封建權力的效應。這中間既有他兩次對蔡一泉享以酒色、授以厚禮的功效，

又有他身為政府官員，憑藉著手中的權力，享有別的商人無法享受的特權。相對而言，後者或許更重要，更起決定性作用。連作者都慨歎：公道人情兩是非，人情公道最難為。若依公道人情失，順了人情公道虧。在官官相衛的連鎖結構中哪裏還有什麼公道可言？而所謂人情亦以勢利為前提。中國人都聽得懂，所謂「人情」「人事」就是「私情」。

西門慶的暴發實以「三萬引鹽」為契機。那三萬引鹽未運到清河地面，他中途就傾銷掉了，然後以這賺來的錢在杭州、南京採買緞絹之類貨物三十大車，價值大約三萬兩銀子。他與喬親家合開的緞子鋪開張第一天，就「賣了五百餘兩銀子」，沒多少時間韓夥計就說，兩邊鋪子共賣了六千兩銀子。西門慶立即將這六千兩銀子用來擴大再經營，其中二千兩「著崔本往湖州買綢子去」，四千兩「與來保往松江販本」。從取鹽到西門慶之死，前後不到半年時間，僅這緞子鋪西門慶名下就有「五萬兩銀子本錢」。可見權力在商品經濟中的巨大威力，亦可見西門慶所從事的封建商品經濟歸根到底是封建權力經濟，而非資本主義的競爭經濟。

西門慶前期只是個不三不四萬元戶，後期才是有權有勢暴發戶。權勢是西門慶暴發的根本原因之所在。這也叫權中自有黃金屋，權中自有顏如玉。由此可見，即使勉強稱西門慶為「集官、商、霸一體的暴發戶」，也不應將三者平列而忽視其作為封建官僚在其發跡史與階級歸屬上的決定性意義。

西門慶身旁有一個商人群落，作為幫閒兄弟的應伯爵原也是「開綢絹鋪的應員外兒子，沒了本錢，跌落下來」。太醫蔣竹山開過生藥鋪。那個韓夥計，原也是開絨線行經商的，只因「如今沒本錢，閑在家裏」，後投到西門慶門下。西門慶的父親西門達也曾是個長途販運棉織品和絲織品的商人。還有來自江南、川廣的客商，他們幾乎都是商場的失敗者。論經商的本領與經驗，甚至資本，他們未必遜於西門慶。他們之失敗與西門慶之成功，根本差異在於他們都未進入封建官場，而西門慶進入了封建官場。兩相比較，更可見西門慶的階級歸屬只能是封建官僚，而並非新興商人。至於他曾經是誰，或是用什麼手段獲取了封建官僚的身分，則或許並不重要。

論明瞭西門慶的階級歸屬，更有利於把握這個典型形象的社會意義。西門慶實則是中國封建末世，朱明王朝末期，世紀末年，中國封建官僚制度下產生的新醜，而不是什麼資產階級的新秀。

五、西門慶為何要砍伐他賴以托身的樹枝？

而「新興商人」論者，實則是以兩個「如果」作為論證的前提，一曰：「在明代中葉以前，我國還是一個開放的社會，經濟發展的水準和西方還是同步的，如果不是後來

歷史的逆轉，中國也將如馬恩預料的那樣，循著一條必然的方向前進（即『資產階級從封建社會中產生，最後成為封建社會的掘墓人』）。」二曰：「（西門慶）是一個在我國封建末世出現的一個典型，具有著巨大的歷史破壞性。如果中國的歷史繼續按照自己的方向正常運轉，他們就將是二千年封建社會的掘墓人。」

其實這兩個「如果」恰恰反映了一個不可逆轉的事實：明代中後期的中國社會不以人們意志為轉移地還在封建主義的軌道上運行，在此環境中產生的西門慶還不是資產階級，更談不上成為「封建社會的掘墓人」。但論者在埋怨這歷史事實之「不正常」，不合「馬恩預料」之餘，則乾脆將封建商品經濟與資本主義商品經濟混為一談，以封建商品經濟去冒充資本主義商品經濟，說所謂「逐末遊食，相率成風」和「逐末營利」中的「末」就是指商業，它成了社會變化的經濟根源。顧炎武說的「出賣既多，土田不重」概括了封建經濟解體，新興的具有資本主義萌芽性質的商業興起二者地位的交替。這裏的「末」是指商業，但這「末」不是資本主義商業，而是封建主義商業。

中國封建社會正統的經濟思想與政策是「重農抑商」或叫「重本輕末」。但其「抑商」或「輕末」，從來只是適當限制（通過稅法等措施），而不是廢除或消滅。相反，有時根據某種需要（如增加國家財政收入，滿足城市消費的需要，尤其是滿足當局自己的奢侈生活的需要，或邊防軍事的需要），封建當局也會適當地鼓勵、保護商業，甚至不少像樣的官僚也曾加入經商的行列。中國封建的商品經濟也曾因此出現過三次輝煌的高潮：從戰國到漢武帝時代，從唐到南宋時代，從明初到明末。

《史記·貨殖列傳》載：「漢興，海內為一，開關梁，弛山澤之禁，是以富商大賈周流天下，交易之物莫不通，得其所欲」，「大者傾郡，中者傾縣，下者傾鄉里。」鄧通私鑄的金錢，竟能通行天下，可見其經濟實力之強大——這是中國封建商品經濟第一次高潮中的情景。

《舊唐書·崔融傳》載：「天下諸津，舟航所聚……弘舸巨艦，千舳萬艘，交貿往還，昧旦永日。」宋代的臨安人口多達百萬，「萬物所聚，諸行百市」，「買賣晝夜不絕」（《夢梁錄》），即使是鄉村「十家之聚，必有米鹽之市」[18]——這是中國封建商品經濟二次高潮中的情景。

《天下郡國利病書》載：「至正德末、嘉靖初……商賈既多，土田不重；操資交接，起落不常」，「迨至嘉靖末、隆慶間，則尤異矣。末富居多，本富益少；富者愈富，貧者愈貧。……資產有屬，產自無恒，貿易紛紜。」據萬曆十年戶部尚書張可顏的估計，當時北京的鋪戶已近八萬，足見其規模之盛——這是中國封建商品經濟第三次高潮中的

18　《鎮江志》。

情景。

　　《金瓶梅》是中國封建商品經濟第三個高潮的產物，而《金瓶梅》故事發生地山東清河縣（運河流域的臨清碼頭附近），又是明代商業之重鎮。在這個時代這個環境中產生的封建官僚之新醜西門慶，其新就新在由商而官、居官而又兼商，較之傳統的封建官僚更多一點錢權交易的觀念與手段，更多一點市儈習氣與作風。封建商品經濟，按理講與自給自足的小農經濟是相輔相成的，但其往往刺激了統治階級的奢侈性消耗，造成了政治上的腐敗與不穩定。

　　西門慶則大大發展了其腐敗的一面，其狂歡是流氓的狂歡，混世魔王的狂歡，是腐敗的封建官僚的狂歡，他的狂歡是那「世紀末」種種頑症的典型反映。其對封建社會種種的瓦解與破壞作用，令人想起《紅樓夢》中探春小姐的妙論：「可知這樣大族人家，若從外頭殺來，一時是殺不死的，這是古人曾說的『百足之蟲，死而不僵』，必須先從家裏自殺自滅起來才能一敗塗地」（第七十四回）。西門慶不是「從外頭殺來」的資產階級的人物，不是封建社會的「掘墓人」，卻是封建社會內部的蛀蟲，挖牆派。有他們作為「社會之柱石」，這個社會、這個國家如何不一敗塗地！

　　張竹坡說：「稗官者，寓言也」。[19]

　　西門慶是何寓言？朱大可有段不無偏頗的言論，移來論西門慶卻似甚確，他說：「沿循著歷史與文學的河流，我們看到了一種永不磨滅的原則：國家和流氓是共生的。哪裏有國家，哪裏就有流氓。不僅如此，國家的風格與流氓的風格之間有著驚人的相似。國家的極權總是在滋養流氓的暴力，而國家的腐敗必定要傳染給流氓，使它日趨沒落和臭氣熏天。當國家英雄相繼死去時，流氓也退化成了無賴，沉浸在各種極端無恥的罪惡之中。流氓與國家分離不能阻止這些。無論在什麼地點，流氓都只能是國家的形象和命運的一個寓言」。[20]

　　如同劉邦、朱元璋是封建國家的象徵，西門慶也是封建國家的寓言。他是流氓國家的產物，同時又是流氓國家的破壞者。

　　有一個民間寓言：一個樵夫，坐在樹枝丫上面，用斧子砍他所坐的那個枝丫，他所要砍掉的，正是他賴以托身的。吳組緗先生曾以此來論賈寶玉和他所處現實的關係，依我看將此移來論西門慶與封建國家的關係則似乎更為確切。不過作為封建官僚的西門慶，對他所賴以托身的封建國家的砍伐，與資本主義萌芽對封建社會的瓦解卻不是一回事。

19　張竹坡：〈《金瓶梅》寓意說〉。
20　朱大可：《流氓的精神分析》。

六、為何要誇大資本主義萌芽在明清小說中的反映？

正如馬克思所言：「不僅商業而且商業資本也比資本主義生產方式更為古老，實際是資本歷史上最為古老的自由的存在方式」，「商人資本的發展就它本身來說，還不足以促成和說明一個生產方式到另一個生產方式的過渡」。[21] 只有少數人積累的商業資本（貨幣財富）投入或轉化為產業資本，並出現一批失去生產資料並具有一定人身自由的勞動者時，才算出現了資本主義生產方式的萌芽。資本主義生產方式或商品經濟的顯著特點，在生產資料占有者支配著雇傭勞動者為其生產，其生產和出賣商品不像封建商品經濟是為取得其他商品以滿足自己的需要，而是為取得剩餘價值，使資本增值。

西門慶積聚起巨額商業資本，純粹以封建階級的方式投向商業、高利貸、買取官位和個人消耗的惡性膨脹等方面，而根本不投向產業資本，甚至也不投向土地。「田連阡陌」云云，只是文嫂信口開河之言，西門慶似乎不擁有土地，連祖墳要擴大一點，還得向他人買。因而在西門慶那裏根本看不到什麼資本主義萌芽的痕跡。

中國的明代後期，封建經濟結構內確實分解出了這種資本主義萌芽，但這碟豆芽畢竟過於脆弱，其發育也過於緩慢，從來就未成氣候。眾所周知，中國社會現代化進程之所以極其艱難，就在於中國從明清到近代資本主義萌芽沒有充分發育為健全的資本主義，而後多災多難的中國總來不及補上這一課。縱觀中國文學史，明代後期所謂資本主義萌芽即使在短篇小說如「三言」「兩拍」中，反映尚且相當薄弱，更不用說在長篇小說中能占一席之地了。

馮夢龍的《醒世恒言》，在〈施潤澤灘闕遇友〉中這樣描寫絲織業相當發達的盛澤鎮：

> 說這蘇州府吳江縣離城七十里，有個鄉鎮，地名盛澤，鎮上居民稠廣，土俗淳樸，俱以蠶桑為業。男女勤謹，絡緯機抒之聲，通宵徹夜。那市上兩岸紬絲牙行，約有千百餘家，遠近村坊織成紬匹，俱到此上市。四方商賈來收買的，蜂攢蟻集，挨擠不開，路途無佇足之隙；乃出產錦繡之鄉，積聚綾羅之地。[22]

《吳江縣誌》載：「綾羅紗綢出盛澤鎮，奔走衣被遍天下。富商大賈數千里輦萬金而來，摩肩連袂。」足見小說家之言不虛。小說寫只有一張機和養幾筐蠶的施復，「妻絡夫織」，不上十年竟成了「開起三四十張機」的小業主。但作者並不知道有個什麼資本主義萌芽

21　馬克思：《資本論》，北京：人民出版社，1975年，第3卷，頁363。

22　馮夢龍：《醒世恒言》，北京：人民文學出版社，1956年，頁359。

的「幽靈」在起作用，而歸結為施復「拾金不昧」的善行所獲得的善報——財神助其發財，這叫「種瓜得瓜，種豆得豆」。甚至他認為盛澤絲織業的發達也是個特例，說是「江南養蠶所在甚多，惟此鎮處最盛」。可見既不能誇大明代資本主義萌芽的現狀，也不能誇大明代作家對它的認識與表現。

中國封建社會裏有沒有過資本主義萌芽？若有，它又產生於何時？這本是對認識中國社會形態很有意義的問題。早在上個世紀三十年代國內外學者就發表過種種不同意見。毛澤東於 1939 年 12 月也在他的名文〈中國革命與中國共產黨〉中發表過高論。他說：

> 中國封建社會內的商品經濟的發展，已經孕育著資本主義的萌芽，如果沒有外國資本主義的影響，中國也將緩慢地發展到資本主義社會。[23]

二十世紀五十年代初，以探求《紅樓夢》的社會背景為契機引發了一場關於「中國資本主義萌芽問題的討論」，並有三聯書店出版了專題討論文集。雖然也有不同意見發表，例如黎澍就在〈關於中國資本主義萌芽問題的考察〉一文中，嚴肅批評了許多關於資本主義萌芽的論文脫離了資本主義發展所需要的條件，把非商品生產和商品生產混淆起來，把農奴式勞動當作雇傭勞動，把農村副業和行會手工業當成工廠手工業，從商業資本引出了工業資本主義。但壓倒多數的以「毛說」為指南，走向了誇大資本主義萌芽的方向。至於中國資本主義萌芽何時出現，答案也是五花八門。有人說最初出現在明嘉靖、萬曆（1522-1620 年）之間，有人說出現在明成化、正德（1465-1521 年）之間，也有人說出現在宋朝，甚至還有人說可以上溯到更遙遠的古代。幾乎演變成了誇大資本主義萌芽在中國社會作用的比賽。

這種討論本源於《紅樓夢》研究，於是立即又回饋到明清小說研究之中，並在明清小說研究界誘發了一種怪現象：每當人們要拔高某部古典小說的地位時，總把它與資本主義萌芽（或市民階級）聯繫在一起：於是從《三國演義》《水滸傳》《西遊記》到《紅樓夢》都曾被論定為「市民文學」。仿佛資本主義萌芽或市民階級是什麼天然的先進代表似的。仿佛捨此，就無法去討論中國古典小說的優勝所在，堪稱奇談。《金瓶梅》研究中的「新興商人」說與那種誇大明清時代資本主義萌芽的思潮是一脈相承的。而實際上它既不符合《金瓶梅》與十六世紀中國社會的實際，也有違吳晗先生之原意。

23　《毛澤東選集》，北京：人民出版社，1967 年，頁 589。

七、餘論：西門慶頭上的「王冠」及其他

《金瓶梅詞話》的「入話」部分，較「第一奇書」本《金瓶梅》有所不同，在第一回回目前先有四則引詞與「酒、色、財、氣」四貪詞。

而第一回正文開始之初再一次引詞：

> 丈夫只手把吳鉤，欲斬萬人頭。如何鐵石打成心性，卻為花柔？請看項籍並劉季，一似使人愁。只因撞著虞姬戚氏，豪傑都休。

臺灣學者魏子雲考證，這詞是北宋詞人卓田的作品〈眼兒媚〉。無非指出雖叱吒風雲的劉、項，亦難免在女人前心軟，所謂英雄難過美人關。《金瓶梅詞話》加以解釋說：

> 此一隻詞兒，單說著情色二字，乃一體一用。故色眩於目，情感於心，情色相生，心目相視。亙古及今，仁人君子，弗合忘之。晉人云：情之所鍾，正在我輩。如磁石吸鐵，隔礙潛通。無情之物尚爾，何況為人。終日在情色中做活計一節，須知「丈夫只手把吳鉤」，吳鉤乃古劍也。……言丈夫心腸如鐵石，氣概貫虹蜺，不免屈志於女人。……
>
> 詩人評此二君，評到個去處。說劉項者，固當世之英雄，不免為二婦人，以屈其志氣。雖然，妻之視妾，名分雖殊，而戚氏之禍，尤慘於虞姬。然則妾婦之道，以事其丈夫，而欲保全首領於牖下，難矣。觀此二君，豈不是撞著虞姬、戚氏，豪傑都休。有詩為證：劉項佳人絕可憐，英雄無策庇嬋娟。戚姬葬處君知否？不及虞姬有墓田。

「第一奇書」本《金瓶梅》不僅將第一回回目前的引詞與〈四貪詞〉刪除，而且不談劉邦寵戚夫人的故事，只大談酒、色、財、氣之害。如〈色箴〉：「二八佳人體似酥，腰間仗劍斬愚夫；雖然不見人頭落，暗裏教君骨髓枯。」

兩相比較，魏子雲慧眼發現上引「入話」是戴在「詞話本」《金瓶梅》頭上的一頂「王冠」，實則是西門慶頭上的一頂「王冠」。[24]

如何看待這頂「王冠」與西門慶的關係？

有的學者認為西門慶被《金瓶梅》寫得像個皇帝。如 1983 年 4 月，在美國印第安那大學召開的《金瓶梅》學術研究會上，就有學者持此觀點。爾後黃強有〈西門慶的帝王相〉專文論述這一觀點。陳詔雖沒說西門慶像皇帝，但他考證《金瓶梅》字裏行間對皇

---

24 魏子雲：〈《金瓶梅》頭上的王冠〉，石昌渝等編：《臺港金瓶梅研究論文選》，頁 129。

帝卻多有「冒犯」。[25]

從《金瓶梅》對宋徽宗的描寫看，此君與西門慶頗為神似。或許可以說在《金瓶梅》中，宋徽宗是一個戴了王冠的西門慶，西門慶戴了王冠也儼然像宋徽宗。明代社會的確有點怪。有人在理論上肯定：「為天下之大害者，君而已矣」；有官員如海瑞敢罵皇帝：「天下之人不直陛下久矣」，「嘉靖者，言家家皆淨而無財用也」；也有官員如雒于仁敢呈〈四箴疏〉（《金瓶梅》中「陳四箴」，或之由此化出），要皇帝戒酒、色、財、氣……蘭陵笑笑生或許見機也來湊熱鬧，斗膽拿皇上開個小小的玩笑。

循此邏輯，人們或許覺得西門慶戴了頂似有點滑稽的「王冠」，倒有利於深化作品批判性主題。西門慶在他勢力範圍內確實專制、確實霸道，好稱王稱霸，乃至有點「帝王氣」：項羽的霸王氣加劉邦的流氓氣。不然作者為何在「入話」念念不忘劉項的故事呢？儘管中國古代小說的「入話」未必都與正文合契，但它又畢竟與小說文本有著某種若明若暗的精神瓜葛。

如果這種分析到此為止，則可謂恰到好處、見好就收。但偏偏有一批學者好求甚解，於是異說蜂起，煞是熱鬧。

應該說，考據是學術研究的基礎工程，當今許多論著之所以有注水之嫌，多因考據功夫不逮。從這點出發，我從來就尊重與佩服那些以考據見長的論述。但是現在金學界有些人已將考據、索隱與猜謎混為一談，甚至走向了胡適所譏之所謂「猜呆謎」的境地。表面上弄得玄乎其玄，實則在表演那「偷了斧子」的寓言故事。為迎合或挑逗市井細民的「窺密」心理：熱衷瞭解所謂「內幕」資訊和謎底，而將文學作品貶值為淺薄的影射史學的附庸，這實在是對文學作品的一種殘酷的「解構」。

當然，這種現象在《西遊記》研究，尤其是《紅樓夢》研究領域更是愈演愈烈，那些猜怪謎的書竟暢銷不已，實迺文化之不幸。

八、附錄：與盧興基「再論」之再商榷

2005 年 9 月在河南開封召開的第五屆國際《金瓶梅》學術討論會，我沒到會，而盧興基先生提交大會的論文是〈不同凡響的藝術塑造——再論西門慶這個新興商人〉。事後我接到吳敢先生寄來的《金瓶梅研究》第八輯，開卷即讀盧文，原來其是針對孫遜先生的〈西門慶：中國封建經濟和早期商品經濟雜交的畸形兒〉[26]和我的〈流氓的寓言：

25　陳詔：《金瓶梅小考》，頁 19-28。

26　《文學遺產》1994 年第 4 期。

論西門慶〉[27]而發的。盧先生在他的新作中，並未提出多少新的論據，只是「固守定見」，重申舊說而已。但盧先生說我們的分歧源自所據版本不同，卻令人難以信服。他說：

> 鐘揚先生以封建「流氓」論定西門慶，引了《金瓶梅》第一回的一段作為論據，這段話說：
>
> 只為西門慶秉性剛強，做事機深詭譎，又放官吏債，就是那朝中高、楊、童、蔡四大奸臣，他也有門路與他浸潤，與人把攬說事過錢，因此滿縣人都懼怕他。
>
> 經查，這段話出於崇禎本。崇禎本對明代的詞話本有修改。首先把西門慶結交十兄弟的事移到了第一回，把詞話本兩處出現而重複第十回、第十一回的短短一百數十字介紹十兄弟，擴充為半回篇幅。回目為「西門慶熱結十兄弟，武二郎冷遇親哥嫂」。崇禎本理清了《金瓶梅》的時間順序，以它作為卷首，未始不好，卻渲染了它早年的「浮浪子弟」色彩。給人印象豈止是流氓，甚至是個混混。我們這裏討論的是明代小說中的一個人物，顯然不能以清人的修改本作為依據。這裏不涉及張批本的功過是非，而且因為由明入清，社會經歷了震盪，必須劃清這一時間界限。

對之，我想略辯兩句。其一，萬曆本、崇禎本姑且以現行所標年代定其先後（其實學界對之並無定論），兩者之間雖然在文字上有若干差異（梅節《金瓶梅詞話校讀記》已集其大觀），但它終究仍是《金瓶梅》，並沒有變成別的什麼書。其大旨與人物形象並非因版本不同而有著根本的改變。因而這裏不存在以「清人的修改本為依據」來談論「明代小說中的一個人物」問題，何況「崇禎」仍為「明」而非「清」。料盧先生是將崇禎本與張竹坡評本說混了。儘管兩者很接近，卻畢竟不是同一體。

其二，萬曆本與崇禎本中的西門慶，乃同一個西門慶，並沒有變成兩個西門慶，更不存在由萬曆本中「新興商人」西門慶變成了崇禎本中「給人印象豈止是流氓，甚至是個混混」的西門慶。即使如盧先生引文所示，從萬曆本到崇禎本只是移動了西門慶結交十兄弟的情節，「理清」了時間順序；如此作為，充其量只是「渲染」了西門慶某種性格「色彩」。

其三，倘若明代嘉靖萬曆時期的所謂資本主義萌芽在萬曆本《金瓶梅詞話》中有可觀的反映以至生出了「新興商人」的代表人物西門慶；那麼到了崇禎年間經過幾十年歷史的培養，到《繡像金瓶梅》中那「萌芽」理當顯得更茁壯才是，怎麼盧先生見到崇禎本《金瓶梅》中的西門慶，所得的結論與我有驚人的一致：豈止是流氓，甚至是個混混。

---

27 臺北《大陸雜誌》第 99 卷第 3、4 期，1999 年 10 月、11 月，署名鐘揚。

其四，盧先生說他論西門慶是用的萬曆本，認定我用的是崇禎本。其實讀者不難看出，我論西門慶雖主體用的是崇禎本，卻並沒排斥萬曆本，在不少地方我用的形象資料恰恰取自萬曆本，我在引文中也做了明確說明。《金瓶梅》版本並不複雜，萬曆與崇禎兩大體系赫然在案，用版本說事，來求證人物形象的性質，作用有限。若以此來討論人物形象藝術塑造上的雅俗精粗，倒還可行。

其五，盧先生說：「流氓、惡霸是行為學的稱謂，不同階級階層的人都可以論入這一人等。」問題是我並沒有以「流氓」作為西門慶的階級屬性。關於西門慶的階級屬性，我既不同意「官僚、惡霸、富商三位一體」說，也不同意「新興商人階級」說，我以吳晗的名文為邏輯起點，認為西門慶由一個「破落戶而土豪，鄉紳而官僚」，官僚是其終極地位與身分，至於他曾為流氓或土豪、或者商人都不能改變這一點。如同劉邦、朱元璋由流氓而皇帝，則絕不能因其流氓出身而改變他們作為封建帝王的地位與身分以及由此確定的階級屬性。這本屬歷史常識，何況我於文中於書中都有甚為翔實的論證，這裏就不再嘮叨了。

是盧先生先前的大作促使我認真思索《金瓶梅》中西門慶形象，盧先生的新作又啟發我對《金瓶梅》版本與形象的關係作進一步討論，我深深地感謝盧先生。我與盧先生2007年5月在棗莊《金瓶梅》研討會上再度相逢，分別在大會發言後舉杯言歡。

流氓的性戰
——西門慶的性瘋狂

一、閹割：掩耳盜鈴

福柯有云：「其實，我們想到和談到性，比別的任何事都多，但表達它卻比任何事都少，都含糊不清。」[1]

茅盾早在 1927 年就說：

> 中國文學在「載道」的信條下和禁慾主義的禮教下，連描寫男女間戀愛的作品都視作不道德，更無論描寫性慾的作品；這些書在被禁之列，實無足怪。但是儘管嚴禁，而性慾描寫的作品卻依然蔓生滋長，「蔚為大觀」；並且不但在量的方面極多，即在質的方面，亦足推為世界各民族性慾文學的翹楚，這句話的意思請讀者不要誤會。我不是說中國文學內的描寫性慾的作品可算是世界上最好的性慾文學，我是要說描寫性慾而赤裸裸地專述性交狀態像中國所有者直可稱為獨步於古今中外。[2]

中國描寫性慾作品的壯觀場面，無須我在這裏排列名單，也無須看學者們的種種評說，只要看「中國歷代禁毀小說叢書」、或「中國歷代後宮豔情叢書」以及這類書籍的現代版（今之效尤者所作），幾乎支撐了中國當代書市的半壁江山，就可以想像當初它是何等繁榮昌盛。

我感興趣的是這一現象背後的文化問題，中國描寫性慾的作品發達的原因，大概可以追溯到生殖崇拜文化的發達。生殖崇拜就是生殖器崇拜。中國生殖器崇拜文化之發達

1　潘綏銘：《神秘的聖火》，鄭州：河南人民出版社，1988 年，頁 404。
2　茅盾：〈中國文學內的性慾描寫〉，張國星編：《中國古代小說中的性描寫》，天津：百花文藝出版社，1993 年，頁 18。

盛況,只須流覽一下趙國華的《生殖崇拜文化論》、劉達臨《中國古代性文化》之類的論著,就讓你驚訝,原來這為常人不敢正視的玩藝在中國這禮儀之邦也如此豐富。我不贊成佛洛德的「泛性論」觀點,但從荷蘭漢學家高羅佩的《中國古代房內考——中國古代的性與社會》（按,副標題似乎以「性與中國古代社會」更妥）到臺灣作家李敖的《中國性研究與命研究》就展示了生殖器崇拜文化在中國不僅豐富多彩,更在於它自古至今都或明或暗地影響著中國人從心理到生理到生活到政治的方方面面。不能不驚訝佛洛德所揭示的幽靈真是無處不在。因為性與政治、性與禮儀、性與文學……都有著剪不斷理還亂的糾葛。例如「祖宗」的「祖」古寫為「且」,被學者們訓為陽具。由此推斷,人們頂禮朝拜的祖宗牌竟為堅挺的陽具模型。而宣揚禮教尊嚴的祝福儀式正是在那陽具模型照耀下完成的。好在中國人只重儀式,不求內容,不然豈不滑稽。

從這裏引出的悖論是:中國人一方面在頂禮崇拜著生殖器,一方面又以禮教的繩索去捆綁一個個鮮活的生命。聯繫到茅盾的論述,這悖論又呈現另一副面貌:一方面是任何描寫戀愛與性欲的作品在中國都遭到禮教的嚴禁,一方面是中國自古到今描寫性欲（性交）的作品已蔚為大觀,其赤裸裸的程度足以獨步世界。

對《金瓶梅》的評論與研究,或許也要在這悖論中打滾。「萬惡淫為首」,《金瓶梅》因性描寫較多而成為禁書;「食色性也」,《金瓶梅》也因此成為暢銷書。人們厭煩的是這一點,人們想看的也離不了這一點。有細心的學者為《金瓶梅》人物補作了「起居注」,統計其中性描寫總有 105 處,大寫大描 36 處,一筆帶過的 33 處（當然也還有別樣的統計）;西門慶參與的 99 次,占 68%,潘金蓮參與的 53 次,占 36%。

面對同樣的文本,古代就出現了種種不同選擇:主張「決當焚之」者有之,視為「勝於枚生〈七發〉多矣」亦有之。

焚也罷,崇也罷,文人只是說說而已,到政府出面就動真格的。明代禁之已不見文案,清代則有明文稱:「《水滸》《金瓶梅》誨盜誨淫,久干禁例。」

我們或許可以考證從明清到民國出版過幾次全本《金瓶梅》,我們卻無法知道誰是節本或潔本的始作俑者,更不去窺測歷史上的節本《金瓶梅》到底被刪成什麼模樣了,只知道 1985 年人民文學出版社出版的《金瓶梅詞話》被刪去 19161 字,1986 年齊魯書社出版的第一奇書本《金瓶梅》被刪去 10385 字。

這種閹割手術,是將「萬惡淫為首」「談性色變」的觀念付之實踐,企圖將《金瓶梅》變成「無性文學」才甘休。

正如袁中道所云:《金瓶梅》「非人力所能消除」。何況越是禁就越挑起人們的好奇心,好奇心驅使人們千方百計弄來一睹為快。歷來的禁欲主義的種種舉措總以培養一批縱欲主義者而告終,就是這個道理。魏明倫曾不無刻薄地說:「遺老遺少於四書五經

之側，常看《金瓶梅》，邊看邊罵女人壞，邊罵邊看壞女人。」[3]多少反映了某個讀者層次的閱讀心理。其實禁欲主義往往源自於有話語霸權的縱欲主義者。然而來自不同層次讀者的熱望，卻是《金瓶梅》經久不衰出版的原動力。

恩格斯曾尖銳地批評「法國市儈的這種偏見，小市民的虛偽的羞怯心」，「是用來掩蓋秘密的猥褻言談而已。例如，一讀弗萊里格的詩，的確就會想到，人們是完全沒有生殖器的」，而提倡「表現自然的、健康的肉感和肉欲。」[4]

好在時代到底進步了，如今不但有了全本《金瓶梅》，而且有了各種版本的《金瓶梅》，供人們閱讀和研究。

其實，既然沒有性描寫，就沒有《金瓶梅》；沒有性瘋狂，就沒有西門慶，這命意大致不錯；既然，足本《金瓶梅》與節本（或曰潔本）《金瓶梅》已並行於世，那麼「閹割」淨身論就自然失效了。剩下的任務，是根據完備的《金瓶梅》文本去科學研究，分析西門慶的性戰。

二、西門慶：《金瓶梅》世界的第一性感男人

《金瓶梅》中的西門慶，頗有幾分風度：

> （他）生得十分浮浪。頭上戴著纓子帽兒、金鈴瓏簪兒、金井玉欄杆圈兒。長腰才，身穿綠羅褶兒。腳下細結底陳橋鞋、清水布襪兒。手裏搖著灑金川扇兒，越顯出張生般龐兒，潘安的貌兒。（第二回）

——這是潘金蓮眼中的西門慶。西門慶在作者筆下本為「風流子弟，生得狀貌魁梧，性情瀟灑」，「是那嘲風弄月的班頭，拾翠尋香的元帥。」到了潘金蓮眼底則另添一番風采。潘金蓮善曲，所有能以詩曲中（也是她心中）的多情美男子張生、潘安來比擬眼前的美男子。不僅如此，沒對上幾句話就互送秋波。潘金蓮「見了那人生的風流浮浪，語言甜淨，更加幾分留戀」。以至作者將《西廂記》中張生的「驚艷」情節：「怎當她臨去那秋波一轉，休道是小生，便是鐵石人兒也意惹情牽」轉移給了潘金蓮：「只因臨去秋波轉，惹得春心不自由」——這才叫「簾下勾情」。應該說西門慶給潘金蓮之「審美第一印象」實在太美了。即使以貴婦人林太太的眼光來看，西門慶也「身材凜凜，話語非凡，一表人才、軒昂出眾」，頗有吸引力。林太太是悄悄從房門簾裏窺見了這位西門大

3　魏明倫：〈《潘金蓮》附記〉，《戲劇與電影》1986 年第 2 期。

4　恩格斯：〈格奧爾格·維爾特〉，《馬克思恩格斯全集》，第 21 卷，頁 9、8。

官人，才願掀簾接納他的。

以王婆所謂「挨光」（即偷情）的五項基本條件：潘（潘安的貌）、驢（驢大行貨）、鄧（鄧通般有鈔）、小（青春年少，就要綿裹藏針一般，軟款忍耐）、閑（閒工夫）來衡量，西門慶也頗為自信：

> 實不瞞你說，這五件事我都有。第一件，我的貌雖比不得潘安，也充得過；第二件，我小時在三街兩巷遊串，也曾養得好大龜；第三，我家裏也有幾貫錢財，雖不及鄧通，也頗過得日子；第四，我最忍耐，他便打我四百頓，休想我回他一拳；第五，我最有閒工夫，不然如何來得恁勤。

這是西門慶為勾搭潘金蓮向「中介」王婆所作的自我介紹。自古「美言不信，信言不美」。但西門慶所言，除第四條有些出入，其餘的基本符合實事。在《金瓶梅》世界裏能顯現如此綜合實力的男子，捨西門慶似乎難有第二人。即使如此，西門慶也未必能成為那個世界裏的第一性感男人，關鍵還在蘭陵笑笑生怎麼去描寫和看待他。

我非常佩服葉舒憲在《高唐神女與維納斯》中的精彩解說。他說：

> 作為一個藝術家來看，笑笑生的審美意識和審美趣味同他的道德家的立場大相徑庭，甚至是針鋒相對的。《金瓶梅》的張力結構充分表明：作為道德家的作者所痛恨、所控訴的，正是作為美學家的作者所激賞所讚歎的同一種東西——性。
> 這樣一種倫理標準同審美標準的內在衝突，使《金瓶梅》呈現出獨特的藝術風貌。表現在人物形象的塑造上，可以看出，用道德尺度去看是善良的人物，卻在審美意識表現中成了醜的形象，而惡的化身——男主人公西門慶卻被作者賦予了美的形象。

葉舒憲進而說：

> 從《金瓶梅》中的男主人公與女性人物之間的施受關係著眼，可以看出笑笑生構擬的性美學世界仍是一個男性中心的世界，他所流露出來的性崇拜實質上是一種陽具崇拜。……
> 在每一次描繪性活動時，笑笑生總是讓西門慶扮演主動者的角色，他既是性之美的創造者，又是這種美的第一位體驗者和觀賞者。[5]

有民謠云：男人不壞，女人不愛。這兒的「壞」字，未必全顯貶義。作為《金瓶梅》世

5　葉舒憲：《高唐神女與維納斯》，北京：中國社會科學出版社，1997 年，頁 504-510。

界的第一性感男人，不僅令張大戶、武大郎、蔣竹山、花子虛等性無能者紛紛敗下陣去，更令許多女性為之傾倒。只須看看孟玉樓與她母舅張四的對話，就可見西門慶在女性面前競爭力之強大。

且說她母舅張四，倚著他小外甥楊宗保，要圖留婦人的東西，一心舉保與大街坊尚推官兒子尚舉人為繼室。他……不想聞得是縣前開生藥鋪西門慶定了，他是把持官府的人，遂動不得秤了。尋思已久：千方百計，不如破他為上計。即走來對婦人說：「娘子不該接西門慶插定，還依我嫁尚舉人的是。他是詩禮人家，又有莊田地土，頗過得日子，強如嫁西門慶。那廝積年把持官府，刁徒潑皮。他家見有正頭娘子，乃是吳千戶家女兒。你過去做大是，做小是？說他房裏又有三四個老婆，除沒上頭的丫頭不算。你到他家，人多口多，還有的惹氣呢！」

婦人聽見話頭，明知張四是破親之意，便佯說道：「自古船多不礙路。若他家有大娘子，我情願讓他做姐姐。雖然房裏人多，只要丈夫作主，若是丈夫歡喜，多亦何妨；丈夫若不歡喜，便只奴一個，也難過日子。況且富貴人家，哪家沒有四五個。（按，《金瓶梅詞話》還有云：「著緊街上乞食的，攜男抱女，也挈扯著三四個妻小。」）你老人家不消多慮。奴過去自有道理，料不妨事。」

張四道：「不獨這一件。他最慣打婦熬妻，又管挑販人口，稍不中意，就令媒婆賣了。你受得他這氣麼？」

婦人道：「四舅，你老人家差矣。男子漢雖利害，不打那勤謹省事之妻。我到他家，把得家定，裏言不出，外言不入，他敢怎的奴？」（按，《金瓶梅詞話》還有云：「為女婦人家，好吃懶做，嘴大舌長，招事惹非，不打他，打狗不成？」）

張四道：「不是。我打聽的他家，還有一個十四歲未出嫁的閨女，誠恐去到他家，三窩兩塊，惹氣怎了？」

婦人道：「四舅說哪裏話？奴到他家，大是大，小是小，待得孩兒們好，不怕男子漢不歡喜，不怕女兒們不孝順。休說一個，便是十個也不妨事。」

張四道：「還有一件最要緊的事，此人行止欠端，專一在外眠花臥柳。又裏虛外實，少人家債負。只怕坑陷了你。」

婦人道：「四舅，你老人家又差矣。他少年人，就外邊做些風流勾當，也是常事。奴婦人家哪裏管得許多？（按，《金瓶梅詞話》於此為：「他就外邊胡行亂走，奴婦人家只管得三層門內，管不得那許多三層門外的事。莫不成日跟著他走不成？」）若說虛實，常言道：『世上錢財儻來物，那是長貧久富家？』（按，《金瓶梅詞話》於此還有更精彩的話語：「緊著起來，朝廷爺一時沒錢使，還向太僕寺借馬價銀子支來使。休說買賣的人家，

誰肯把錢放在家裏！各人裙帶上衣食，你老人家倒不消這樣費心。」）況姻緣事，皆前生
分定，你老人家到不消這樣費心。」（第七回）

這段對話，在《金瓶梅》中堪稱精彩。孟玉樓雖只對付張四一人，卻猶有「舌戰群儒」
中的諸葛風采。從這裏也能看出孟玉樓的處世原則與性格特徵。她日後的生活也始終沒
有離開這條邏輯的軌道。

張四阻撓孟玉樓改嫁西門慶雖不無私心，但他所說西門慶種種劣跡卻幾乎句句是
實：「刁徒潑皮」「打婦熬妻」「眠花臥柳」等。孟玉樓將張四所云全不放在心上，未
必如有學者所說她「看重的顯然是西門慶的財勢和權勢」，而通過那種種劣跡，孟玉樓
看到卻是一個洋溢著性感的男子漢（由此亦可見當時社會尤其是女性對男性對丈夫的評價是何等
的寬鬆與獨特），因而九牛不回地要嫁給他。誠如作者所言：

張四無端散楚言，姻緣誰想是前緣。
佳人心愛西門慶，說破咽喉總是閑。（第七回）

三、西門慶也偶有「情種」風采

作為玩弄女性的混世魔王西門慶，對其所玩弄的女性卻未必全無感情，如對李瓶兒
就有個從駕馭到感情投入的轉變過程。

西門慶駕馭李瓶兒之術，先之以性：用李瓶兒的話講：「你是醫奴的藥一般」；繼
之以冷：娶李瓶兒到家後竟「三日空了他房」，教她求生不得，尋死無門；再施之以威：
用馬鞭抽打脫光了衣裳的李瓶兒，作為對她一度招贅蔣竹山的懲罰。這樣，西門慶就不
僅沒收了李瓶兒的財色，也沒收了她的性子：致使那個曾有能耐氣死花子虛、驅逐蔣竹
山的河東獅子，終於變成「好個溫克性兒」，「性格前後判若兩人」，甚至叫某些學者
充滿困惑，大呼其「失真」。其實這正見出西門慶魔力所在，而不存在什麼性格失真。
徹底收拾了李瓶兒「性格」之後，西門慶才與她進入「從而罷卻相思調」的寵愛之中。
我原以為西門慶與李瓶兒的關係實則只有征服與被征服的份兒，哪有什麼真誠感情可
言。但當我細細品味李瓶兒之死的情節，觀點有所改變。

從小說裏看到，開始西門慶不太把李瓶兒的病放在心上，只覺得她會慢慢好起來的。
因為血氣方剛的西門慶，不相信李瓶兒或他自己會死，總覺得病痛死亡是與己無關的遙
遠的故事，而自己或自己的親人似乎可以長生不老——這也是人之常情。但隨著瓶兒的
病情日重，連床都下不了，下身不斷地流血，每天必須在身子下面墊著草紙，房間裏惡

穢氣味只靠不斷熏香才能略為消除。西門慶也越來越憂慮與傷心，門也不出，班也不上，一則陪伴病中的瓶兒傾訴衷腸，一則醫、巫百法用盡，甚至四方尋找，以三百二十兩銀子的高價買來壽木為瓶兒沖災，說是：「我西門慶就窮死了，也不肯虧負了你。」直到所有的醫生都束手無策，連潘道士的祭禳也宣告失敗，西門慶才不能不相信命運的安排，抱著瓶兒放聲大哭。

潘道士臨去特意囑咐西門慶今晚切不可往病人房裏去，否則「恐禍及汝身，慎之，慎之。」是明哲保身，還是犯忌去與瓶兒作生死訣別，這對西門慶來說是平生最嚴峻的考驗。西門慶送走了客人，「獨自一個坐在書房內，掌著一支蠟燭，心中哀慟，口裏只長吁氣，尋思道：『法官叫我休往房裏去，我怎生忍得，寧可我死了也罷，須廝守著和他說句話兒。』」他在那孤獨、混暗、陰慘的氛圍中作出了這出人意料的決斷，既戰勝了巫道，也戰勝了自己，於是像一個真正的男子漢那樣，挺直腰桿、大義凜然地走進了瓶兒的房間，兩淚交流，既有「疼殺我也，天殺我也」的悲號，又有「我西門慶在一日，供養（按，指日後祭奠）你一日」的許諾，給臨終的瓶兒那顆破碎的心靈以無限的安撫。而這恰恰是《紅樓夢》中寶玉所未做到，黛玉臨終所未得以享受的。

愛情是一所偉大的學校，死亡是一部偉大的教科書。兩者交融，往往能使人面目一新。西門慶在李瓶兒之死的痛苦遭遇中獲得一次新生，一次靈魂的昇華，令人刮目相看。李瓶兒死後，西門慶三次哭靈，更見出其對李瓶兒的感情。

第一次，是當李瓶兒剛死之時，「揭起被，但見面容不改，體尚微溫，悠然而逝，身上止著一件紅綾抹胸兒。這西門慶也不顧甚麼身底下血漬，兩隻手捧著她香腮親著，口口聲聲只叫：『我的沒救的姐姐，有仁義好性兒的姐姐！你怎的閃了我去了，寧可叫我西門慶死了罷。我也不久活於世了，平白活著做甚麼！』在房裏離地跳的有三尺高，大放聲號哭。」

第二次，是當李瓶兒的屍體裝裹，用門板抬到大廳之時，「西門慶在前廳手拍著胸膛，撫屍大慟，哭了又哭，把聲都哭啞了，口口聲聲只叫『我的好性兒有仁義的姐姐。』比及亂著，雞就叫了。」

第三次，是在吩咐人到各親眷處報喪之後，「西門慶因想起李瓶兒動止行藏模樣兒來，心中忽然想起忘了與他傳神，叫過來保來問：『那裏有寫真好畫師？尋一個傳神。我就把這件事忘了。』……這來保應諾去了。西門慶熬了一夜沒睡的人，前後又亂了一五更，心中感著了悲慟，神思恍亂，只是沒好氣，罵丫頭，踢小廝，守著李瓶兒屍首，由不的放聲哭叫。……啞著喉嚨只顧哭，問他，茶也不吃，只顧沒好氣。」（《金瓶梅詞話》第六十二回）

西門慶痛哭李瓶兒，在其妻妾中引起了強烈反響。先是「月娘見西門慶搭伏在他身

上，摳臉兒那等哭，只叫：『天殺了我西門慶了！姐姐，你在我家三年光景，一日好日子沒過，都是我坑陷了你了！』月娘聽了，心中就有些不耐煩了。」

繼而是西門慶因痛失李瓶兒竟晝夜不眠、茶飯不思，更令吳月娘又急又氣，說：

> 你看怎嘮叨！死也死了，你沒的哭的他活！只顧扯長絆兒哭起來了。三兩夜沒睡，頭也沒梳，臉也沒洗，亂了怎五更，黃湯辣水還沒嘗著，就是鐵人也禁不的。把頭梳了，出來吃些甚麼，還有個主張，好小身子，一時摔倒了，卻怎樣兒的！

對吳月娘的「規勸」，西門慶無言應之，就算給她面子了。當潘金蓮勸他吃飯時他竟惱怒罵起潘金蓮。惹得潘金蓮滿腔委屈向吳月娘傾訴：「他倒把眼睜紅了的，罵我：『狗攮的淫婦，管你甚麼事！』我如今鎮日不叫狗攮，卻叫誰攮呢？怎不合理的行貨子，只說人和他合氣。」月娘道：「熱突突死了，怎麼不疼？你就疼也還放心裏。那裏就這般顯出來。人也死了，不管那有惡氣沒惡氣，就口攮著口那等叫喚，不知甚麼張致。吃我說了兩句，他可可兒來，三年沒過一日好日子，鎮日叫他挑水挨磨來？」孟玉樓道：「娘，不是這等說。李大姐倒也罷了，沒甚麼，倒吃了他爹怎三等九格的。」金蓮道：「他沒得過好日子，那個偏受用著甚麼哩，都是一個跳板兒上人。」（《金瓶梅詞話》第六十二回）

吳月娘等人各自著眼點不一樣，卻不約而同地表示了對西門慶痛哭李瓶兒行為的不滿，這就更襯托出西門慶在比較中反思、在反思中比較，從而將對瓶兒之情昇格到偏愛的程度。這才使他因李瓶兒之死幾痛不欲生、茶飯不進，以至動用了應伯爵三寸不爛之舌，讓他從家庭存亡的大局著眼，才勸轉西門慶從生命之痛中回到現實生活中來。

至於玳安說：「為甚俺爹心裏疼？不是疼人，是疼錢。」並不能引出痛哭李瓶兒時的西門慶是重財不重人的結論。因為李瓶兒給西門府上帶來的錢財並不會因為她的死亡而消失了。作為西門慶的貼身小廝玳安，雖不失為主人肚子裏的蛔蟲，這回的言論卻不免有勢利的偏見，不足作為西門慶本質定性的依據。而西門慶在李瓶兒靈前與奶媽如意兒苟合，實如西門慶所云：「我兒，你原來身體皮肉也和你娘（按，即瓶兒）一般白淨，我摟著你就和他睡一般。」你既不指望精力過剩的西門慶會因李瓶兒之死兒長期「停課」，也就不必為他愛屋及烏從如意兒身上尋得情感替代的幻覺與痛苦緩衝的階梯而感到憤怒，儘管這種行為也不值得肯定。總之，這兩個情節並不足以否定西門慶哭瓶兒是真情流瀉。

田曉菲也說：

> 西門慶的眼淚是值得憐憫的，然而落在金蓮、玉樓、月娘等人的旁觀冷眼裏，無非是嫉妒吃醋的緣由。則浪子的悲哀，因為無人能夠分擔而顯得越發可憐。……

瓶兒死後，似乎反而比生前更加活躍於西門慶的生活中。從第六十二回到七十九回，她的存在以各種方式——聽曲、唱戲、遺像、夢寐、靈位、奶子如意兒的得寵、金蓮的吃醋、皮襖風波——幽靈一般反覆出現在西門府。一直到西門慶自己死去，瓶兒才算真正消逝。[6]

透過李瓶兒之死，人們看到了一個新生的西門慶形象：堪稱情種。

李瓶兒之死，在全書中占了數章篇幅。其實為《金瓶梅》中不可多得精彩篇章，就此曲盡人間眾相與世態種種。

學術界更喜歡將《紅樓夢》中秦可卿之死與李瓶兒死相比較，雖承認前者對後者的效法，卻總覺得後來者居上。其實《紅樓夢》中秦可卿故事甚為閃爍，矛盾重重，乃《紅樓夢》前八十回中的敗筆。就藝術創造而言，秦可卿之死既無法與李瓶兒之死相比擬，也無多少深意特別值得刻意求索，更不必於「紅學」之側弄出個甚麼「秦學」。

四、性戰與征服欲

行筆至此，我不由得想：西門慶的性愛故事若到此了結該多好。如果那樣，他不是《紅與黑》中于連的同類，至少也可與《西廂記》中張君瑞稱同黨。不過上文我僅僅截取西門慶性愛故事的一個片斷、甚至不是重要的片斷來說的。性與愛的結合原是在情感世界的昇華。性愛則是將自己完全熔化，並匯入另一個生命之中，與另一個生命融為一體，是靈與肉的交融。這裏包含著情愛原則、快樂原則乃至優生原則。無性欲的情感，是柏拉圖式的精神戀；無情感的性欲，是動物世界的境界。這兩者均不是愛情的正途。然而西門慶生命中只有與極有限的一二女性的初夜達到了快感加美感的審美之境，只有在「李瓶兒之死」的情節偶爾顯現他人性中閃光的最感人的一瞬。

我們既不可抹煞那抽去一切背景孤立顯現的可觀的一面，但又不能誇大或美化這一面而掩蓋了西門慶在性愛層面上的流氓特性。因為他在眾多場合，與眾多女性的性愛，多蛻化為一種性戰——生死搏鬥的兩性戰爭。請看西門慶與半老徐娘林太太的戰鬥場面：

迷魂陣擺，

攝魄旗開。

迷魂陣上，閃出一員酒金剛，

6　田曉菲：《秋水堂論金瓶梅》，頁 188。

　　色魔王能爭貫戰。

　　攝魂旗下，擁一個粉骷髏，

　　花狐狸百媚千嬌。

　　這陣上撲冬冬，

　　鼓震春雷；

　　那陣上鬧挨挨，

　　麝蘭靉靆。

　　這陣上，復溶溶，

　　被翻紅浪精神健；

　　那陣上，刷剌剌，

　　帳控銀鈎情意牽。

　　這一個急展展，

　　二十四解任徘徊；

　　那一個忽剌剌，

　　一十八滾難掙扎。

　　鬥良久，

　　汗浸浸，釵橫鬢亂；

　　戰多時，

　　喘吁吁，枕側衾歪。

　　頃刻間腫眉臁眼，

　　霎時下肉綻皮開。

正是：

　　幾番鏖戰貪淫婦，

　　不是今番這一遭。（第七十八回）

林太太是和西門慶私通的各色女性中，身分最高（「世代簪纓，先朝將相」王招宣府的寡婦）、年齡最大（35 歲）的一位。這樣一位林太太本來既無改嫁的必要，也無春光洩露的可能。但這位二十不浪，三十浪，四十還在浪頭上的半老徐娘，在更年期逼近之前的危機感、緊迫感的追蹤下，管不住自己；這位三十好過，四十難熬的寡婦在丈夫屍冷、兒子成人之後，已從操家教子的煩勞中掙扎出來，無事一身輕，更有了從性生活中求得補償與填充的覺醒，於是她「好不喬模喬樣，描眉畫眼，打扮得狐狸也似。」用性點燃了她生命

秋天乃至冬天的一把火，這把火燒掉了她的貞潔觀念乃至廉恥觀念。作者送給她兩句匪夷所思而又絕妙貼切的讚語：「就是個綺閣中好色的嬌娘，深閨內施床的菩薩。」於是有文嫂為之拉皮條作「中介」，廣尋填補其性饑渴的資源；這美譽遠播江湖上，以至連「紅燈區」的妓女鄭愛月都耳熟能詳。為奉承西門慶，鄭愛月免費將這資訊轉告了西門慶。

其實西門慶與王招宣府的關係極其複雜。其一，這裏曾是潘金蓮九歲被買入，學習彈唱的地方；其二，西門慶與林太太之子王三官有爭妓之仇（同爭李桂姐、鄭愛月）；其三，西門慶走近林太太可謂一箭數鵰：既想勾搭林太太，又想攬上王三官十九歲花枝般的妻子（她還是聲勢顯赫的黃太尉的侄女），更想鎮住情敵王三官。西門慶與林太太初次見面，是林太太請西門慶幫忙斷開那些勾引王三官嫖妓的流氓，以免玷辱「咱家門戶」，說：「幾次欲待要往公門訴狀，誠恐拋頭露面，有失先夫名節。」於是請西門慶來「現場辦公」——禮數何等周全，名義何等堂皇，言語何等正經。然而他們就是在這「同抓共管、教育後代」神聖使命下，有第一次「盡力盤桓了一場」的床笫之戰。（第六十九回）這是何等的荒唐可笑。此前，王三官號稱「三泉」，在紅燈區壓名為「四泉」的西門慶一籌。此後，他拜西門慶為義父，甘心站在他旗幟下。（第七十二回）「林太太駕帷再戰」，那長篇韻文還有引句：「招海旌幢秋色裏，擊天鼙鼓月明中」云云。單挑出來，誰都會以為那段韻文是描寫赤壁鏖兵的，誰承望它竟是描寫床笫之戰的。

在那段韻文中，林太太被比為千嬌百媚的花狐狸，西門慶則為那降魔伏妖的酒金剛。酒金剛經過數個回合的較量、進擊，打得花狐狸「一十八滾難掙扎」，以至「汗浸浸，釵橫鬢亂」「喘吁吁，腫眉矓眼」，「肉綻皮開」，失去了「百媚千嬌」的昔日風采。酒金剛得勝班師，意猶未盡，當下在林太太心口與陰戶燒了兩炷香，宛若頑童以小刀刻上「到此一遊」以為留念，並許下明日家中擺酒，使人請她同三官兒娘子去看燈耍子，可謂一箭雙鵰。將性交比為戰鬥，據說源自孫武教練吳王宮女排演陣法，三令五申，寵姬猶犯禁，致為孫武所斬，始使吳營花陣威律森然。不知何時這個故事引進了房中，而「吳營」「花陣」竟成了房中術的術語。

不過，西門慶與林太太的私通，其意義則遠不僅宣揚了他們的性戰。

有的學者將西門慶之流的「好色」說成是「人的正常要求」，「是對人生欲望的追求」，甚至說是「性觀念的解放」。然而，何謂「人的正常要求」？何謂「性觀念的解放」？持此論的「金學」家們對之卻似乎未置一辭。沒有堅實的理論前提，論述往往走向歧途，以其昏昏豈能使人昭昭？

舒蕪的兩段話或許可充當這理論的前提。第一段見其《從秋水蒹葭到春蠶蠟炬》，他引了恩格斯《家庭、私有制和國家的起源》的名言之後說：「什麼是近代意義的真正的愛情呢？恩格斯的著名定義，大家都知道了。據我的理解就是：第一，平等互愛；第

二，愛情重於生命；第三，愛情與婚姻同一成為性道德的標準。」[7]第二段話見於其近作《女性的發現》，是在闡述周作人「性的解放」的觀點時所說：「周作人的目標是『社會文化愈高，性道德愈寬大，性生活也愈健全』。這裏有三個要點：第一，是要有社會文化的提高，而不是社會愚昧的加深，不是向野蠻倒退。第二，是要建立合乎人性特別是合乎女性的性道德，而不是不道德、無道德。第三，是要建立合乎科學特別是合乎性科學的健全的性生活，而不是混亂的病態的淫昏的性生活。」[8]這裏更強調對待女子的態度問題，「周作人是把對待女子態度如何，作為衡量一個人的見識高下的標準」。這兩段話互相補充，大致可視為對「人的正常要求」與「性的解放」的正確理解。用這把理論的尺度去衡量《金瓶梅》，就不難發現西門慶在諸多場合有悖「人的正常要求」，更不存在什麼「性觀念的解放」。

西門慶家中有六房妻妾，還要淫人妻女、包占娼妓，張竹坡統計被西門慶「愛」過的女人有十九人。對於那麼一個龐大的性愛群落，無論是自家妻妾、還是他人妻女，無論貴婦富婆、還是卑賤下人，西門慶與她們之間少有什麼「平等互愛」，而更多的是玩弄與被玩弄，姦淫與被姦淫，占有與被占有，征服與被征服的關係。小說第七十八回，寫西門慶與如意兒（又名章四兒）做愛時有段有趣的對話：

> 西門慶便叫道：「章四兒淫婦，你是誰的老婆？」婦人道：「我是爹的老婆。」
> 西門慶教與他：「你說是熊旺的老婆，今日屬了我的親達達了。」那婦人回應道：「淫婦原是熊旺的老婆，今日屬了我的親達達了。」（《金瓶梅詞話》第七十八回）

在做愛之際，西門慶竟呼性愛對象為「淫婦」，自是賤視對方（章四兒自稱「淫婦」當然是自貶）；即使做愛他們也不是「平等互愛」，而是居高臨下的男性去「臨幸」地位低賤的女性。既然是「臨幸」，這個女性越不屬於自己，此時就越有奪人城池般的占有欲和實際占有了的陶醉感。這大概是那「妻不如妾，妾不如偷」的心理依據。章四兒起先徑答「我是爹的老婆」，本是討好西門慶之意，西門慶猶嫌不過癮，主動教導她回答是：「熊旺的老婆」，點明他屬的本來身分，然後說「今日屬了我的親達達了」，才能滿足他瘋狂的占有欲和征服欲。這種在女人身上實現掠人城池願望的戰爭遊戲，西門慶是百玩不厭的。

西門慶瘋狂的占有欲和征服欲，在「性目的」論中則主要轉化為獵取財色與傳宗接代。在西門慶「愛」過的女性中，李瓶兒是使西門慶的「性目的」得以全方位實現的人，

7　舒蕪：《從秋水蒹葭到春蠶蠟炬》，北京：人民文學出版社，1987 年，頁 4。
8　舒蕪：《女性的發現》，北京：文化藝術出版社，1990 年，頁 13。

而潘金蓮則偏以色，孟玉樓則偏以財，吳月娘則偏以傳宗接代。小說第二十一回，寫西門慶在妓院鬼混，半月不歸，吳月娘雪中焚香拜斗，祝禱穹蒼，保佑主夫，「早生一子，以為終身之計」，西門慶聞得滿心高興，立即「要與月娘上床宿歇求歡」。西門慶有過所謂「真個銷魂」的性快感，卻難得有過什麼愛與情的意識，更談不上「愛情重於生命」，和「建立合乎人性特別是合乎女性的性道德」。為了滿足自己的淫欲，他常常是不擇手段，不認對象，恣意淫樂，貪得無厭。蔣竹山說他「家中挑販人口，家中不算丫頭大小，五六個老婆，著緊打趄棍兒，稍不中意就令媒人領出賣了。」作者用不寫之寫點明西門慶販賣婦女的罪行。

要到一個販賣婦女的魔鬼那裏去尋找什麼「愛情」色彩，顯然是摸錯了門。在理論上，是混淆了「淫」與「情」的界限，誤將「淫」為「情」。「因為『情』與『淫』很相似，都是男女之間的事，如不劃清界限，則舊的風流才子們一向是假借『情』的名義來行淫，而道學家又會拿了『淫』的罪名來鎮壓青年男女的愛情。所謂把對手當作『對等的人』，當作『自己之半』，是兼指兩性而言，但結合歷史實際情況，則著重的當然是指男子對於女子的心理」，「玩弄的心理，淫虐的心理，等等，都是沒有把女子當作對等的人，都是『淫』，不是『情』」以舒蕪從周作人那裏引申出來的理論來衡量，西門慶自然只能是個「性戰能手」，而絕不是什麼「性解放」的先鋒。

五、性具＋性藥＝性科學？

性既是生命力的體現，性行為就當是生命力的自然流泄。西門慶的性能力不可謂不強悍，但他猶嫌不足，而是竭盡所能，以當時的「高科技」來從裏到外武裝陽具（性藥其內，性具其外），以求無止境地提高性戰能力。

王六兒是西門慶性藥、淫具首選實驗基地。王六兒是西門慶家夥計韓道國的老婆，而韓道國本是個「性本虛飄，言過其實……許人錢，如捉影捕風；騙人財，如探囊取物」的明「王八」。

西門慶自從來保東京歸來接受了一光榮任務——替蔡京管家翟謙物色小妾；為翟謙選美，西門慶屈駕親登韓門，「相看」他們年方十五的女兒韓愛姐。不想有意外豔遇，搭上了王六兒。按理說，王六兒長得並不美：「長挑身材，紫膛色，瓜子面皮」，但王六兒有兩件毛病（或嗜好）：一是「教漢子幹他後庭花」，二是「積年好哂鬄髮」，而這「兩樁兒可在西門慶心坎上」——實際上是滿足了西門慶變態的精神需求，所以他跑王六兒那兒最勤。

以至西門慶從胡僧那裏弄來春藥，想試一試，他首先想到的就是這王六兒，並在王

六兒身上作了全方位的性實驗。為了說明問題，我不得不引一段「潔本」《金瓶梅》中所沒有的令人瞠目的文字，敬請讀者諒解：

> 西門慶見婦人好風月，一徑要打動他，家中袖了一個錦包兒來，打開裏面，銀托子、相思套、硫磺圈、藥煮的白綾帶子、懸玉環、封臍膏、勉鈴，一弄兒淫器。那婦人仰臥枕上，玉腿高蹺，口舌內吐。西門慶先把勉鈴教婦人自放牝內，然後將銀托束其根，硫磺圈套其首，封臍膏貼於臍上。……
>
> 有詞為證：美冤家一心愛折後庭花，尋常只在門前裏走，又被開路先鋒把住了他，放在戶中難禁受，轉絲韁勒回馬親得勝弄的我上麻，蹴損了奴的粉臉，粉臉那丹霞。（第三十八回）

可謂百般武器全用了個遍。至於那些玩意兒的功能、結構與用法，筆者毫無研究，無法細說，只知道前有姚靈犀 1940 年寫的《金瓶小札》，今有陳詔 1998 年寫的《金瓶梅小考》中有關章節對之略有介紹，有興趣的讀者可以檢閱。而我要告訴你的是，這種種性具在當時即為奢侈品，絕非尋常人士可以問津。從有次西門慶與潘金蓮展示「勉鈴」即可知：

> 婦人與西門慶脫白綾襖，袖子裏滑浪一聲，吊出一個物件兒來，拿在手裏沉甸甸的，彈子大，認了半日，竟不知甚麼東西。但見：
>
> 身軀瘦小內玲瓏，
>
> 得人輕借力，
>
> 輾轉作蟬鳴。
>
> 解（能）使佳人心顫，
>
> 慣能助腎威風。
>
> 號稱金面勇先鋒，
>
> 戰降功第一，
>
> 揚名勉子鈴。
>
> 婦人認了半日，問道：「這是甚麼東西兒，怎的把人半邊胳膊都麻了？」西門慶笑道：「這物件你就不知道了，名喚做勉鈴，南方勉（緬）甸國出來的。好的也值四五兩銀子。」（第十六回）

「四五兩銀子」在當時是一個丫鬟的身價。小說第九回西門慶用五兩銀子買下小玉服侍月娘，又用六兩銀子替金蓮買個上灶丫頭秋菊。第三十七回趙嫂家十三歲女孩「只賣銀四兩」，第九十五回薛嫂領來的「鄉里人家女兒」只值四兩半銀子，第九十七回春梅只「用

了三兩五錢銀子硬買下一個十三歲的丫頭」，給陳敬濟。由此便見西門慶極其奢侈腐敗，令人髮指。

這是「性具」。當然其中「封臍膏」以及第二十七、五十一回寫到令潘金蓮「一味熱癢不可當」的「顫聲嬌」（又名「閨豔聲嬌」）等是藥物。這些都是輔助性藥品，真正的性藥是《金瓶梅》第四十九回所寫：遇梵（胡）僧現身施藥。

房中術似由道家原創，中國古代房中術強調，男女之道乃天地陰陽之道的精巧複製。荷蘭漢學家高羅佩利用大量史料論證，中國的房中術遠在漢代以前就已形成完整體系，在年代上早於印度密教經咒，應是獨立起源，而非外來；相反，印度密教經咒卻可能是在中國房中術的影響下發展起來，以後又回傳中國，影響到隋唐以來的中國房中術。[9]《金瓶梅》中的胡僧或許就是那回傳者之一。令人感到滑稽的是，西門慶眼中的胡僧竟是個「陽具化」的形象：

> 見一個和尚，形骨古怪，相貌搊搜，生的豹頭凹眼，色若紫肝，戴了雞蠟箍兒，穿一領肉紅直裰，頦下髭須亂拃，頭上有一溜光簷，就是個形容古怪真羅漢，未除火性獨眼龍。在禪床上旋定過去了，垂著頭，把脖子縮到腔子裏，鼻孔中流下玉箸來。
>
> 西門慶口中不言，心中暗道：「此僧必然是個有手段的高僧。」

待胡僧到了西門慶府上的廳堂，他所見其桌子、椅子的造型，張竹坡借用《水滸》中人的話說：「一片鳥東西也。」（《紅樓夢》秦可卿的房間擺設學此而走火入魔）胡僧「酒肉並行」，正好是李瓶兒生日，西門慶現成看饌招待胡僧，四碟果子、四碟小菜、又是四碟果酒，其造型竟全是雌雄生殖器形態。

酒足飯飽之後，胡僧所施春藥——中國古代的「偉哥」：

> 形如雞卵，色如鵝黃。三次老君炮煉，王母親手傳方，外視輕如糞土，內覷貴乎玕琅。……此藥用托掌內，飄然身入洞房：洞中春不老，物外景長芳。玉山無頹敗，月朗夜窗光。一戰精神爽，再戰氣血剛。不拘嬌豔寵，十二美紅妝，交接從吾好，徹夜硬如槍。服久寬脾胃，滋腎又扶陽。百日鬚髮黑，千朝體自強。固齒能明目，陽生姤始藏。

高羅佩以現代科學的研究成果證明，中國古代春藥雖大多不含有害成分，亦無特殊效力，只有一般的滋補作用，但中國人對春藥往往帶有迷信和誇大的成分。

9　高羅佩著，李零等譯：《中國古代房內考》，上海：上海人民出版社，1990 年，「譯者前言」。

在「遇梵僧現身施藥」之前，西門慶早從李瓶兒那裏獲得了「春意二十四解本兒」手卷，這是李瓶兒「他老公公內府畫出來的」。潘金蓮接在手中，展開觀看，有詞為證：

> 內府衢花綾裱，牙籤錦帶妝成。大青小綠細描金，鑲嵌斗方乾淨。女賽巫山神女，男如宋玉郎君。雙雙帳內慣交鋒，解名二十四，春意動關情。

金蓮從前至尾看了一遍，不肯放手，就交與春梅道：「好生收在我箱內，早晚看著耍子。」西門慶不肯，要奪回還李瓶兒，金蓮耍賴要「把他扯得稀爛，大家看不成」。西門慶被迫說：「你還了他這個，他還有個稀奇物件兒呢，到明日我要了來與你。」金蓮道：「你拿了來，我方與你這手卷。」

那「稀奇物件兒」就是第十六回寫的「勉鈴」。而「春宮圖」手卷所繪無非是《紅樓夢》中傻大姐認作妖精打架的故事——性行為方式。

西門慶本有「驢大行貨」，現外有性具、內有性藥武裝，又有「可操作」性的行樂圖作技術指導，那麼，這位西門慶從此就有「合乎科學特別是合乎性科學的性生活」麼？

實踐證明，西門慶的性生活從此走向更混亂、更病態、更淫昏，更加肆無忌憚，遠談不上科學與健康。

在西門慶那裏，對女性愛也好、恨也好，獎也好、懲也好，一切都付諸性行為。不過西門慶整個人在那瘋狂的性戰中，也幾乎完全物化為一個活生生的陽具。第七十九回西門慶死後，水秀才就在那「暗含譏諷」的祭文中就將他寫作一個「鳥人」了。

六、西門慶性戰的戰果之一：一批女性的痛苦

潘金蓮是與西門慶做愛最頻繁的女性，小說中明寫的就有二十多次，其中寫得最酣暢的大概要數第二十七回的「潘金蓮醉鬧葡萄架」。以性科學觀念看，西門慶對女性的性敏感區瞭若指掌，而且是性挑逗的行家裏手，但到具體實施時，卻令人瞠目。如其不用手指，而是「先將腳指挑弄其花心」，繼而「向冰碗內取了枚玉黃李子向婦人牝中一連打了三個，皆中花心」，他叫「投個肉壺，名喚金彈打銀鵝」，然後「又把一個李子放進牝內，不取出來」。這難道是正常的性挑逗？而其工作時的體式也異乎尋常。西門慶「戲把他兩條腳帶解下來，拴其雙足，吊在兩邊葡萄架兒上，如金龍探爪相似」。但在挑逗之後，西門慶卻故意進行「冷處理」。幾經挑逗，兼有酒興相助，潘金蓮淫興大作，西門慶「又不行事」，或「不肯深入」，「急的婦人春心沒亂」，口中直叫：「急壞了淫婦了」，「捉弄奴死了」。西門慶在自己一手製造的性饑渴的對手的呼喚中，獲得了極大的滿足。那呼喚，就使他永遠處於居高臨下的主動地位。用淫器（銀托子、硫黃

圈）使「那話昂健奢棱」，「暴怒」異常。待到做愛時，西門慶也是使盡解數。如此荒
唐的性遊戲，不在床笫，竟在大白天的花園中。連春梅都說：「不知你每甚麼張致，大
青天白日裏，一時人來撞見，怪模怪樣的」。張竹坡也斥之為「極妖淫污辱之怨」。如
此兇猛的性攻擊，真是所向披靡、無堅不摧。果然，如此做愛的結果是「婦人則目瞑氣
息，微有聲嘶，舌尖冰冷，四肢收軃於衽席之上。西門慶慌了，急解其縛。向牝中摳出
硫黃圈來，折做兩截。把婦人扶坐半日，星眸驚閃，甦省過來。因向西門慶作嬌泣聲說
道：『我的達達，你今日怎的這般大惡，險不喪了奴的性命！』」

　　這是使用性具之「最佳效果」。前引第三十八回寫到，即使是床笫能手王六兒在西
門慶所用性具攻擊下，也由「蹙眉隱忍」到顫聲大叫：「教淫婦怎麼挨忍。」潘金蓮不
止一次說：「這托硬硬的，格的人痛。」李瓶兒則叫：「把奴的小肚子疼起來了。」有
次孟玉樓病了，西門慶在探病時與之做愛，孟摸見銀托子，說道：「從多咱三不知就帶
上這行貨子了？還不趁早除下來哩。」連紅燈區的鄭愛月在西門慶「那話上使了托子，
向花心裏頂入」，也「把眉頭皺在一起，兩手攀擱枕上，隱忍難挨，朦朧著星眼，低聲
說道：『你今日饒了鄭月兒罷』。」（第五十九回）用性具武裝起來的西門慶灑向床笫多
是怨——女性之怨。

　　待到西門慶有胡僧春藥，首試者王六兒，「淫心如醉，酥癱於枕上，口內呻吟不已，
口口聲聲叫，大髻髭達達，淫婦今日可死也。」他在王六兒那裏初試春藥，興猶未盡，
回家後強與正值例假的李瓶兒做愛。「因把那話兒露出來與李瓶兒瞧，唬得李瓶兒要不
的，說道：那耶嚛藥，你怎麼弄得他這等大？」工作中李瓶兒又叫：「達達，慢著些，
頂的奴裏邊好不疼？」（第五十回）正是這野蠻勾當，使李瓶兒患下血崩症不足之症，並
埋下了死亡的隱患。

　　西門慶南征北戰一番之後到潘金蓮房中，儘管被潘金蓮譏為「剩了些殘兵敗將」，
也叫她嚇了一跳——可見「那話」視覺衝擊力之巨大；品簫時，金蓮居然說：「好大行
貨，把人的口也撐的生痛的。」開戰時，金蓮先是感到「從子宮冷森森直摯到心上」，
「好難捱忍也」；再就是沒命地叫：「親達達罷了，五兒死了」，「須臾一陣昏迷，舌尖
冰冷，泄訖一度」。（第五十一回）用性藥武裝起來的西門慶，灑向床笫的更是痛：女性
之痛。

　　靄理士《性心理學》指出，性慾高潮的心理感受，是「一種精神上的滿足，一種通
體的安適感覺，一種舒適懶散的心情，一種心神解放，了無罣礙，萬物自得，天地皆春
的觀感」。靄氏進而說：「在這種情形之下，解慾不會產生痛苦，增加疲乏，觸動愁緒，
或引起情緒上的厭惡。其在女子，其影響也正復相似，所不同的是那懶散的心情比較不
容易覺察，除非在短時內，有過不止一度的交合，但是安閒、愉快、解放、以及此身得

所寄託的感覺,是完全一樣的。女子經過一度滿足的解欲以後,也往往有如飲酒適如其量後的一種感覺,即相當的醉而不至於迷糊。」[10]而西門慶的「歠然」「暢美」,是建立在女性「目瞑氣息」的痛苦之上的。這在西門慶是性虐待,在潘金蓮則未必是受虐狂,她稱這般大惡「險不喪了奴的性命!」可見這痛苦的方式並沒有喚起她的性愉快,但為固寵她又只得拼命市色市愛,因而她有「百年苦樂由他人」的慨歎。

友人方君曾將《金瓶梅》與《查泰萊夫人的情人》相比較,就更鮮明地顯現出西門慶性文化的卑污。他說:

> 《查泰萊夫人的情人》一書中關於性生活的描寫,是從女性的角度,以女性為本位的。勞倫斯用一種美妙而純潔的語言,寫出了女性的感受:
>
> ……波動著,波動著,波動著,好像輕柔的火焰的輕撲,輕柔得像羽毛一樣,向著光輝的頂點直奔,美妙地,美妙地,美妙地,把她溶解,把她整個內部溶解了。那好像是鐘聲一樣,一波一波地登峰造極。
>
> 她仿佛像個大海,滿是些幽暗的波濤……興波作浪。[11]

而《金瓶梅》一類的書,則認為男子的快樂全在於女性的被動,男子的享受就在於越狂暴越好的性占有和性虐待。這是千百年來造成女性無可告訴的悲劇的一個原因。

「女性本位」論,要求男性在性生活中「以所愛的婦女的悅樂為悅樂而不忱於她們的供奉」(靄理士語)。雖然人類性生活終當以兩性和諧為目標,但「女性本位」論對於自母系氏族消亡以後人類性生活中長期存在著的「男性本位」的歷史與遺痕來說,則不失為一種矯枉。

有查泰萊夫人的情人的野趣與美感作參照系,就更能反射出西門慶的野蠻與醜陋。前者是靈與肉的統一,通過性的交融,引出精神的昇華與人格的完善,即使對「肉體」的描寫也是一種美的觀照:「用純粹的肉感的火,去把虛偽的羞恥心焚毀,把人體的沉濁的雜質溶解,使它成為純潔!」[12]而在西門慶那裏,女性肉體再也不是令人引以自豪的萬物之靈,而是男性獲得性愉快的玩具和女性進行「性交易」的籌碼;性交不再是由快感走向美感,由自然走向審美的坦途,而是女性的屈辱與男性的墮落的必由之路。燦爛的生命之火與人性之光被西門慶的野蠻與醜陋掃蕩殆盡,剩下的除上述其所實施的性占有、性虐待之外,還有什麼後庭花、什麼品簫、什麼燒香以及飲溺、同性戀(與秘書書

10　靄理士著,潘光旦譯注:《性心理學》,北京:三聯書店,1987 年,頁 28、29。

11　方非:〈勞倫斯的頌歌與略薩的控訴〉,《讀書》1988 年第 7 期。

12　戴·赫·勞倫斯著,饒述一譯:《查泰萊夫人的情人》,海口:海南人民出版社,1993 年,頁 359。

童）等等，只能作為十六世紀末性文化污穢的紀錄。這種以性放縱與性混亂為內容的性文化，既不理解女性，也不尊重女性（小說中的女性也被寫得不自我尊重），只能是野蠻的反映，而絕無「性解放」的痕跡可尋。

七、西門慶性戰的戰果之二：一批男性的倒下

性究竟有多大的力量？它在人類發展史到底起了多大作用？這也是個「天問」。實在難以作準確的回答。

人類歷史發展的根本動力是社會生產力，性有時卻為歷史發展創造了出人意料的插曲。柏拉圖曾在《專題論文集》中說：

> 要是能有別的什麼方法，使一個國家或軍隊都由戀人組成，他們無疑是會成為自己城市最好的統治者。他們將杜絕一切恥辱，為了榮譽你爭我趕。當他們並肩作戰的時候，儘管為數甚寡，卻能征服整個世界。因為一個人寧可讓整個人類看到自己的醜惡，也不願在自己所愛的人面前怯懦地臨陣脫逃或是放下手中的武器。他寧願死一千次也不願這樣。誰又會在危險的時候丟下自己所愛的人或讓他失望呢？在這樣的時候，懦夫會變成勇往直前的英雄，而凡夫俗子也毫不遜色於真正的鬥士，愛將會激起他們的勇氣。[13]

康有為在《大同書》中也將戰爭的根源歸之於食、色之不均，認為人們往往因食欲與性欲得不到滿足而發動戰爭，用武力去奪食、奪色。凡此種種，都只能是片面的深刻。

可見，性能力與性和諧，對一個社會的發展是何等重要，這遠非一個家庭問題。

應該說，《金瓶梅》中的西門慶在政治、經濟領域瘋狂地張揚與進取，與他旺盛的性欲望與性能力不無關係。反過來說，西門慶以錢權為前茅去追逐性欲的滿足，就不免充滿著霸氣與流氓氣。

西門慶為爭色奪愛，製造了許多傷亡事件，最典型的有如下幾件。

其一，為潘金蓮毒死武大郎，又陷害武二郎。西門慶與潘金蓮勾搭成姦，潘金蓮的丈夫武大郎顯然是一個障礙。武大郎前來捉姦，反被西門慶踢傷了。在王婆的唆使下，他們一不做、二不休，用砒霜毒死了武大郎。西門慶終將潘金蓮娶回，做了第五房。武松瞭解內情後，本打算用合法手段為兄報仇。不想，西門慶派家人來保、來旺，衲著銀兩打點官吏。

13　劉達臨：《世界古代性文化》，上海：三聯書店，1998 年，頁 2。

告狀不成，於是武松就用非法律手段復仇，無奈西門慶逃脫，武松誤殺陪酒的李外傳。西門慶用白花花的銀兩買倒了衙門。結果是武松被脊杖並充軍孟州，而西門慶與潘金蓮竟逍遙法外。

其二，為李瓶兒氣死花子虛又邏打蔣竹山。西門慶看上了結拜兄弟花子虛的老婆李瓶兒，於是「安心設計，圖謀這婦人」，終於勾搭成姦。不想這時花家幾個兄弟內訌，將花子虛告進了大牢。西門慶與李瓶兒串通一氣，借幫花子虛打官司為名，偷渡了花家財產，使花子虛從牢房出來，家中一貧如洗，難以維計，於是被他們活活氣死。花子虛死後，西門慶張羅著準備娶李瓶兒為妾，不想牽扯進楊戩一案，無法娶李瓶兒。李瓶兒不得已招贅了太醫蔣竹山。但西門慶剛擺脫困境就收買光棍魯華、張勝，狠狠邏打蔣竹山，嚇得李瓶兒趕緊驅逐蔣竹山。之所以這樣做，西門慶在懲罰李瓶兒時說得很明白：

> 西門慶坐著，從頭至尾問婦人：「我那等對你說過，教你略等等兒，我家中有些事兒，如何不依我，慌忙就嫁了蔣太醫那廝？你嫁了別人，我倒也不惱，那矮王八有什麼起解？你把他倒踏進門去，拿本錢與他開鋪子，在我眼皮子跟前，要撐我的買賣？」婦人道：「奴說不的，悔也是遲了。只因你一去了不見來，朝思暮想，把奴想的心邪了。後邊喬皇親花園裏常有狐狸，要便半夜三更假名托姓變做你，來攝我精髓，到天明雞叫就去了。你不信，只問老馮、兩個丫頭便知。後來看看把奴攝的至死，才請這蔣太醫來看。奴就像吊在麵糊盆一般，吃那廝局騙了。說你家中有事，上東京去了。奴不得已，才幹下這條路，誰知這廝砍了頭是個債樁，被人打上門來，經動官府。奴忍氣吞聲，丟了幾兩銀子，吃奴即時攆出去了。」西門慶道：「說你教他寫狀子，告我收著你許多東西；你如何今日也到我家來了？」婦人道：「你可是沒的說！奴那裏有這話，就把奴身子爛化了！」西門慶道：「就算有，我也不怕。你說你有錢，快轉換漢子，我手裏容你不得。我實對你說罷，前者打太醫那兩個人，是如此這般使的手段。只略施小計，教那廝疾走無門；若稍用機關，也要連你掛了到官，弄到一個田地！」婦人道：「奴知道是你使的計兒，還是可憐見奴，若弄到那無人煙之處，就是死罷了。」（第十九回）

其三，為宋惠蓮放逐來旺又打傷宋仁。與西門慶有姦情的宋惠蓮，是他的家奴來旺的媳婦。家奴身分本不足以夠構成西門慶的障礙，但來旺不安分，酒後醉罵西門慶。經潘金蓮挑撥，西門慶設下陷阱向來旺開刀：

> 來旺兒睡了一覺，約一更天氣，酒還未醒，正朦朦朧朧睡著，忽聽得窗外隱隱有人叫他道：「來旺哥，還不起來看看，你的媳婦子又被那沒廉恥的勾引到花園後

邊，幹那營生去了。虧你睡的放心！」來旺兒猛可驚醒，睜開眼看看，不見老婆
在房裏，只認是雪娥看見甚動靜，來遞信與他。不覺怒從心上起，道：「我在面
前就弄鬼兒！」忙跳起身來，開了房門，徑撲到花園中來。剛到廂房中角門首，
不防黑影裏拋出一條凳子來，把來旺兒絆了一跤，只見響亮一聲，一把刀子落地。
左右閃過四五個小廝，大叫：「有賊！」一齊向前，把來旺兒一把捉住了。來旺
兒道：「我是來旺兒，進來尋媳婦子，如何把我拿住了？」眾人不由分說，一步
一棍打到廳上。只見大廳上燈燭熒煌，西門慶坐在上面，即叫：「拿上來！」來
旺兒跪在地下，說道：「小的睡醒了，不見媳婦在房裏，進來尋他。如何把小的
做賊拿？」那來興兒就把刀子放在面前，與西門慶看，西門慶大怒，罵道：「眾
生好度人度難，這廝真是個殺人賊！我倒見你杭州來家，叫你領三百兩銀子做買
賣，如何黑夜進內來要殺我？不然拿這刀子做甚麼？」喝令左右：「與我押到他
房中，取我那三百兩銀子來！」眾小廝隨即押到房中。惠蓮正在後邊同玉簫說話，
忽聞此信，忙跑到房裏，看見了，放聲大哭，說道：「你好好吃了酒睡罷，平白
又來尋我做甚麼？只當暗中了人的拖刀之計。」一面開箱子，取出六包銀兩來，
拿到廳上。西門慶燈下打開觀看，內中只有一包銀兩，餘者都是錫鉛錠子。西門
慶大怒，因問：「如何抵換了！我的銀兩往那裏去了？趁早實說！」那來旺兒哭
道：「爹抬舉小的做買賣，小的怎敢欺心抵換銀兩？」西門慶道：「你打下刀子，
還要殺我。刀子現在，還要支吾甚麼！」因把來興兒叫來，面前跪下，執證說：
「你從某日，沒曾在外對眾發言要殺爹，嗔爹不與你買賣做？」這來旺兒只是歎氣，
張開口兒合不的。西門慶道：「既贓證刀杖明白，叫小廝與我拴鎖在門房內。明
日寫狀子，送到提刑所去。」（第二十六回）

西門慶與官府串通一氣，將來旺兒在監獄裏折磨得不像人樣，放逐徐州而去。放逐了來
旺兒，西門慶以為可以自由姦淫宋惠蓮了。不想，宋惠蓮見西門慶多次愚弄她，竟自殺
身亡。當西門慶得知此事後，只輕描淡寫地說：「他自個拙婦，原來沒福。」宋惠蓮的
父親宋仁「攔著屍首，不容燒化」，要為女兒之死討個說法，也被拿到縣裏，反問他「打
網詐財，倚屍圖賴」之罪，而當廳打得鮮血順腿淋漓，歸家不久就害時疫而死了。

西門慶利用金錢與權勢，上演了一幕幕性欲與陰謀的醜劇，製造了一幕幕人間悲劇。

八、西門慶的性瘋狂與晚明人文主義思潮

有人將西門慶的性瘋狂，與以李贄為代表的晚明進步思潮相提並論，那就更離譜了。

晚明性文化實則有兩個潮流。一是以李贄為代表的進步知識分子所傳播的，以個性心靈解放為基礎的人文主義思潮。李贄針對程朱理學「存天理、滅人欲」的說教，提出：「穿衣吃飯即是人倫物理」，主張率性而行，言私言利，好貨好色。但他並非主張淫亂，因為其理論軸心是「童心說」。所謂「童心」，就是「真心」，就是「赤子心」。「夫童心者，絕假純真，最初一念之本心也」。[14]在李贄的影響下，袁中郎、湯顯祖、馮夢龍等都加入了這一潮流。袁中郎提出「獨抒性靈」，「真人所作，故多真聲」，「任性而發，尚能通於人之喜怒哀樂嗜好情欲，是可喜也」。[15]湯顯祖則高倡「至情說」：「情不知所起，一往而深，生者可以死，死可以生。生而不可與死，死而不可復生者，皆非情之至也」。[16]馮夢龍主張「借男女之真情，發名教之偽藥」，承認「飲食男女，人之大欲」，但同時又劃分開情與淫的界限，指出：「夫情近於淫，而淫實非情」。[17]不難看出，西門慶的思想言行與這一思潮，毫無共通之處。

另一個是以腐敗的封建當局為代表掀起的縱欲主義的濁流。嘉靖、隆慶兩朝皇帝都喜用春藥，神宗萬曆皇帝是個「酒色財氣」四毒俱全的昏君。諸侯王的荒淫有過之而無不及，「挾娼樂裸，男女雜坐，左右有忤者，錐斧立斃，或加以炮烙」（《明史·諸王傳》）就是他們的醜跡寫照。上行下效，濁臭熏天。魯迅曾說：「成化時，方士李孜僧繼曉已以獻房中術驟貴，至嘉靖間而陶仲文以進紅鉛得幸於世宗，官至特進光祿大夫柱國少師少傅少保禮部尚書恭誠伯。於是頹風漸及士流，都御史盛端明布政使參議顧可學皆以進士起家，而俱借『秋石方』致大位」。[18]這恰印證了狄德羅的名言：「在宮廷，『狂歡的工具』從來與政治媲美。」

人道：性是生命之光。晚明的兩股潮流都未離開性這個命題，但前者是曙光，後者是夜光；前者引人昇華，後者誘人沉淪。前者訴諸於精神世界，因而有《四聲猿》《牡丹亭》等美文，以「情」抗「理」：「第云理之所必無，安知非情之所必有邪」（《牡丹亭·題詞》），來呼應那富有思想啟蒙色彩的進步思潮。後者則影響著世俗世界，正如魯迅所言：「瞬息顯榮，世俗所企羨，僥倖者多竭智力以求奇方，世間乃漸不以縱談閨幃方藥之事為恥。風氣既變，並及文林，故自方士進用以來，方藥盛，妖心興，而小說亦多神魔之談，且每敘床笫之事也」，「而在當時，實亦時尚」。[19]於是「穢書」（如《如

14　李贄：《焚書》卷三〈童心說〉。
15　袁宏道：《袁中郎全集》卷三〈敘小修詩〉。
16　湯顯祖：《玉茗堂文》之六〈牡丹亭記題辭〉。
17　馮夢龍：〈敘《山歌》〉，高洪鈞輯：《馮夢龍集》，石家莊：河北人民出版社，1992年，頁122。
18　魯迅：《中國小說史略》，《魯迅全集》第9卷，頁182-183。
19　魯迅：《中國小說史略》，《魯迅全集》第9卷，頁183。

意君傳》《繡榻野史》《癡婆子傳》等小說）、春畫（萬曆版《風流絕暢圖》《鴛鴦秘譜》等為精美的彩色套印）與房中書（《某氏家訓》《素女妙論》《修真演義》等）盛行一時，甚至「隆慶窖酒杯茗碗，俱繪男女私褻之狀」。[20]西門慶正是那縱欲主義濁流中的產物。十六世紀末的中國，既不是「治世」，也不是「亂世」，而是「末世」，是「濁世」。這是將死的死而不僵，死的抓住了活的！兩股潮流相生相剋，濁流時而蓋住清流，夜光時而淹沒曙光，腐敗時而侵蝕著詩情。這是歷史應該轉變而未能轉變的時代，「有歷史而無事變」！用以書寫這一頁歷史的，既不是輝煌的金色，也不是象徵絕望的黑色，而是只能以沉悶的灰色作基調，雜以各種中間色。這就是產生《金瓶梅》那個時代的風光。《金瓶梅》的作者未必從以李贄為代表的人文主義的潮流中吸取了多少營養，因而他不可能寫出杜麗娘式的憧憬理想境界的人物，也未與縱欲主義的濁流和光同塵，因而他不是站在西門慶的水平線上去寫西門慶，沒有將《金瓶梅》寫成如《如意君傳》之類「專在性交」的「穢書」，而是站在較高的角度，「著此一家，即罵盡諸色，蓋非獨描摹下流言行，加以筆伐而已」。[21]

不過，人文主義與縱欲主義之間雖有著本質差異，但由於兩者都涉及到性，在那灰色背景下，曙光與夜光有時皆呈朦朧，叫人難以分辨。《金瓶梅》研究中時有論者將兩者混為一談，以致視「淫」為「情」。《紅樓夢》有正本第六十六回脂批云：「余嘆世人不識『情』字，常把『淫』字當作『情』字；殊不知淫裏無情，情裏無淫。淫必傷情，情必戒淫。」[22]古人尚且有此見識，今人更當有明確的分辨。《金瓶梅》是一部百科全的作品，是部「人間喜劇」式的作品。這部作品給人印象最深的，或許就是以西門慶為中心人物的種種性活動。在中國人的倫理觀念中，「萬惡淫為首」。因而作者淋漓盡致地寫西門慶的性事（變態性心理與性行為），正是從人類生活的一個本質方面揭示封建末世官僚階級萬劫不復的沒落和腐敗。而那種從西門慶性事中看到「性解放」的觀點，或許有違《金瓶梅》的文本實際，難以站得住腳。

九、餘論：赤著雙足去探索這不可思議的火焰

有朋友問我：寫這帶彩的一章時你是何心態？

我現從實招來：我是以極其莊嚴的心態寫完這一章的。

20　沈德符：《萬曆野獲編》卷二十六。

21　魯迅：《中國小說史略》，《魯迅全集》第9卷，頁180。

22　朱一玄：《紅樓夢資料彙編》，天津：南開大學出版社，2001年，頁495。

　　《金瓶梅》中西門慶的性意識與性感受，顯然都是以男性為中心的。其實，這絕非西門慶所獨有的風格，中國古代房中術與涉性作品有幾種不是以男性為中心的？中國古代本來就是個以男性為中心的世界。在這個世界裏人被劃分為兩群：操人者與被操者（fuckors and fuckees）──女權主義者麥金農語。在這個對應世界裏，女性自然被徹底工具化了。如有個別例外，就會被視為異端了。大千世界，竟被弄得如此單調乏味！

　　可喜的是，近代從西方傳來另一種聲音，即女性本位說。靄理士從《凱沙諾伐日記》的男主人公「以所愛婦女的悅樂為悅樂而不耽於她們的供奉」的行為中，引導出他的主張：「男子不專圖一己之滿足而對於女子的身心的狀態均有殷勤的注意」。司托潑《結婚的愛》則進而主張「大家應當曉得：男子和女子結婚，不是有一回向她求過愛，有一回博得她的愛就可以算了的，他必須每回房事之前向她求愛才是，因為一次房事不啻是一回結婚」。[23]這與中國人之所謂「懼內」根本不是一回事。

　　女性本位說，或許可視為對男性本位說的一次革命。但並不意味著男性統治了女性三千年，再讓女性反過來統治男性三千年，然後再來講平等。如果是那樣，世界將成何等世界！男女兩性的在性生活的平等、和諧，應是人類性生活或性科學的出發點與歸宿。如何走向這個目標，實在需要全人類的共同努力，中國人則猶當奮進。

　　大乘佛教的哲學觀認為，人體內含有「生命的火花」，「人體乃是認知真理的最好媒介」，終極真理也就在於人體本身。英國著名性心理學家靄理士說：

> 性是任何事物也無法熄滅的長明之火。我們應該像摩西那樣，扔掉鞋，赤著雙足，去探索這不可思議的火焰。[24]

23　舒蕪：《哀婦人》，頁 427。

24　見潘綏銘：《神秘的聖火》題辭。

流氓的喜劇
——西門慶悲劇說質疑

一、悲劇：對西門慶的誤讀

魯迅說：「悲劇將人生的有價值的東西毀滅給人看，喜劇將那無價值的撕破給人看。」[1]那麼，西門慶是個「有價值的東西」，還是個「無價值的東西」？他是被毀滅給人看的，還是被撕破給人看的？他的結局到底是悲劇，還是喜劇呢？

「新興商人」說者，以醒目的標題——「十六世紀一個新興商人的悲劇」，告訴人們西門慶是悲劇型的。並說：

> 原來它給我們寫了一個新興的商人西門慶及其家庭的興衰，他的廣泛的社會網路和私生活，他是如何暴發致富，又是如何縱欲身亡的歷史，這是一齣人生的悲劇。這齣悲劇的結局是「樹倒猢猻散」，「牆倒眾人推」，這個興旺到頂點的家庭分崩離析，一個個雞飛狗跳，各自尋趁，除個別幸運兒外，大多數落得個悲慘的下場。

「新興商人」說的不妥，前文已作詳論，無須再說。這裏要說的是，西門慶悲劇的結論是建立在一個錯誤的前提下的。由於前提的失誤，他們的論述也就不免要陷入一個不可排解的自相矛盾的邏輯怪圈之中。例如他們將一個腐敗沒落的封建官僚西門慶說成「屬於那個上升的階層」；將西門慶的賣官鬻爵，說成是「資產階級還未成熟以前，以獲得一部分封建權力來發展自己的常用的方式」；將西門慶的賄賂官府，偷稅漏稅，說成是新興商人的「貪婪、權謀和機變」；將西門慶的瘋狂占有與揮霍，說成是「有不凡的勃勃雄圖」，「代表的是一種充滿自信的積極、自強、進取的人生態度」；甚至說，西門慶死了，「西門慶的事業並未失敗。他的死，死於他自己過度的荒唐縱欲，而他的事業還

1　魯迅：〈再論雷峰塔的倒掉〉，《魯迅論文學與藝術》，頁143。

在上升、發展，這是頗寓深意的」……凡此種種，無不有悖於普通讀者從作品中獲得的正常的審美感受。

悲劇是美的被毀滅。被毀滅者越美，價值越高，悲劇就越大。魯迅曾說：「凡是愚弱的國民，即使體格如何健全，如何茁壯，也只能做毫無意義的示眾的材料和看客，病死多少是不必以為不幸的。」[2]可見無價值的東西被毀滅並不是悲劇。同樣是被毀滅（魯迅稱之為「被撕破」），前者是悲劇，後者是喜劇。悲劇的結局多是悲慘的，乃至悲壯的。但悲慘的結局，並不一定是悲劇。因而不能以結局的悲與否，來判斷是否是悲劇。其實「悲慘」云云，可能來自「悲劇」論者的主觀感受；西門慶是否認為自己的結局悲慘呢？這尚是未解之謎。且看他臨死時對財產的清晰統計，對家屬後路的理性安排，令人詫異。由此推斷，他或許覺得自己來世間走一趟超前地占有了一把，享受了一把，瀟灑了一把，能在花下死，做鬼也風流，死而無憾哩！不然臨終時，他何以如此清醒？

西門慶既不是示眾的材料，也不是看客。通觀全書，人們不難發現，西門慶之毀滅，完全是咎由自取。

二、西門慶：堪稱「東方不敗」

西門慶雖有複雜性的種種表現，卻畢竟是個無恥之徒，這已毋庸置疑。《金瓶梅》所表現的正是這個流氓的喜劇。正如弄珠客所云：「《金瓶梅》借西門慶以描畫世之大淨。」[3]西門慶之死，恰恰是一個流氓的喜劇的典型表演。

西門慶這麼個無恥之徒，本可以有種種毀滅或失敗之道：如在官場傾軋中倒台。他的確兩次被捲入官司的漩渦之中，兩次都是被告，一旦被告倒就會有官丟官，無官丟命，至少會傾家蕩產，如他親家陳洪那樣。但兩次他都以金錢為武器，輕易地逃脫了「法律」的懲罰。

或被武松所殺，如《水滸》所寫的那樣。西門慶與潘金蓮通姦，合夥謀殺了武大，武松得知後即找西門慶報仇。無論西門慶如何強悍，總該不是打虎英雄武松的對手吧。《金瓶梅》沒像《水滸傳》那樣寫武松打虎的過程，卻正面寫了武松的「壯士」形象：

> 雄軀凜凜，七尺以上身材；闊面棱棱，二十四五年紀。雙眸直豎，遠望處猶如兩
> 點明星；兩手握來，近覷時好似一雙鐵碓；腳尖飛起，深山虎豹失精魂，拳手落

2　魯迅：〈吶喊·自序〉，《魯迅論文學與藝術》，頁89。

3　朱一玄：《金瓶梅資料彙編》，頁178。

時，窮谷熊羆皆喪魄。……（第一回）

但武松到獅子樓上找正在那裏喝酒的西門慶，竟然沒打著西門慶卻誤打死了皂隸李外傳。然後反被西門慶略施小技，先在公堂受盡責杖，險些問成死罪，中經東平府尹陳文昭周旋，也還問了個脊杖四十，刺配二千里，充軍孟州。待到四年後武松遇赦歸來時，西門慶已不在人世了，武松竟無法尋他復仇。

西門慶也有可能被奴才來旺所殺。來旺曾是西門慶的心腹家人，有次從杭州出差回來探知妻子宋惠蓮與西門慶「那沒人倫的豬狗有首尾」，他仗著酒勁恨罵西門慶：「只休要撞到我手裏，我叫他白刀子進去，紅刀子出來，好不好把潘家那淫婦也殺了，也只是個死。……我的仇恨，與他結的有天來大。常言道：『一不做，二不休』到跟前再說話，『破著一命剮，便把皇帝打』。」真可謂，酒壯英雄膽。來旺醉中將西門慶、潘金蓮今昔之劣跡，一一抖落出來。如果來旺真的能夠說到做到，那麼緊接著的要麼是場惡鬥，要麼就是場暗殺，不管以何形式，都有可能讓西門慶「白刀子進去，紅刀子出來」（第二十五回），如同苗青對付苗員外那樣。可是來旺並沒有說到做到，只是「醉謗」其主以洩憤。《金瓶梅詞話》中，來旺亦如賈府的屈原——焦大，醉謗主子時仍未忘其使命感。結果反遭西門慶的陷害，被弄得家破人亡。

西門慶還有可能在商場競爭中失敗。如第十七回，當西門被捲入一場官司時，蔣竹山乘機與李瓶兒聯手在他身邊開了個好不興隆的生藥鋪。蔣竹山身為太醫，兼營藥鋪，理當比西門慶在行，如果沒有不正當的競爭手段，西門慶未必是他的對手。但官司剛了，西門慶就勾聚流氓、勾結官場，徹底整垮了蔣竹山，恢復和擴大了他在商界的優勢。此僅一例。西門慶在商界仗勢霸行的事比比皆是。

大概除了死神，真是沒有任何人間力量能奈何得了這「腐而不敗」的混世魔王。西門慶死時，僅三十三歲。剛過「而立」之年，應該是生命力最旺盛之際，而且他在政界、商界顯示了「燦爛前途」。他政和六年六月間當的副千戶，到政和七年底就升為正千戶。由副轉正，他只花了一年多時間，可謂現代化之速度。魏子雲說，如果不是死於非命，此人極可能官至總兵官而壽高耄耋。[4]蘭陵笑笑生不愧為諷諭聖手，他讓西門慶這個流氓以不可思議的手段，不可思議的速度，登上了不可思議的「光輝」頂峰，然後又以不可思議的方式讓他忽地跌入死亡的深淵。西門慶不是死於任何外力，而是在欲海狂瀾中自我損耗、自我毀滅的。

4　魏子雲：〈《金瓶梅》頭上的王冠〉，石昌渝等編：《臺港金瓶梅研究論文選》，頁133。

三、西門慶的死亡報告

用王婆的標準來衡量，西門慶本是個「潘、驢、小、鄧、閑」五美俱備的性技能手。但他猶嫌自身生命力未得到充分發揮，於是用淫器與春藥去發掘生命的潛力。

胡僧施藥給西門慶，雖也賣過關子，說什麼：「我有一枝藥，乃老君煉就，王母傳方。非人不度，非人不傳，專度有緣。」西門慶貪得無厭，因欲以二三十兩白金來買那藥方，遭胡僧拒絕：「貧僧乃出家之人，雲遊四方，要這資財何用？」臨別又反覆叮囑西門慶：「不可多用，戒之，戒之！」（《金瓶梅詞話》第四十九回）應該說胡僧已將藥的用法與注意事項交代得清清楚楚，已盡施藥責任。剩下的事，就看西門慶自己在縱欲與生命、情感與理性、願望與能力……諸種矛盾中如何行動了。

春藥原則上是採補養生的。「服久寬脾胃，滋腎又扶陽」，「玉山無頹敗，丹田夜有光」，「一夜歇十女，其精永不傷」云云，是胡僧所言性藥的功能。其實，「從現代醫學的眼光看，憑藉春藥人為地激發性力，雖可奏效於一時，從長遠看無異於飲鴆止渴。從現代性哲學的觀點看，崇拜藥具也是一種異化，人在這種性關係中變成了工具的奴隸，而失去了自由與活力」。[5]

性交本是生命的交合，縱欲則是生命之火無節制的燃燒。世間沒有長明燈。能量守恆，透支了生命，肯定會隱含著生命的危機。惠蓮與西門慶曾有過兩次私會，都在藏春塢雪洞子裏。在這兒性交，無疑有象徵意味。請看書中描寫：

> 婆娘進到裏面，但覺冷氣侵人，塵靄滿榻。於是袖中取出兩個棒兒香，燈上點著，插在地下。雖故地下籠著一盆炭火兒，還冷的打兢。

這氣氛是死亡的氣氛。惠蓮並沒有像別的女性那樣暱稱西門慶為「達達」，而是放肆地說：

> 冷鋪中舍冰，把你賊受罪不濟的老花子，就沒本事尋個地方兒？走在這寒冰地獄裏來了？口裏啣著條繩子——凍死了往外拉。（第二十三回）

「地獄」「死」「繩」，這裏都點到了。是作者的暗示，還是惠蓮的預感？或許兩者皆有之，只有西門慶卻渾然不知。

自從胡僧那裏獲得了「偉哥」，西門慶更覺得自己能力無限，四方出擊，所向披靡，無堅不摧，攻無不克。其實靠「偉哥」來支撐性事，恰恰證明他的生命力正在走向衰竭。

5　丁東：〈《金瓶梅》與中國古代性文化〉，《名作欣賞》1993 年第 3 期。

我們大幅度略去西門慶幾乎所有的公務與商務，僅就性事為他代擬個工作日誌，看從重和元年元旦到正月十五元宵期間，他是如何竭盡性力，連續作戰的，就不難看出他的死亡到底屬於悲劇還是喜劇。

重和元年正月元旦。「西門慶待了一日人，已酒帶半酣，至晚打發人去了，回到上房歇一夜。」按，上房即正妻吳月娘之房。

「到次早，又出去賀年，至晚歸來」。「西門慶已吃的酩酊大醉」，就撞入賁四家，賁四嫂（葉五姐）「早已在門裏迎接出來，兩個也無閒話，走到裏間，脫衣解帶就幹起來。」

初三，「西門慶就在金蓮房中歇了一夜。」

初四，早往衙門中開印，升廳畫卯，發放公事。

初五，同應伯爵、吳大舅，三人起身到雲理守家，「吃慶官酒。」

初六，「午後時分徑來王招宣府中拜節」，與「林太太駕幬再戰」。至二更時分回家，對吳月娘說：「這兩日春氣發也怎的，只害這腰腿疼。」

初七，早晨與應伯爵說：「這兩日不知酒多也怎的，只害腿疼，懶待動且。」午間謝絕外客來訪，「猛想起任醫官與他延壽丹，用人乳吃」。於是到李瓶兒房中，叫如意兒擠乳打發吃藥，立即與她做愛，「兩個淫聲豔語，無般言語不說出來。」

初八晚夕，潘金蓮「陪著西門慶自在飲酒，頑耍一處」，秋菊「在明間板壁縫兒內，聽他兩個在屋裏行房」。

初九，潘金蓮生日。西門慶往何千戶家赴席，至晚回家，就和如意兒歇了。

初十，發帖兒請眾官娘子十二日來看燈吃酒。李三來通報有宗為朝廷採辦古器的大買賣。

十一日，派新來家人來爵等到兗州府去追上述那宗買賣的批文。

十二日，西門慶家中請各堂客飲酒。其中何千戶娘子藍氏「比花花解語，比玉玉生香」的嬌媚儀容，令他不見則已，一見魂飛天外。未能得手，散席時撞見來爵媳婦惠元，抱進房中按在炕沿上，「聳了個盡情滿意」，這叫「未曾得遭鴛鴦面，且把紅娘去解饞」。其實這天在酒席上，西門慶就「沒精神，鼾鼾的打起睡來」——這在從來就精力過剩的西門慶來說，是極為罕見的。

十三日，早起來頭沉，懶往衙門去。王經趁機將他姐姐王六兒一包兒「物事」遞與西門慶。西門慶經不住王六兒「物事」（自製淫具）的引誘，午後找個藉口跑到獅子街會王六兒去了。

西門慶已竭盡性力，以諸種武器、百般武藝，和王六兒進行了一次全武行的實彈表演。到掌燈時分，西門慶心中只想著何千戶娘子藍氏，這是他平生欲得而未得數一數二的女性（此外還有王三官娘子），因而欲情如火，在王六兒身上再次燃起戰火。

西門慶在王六兒那裏帶病酣戰，已耗盡精力。三更回家，經冷風侵襲，到家腿腳發軟，被左右扶進潘金蓮房中。在性戰場上，西門慶從來就是主動進擊的角色，而今夜他生平第一次居於被動地位，被潘金蓮百般擺佈。

原來西門慶自王六兒那裏歸來時，潘金蓮還沒睡，渾衣倒在炕上，等待西門慶。誰知西門慶進門上炕就鼾睡如雷，再也搖不醒。怎禁那欲火燒身，金蓮不住用手只顧捏弄那話，蹲下身子替他百計品咂，只是不起。終從西門慶袖中摸出金穿心盒兒，見裏面只剩下三四丸藥兒，取來燒酒，自己吃了一丸，還剩下三丸恐怕藥力不效，拿燒酒都送到西門慶口內。西門慶合著眼只顧吃，不消一盞熱茶時間，那藥力發作起來，於是有了下面極為不堪的一幕：

> 婦人將白綾帶子拴在根上，那話躍然而起。婦人見他只顧睡，於是騎在他身上，……西門慶餂著他擺弄，只是不理。婦人情不能當，以舌親於西門慶口中，兩手摟著他脖項，極力揉擦，左右偎擦，……又勒勾約一頓飯時，那管中之精猛然一股冒將出來，猶水銀之瀉筒中相似，忙用口接咽不及，只顧流將出來，初時還是精液，往後儘是血水出來，再無個收救。西門慶已昏迷過去，四肢不收。……（第七十九回）

這天西門慶的兩次性戰，正好是第二十七回「大鬧葡萄架」的正反兩個版面。與王六兒行房是其正版，體位動作與第二十七回幾乎一模一樣；與潘金蓮做愛是其反版，當初潘金蓮的昏迷感覺此時全歸西門慶所有。不同的是，潘金蓮僅短暫的昏迷，西門慶則一蹶不振了。

十四日，清晨，西門慶起來梳頭，忽然一陣昏暈，望前一頭搶將去。

十五日，西門慶「內邊虛陽腫脹，不便處發出紅瘰來，連腎囊都腫的明滴溜如茄子大。但溺尿，尿管中猶如刀子犁的一般」。任醫官、胡太醫、何春泉輪番來看，有說為「脫陽之症」，有說為「溺血之疾」，有說是「癃閉便毒」，（按，以今日醫學視之，當為「尿毒症」。）討將藥來，越發弄的虛陽舉發，塵柄如鐵，晝夜不倒。潘金蓮「晚夕不管好歹，還騎在他身上，倒澆蠟燭擺弄，死而復蘇者數次」。（按，《金瓶梅詞話》作「不知好歹」，尚可以「科盲」視之；此處作「不管」則更被寫得不堪也。可見「第一奇書」本也未必處處優於「詞話本」。）

十六日，月娘將西門慶從潘金蓮房中移至「上房」。此後醫、巫兼治，仍無效果。終於正月二十一日，五更時分，西門慶「相火燒身，變出風來，聲若牛吼一般，喘息了半夜，挨到巳牌時分，嗚呼哀哉斷氣身亡。」從正月十三日生病至二十一日斷氣，前後僅八天；蓋李瓶兒從生病到死也只用了八天，都屬於速亡之輩。西門慶死時年僅三十三

歲。西門慶在性戰中一向英雄，死時卻頗不英雄。

以往的研究中有人將西門慶之死或歸咎於胡僧藥，或歸罪於王六兒與潘金蓮之淫。夏志清說：「對西門慶油枯燈盡的駭人敘述，……實際上給人的印象是：他被一個無情無義而永遠不知滿足的女性色情狂謀殺了」──「潘金蓮因其以勝利者的姿態在一個垂死者的身上抽取最後幾下快樂而毫不顧及西門慶其人，暴露出自己是一個極端墮落的可詛咒的人物。」[6]夏志清的觀點極有代表性也頗有影響。然而，從上列「工作日志」，更深刻地揭示了西門慶在性戰中的矛盾：既有在對象世界裏有限的性供奉與無限的性需求的矛盾，又有在自我世界裏有限的性能力與無限的性欲望的矛盾。西門慶就是在這些矛盾中死去的，而這些矛盾恰恰是西門慶喜劇構成的原因。胡僧藥、王六兒、潘金蓮充其量只是加速了西門慶的死亡，而非其死亡的根本原因。

在《金瓶梅》中縱欲身亡的還有龐春梅。在《金瓶梅》之前《飛燕外傳》中的漢成帝也是吃了過量春藥「陰精流輸不禁」而身死的。與《金瓶梅》同時代的，有《醒世恒言》卷二十三「金海陵縱欲亡身」。《金瓶梅》之後這類故事自然也有。這類縱欲身亡的人物，無論在現實生活中，還有在文藝作品裏都不配作招人同情讚歎的悲劇角色，而幾乎無一例外被劃入遭人譴責、嘲弄的喜劇角色。至少在中國，古今如此。

四、西門慶在蘭陵笑笑生眼中終是個「鳥人」

應該說，蘭陵笑笑生對西門慶之死的評判是相當矛盾的。

當他寫到西門慶剛死李嬌兒就趁亂偷轉東西準備改嫁時，就不由得逮住她「青樓」出身，對之大加譴責：

> 看官聽說，院中唱的，以賣俏為活計，將脂粉作生涯；早辰張風流，晚夕李浪子；前門進老子，後門接兒子；棄舊憐新，見錢眼開，自然之理。饒君千般貼戀，萬種牢籠，還鎖不住他心猿意馬，不是活時偷食抹嘴，就是死後嚷鬧離門，不拘幾時還吃舊鍋粥去了。正是：蛇入筒中曲性在，鳥出籠輕便飛騰。（第八十回）

當寫到西門慶結拜兄弟應伯爵等生前是何等奉承他，剛一死就立即背叛他時，作者也禁不住發一通感慨：

> 看官聽說，但凡世上幫閒子弟，極是勢利小人。當初西門慶待應伯爵如膠，賽過

6　夏志清：《中國古典小說導論》，頁216。

同胞兄弟，那一日不吃他的，穿他的，受用他的。身死未幾，骨肉尚熱，便做出許多不義之事。正是：畫虎畫皮難畫骨，知人知面不知心。（第八十回）

透過這些譴責與感慨，不難瞭解到作者對於西門慶之死亦不免有一絲同情之心，而同情之中又有抹不去的嘲弄成分。文龍亦有云：「若應伯爵此等人，而親之近之，手足交之，心腹托之，其錯亦在西門慶，所謂種瓜得瓜，種豆得豆，種荊棘得刺也。」[7] 他一旦轉身單獨面對西門慶，離開那些參照系，就抑制不住從理性深處升騰起厭惡、鄙薄、嘲弄、批判的意向。

從上述「工作日志」可以看到，作者對西門慶臨死前半個多月的所作所為一直是跟蹤報導的，他的理性批判意向也鮮明地表現他的隨機評說之中。

初二西門慶會賁四嫂時，作者特意指出他貼身家人玳安本與她有染，以主僕同槽來嘲弄西門慶，說「自古上樑不正則下樑歪」。

初七西門慶與如意兒做愛時，作者禁不住第一次舉起紅燈，發出了死亡警告：「不知已透春消息，但覺形骸骨節鎔。」

十二日，西門慶家中請各官堂客飲酒，男女分席，西門慶在捲棚內，不住從大廳格子外往裏觀戲，貪得無厭地獵豔。作者禁不住又一次發出警告：

看官聽說，明月不常圓，彩雲容易散，樂極悲生，否極泰來，自然之理。西門慶但知爭名奪利，縱意奢淫，殊不知天道惡盈，鬼錄來追，死限臨頭。（第七十八回）

十三日，與兩六兒——王六兒、潘六兒——拚得個你死我活，從潘金蓮懷中醒來說：「我頭目森森然，莫知所以。」作者則再次發出了死亡警告，更準確地說該叫「病危通知書」：

看官聽說，一己精神有限，天下色欲無窮。又曰：「嗜欲深者其生機淺。」西門慶只知貪淫樂色，更不知油枯燈滅，髓竭人亡。（第七十九回）

作者連連發出西門慶「咎由自取」的警報，猶嫌不足。到十六日，又通過吳神仙之口，從宗教權威角度，對西門慶起病根源與必死命運作了更殘酷的判斷。這位吳神仙早在第二十九回就相出西門慶今年有嘔血流膿之災、骨瘦形衰之病。

下藥不濟，只得看命。命又不好，吳月娘只得請問解法。吳神仙道：「白虎當頭，喪門坐命，神仙也無解，太歲也難推。造物已定，神鬼莫移。」作者並沒因請出了吳神

7　朱一玄：《金瓶梅資料彙編》，頁 641。

仙，就將西門慶之死委之於宿命，而是準確地定之於「酒色過度」，「玉山自倒非人力。」儘管《金瓶梅》全書就是以宿命觀來構造整體藝術框架的，但作者在評論西門慶之死時卻顯得出奇的冷峻。

待到正月二十一日，西門慶終於身亡。作者則用了一串古人格言，來總評他筆下的西門慶：

> 為人多積善，不可多積財。積善成好人，積財惹禍胎。石崇當日富，難免殺身災。鄧通饑餓死，錢山何用哉！今人非古比，心地不明白。只說積財好，反笑積善呆。多少有錢者，臨了沒棺材。（第七十九回）

中國古代小說（說部）本來就源自民間說話藝術。說話藝術以說為主，輔以誦唱、圖像、議論的特點，都對《金瓶梅》藝術產生了不可抹煞的影響。這裏單說「議論」。魯迅認為小說起源於上古人民在勞動之餘彼此「談論故事」。可見「論」是說話藝術中不可缺少的環節。說話的人（後來成了說話藝人）不僅要講清故事的來龍去脈，還要與聽眾一起去討論故事中的善善惡惡、是是非非，表明自己的取捨傾向。致使通俗小說作家，基本採取第三人稱全知全能的敘述模式，一面敘述一面評論，動不動高呼「看官聽說」，緊接著就來一段評說，生怕讀者不瞭解箇中是非。這與西方作家多將自己和傾向深深隱藏於故事背後的寫法是迥然不同的。[8]即使如此，就一個人物之死以如此密集的「看官聽說」的段子來評說，在中國古代說部中仍為罕見。《金瓶梅》中死人甚多，如此跟蹤評說也是惟一的特例。可見作者是何等重視對西門慶之死的是非取捨傾向，儘管其間不無「紅顏禍水」一類傳統而迂腐的觀念，但總的傾向是：只有鄙薄與嘲弄，毫無同情之意。

西門慶死後，西門府上樹倒猢猻散，他的愛妾們或改嫁，或被變賣，或私奔，作者仍不忘借街談巷議評說一番：

> 西門慶家小老婆，如今也嫁人了。當初這廝在日，專一違天害理，貪財好色，姦騙人家妻女。今日死了，老婆帶的東西，嫁人的嫁人，拐帶的拐帶，養漢的養漢，做賊的做賊，都野雞毛兒零擋了。常言三十年遠報，而今眼下就報了。（第九十一回）

作者與滿街人一樣，認為這種結局是對「專一違天害理」的西門慶的「現報」，活該！

西門家因西門慶之死，迅速走向衰敗。正如張竹坡所云：「冷熱二字，為一部（《金瓶梅》）之金鑰」，「其前半部止做金、瓶，後半部止做春梅。前半人家的金、瓶，被他

8　參閱拙著：《性格的命運：中國古典小說審美論》，頁238。

千方百計弄來；後半自己的梅花，卻輕輕的被人奪去」。[9]在鮮明對比中嘲弄了作為「世之大淨」的典型西門慶。

作者正是以西門慶自取滅亡的方式，撕破了這一醜惡的生命，嘲笑了這一醜惡的流氓。西門慶死後，作者立即引古人格言嘲笑他「只說積財好，反笑積善呆，多少有錢者，臨了沒棺材」。西門慶果然是臨了沒棺材。這樣猶嫌不足，作者又將西門慶之死與李瓶兒之死作了鮮明對比，從兩個喪禮的冷暖來看世態的炎涼。不僅如此，他還讓與西門慶「乃小人之朋」的水秀才，做了一篇「暗含諷刺」的祭文。應伯爵為首，各人上了香，人人都粗鄙，那裏曉得其中滋味。其文略云：

> 維靈生前梗直，秉性堅剛；軟的不怕，硬的不降。常濟人以點水，恒助人以精光。囊箧頗厚，氣概軒昂。逢藥而舉，遇陰伏降。錦襠隊中居住，齊腰庫裏收藏。有八角而不用撓摳，逢虱蟣而騷癢難當。受恩小子，常在胯下隨幫。也曾在章台而宿柳，也曾在謝館而倡狂。正宜撐頭活腦，久戰熬場，胡為懼一疾不起之殃？見今你便長著你腳子去了，丟下小子輩，如斑鳩跌腳，倚靠何方？難上他煙花之寨，難靠他八字紅牆。再不得同席而偎軟玉，再不得並馬而傍溫香。撇的人垂頭落腳，閃的人牢溫郎當。（第八十回）

中國的國情是：批判會上無好話，追悼會上無壞話。但這篇悼西門慶的祭文成啥話？張竹坡於第八十回回首評語中有云：

> 於祭文中，卻將西門慶作此道現身，蓋言如此鳥人，豈成個人也，而作如此鳥人之幫閒，又何如乎？至於梵僧現身之文，實為此文遇了那樣鳥人，做此鳥事，以致喪此鳥殘生也。[10]

分明說，西門慶是個「鳥人」，眾兄弟是夥「鳥幫閒」。西門慶在其縱欲過程中整個人自我異化物化了，不成其為人了。在這裏，作者難道是將之視為悲劇人物，而賦予同情與禮贊嗎？！可見「西門慶悲劇」說是何等荒謬。

通觀《金瓶梅》全書，諷刺不單單表現為一種手段，它更是一種風格，一種氣氛，一種貫穿全書的基調。《金瓶梅》的作者蘭陵笑笑生是何許人，至今仍是個未解之謎，但人們心目中的「蘭陵笑笑生」的精神面貌卻較一致：如好作「遊戲之語」，「行類滑稽」的屠隆；「言諧而隱，時出機鋒」，人「以滑稽目之」的賈三近；「滑稽排調，沖

9　朱一玄：《金瓶梅資料彙編》，頁425。
10　朱一玄：《金瓶梅資料彙編》，頁539、177、182。

口而發，既能解頤，亦可刺骨」的李贄；「甯為狂狷，毋為鄉愿」的湯顯祖；「羅古今於掌上，寄春秋於舌端」的馮夢龍；「惟我填詞不賣愁，一夫不笑是吾憂」的李漁；「恣臆譚謔，了無忌憚」的徐渭……總之，不管他的真實姓名是什麼，「笑笑生」是位喜劇的創造者則無疑。蘭陵笑笑生笑口常開，笑世間可笑之人；而西門慶則為可笑之最。笑笑生筆下的西門慶的結局是一個流氓的喜劇亦無疑。

五、流氓的意義：西門慶為何「萬歲」？

以道德觀念衡之，作為流氓之最的西門慶，如文龍所言他是一個「勢力薰心，粗俗透骨，昏庸匪類，兇暴小人」，「直與狼豺相同，蛇蠍相似。強名之曰人，以其具人之形，而其心性非復人之心性，又安能言人之言，行人之行哉！」「致使朗朗乾坤，變作昏昏世界。」「西門慶不死，天地尚有日月乎？」「若再令其不死，日月亦為之無光，霹靂將為之大作」。[11]真感謝上蒼，或叫上帝，實則為自然辨證法遙控著人間的生態平衡，用一雙看不見的巨掌收拾了那些芸芸眾生無可奈何的惡人，讓他們不以其意志為轉移地退出了歷史舞台。否則時至今日我們不還生活在秦始皇、或西門慶、或西太后、或誰誰誰的專制統治下麼？那該是多麼可怕的情景啊！

以社會學觀念衡之，作為封建官僚的西門慶，誠如鄭振鐸所言，這個形象身上「赤裸裸的毫無忌憚地表現著中國社會的病態，表現著『世紀末』的最荒唐的一個墮落的社會景象」。西門慶是根植在中國封建末世腐敗肌體上的一朵惡之花，透過這朵惡之花更能見出中國封建末世的腐敗。誠如鄭振鐸說：「表現真實的中國社會的形形色色者，捨《金瓶梅》恐怕找不到更重要的一部小說了」。同樣的，捨西門慶恐怕也找不到更重要的一個人物形象，能如此鮮活地反映中國封建末世的本質。對照二十世紀三十年代之中國社會，鄭氏無限感慨地說，（以西門慶為代表的）「這個充滿了罪惡的畸形的社會，雖然經過了好幾次的血潮的洗蕩，至今還是像陳年的肺病患者似的，在懨懨一息的掙扎著生存在那裏呢。」他禁不住喝問：「到底是中國社會演化得太遲鈍呢？還是《金瓶梅》的作者的描寫，太把這個民族性刻畫得入骨三分，洗滌不去？」[12]鄭氏六十多年前，推出的偉大的問號和要求洗滌西門慶之類的社會污穢的呼喚，至今仍能驚世駭俗、發人深思。

但是，作為「這一個」藝術典型形象的西門慶，卻是不朽的。還是看看文龍的一段

11　劉輝：《金瓶梅成書與版本研究》，瀋陽：遼寧人民出版社，1986 年，頁 256。按，下引文龍語皆見此書。

12　鄭振鐸：〈談《金瓶梅詞話》〉。

精彩分析吧:

> 《水滸》出,西門慶始在人口中;《金瓶梅》作,西門慶乃在人心中。《金瓶梅》盛行時,遂無人不有一西門慶在目中、意中焉。其為人不足道也,其事蹟不足傳也,其名遂與日月同不朽。是何故乎?作《金瓶梅》者,人或不知其為誰,而但知為西門慶作也。批《金瓶梅》者,人或不知其為誰,而但知為西門慶批也。西門慶何幸,而得作者之形容,而得批者之唾罵。世界上恒河沙數之人,皆不知其誰,反不如西門慶之在人口中、目中、心意中。是西門慶未死之時便該死,既死之後轉不死,西門慶亦何幸哉!

羅丹說:「醜也須創造」。蘭陵笑笑生以喜劇的形式創造了西門慶這一個醜的典型,讓他醜得那麼淋漓盡致,醜得那麼逼真傳神,醜得那麼入骨三分。在文以載道、教化至上的文化氛圍中,實則是「瞞與騙」的大澤中,難得有這麼個徹底的流氓形象作為一部長篇小說的主角。這在中國文學史上可能也是空前絕後的。在西門慶之前,中國小說史上雖也有醜角如曹操等,但沒有誰能像西門慶那樣醜得完全徹底,醜得那麼精美絕倫,以致不管是誰讀了,口中、目中、心意中就永遠抹不掉那醜惡的形象。

以至孟超竟喊出了「西門慶『萬歲』」的口號。他說:「一部《金瓶梅》所寫的大大小小的人物,在各種情事底下反映出的卑鄙無恥,荒淫悖亂,一切都是為了襯托西門慶而設的。西門慶是《金瓶梅》中的主幹,沒有西門慶不能集一切罪惡之大成,沒有西門慶看不到《金瓶梅》的全貌。然而,我們也不能說西門慶就是一個個人而存在著的,有了《金瓶梅》的社會,才能產生出這樣的一代『活寶』。」他進而說:「秦始皇是多大的勢力,他想讓他的天下歷萬代而不斷,但哪知二世而亡!在論《金瓶梅》人物之後,我不想說別的,只有冷呼一聲:『西門慶萬歲!』『西門家世,永固無疆』了!」[13]

蘭陵笑笑生以一個真正的喜劇藝術家的勇氣和良知寫了醜,他既不是為醜而醜,也不是以醜寫醜,更不是以醜為美,而是以美的立場與角度出發去撕破醜、嘲弄醜、鞭撻醜。在《金瓶梅》的藝術世界裏,幾乎沒有一線光明,一絲希望,一點理想,但蘭陵笑笑生本身就是美與光明的使者,他那如椽巨筆就是美與光明的象徵。因為作者是以美審醜,「通過昇華去同它作鬥爭,即是在美學上戰勝它,從而把這個夢魘化為藝術珍品」。為了強化審醜的力量,蘭陵笑笑生唯恐他的藝術形象有不清晰的時候,因而在小說之首尾及行文中間特意設計了許多揚清激濁和因果報應的話頭。作為一個喜劇作家,他不是在正面地告訴人們應該怎麼做,而是從側面告訴人們不應該怎麼做。正如欣欣子所云:

13　孟超:《金瓶梅人物》,頁 167。

《金瓶梅》「無非明人倫，戒淫奔，分淑慝，化善惡，知盛衰消長之機，取報應輪回之事，如在目前，始終如脈絡貫通，如萬係迎風而不亂也，使觀者庶幾可以一哂而忘憂也。」（〈《金瓶梅詞話》序〉）[14]謝頤說：「今後看官睹西門慶等各色幻物，弄影行間，能不憐憫，能不畏懼乎？」[15]滿文譯本〈《金瓶梅》序〉說：「西門慶尋歡作樂莫逾五六年，其諂媚、鑽營、作惡之徒亦可為非二十年，而其惡行竟可致萬世鑒戒」。[16]

聶紺弩說得更現代化，他說：《金瓶梅》「客觀上多少揭露了人中之獸、美中之醜的部分，使人知道了獸與醜，從而轉悟到人與美，或即人的覺醒的前奏的一部分」，「五四新文化運動男女關係有大發展，源遠流長，其中亦有《金瓶梅》之勞乎？」[17]

蘭陵笑笑生以喜劇的筆調，通過否定西門慶，否定了一個時代，否定了一個社會。讓人們通過對西門慶及其生存的時代與社會的嘲笑，看到了舊制度真正的主角，是「已經死去的那種世界制度的醜角。歷史不斷前進，經過許多階段才把陳舊的生活形式送進墳墓」，從而促使「人類能夠愉快地和自己的過去訣別」。[18]

14　朱一玄：《金瓶梅資料彙編》，頁 176。
15　朱一玄：《金瓶梅資料彙編》，頁 414。
16　朱一玄：《金瓶梅資料彙編》，頁 559。
17　聶紺弩：《蛇與塔》，頁 239-240。
18　馬克思：〈《黑格爾哲學批判》導言〉，《馬克思恩格斯選集》，第 1 卷，頁 5。

《紅樓夢》脫胎於《金瓶梅》
——毛澤東、陳獨秀與《金瓶梅》

一、毛澤東與《金瓶梅》

　　世人多知毛澤東在二十世紀六十年代論《金瓶梅》出語驚人：「《金瓶梅》是《紅樓夢》的祖宗，沒有《金瓶梅》就寫不出《紅樓夢》。但是，《金瓶梅》的作者，不尊重女性，《紅樓夢》《聊齋志異》是尊重女性的。只揭露黑暗，人們不喜歡看。《金瓶梅》沒有傳開，不只是因為它的淫穢，主要是它只暴露黑暗，雖然寫得不錯，但人們不愛看，《紅樓夢》就不同，寫得有點希望麼。」[1]

　　但人們卻未必知道早在毛澤東之前，二十世紀中國之怪傑陳獨秀就對《金瓶梅》發表過高論。他說，《紅樓夢》全脫胎於《金瓶梅》。毛說與之極為相似，表述方式卻更俚俗。而《金瓶梅》與《紅樓夢》孰高孰低，他倆觀點則正好相反，不過陳是著眼藝術，毛則著眼內容，視角有異而已。至於毛說《金瓶梅》沒有傳開，則有悖史實。而且他關

---

[1]　龔育之等編：《毛澤東的讀書生活》，北京：三聯書店，1986 年，頁 224。按，毛澤東曾五評《金瓶梅》，其一是 1956 年 2 月 20 日，在聽取重工業部門工作匯報時，同萬里等人說：「《水滸傳》是反映當時政治情況的；《金瓶梅》是反映當時經濟情況的，是《紅樓夢》的老祖宗，不可不看。」其二是 1957 年，親自拍板解禁《金瓶梅》，說：「《金瓶梅》可供參考，就是書中污辱婦女的情節不好。各省委書記可以看看。」其三是 1959 年 12 月至 1960 年 2 月，在讀蘇聯《政治經濟學教科書》時，說：「在揭露封建社會經濟生活的矛盾，揭露統治者與被壓迫者的矛盾方面，《金瓶梅》是寫得很細緻的。」其四是 1961 年 12 月 20 日在中共中央政治局常委和各大區第一書記會議上說：「中國小說寫社會歷史的祇有三部：《紅樓夢》《聊齋志異》《金瓶梅》。你們看過《金瓶梅》沒有？我推薦你們看一看，這本書寫了明朝的真正的歷史。暴露了封建統治，暴露了統治和被壓迫的矛盾，也有一部分很仔細。《金瓶梅》是《紅樓夢》的祖宗，沒有《金瓶梅》就寫不出《紅樓夢》。《紅樓夢》寫的是很仔細很精細的歷史。但是，《金瓶梅》的作者不尊重女性。」其五是 1962 年 8 月在中央工作會議核心小組會上說：「有些小說，如《官場現形記》，光寫黑暗，魯迅稱之為譴責小說。只揭露黑暗，人們不喜歡看。《金瓶梅》沒有傳開，不祇是因為它的淫穢，主要是它祇暴露黑暗，雖然寫得不錯，但人們愛看，《紅樓夢》就不同，寫得有點希望嘛。」

於《金瓶梅》發行的意見，似乎有點匪夷所思。他曾在 1957 年說：「《金瓶梅》可供參考，就是書中污辱婦女的情節不好，各省委書記可以看看。」於是文化部、中宣部責成以「文學古籍刊行社」的名義，影印插圖本《新刻金瓶梅詞話》，影印了兩千部。於是各省省委書記、副書記，以及同一級別的各部正副部長人手一冊，所有持書者均編號登記在冊。堪稱小說發行史上前無古人，後無來者的奇跡！

要全面瞭解陳獨秀的「金學觀」，則須從「五四」新文化運動中的「小說之爭」說起。

二、胡適與錢玄同對《金瓶梅》的不同意見

二十世紀之初，《新青年》之同仁陳獨秀、胡適、錢玄同等為推廣新文化運動，對中國古典小說進行過一次有益的論爭，其中也涉及到《金瓶梅》。

《新青年》同仁討論中國小說，起於胡適、錢玄同之爭，二人雖「同抱文學革命之志」，對中國小說的評價卻有分歧。1917 年 1 月胡適在其名文〈文學改良芻議〉中指出：「以今世歷史進化的眼光觀之，則白話文學之為中國文學之正宗，又為將來文學必用之利器，可斷言也。」從這一開創性觀點出發，胡適充分肯定了中國古代白話小說，主張今日作詩作文，「與其作不能行遠不能普及之秦漢六朝文字，不如作家喻戶曉之《水滸》《西遊》文字也」。[2]

錢玄同在肯定胡適「白話體文學說」的同時，對中國小說中的某些具體作品則持否定態度，他說：「小說是近世文學之傑構，亦自宋始。以前小說如《虞初》《世說》為野史的非文學作品，唐代小說描畫淫藝，稱道鬼神，乃輕薄文人浮豔之作，與紀昀、蒲松齡所著相同，於文學上實無大道理，斷不能與《水滸》《紅樓》《儒林外史》諸書相提並論也。」[3]幾經回合，越辯越烈。總的趨勢是，胡適對中國古典小說肯定越多，而錢玄同對中國古典小說則否定越多。

錢、胡之爭中有兩個有趣現象，其一是對中國古典小說肯定較多的胡適對《金瓶梅》卻持否定態度，而錢玄同卻多有肯定。

首先是錢玄同在 1917 年 7 月 2 日〈寄胡適〉信中說：

> 《金瓶梅》一書斷不可與一切專談淫猥之書同日而語。此書為一種驕奢淫佚不知禮

2　胡適：〈文學改良芻議〉，《新青年》2 卷 5 號。
3　錢玄同：〈致陳獨秀〉，《新青年》2 卷 6 號。

義廉恥之腐敗社會寫照。觀其書中所敘之人，無論官紳男女，面子上是老爺太太小姐，而一開口，一動作，無一非極下作極無恥之語言之行事，正是今之積蓄不義錢財而專事「打撲克」「逛窯子」「討小老婆」者之真相。語其作意，實與《紅樓夢》相同。（或謂《紅樓夢》即脫胎此書，蓋信。）徒以描寫淫藝太甚，終不免「淫書」之目。即我亦未敢直截痛快逕以此書與《紅樓》《水滸》等齊列。然仔細想來，其實善描淫藝，為中國古人之一種通病。……故若拋棄一切世俗見解，專用文學的眼光去觀察，則《金瓶梅》之位置固亦在第一流也。[4]

正是這段妙論引出了胡適 1918 年 1 月 15〈致錢玄同〉中的詰問：「先生與獨秀所論《金瓶梅》諸語，我殊不敢贊成。我以為今日中國人所謂男女情愛，尚全是獸性的肉欲。今日一面正宜力排《金瓶梅》一類之書，一面積極譯著高尚的言情之作，五十年後或稍有轉移風氣之希望。此種書即以文學的眼光觀之，亦殊無價值，何則？文學之一要素在『美感』。請問先生讀《金瓶梅》作何美感？」[5]胡適對《金瓶梅》的這一見解，應當說是無可厚非的；不過似乎還是錢玄同之分析有力些，他在上書說：「惟往昔道德未化，獸性肉欲猶極強烈之時，文學家不務撰述理想高尚之小說以高尚人類之道德，而益為之推波助瀾，劃畫描摹，形容盡致，使觀之者什九不理會其作意，用『賦詩斷章』之法專事研求此點，致社會道德未能增益。而血氣未定之少年尤受其毒。此則不能謂前世文學家理想之幼稚矣。然社會進化是有一定的路線，固不可不前進，亦不能跳過許多級數，平地升天。故今日以寫實體小說不作淫藝語為是，而前之描摹淫藝為非；然後之視今，亦猶今之視昔。」[6]正是以這種歷史觀點視之，錢玄同肯定「《金瓶梅》自是十六世紀中葉有價值之文學」。這種觀點即使在今天，也大致可以為文學史家所接受。也許還是出於這一基本的歷史觀點，到 1921 年 7 月 28 日錢玄同給胡適的信中仍說：

> 《金瓶梅》亦可重印。但我的意思，以為這部書須重編（打破章回形式），僅僅刪去「……」，不但文氣不貫，即回目亦須動搖，困難未免太多了。你說這部書是一部真正的寫實小說（按：胡適此論應較其「淫書說」有所不同，可惜其信不見），這話真不錯。我很希望你對此書做他一次「孔夫子」。（將來人說胡夫子刪《金瓶梅》，定《水滸》，贊 X，修 Y，倒也是佳話哩！）[7]

4　錢玄同：〈寄胡適〉，《中國新文學大系·建設理論集》，上海：良友圖書印刷公司，1935 年，頁 81。
5　胡適：〈致錢玄同〉，《新青年》4 卷 1 號。
6　錢玄同：〈寄胡適〉，《中國新文學大系·建設理論集》，頁 81。
7　錢玄同：〈致胡適〉，見《胡適研究叢錄》，北京：三聯書店，1989 年，頁 238。

可惜胡適未接受朋友的建議，這段文壇佳話也就不存在了。

　　錢胡之爭的第二個有趣現象是，其論爭的雙方前期不是直接交鋒，而多投書陳獨秀以各抒己見。原因大概有二，其一，陳獨秀在當時是大力鼓吹「科學與民主」的《新青年》雜誌主編，授書於他有利於雙方意見之面世；其二，當年的陳獨秀是他們的精神領袖與理論仲裁，於是毋庸置疑地將是非求決於陳獨秀。這就引出了陳獨秀對中國古典小說包括對《金瓶梅》的一系列精彩意見。

三、陳獨秀與《金瓶梅》及其他

　　陳獨秀首先從宏觀上肯定了中國古典小說在文學史上的地位，批評了小說的傳統觀念，他在胡適〈文學改良芻議〉附識中說：

> 余恒謂中國近代文學史上，施（耐庵）曹（雪芹）價值遠在歸（有光）姚（鼐）之上。聞者咸大驚疑，今得胡君之論，竊喜所見不孤。白話文學將為中國文學之正宗，余亦篤信而渴望之，吾生倘親見其成，則大幸也。[8]

接著在錢玄同 2 月 25 日信後附識中說：

> 國人惡習鄙夷戲曲小說為不足齒數，是以賢者不為。其道日卑，此種風氣倘不轉，文學界絕無進步之可言。[9]

在其名文〈文學革命論〉中，陳獨秀則以更決然的口氣說：

> 元明劇本，明清小說，乃近代文學之燦然可觀者。惜為妖魔所厄，未及出胎，竟爾流產，以至今日中國之文學委瑣陳腐，遠不能與歐洲比肩。此妖魔為何？即明之前後七子及八家文派之歸方劉姚是也。此十八妖魔輩尊古蔑今，咬文嚼字，稱霸文壇，反使蓋代文豪若馬東籬，若施耐庵，若曹雪芹諸人之姓名，幾不為國人所識。[10]

其對中國文學革命之前途，歸根到底是以歐洲文藝復興時期之小說家相期。具體到《金瓶梅》，陳獨秀在 1917 年 6 月 1 日致胡適信中說：

8　陳獨秀：〈胡適〈文學改良芻議〉附識〉，《新青年》2 卷 5 號。
9　《新青年》3 卷 1 號。
10　陳獨秀：《獨秀文存》，合肥：安徽人民出版社，1987 年，卷 1，頁 97。

足下及玄同盛稱《水滸》《紅樓》等古今說部第一,而均不及《金瓶梅》。何耶?此書描寫舊社會,真如禹鼎鑄奸,無微不至。《紅樓夢》全脫胎於《金瓶梅》,而文章清健自然遠不及也。乃以其描寫淫態而棄之耶?則《水滸》《紅樓》又焉能免?[11]

陳獨秀對《金瓶梅》描寫舊社會的功力與意義的高度評價,無疑與錢玄同的觀點相似。而他對《金瓶梅》與《紅樓夢》的比較與取捨,在今天看來似有失偏頗。但當時的陳獨秀只看誰更接近生活,誰更接近口語,誰更有利於白話文學之興起,遑論其他?因而主張不以「描寫淫態」而棄《金瓶梅》,甚至謂其「文章清健自然」勝似《紅樓夢》。

陳獨秀在〈三答錢玄同〉中,對中國小說包括《金瓶梅》有更全面的看法。他說:

中國小說,有兩大毛病:第一是描寫淫態,過顯露;第二是過貪冗長。(《金瓶梅》《紅樓夢》細細說那飲食、衣服、裝飾、擺設,實在討厭!)這也是「名山著述的思想」的餘毒。

吾人賞識近代文學,只因為他文章和材料,都和現在社會接近些,不過短中取長罷了。若是把元、明以來的詞曲小說,當做吾人理想的新文學,那就大錯了。不但吾人現在的語言思想,和元、明的人不同,而且一代有一代的文學,抄襲老文章,算得什麼文學呢!

但是外國文學經過如許歲月,中間許多作者供給我們許多文學的技術和文章的表式,所以喜歡文學的人,對於歷代的文學都應該去切實研究一番才是。(就是極淫猥的小說彈詞,也有研究的價值。)

至於普通青年讀物,自以時人譯著為宜。若多讀舊時小說彈詞,不能用文學的眼光去研究卻是徒耗光陰,有損無益。並非是我說老(學)究的話,也不是我一面提倡近代文學,一面又勸人勿讀小說、彈詞,未免自相矛盾,只因為專門研究文學和普通青年讀書截然是兩件事,不能並為一談也。[12]

這裏,陳獨秀高屋建瓴地看到了明清小說包括《金瓶梅》與傳統文學相比的優勝處,與西方文學相比的缺陷處,以及與新文學的聯繫與區別之所在。又科學地區分了專門研究與普通青年閱讀的差異(對於前者即使是極淫猥的小說彈詞也有研究的價值,對於後者則以時人譯著為宜)。尤其可貴地指出,一代有一代之文學,元明以來的詞曲小說雖和現代社會接近

11　水如編:《陳獨秀書信集》,北京:新華出版社,1987 年,頁 166。

12　《獨秀文存》卷 3,頁 727-728。

些，可作為新文學的借鑒，但這畢竟是與傳統文學相比，短中取長的意思罷了，因為即使是第一流的古典小說如《金瓶梅》《紅樓夢》也有著令人討厭的毛病，不能與新文學同日而語。他富有遠見地告誡人們：「若把元明以來的詞曲小說當作吾人理想的新文學，那就大錯了。」小說之爭，旨在建設理想的新文學，捨此則別無目的。錢、胡文學革命目標一致，對小說尤其是對《金瓶梅》的看法卻有著深刻的分歧。陳獨秀既指出其各自的偏頗，又吸取各自的長處，然後將他們各執一端的片面卓見，昇華出一個更高層次的理論表述。陳獨秀這段精彩的論述，堪稱《新青年》同仁對《金瓶梅》乃至整個明清小說評論的總綱。

錢玄同在〈致陳獨秀〉中也表露出與陳獨秀相近的意見，說他以前與胡適論小說是為匡正舊文學家貶低通俗文學的謬誤，才表彰《水滸》《紅樓夢》等書的，「這原是短中取長的意思」，「其實拿十九、二十世紀的西洋新文學眼光去評判，就是施耐庵、曹雪芹、吳敬梓也還不能算做第一等。因為他們三位的著作，雖然配得上稱『寫實體小說』，但是筆墨總嫌不乾淨」。至於《金瓶梅》他則認為它「雖具刻畫惡社會的本領，然而描寫淫穢，太不成話；若是勉強替他辯護，說做書的人下筆的時候自己沒有存著肉麻的冥想，恐怕這話總是說不圓的」[13]。此後在〈答胡適之〉信中，錢玄同進而說：「我以為不但《金瓶梅》流弊甚大，就是《紅樓》《水滸》亦非青年所宜讀；吾見青年讀了《紅樓》《水滸》不知其一為實寫腐敗之家庭，一為寫兇暴之政府，而乃自命為寶玉、武松，因此專務狎邪以為情，專務『拆梢』以為勇者甚多。」因而「中國今日以前小說，都該退居到歷史的地位；從今以後，要講有價值的小說第一步是譯，第二步是新做」[14]。應該說，儘管錢玄同對《紅樓》《水滸》的看法有些偏激，但他的文化參照與文化建設的目光還是遠大的，與陳獨秀之總體文化建設思想是合拍的。

還應指出的是，不管胡適與陳獨秀、錢玄同在《金瓶梅》乃至其他小說的評論上有多嚴重的分歧，他們以白話小說為教本推動新文化運動的目標是一致的。他們由討論《金瓶梅》及其他小說發展到策劃亞東圖書館標點排印中國古典小說，都屬中國新文化運動的組成部分與重要實施之一。其意義與影響是極其深遠的，此前此後的任何關於中國小說的評論與研究都無法與之相比擬。質而言之，無論是胡適，還是陳獨秀之論《金瓶梅》，只有放在這一宏觀文化背景下考察方能真正認識清楚。

---

13 《獨秀文存》卷三。
14 《中國新文學大系·建設理論集》，頁88。

《風月寶鑑》中的賈寶玉
或爲西門慶的青春版
——從《金瓶梅》到《紅樓夢》

一、《金瓶梅》：魯迅視之為人情小說的開山之作

　　人情小說，是中國小說藝術世界中的一大家族。為人情小說確立文藝學概念的是魯迅。他說：

> 當神魔小說盛行時，記人事者亦突起，其取材猶宋市人小說之「銀字兒」，大率
> 為離合悲歡及發跡變態之事，間雜因果報應，而不甚言靈怪，又緣描摹世態，見
> 其炎涼，故或亦謂之「世情書」也。[1]

魯迅的論述有幾點值得注意。

　　其一，所謂「人情小說」，主要依據或衡量標準在這派小說的題材為「記人事」：
敘述離合悲歡及發跡變態的故事；描摹世態，見其炎涼。（魯迅在《變遷》中說得更流暢，
說其「大概都敘述些風流放縱的事情，間於悲歡離合之中，寫炎涼的世態」。）

　　其二，人情小說在明代是與「神魔小說」相對而言的。它與神魔小說的區別就在於
其雖「間雜因果報應，而不甚言靈怪」。也就是說，「因果報應」的模式或許是兩者所
共有的，但神魔小說以「靈怪」出之，而人情小說則不甚言靈怪——只偶爾借用以強化
對世態炎涼的藝術表現。

　　其三，人情小說之源頭可追溯到宋代說話藝術中的「銀字兒」。「銀字兒」即宋代
說話藝術四大家之一的「小說」。耐得翁《都城紀勝》中有「最畏小說人，蓋小說者能
以一朝一代故事頃刻間提破」的說法，因而它對後世小說最富影響力。但「小說」到底

---

[1]　《魯迅全集》，第 9 卷，頁 179。

包括哪些內容，學術界的看法卻頗不一致。以胡士瑩《話本小說概論》的意見，其包括
「煙粉、靈怪、傳奇、說公案，皆是朴刀桿棒及發跡變泰之事」。胡氏考證，「銀字兒」
在唐是「應律之器」，至宋漸離樂律而變為「哀豔腔調」的代名詞，因而「銀字兒」（小
說）中的故事多哀豔動人。

其四，人情小說，也可稱為「世情書」。魯迅文中「或亦謂之」者，即清初著名小
說評點家張竹坡。在張竹坡之前之後都有人說《金瓶梅》是「描寫世情」，「寄意時俗」
的，但第一個明確將《金瓶梅》命名為「世情書」的是張竹坡，因而受到魯迅重視，並
從那裏引伸出個「人情小說」的概念，其實豔情、才情小說亦可包括其間。

魯迅在《中國小說史略》中說：「諸『世情書』中，《金瓶梅》最有名。」並說：

> 作者之於世情，蓋誠極洞達，凡所形容，或條暢，或曲折，或刻露而盡相，或幽
> 伏而含譏，或一時並寫兩面，使之相形，變幻之情，隨在顯見，同時說部，無以
> 上之。[2]

由此可見魯迅是將《金瓶梅》作為中國長篇人情小說的開山之作來論述的。

二、《金瓶梅》所打破的傳統小說觀念

作為長篇人情小說的開山之作，《金瓶梅》在中國小說史上具有里程碑意義；它的
出現，引起了中國小說觀念與創作方法的重大變革，引導著近代小說的萌生。

魯迅在《中國小說的歷史的變遷》中有句名言，曰：「自有《紅樓夢》出來以後，
傳統的思想和寫法都打破了」。這「傳統思想」並非人們通常所理解的指政治思想或倫
理思想，而當指傳統的小說觀念；那「傳統寫法」就是傳統的創作方法。在中國小說史
上打破傳統的小說觀念與寫法的，當然以《紅樓夢》最為突出，卻遠不只《紅樓夢》一
本書。當它們打破了既有的小說模式並成為新的模式時，一方面各自產生了一大批追星
族，一方面又依次被後來的傑作所再打破。正是這種打破與再打破的運行機制，推動了
中國小說的波浪式前進。從這個意義上講，《金瓶梅》也打破了其以往的小說包括《三
國》《水滸》《西遊》所代表的小說觀念與寫法，實現了歷史性的突破，而成為明代四
大奇書之一。

《金瓶梅》是純粹的文人小說，沒有如同《三國》《水滸》《西遊》那種由市井講說
到文人寫定的創作過程，但對它之前種種作品都有所借用。這種借用頻率較高，因而有

2　《魯迅全集》，第 9 卷，頁 180。

些論者不免為之所迷惑，並據此將《金瓶梅》說成是與其他三大奇書一樣是世代累積型集體創作的作品。持此觀點者最典型的當數徐朔方先生之《論金瓶梅的成書及其他》[3]。其實將由市井講說到文人寫定的創作過程，稱之為「世代累積型集體創作」庶幾能成立，但將之作為對《三國》《水滸》《西遊》寫定本的稱謂，則似不妥。因為寫定本雖不排斥市井講說時代的影響，但寫定本風格形成的決定性因素歸根到底還在於作為寫定者的文人。從這個意義上講，美國學者浦安迪《明代小說四大奇書》[4]的意見，認為「四大奇書」都是文人小說。《金瓶梅》與其他三大奇書的區別在於它是文人獨立完成的長篇小說，而沒有經歷市井講說的演化過程，這倒是頗有啟發性的。楊義將這「沒有經歷市井講說的演化過程」卻「借用了前代某些作品的某些枝節」的寫作方法，稱之為戲擬謀略，是頗有見地的。他說：「戲擬乃是對傳統敘事成規存心犯其窠臼，卻以遊戲心態出其窠臼」，是一種「創新手腕」，因為「戲擬謀略的採用乃是受現實生活的刺激，認清了舊敘事模式的不適用，因而在敘事模式和生活的錯位之間採取嘲諷心態。戲擬式的嘲諷是一種新鮮的智慧」。[5]

　　《金瓶梅》所戲擬的對象世界是相當豐富的。韓南有〈《金瓶梅》探原〉[6]，徐朔方有《金瓶梅成書新探》，對之有過詳實的搜尋。

　　而周中明師不僅從《宋史》《宣和遺事》《泊宅編》《皇宋十朝綱要》《續資治通鑑》《明史》《明清進士題名錄》等書中發掘出《金瓶梅》七十五個人的傳記文獻；還將《金瓶梅》對前人小說題材的因襲、改造列表統計就更加清晰。表明一百回中有四十回是有移植、改編他人之作的現象的。至於從《盛世新聲》《雍熙樂府》《詞林摘豔》等曲選中，引用套曲 20 套（其中全文引用的有 17 套），清曲 103 首，尚未計算在內。[7]

　　不過，這裏重點要討論的是《金瓶梅》對《三國》《水滸》《西遊》的戲擬，這樣會更清晰地發現《金瓶梅》到底打破了哪些傳統的小說觀念與創作方法。

　　《金瓶梅》第一回西門慶熱結十兄弟，在玉皇廟昊天上帝座前焚燭跪拜宣讀的疏文有云：「伏為桃園義重，眾心仰慕而敢效其風……」顯然是對《三國》以「桃園結義」開篇的戲擬。《三國》中劉、關、張經歷各異，萍水相逢，一旦結為異姓兄弟，他們把「義」置於萬里江山之上，而且為之獻出生命，從而將「義」發揮到了極致。然而西門慶之流在堂皇地重複著三國英雄「生雖異日，死冀同時」之類誓辭之際，已有應伯爵諸人在集

<hr />

3　濟南：齊魯書社，1988 年。

4　沈亨壽譯，北京：中國和平出版社，1993 年。

5　楊義：〈《金瓶梅》：世情書與怪才奇書的雙重品格〉，《文學評論》1994 年第 5 期。

6　徐朔方編選：《金瓶梅西方論文集》，上海：上海古籍出版社，1987 年。

7　周中明：《金瓶梅藝術論》，南寧：廣西教育出版社，1992 年，頁 285-288。

資酬神的銀兩上作了手腳，結盟之後又有西門慶對花子虛的占妻謀財，西門敗落後應氏之流的落井下石等。這「以卑鄙嘲笑崇高的悖謬」，表明戲擬對象——桃園結義的理想，已在市井世俗的衝擊下土崩瓦解了。

同理，《金瓶梅》第五十七回「開緣簿千金喜捨，戲雕欄一笑回嗔」，未必不是對《西遊記》取經故事的戲擬。那被永福寺長老說動了心，喜捨千金的西門慶，一壁廂恭恭敬敬地念：「伏以白馬駝經開象教，竺騰衍法啟宗門」的疏文，一壁廂與吳月娘口吐狂言：「咱聞那佛祖西天，也只不過要黃金鋪地。」將神聖的佛祖也市井化了。市井銅臭氣侵染了宗教信仰，信仰的追求就轉化為信仰的遊戲了。信仰遊戲比信仰危機失落得更加徹底更加悲涼。

相對而言，《金瓶梅》對《水滸》的戲擬則更全面。據黃霖在〈《忠義水滸傳》與《金瓶梅詞話》〉[8]中統計，兩書相同的人名有二十七個，相同或相似的大段故事情節有十二段，《金瓶梅》還抄了或基本上是抄《水滸》的韻文有五十四處。這裏只須取《金瓶梅》的前十回，與《水滸》相應的情節「武松殺嫂」（第二十三至二十六回）相比較，就不難發現戲擬者與被戲擬者之間的明顯差異。

故事安排。《水滸》中武松除在第九回景陽崗武松打虎中有集中的描寫之外，其故事幾乎與梁山事業共始終，《金瓶梅》僅截取其打虎與殺嫂部分情節。即使是所截取的打虎一段，《金瓶梅》也未如《水滸》作正面描寫，而只是由市井人物在茶餘酒後以閒話的方式出之，使之成為「序幕人物」引出西門慶與潘金蓮的故事。這樣安排，一為顯得更加真實，二為轉換故事主角。誠如張竹坡說：「《水滸》上打虎，是寫武松如何踢打，虎如何剪撲；《金瓶梅》卻用伯爵口中幾個『怎的』『怎的』，一個『就像是』，一個『又像』，便使《水滸》中費如許力量方寫出來者，他卻一毫不費力便了也。是何等靈滑手腕！況打虎時是何等時候，乃一拳一腳，都能記算清白，即使武松自己，恐用力後，亦不能向人如何細說也。豈如在伯爵口中描出為妙。」這是說從側面寫武松打虎比正面描寫或許更為令人置信。張竹坡還說：「《水滸》本意在武松，故寫金蓮是賓，寫武松是主。《金瓶梅》本意在金蓮，故寫金蓮是主，寫武松是賓。文章有賓主之法，故立言體自不同，切莫一例看去。所以打虎一節，亦只得在伯爵口中說出。」[9]這就是說，在《金瓶梅》的藝術世界裏英雄讓位於小醜，崇高讓位於鄙俗。

結局安排。《水滸》第二十六回讓武松在人證物證俱全的情況下，親手格殺了西門慶與潘金蓮，為兄復仇，了卻此案。而《金瓶梅》在第九回讓武松在獅子橋下酒樓打死

8　《水滸爭鳴》第一輯。

9　朱一玄：《金瓶梅資料彙編》，頁 447、450。

的不是西門慶，而是替死鬼李外傳，而真正的魔鬼西門慶卻略施小技叫武松充軍到孟州去了。可見猛虎易打、小醜難治，小醜竟「猛」於虎，真是如之奈何！誠如文龍所說：「《水滸傳》已死之西門慶，而《金瓶梅》活之；不但活之，而且富之貴之，有財以肆其淫，有勢以助其淫，有色以供其淫，雖非令終，卻是樂死；雖生前喪子，卻死後有兒。作者豈真有愛於西門慶乎？是殆嫉世病俗之心，意有所激，有所觸而為此事？」武松在第九回（二十九歲）被發配，到第八十九回（三十三歲）遇赦，此時西門慶已縱欲身亡，武松只賺殺了潘金蓮。文龍說：「須知武松今日之所殺者，非武植之妻，乃西門慶所十分寵倖，臨死不能忘情之六娘也。殺西門慶愛妾，又何異殺西門慶乎？使西門慶尚在，其肝腸寸斷、心脾俱碎，當更甚於頸下之一疼，閱者亦可無餘憾矣。」[10]亦可見《金瓶梅》的主要故事是在武松充軍期間暴發起來的。

人物形象。如武松，從《水滸》到《金瓶梅》，打虎英雄竟成了唐·吉訶德式的人物，不免有些滑稽，但有這點滑稽的調劑，便使武松的形象更世俗化、平民化、生活化了，再不像《水滸》中的武松只是「給人瞻仰而不是給人議論的」神人了。再如潘金蓮，《水滸》中只作為武松的配角，只作為「是個生的妖嬈的婦人」，作了粗略的介紹與描寫，至《金瓶梅》則從其眉、眼、口、鼻、腮、臉、身、手、腰、肚腳、胸、腿等各個部位，畫出了潘金蓮其人的風流妖嬈；從彈唱、針指、知識等多側面寫出其聰明才智；從表到裏，從主體到客體，從出身到歸宿，多層次地刻畫了潘金蓮的性格結構與命運，塑造了一個無比豐富、無比生動而又極為真實的性格世界，這則是《水滸》中的那個潘金蓮所無法比擬的。

可見，從《三國》《水滸》《西遊》到《金瓶梅》，中國小說的創作已由寫歷史故事變為「直斥時事」，由寫天下大事變為寫家庭瑣事（以至床第之事），由寫奇人奇事變為寫凡人凡事，由匡時救世變為憤世嫉俗，由呼喚英雄到專寫小醜，由審美到審醜，從而開世情小說之先河，開文人小說之先河，開諷諭小說之先河；從而使小說從史的藩籬、教化至上的樊籬、類型化的樊籬中走出來，成為有獨立意義的近世小說。

三、曹雪芹「深得《金瓶》壺奧」

作為開山之作，《金瓶梅》確實在中國人情小說史上誘發了一次偉大的造山運動。這次造山運動的最大成就自然是《紅樓夢》的產生。

從《金瓶梅》到《紅樓夢》，從人情小說長篇的開山之作到它的頂峰之作，中間雖

10　朱一玄：《金瓶梅資料彙編》，頁646。

有百來部人情小說（或稱之為「才子佳人小說」）作為過渡，但「沒有《金瓶梅》就沒有《紅樓夢》」的命題卻能夠成立。

《紅樓夢》與《金瓶梅》相似之處甚多，難以勝數。僅就酷似之處，略舉一二。如堪稱《紅樓夢》副主題歌的〈好了歌解〉：

> 陋室空堂，當年笏滿床；衰草枯楊，曾為歌舞場。蛛絲兒結滿雕梁，綠紗今又糊在蓬窗上。說什麼脂正濃、粉正香，如何兩鬢又成霜？昨日黃土隴頭送白骨，今宵紅燈帳底臥鴛鴦。金滿箱，銀滿箱，展眼乞丐人皆謗。正歎他人命不長，那知自己歸來喪！訓有方，保不定日後作強梁。擇膏梁，誰承望流落在煙花巷！因嫌紗帽小，致使鎖枷扛；昨憐破襖寒，今嫌紫蟒長：亂烘烘你方唱罷我登場，反認他鄉是故鄉。甚荒唐，到頭來都是為他人作嫁衣裳！（第一回）

竟與《金瓶梅》中薛姑子演誦的佛法幾乎如出一轍：

> 蓋聞電光易滅，石火難消。落花無返樹之期，逝水絕歸源之路。畫堂繡閣，命盡有若長空；極品高官，祿絕猶如作夢。黃金白玉，空為禍患之資；紅粉輕衣，總是塵勞之費。妻孥無百載之歡，黑暗有千重之苦。一朝枕上，命掩黃泉。青史揚虛假之名，黃土埋不堅之骨。田園百頃，其中被兒女爭奪；綾錦千箱，死後無寸絲之分。青春未半，而白髮來侵；賀者才聞，而弔者隨至。苦苦苦！氣化清風塵歸土。點點輪回喚不回，改頭換面無遍數。南無盡虛空遍法界，過去未來，佛法僧三寶。
>
> 無上甚深微妙法，百千萬劫難遭遇。
>
> 我今見聞得受持，願解如來真實義。（第五十一回）

佛音雖未必是《金瓶梅》與《紅樓夢》的主題歌，卻始終彌漫在兩部作品的藝術世界裏，製造著一種耐人尋味的藝術氛圍與人生感歎。如同交響曲中多一個音部，就平添一份豐富。

王熙鳳與潘金蓮的出身、地位有著天壤之別，但書中她們有的動作造型、說話神態竟頗有幾分相似。先看潘金蓮：

> 潘金蓮用手扶著庭柱兒，一隻腳著門檻兒，回裏嗑著瓜子兒。只見孫雪娥聽見李瓶兒前邊養孩子，後邊慌慌張張一步一跌走來觀看，不防黑影裏被台基險些不曾絆了一交。金蓮看見，教玉樓：「你看，獻勤的小婦奴才！你慢慢走，慌怎的？搶命哩！黑影子拌倒了，嗑了牙也是錢。姐姐，賣蘿蔔的拉鹽擔子，攘鹹嚕心。

養下孩子來，明日賞你這小婦一個紗帽戴。」（《金瓶梅詞話》第三十回）

再看王熙鳳：

> 鳳姐把袖子挽了幾挽，著那角門的門檻子，笑道：「這裏過門風倒涼快，吹一吹再走。」又告訴眾人道：「你們說我回了這半日的話，太太把二百年頭裏的事都想起來問我，難道我不說罷。」又冷笑道：「我從今後倒要幹幾樣克毒事了。抱怨給太太聽，我也不怕。糊塗油蒙了心，爛了舌頭，不得好死的下作東西，別作娘的春夢！明日一裹腦子扣的日子還有呢。如今裁了丫頭的錢，就抱怨了咱們。也不想一想是奴幾，也配使兩三個丫頭！」一面罵，一面方走了。（第三十六回）

潘金蓮與王熙鳳都生性潑辣，行止言志有相似之處，不難理解。但林黛玉與潘金蓮絕對不是一個同類項的女性，她們之間若有相似之處，只能說明曹雪芹對《金瓶梅》的某些描寫爛熟於心，信手拈來，亦別開生面。在《金瓶梅詞話》中潘金蓮聽到孫雪娥在吳月娘面前說她「比養漢老婆還浪」時，寫道：

> 這潘金蓮一直歸到前邊，卸了濃妝，洗了脂粉，烏雲散亂，花容不整，哭得兩眼如桃，躺在床上。（第十一回）

在《紅樓夢》中賈寶玉挨打後，眾人都來探望過寶玉，惟獨林黛玉姍姍來遲。但她來時卻是何種神情？請看——

> 寶玉半夢半醒，都不在意。忽又覺有人推他，恍恍惚惚聽得有人悲戚之聲。寶玉從夢中驚醒，睜眼一看，不是別人，卻是林黛玉。寶玉猶恐是夢，忙又將身子欠起來，向臉上細細一認，只見兩個眼睛腫的桃兒一般，滿面淚光，不是黛玉，卻是那個？（第三十四回）

黛玉「兩個眼睛腫的桃兒一般」，似由金蓮「兩眼如桃」轉換而來。有趣的是金蓮事後以「放聲號哭」，向西門慶要休書，激發西門慶去打罵孫雪娥為她報仇。黛玉聽說鳳姐來了，立即藏起來，生怕鳳姐見到她的眼睛，「取笑開心」。這則將兩人氣質判然分開。

人物語言神似的地方則更多。如《金瓶梅》中「來旺醉謗」：

> 休教我撞見，我教你這不值錢的淫婦，白刀子進去，紅刀子出來！（第二十五回）

《紅樓夢》中「焦大醉罵」：

> 不和我說別的還可，若再說別的，咱們紅刀子進去，白刀子出來！（第七回）

來旺所言完全符合殺人的程式，可見他之「醉謗」是以醉裝瘋，醉得不深。焦大將「紅」「白」兩色顛倒，有違用刀程式，才真「是醉人口中文法」（脂評）。

再如對於「烏眼雞」這個形象化的比喻，在《金瓶梅》中曾三次被引用：

> （孫雪娥對吳月娘說潘金蓮）「娘，你不知淫婦，說起來比養漢老婆還浪，……弄的漢子烏眼雞一般，見了俺們便不待見。」（第十一回）

> （潘金蓮對孟玉樓說）「俺每是沒時運的，行動就像烏眼雞一般。賊不逢好死的交心的強盜，通把心狐迷住了，更變的如今相他哩。」（第三十五回）

> （潘金蓮對西門慶說）「落後李瓶兒生了孩子，見我如同烏眼雞一般。」（第七十二回）

在《紅樓夢》中，也兩次引用「烏眼雞」作比喻：

> （鳳姐看到寶玉和黛玉嘔氣後又和好，便高興地說）「也沒見你們兩個人有些什麼可拌的，三日好了，兩日惱了，越大越成孩子了！有這會子拉著手哭的，昨兒為什麼又成了烏眼雞呢！」（第三十回）

> （尤氏談到「怎麼攛起親戚來了」）探春冷笑道：「……咱們倒是一家子親骨肉呢，一個個不像烏眼雞，恨不得你吃了我，我吃了你！」（第七十五回）

對於「自古千里長棚，沒個不散的筵席」這句俗語，在《金瓶梅》中共用了三次：

> （西門慶死後，李虔婆派李桂卿、桂姐來悄悄對李嬌兒說）「俺媽說，人已是死了，你我院中人，守不的這樣貞節！自古千里長棚，沒個不散的筵席。教你手裏有東西，悄悄教李銘稍了家去防後。」（第八十回）

> （西門慶死後，王婆奉命來把潘金蓮領出去賣了，她說）「金蓮，你休呆裏撒奸，兩頭白麵，說長並道短，我手裏使不的你巧語花言，幫閒鑽懶！自古沒有不散的筵席，出頭椽兒先朽爛。……」（第八十六回）

> （潘金蓮被吳月娘攛出門時，孟玉樓對潘說）「六姐，奴與你離多會少了，你看個好人家，往前進了罷。自古道：千里長棚，也沒個不散的筵席。」（第八十六回）

在《紅樓夢》中，也兩次用到這個俗語：

> （佳蕙為晴雯、綺霞等都算上等丫鬟而不服氣）紅玉道：「也不犯著氣他們。俗語說的好，『千里搭長棚，沒有個不散的筵席』，誰守誰一輩子呢！不過三年五載，各

人幹各人的去了。那時誰還管誰呢？」（第二十六回）

（司棋與潘又安幽會，被鴛鴦撞見，司棋嚇出病來，鴛鴦向她發誓不說出去，司棋對鴛鴦說：）「你若果然不告訴一個人，你就是我的親娘一樣。……再俗語說，『千里搭長棚，沒有不散的筵席。』再這三年，咱們都是要離這裏的。……」一面說，一面哭，這一席話反把鴛鴦說的心酸，也哭起來了。（第七十二回）

設譬取喻與俗語都是民眾智慧的結晶，它們在一定的地域文化中有相當穩定的結構形式與含義，儘管使用的語境不同亦有相應的變化。《紅樓夢》與《金瓶梅》不管怎麼說，它們終不屬於同一地域文化。兩者對同一譬喻與俗語的幾乎酷似的運用，只能是乙對甲的借鑒、模擬或再創造。借用楊義的話來說，或許可稱之為「戲擬謀略」對傳統成規實行承襲、翻新和突破。[11]

上述種種，似乎有些瑣屑。那麼就再錄兩段「戲蝶」的文字，以餉讀者：

潘金蓮花園調愛婿唯有金蓮在山子後那芭蕉叢深處，將手中白紗團扇兒且去撲蝴蝶為戲。不防（陳）經濟驀地走在背後，猛然叫道：「五娘，你不會撲蝴蝶，等我與你撲。這蝴蝶就和你老人家一般，有些球子心腸，滾上滾下的走滾大。」那金蓮扭回粉頸，斜睨秋波，對著陳經濟笑罵道：「你這少死的賊短命，誰要你撲。將人來聽見，敢待死也。我曉得你也不怕死了，搗了幾鍾酒兒，在這裏來鬼混。」因問：「你買的汗巾兒怎了？」那經濟笑嬉嬉向袖子中取出，一手遞與她，說道：「六娘的都在這裏了。」又道：「汗巾兒捎了來，你把甚來謝我？」於是把臉子挨向她身邊，被金蓮只一推。不想（六娘）李瓶兒抱著官哥兒並奶子如意兒跟著，從松牆那邊走來，見金蓮和經濟兩個在那裏嬉戲撲蝶。李瓶兒這裏趕眼不見，兩三步就鑽進去山子裏邊，猛叫道：「你兩個撲個蝴蝶兒與官哥兒耍子！」慌的那潘金蓮恐怕李瓶兒瞧見，故意問道：「陳姐夫與了汗巾子不曾？」李瓶兒道：「他還沒與我哩。」金蓮道：「他剛才袖著，對著大姐姐不好與咱的，悄悄遞與我了。」於是兩個坐在花台石上打開，兩個分了。（《金瓶梅詞話》第五十二回）

（薛寶釵）想畢抽身回來，剛要尋別的姊妹去，忽見前面一雙玉色蝴蝶大如團扇，一上一下，迎風翩躚，十分有趣。寶釵意欲撲了來頑耍，遂向袖中取出扇子來向草地下來撲。只見那一雙蝴蝶忽起忽落，來來往往，穿花度柳，將欲過河去了。倒引的寶釵躡手躡腳的一直跟到池中滴翠亭上，香汗淋漓，嬌喘細細，寶釵也無

11　楊義：《中國古典小說史論》，北京：中國社會科學出版社，1995 年，頁 339。

心撲了。剛欲回來，只聽滴翠亭裏邊嘁嘁喳喳，有人說話。原來這亭子四面俱是遊廊曲橋，蓋造在池中。水上四面雕鏤槅子糊著紙。寶釵在亭外聽見說話便煞住腳，往裏細聽。……猶未想完，只聽咯吱一聲，寶釵便故意放重了腳步，笑著道：「顰兒，我看你往那裏藏！」一面說，一面故意往前趕。那亭內的紅玉、墜兒剛一推窗，只聽寶釵如此說著往前趕，兩個人都唬怔了。寶釵反向她二人笑道：「你們把林姑娘藏在那裏了？」墜兒道，「何曾見林姑娘了？」寶釵道：「我才在河那邊看著林姑娘在這裏蹲著弄水兒的。我要悄悄的唬她一跳，還沒有走到跟前，她倒看見我了，朝東一繞就不見了。別是藏在這裏頭了？」一面說，一面故意進去尋了一尋，抽身就走。口內說道：「一定是又鑽在山子洞裏去了，遇見蛇咬一口也罷了。」一面說，一面走，心中又好笑，這件事算遮過去了，不知她二人是怎樣。（《紅樓夢》第二十七回）

《金瓶梅》所寫的是潘金蓮與她名義上的女婿陳敬濟的調情打俏。作者似乎偏愛這「戲蝶」的意象，在此前的第十九回有段幾乎相同的「戲蝶」描寫，人物仍是這兩位活寶。《紅樓夢》則寫一對花季少女的竊竊私語，被另一略深世故的花季少女無意竊聽去，並以無害的狡獪金蟬脫殼以保全自己的人格形象。兩者意境之高下，讀者一眼可看穿，無須我饒舌。我只想點明《紅樓夢》對《金瓶梅》的戲擬，這更是明顯的例證。

最早提到曹雪芹師法《金瓶梅》的，是脂硯齋。脂硯齋到底為何許人，至今尚是未解之謎。如果胡適的考據尚無硬證推翻，那麼有一點似可肯定，那就是脂硯齋與曹雪芹的關係非常密切：脂硯齋不僅是《紅樓夢》的第一批讀者之一，而且是其創作的部分參與者，大觀園人物中興許還有他（們）的身影。如此得天獨厚的脂硯齋，自然深知曹雪芹創作的底蘊。

「脂評」中有三處確言《紅樓夢》與《金瓶梅》之間的關係。其一於《紅樓夢》第十三回寫秦可卿之死時，批道：「寫個個皆到，全無安逸之筆，深得《金瓶》壺（原批抄本誤作壺）奧。」其二於《紅樓夢》第二十八回寫薛蟠、馮紫英等請酒行令時，批道：「此段與《金瓶梅》內西門慶、應伯爵在李桂姐家飲酒對看，未知孰家生動活潑。」其三於《紅樓夢》第六十六回寫柳湘蓮因尤三姐事，對寶玉跌足說：「你們東府裏除那兩個石頭獅子乾淨，只怕連貓兒狗兒都不乾淨。我不做這剩忘八」時，又有批云：「奇極之文，趣極之文。《金瓶梅》中有云：『把忘八的臉打綠了』，已奇之至；此云『剩忘八』，豈不更奇？」[12]

12　朱一玄：《金瓶梅資料彙編》，頁 712。

其實《紅樓夢》借鑒《金瓶梅》並與之酷似的地方，如前所述遠不止這三處。但這三處別有意義，尤其是第一處兩相比較，更能見出小說的本質特徵。「壼奧」一詞源出班固《漢書·敘傳·答賓戲》：「究先聖之壼奧」，這裏指作品「精微深奧」之所在。脂評「《金瓶》壼奧」云云，實為比較秦可卿之死與李瓶兒之死所得出的結論。對之前賢有過種種論述，我覺得闞鐸《紅樓夢抉微》的意見值得重視[13]，闞氏將可卿喪事與瓶兒喪事逐一作了比較，茲引敘如次：

《紅》十三回敘可卿喪事極力鋪排，不但突出鳳姐等人且較賈母為闊綽詳盡，若按輩分支派言之，無論如何不應將此事如此敘法。然作者深意可想而知。

《紅》書歷敘侯伯世交之吊奠，《金》書歷敘喬皇親、宋御史、黃主事、杜主事、兩司八府官員及吳道官、本縣知縣等十餘起之祭禮。其證一。

《紅》書秦氏丫鬟喚瑞珠者，見秦氏死了觸柱而亡，賈珍以孫女之禮殮殯。小丫鬟名喚寶珠者，願為義女，誓任摔喪駕靈之任，從此皆呼寶珠為小姐。《金》書六十三回瓶兒死，強陳敬濟做孝子，又雲闔家大小都披麻帶孝，陳敬濟穿孝衣在靈前還禮。其證二。

《紅》書「這四十九日單請一百單八眾禪僧在大廳上拜大悲懺，超度前亡後化，以免亡者之罪，另設一壇於天香樓上，是九十九位全真道士打四十九日解冤洗孽醮」云云。《金》書於瓶兒臨終夢見花子虛索命，六十二回潘道士遣將拘神之後，說「為宿世冤恩，訴於陰曹，非邪祟也。又二十七盞本命燈，盡皆刮滅」云云，皆指冤孽而言。瓶兒喪事之中請「報恩寺十一眾僧人，先念倒頭經；又玉皇廟吳道官受齋，請了十六個道眾在家中揚幡修齋壇；又門外永福寺道堅長老領十六眾上堂，僧念經」云云。其證三。

《紅》書鋪排喪儀題銜捐官，與《金》書如出一手。《紅》書之誥授賈門秦氏宜人之靈位，即《金》書之誥封錦衣西門室人李氏柩也。其證四。

《紅》十三回，王熙鳳協理甯國府，固以見鳳姐理事之才，亦以見東府辦事之鄭重。《金》書之敘瓶兒喪與應伯爵定管喪禮簿籍，先兌了五百兩銀子，一百吊錢來委付韓夥計管帳，並派各項執事人等，與《紅》書所敘大同小異。其證五。

蓋西門暴發而妻妾中之得用頭銜只此一次，賈家世胄而婦女之得用頭銜亦只此一次。錦衣與龍禁尉同一性質，更不待言。其證六。

《紅》十四回北靜王路祭一段，按《金》六十一回瓶兒之殯走出東街口，西門慶具

禮請玉皇廟吳道官來懸真，身穿大紅五彩鶴氅……試以吳道官作為北靜王，閉眼揣想，當日情形如出一轍。其證七。[14]

可見兩書都以一喪事作為各色人物活動的樞軸，種種世相焦點，而真正做到「個個皆到，全無安逸之筆」。

《金瓶梅》中西門慶到李桂姐所在的麗春院喝酒泡妞多次，光列入回目的就有第十一回「西門慶梳籠李桂姐」、第十五回「狎客幫嫖麗春院」、第二十回「癡子弟爭鋒毀花院」，每回都帶有應伯爵等一夥幫閒之徒，都很熱鬧。從脂評的口吻判斷，其所指當是「西門梳籠李桂姐」之初。「梳籠」的「儀式」在第十一回，熱鬧的場面卻在第十二回，「西門慶在院中貪戀桂姐姿色，約半月不曾來家」，潘金蓮寫信去催他回家，李桂姐卻吃醋撒嬌，應伯爵等湊份請酒說和，才鬧哄了一場：

於是西門慶把桂姐摟在懷中陪笑，一遞一口兒飲酒。少頃，拿了七鍾細茶來，馨香可掬，每人面前一盞。應伯爵道：「我有個曲兒，單道這茶好處，〈朝天子〉：這細茶的嫩芽，生長在春風下。不揪不采葉兒楂，但煮著顏色大。絕品清奇，難描難畫。口兒裏常時呷，醉了時想他，醒來時愛他。原來一簍兒千金價。」

謝希大笑道：「大官人使錢費物，不圖這『一摟兒』，卻圖些甚的！如今每人有詞的唱詞，不會詞，每人說個笑話兒，與桂姐下酒。就該謝希大先說。」因說道：「有一個泥水匠，在院中墁地。老媽兒怠慢了他，他暗暗把陰溝內堵上塊磚。落後天下雨，積的滿院子都是水。老媽慌了，尋的他來，多與他酒飯，還秤了一錢銀子，央他打水準。那泥水匠吃了酒飯，悄悄去陰溝內把那塊磚拿出，那水登時出的罄盡。老媽便問作頭：『此是那裏的病？』泥水匠回道：『這病與你老人家的病一樣，有錢便流，無錢不流。』」

桂姐見把他家來傷了，便道：「我也有個笑話，回奉列位。有一孫真人，擺著筵席請人，卻教座下老虎去請。那老虎把客人都路上一個個吃了。真人等至天晚，不見一客到。不一時老虎來，真人便問：你請的客人，都那裏去了？老虎口吐人言：『告師父得知，我從來不曉得請人，只會白嚼人。』」當下把眾人都傷了。

應伯爵道：「可見的俺們只是白嚼？你家孤老就還不起個東道？」於是向頭上拔下一根鬧銀耳斡兒來，重一錢；謝希大一對鍍金網巾圈，秤一秤，重九分半；祝實念袖中掏出一方舊汗巾兒，算二百文長錢；孫寡嘴腰間解下一條白布裙，當兩壺半酒；常峙節無以為敬，問西門慶借了一錢銀子。都遞與桂卿，置辦東道，請

14　朱一玄：《金瓶梅資料彙編》，頁718、719。

西門慶和桂姐。……大盤小碗拿上來，眾人坐下，說了一聲「動箸吃」時，說時遲，那時快，但見：

人人動嘴，個個低頭。遮天映日，猶如蝗蚋一齊來；擠眼掇肩，好似餓牢才打出。……當下眾人吃得個淨光王佛。西門慶與桂姐吃不上兩鍾酒，揀了些菜蔬，又被這夥人吃去了。（第十二回）

西門慶在李桂姐那裏吃酒之所以熱鬧，一個重要原因是有天下第一幫閒應伯爵在其間插科打諢。《紅樓夢》第二十八回寫賈寶玉在馮紫英家喝酒行令之所以熱鬧也得力於呆霸王薛蟠起哄。為省篇幅，只取薛蟠所說「小品」於斯：

薛蟠道：「我可要說了：女兒悲──」說了半日，不見說底下的。馮紫英笑道：「悲什麼？快說來。」薛蟠登時急的眼睛鈴鐺一般，瞪了半日，才說道：「女兒悲──」又咳嗽了兩聲，說道：「女兒悲，嫁了個男人是烏龜。」眾人聽了都大笑起來。薛蟠道：「笑什麼，難道我說的不是？一個女兒嫁了漢子，要當忘八，他怎麼不傷心呢？」眾人笑的彎腰說道：「你說的很是，快說底下的。」薛蟠瞪了一瞪眼，又說道：「女兒愁──」說了這句，又不言語了。眾人道：「怎麼愁？」薛蟠道：「繡房攛出個大馬猴。」眾人呵呵笑道：「該罰，該罰！這句更不通，先還可恕。」說著便要篩酒。寶玉笑道：「押韻就好。」薛蟠道：「令官都准了，你們鬧什麼？」眾人聽說，方才罷了。雲兒笑道：「下兩句越發難說了，我替你說罷。」薛蟠道：「胡說！當真我就沒好的了！聽我說罷：女兒喜，洞房花燭朝慵起。」眾人聽了，都詫異道：「這句何其太韻？」薛蟠又道：「女兒樂，一根 (ji ba) 往裏戳。」眾人聽了，都扭著臉說道：「該死，該死！快唱了罷。」薛蟠便唱道：「一個蚊子哼哼哼。」眾人都怔了，說：「這是個什麼曲兒？」薛蟠還唱道：「兩個蒼蠅嗡嗡嗡。」眾人都道：「罷，罷，罷！」薛蟠道：「愛聽不聽！這是新鮮曲兒，叫作哼哼韻。你們要懶待聽，連酒底都免了，我就不唱。」眾人都道：「免了罷，免了罷，倒別耽誤了別人家。」（第二十八回）

以今日觀點視之，應伯爵與薛蟠兩人都是著名小品演員，但應伯爵是裝瘋賣傻，而呆霸王則是真有點呆。應伯爵的小品善意地嘲弄了西門慶與李桂姐，而薛蟠的黃段子（全書中少有的例外）只能反襯寶玉們的雅致。在《金瓶梅》的這場鬧劇的主角是西門慶與李桂姐，而在《紅樓夢》的這場宴席的主角當為寶玉與唱小旦的蔣玉菡，從在洗手間互贈禮品聊表「親熱之意」判斷，他們似乎有「同志戀」之嫌，所以回目叫「蔣玉菡情贈茜香羅」，所以薛蟠大叫：「我可拿住了。」兩相比較，儘管兩者都熱鬧，而《金瓶梅》熱鬧得有

些粗俗，《紅樓夢》熱鬧得有雅趣。脂評問：兩者對看，「未知孰家生動活潑」？不才如此解讀，不知脂君滿意乎？

《金瓶梅》第二十二回寫春梅與琴師李銘的衝突：

> 金蓮正和孟玉樓、李瓶兒並宋惠蓮在房裏下棋，只聽見春梅從外罵將來。金蓮便問道：「賊小肉兒，你罵誰哩？誰惹你來？」春梅道：「情知是誰？叵耐李銘那忘八，爹臨去，好意分付小廝留下一桌菜，並粳米粥兒與他吃。也有玉簫他們，你推我，我打你，頑成一塊，對著忘八，雌牙露嘴的，狂的有些褶兒也怎的！頑了一回，都往大姐那邊去了。忘八見無人，盡力把我手上撚一下，吃的醉醉的，看著我嘻嘻待笑。那忘八見我要喝罵起來，他就夾著衣裳往外走了。剛才打與賊忘八兩個耳刮子才好！賊忘八，你也看個人兒行事，我不是那不三不四的邪皮行貨，教你這忘八在我手裏弄鬼，我把忘八臉打綠了！」

「把忘八臉打綠了！」當作何解？是臉色被打得由紅轉紫轉青轉綠？抑或因王八與戴綠帽子的說法相似，於是以綠色為王八之標誌顏色？《紅樓夢》第六十六回寫柳湘蓮因不信任東府的生活環境，而私毀與尤三姐的婚約，他與寶玉有段對話：

> 次日又來見寶玉，二人相會，如魚得水；湘蓮因問賈璉偷娶二房之事，寶玉笑道：「我聽見茗煙一干人說，我卻未見，我也不敢多管。我又聽見茗煙說，璉二哥哥著實問你，不知有何話說？」湘蓮就將路上所有之事一概告訴寶玉，寶玉笑道，「大喜，大喜！難得這個標緻人，果然是個古今絕色，堪配你之為人。」湘蓮道，「既是這樣，他那裏少了人物，如何只想到我。況且我又素日不甚和他厚，也關切不至此。路上工夫忙忙的就那樣再三要來定，難道女家反趕著男家不成。我自己疑惑起來，後悔不該留下這劍作定。所以後來想起你來，可以細細問個底裏才好。」寶玉道：「你原是個精細人，如何既許了定禮又疑惑起來？你原說只要一個絕色的，如今既得了個絕色便罷了，何必再疑？」湘蓮道，「你既不知他娶，如何又知是絕色？」寶玉道：「他是珍大嫂子的繼母帶來的兩位小姨。我在那裏和他們混了一個月，怎麼不知？真真一對尤物，他又姓尤。」湘蓮聽了，跌足道，「這事不好，斷乎做不得了。你們東府裏除了那兩個石頭獅子乾淨，只怕連貓兒狗兒都不乾淨。我不做這剩忘八。」寶玉聽說，紅了臉。

何謂「剩王八」？是剩餘的王八，還是王八的王八（如同奴才的奴才之謂）？只知道尤三姐聞之則飲劍自殺。可見此話殺傷力之強大。脂評云：「『把忘八的臉打綠了？』已奇之至；此云『剩忘八』，豈不更奇？」自是青出於藍而勝於藍之謂也。

　　將上述三段脂評聯繫起來看，筆者認為：以奇極趣極之文，去寫現實生活中諸如婚喪起居乃至飲酒行令之類的家庭瑣事，去寫各類「生動活潑」的人物形象；以這些「全無安逸」的人物的悲歡離合，去寫一個家庭，乃至一個階層的興衰際遇——這豈不就是曹雪芹所借鑒、所深得的《金瓶》壺奧所在嗎？

　　就宏觀而言，曹雪芹「深得《金瓶》壺奧」，最突出的表現有兩點。其一是以現實社會結構中的一個細胞——家庭，為舞台，去展現一個時代。謝肇淛有〈《金瓶梅》跋〉云：「其中朝野之政務，官私之晉接，閨闥之媟語，市里之猥談，與夫勢交利合之態，心輸背笑之局，桑中濮上之期，尊罍枕席之語，馳驅之機械意智，粉黛之自媚爭妍，狎客之從與逢迎，奴伶之稔唇淬語，窮極境象，馳意快心。譬之範公摶泥，妍媸老少，人鬼萬殊，不徒肖其貌，且並其神傳之。信稗官之上乘，爐錘之妙手也。」[15]極言西門慶之家這一個細胞與社會軀體的血肉聯繫。同樣，《紅樓夢》追其芳蹤，也以賈府一門之興衰枯榮寫出了一個封建末世。誠如二知道人所說：「太史公紀三十世家，曹雪芹只紀一世家。太史公之書高文典冊，曹雪芹之書假語村言，不逮古人遠矣。然雪芹紀一世家，能包括百千世家，假話村言不啻晨鐘暮鼓，雖稗官者流，甯無裨於名教乎？」[16]傅繼馥在〈《紅樓夢》中的社會環境〉中更形象地指出：「科學家在實驗室裏複製各種自然環境，包括複製有太陽風的月球環境。文學家則在作品裏複製形形色色的社會環境以及社會化了的自然環境。《紅樓夢》複製了幾乎整整一個時代，把那個時代的某些本質方面，連同它特有的氣壓、溫度、色彩、音響及其變化，一齊活生生地呈現出來，使今天的讀者能夠身臨其境地體驗和認識一個永不復返的重要時代。」[17]因而蘭陵笑笑生與曹雪芹都是以一個家庭為軸心，寫成了他們所處時代的百科全書。

　　其二是以現實家庭中的普通成員——婦女為主體，去揭示其家庭與社會的種種關係及矛盾衝突。中國古代說部固然創立了許多不朽的典型，但對女性形象的塑造卻相當落後，長篇小說則尤其如此。如「《三國演義》寫了貂蟬巧使連環計，從肉體到情感都完全聽從倫理觀念的支配，沒有任何個人的感情，一個美麗然而抽象的封建間諜。《水滸》塑造了農民起義的幾個女英雄形象，她們馳騁沙場，才能和功勳常常壓倒自己的丈夫，表現了作者卓異的膽識。但是，她們的感情世界常被忽略了。宋江等殺了扈三娘的一家，又命令她立即嫁給矮腳虎，把她當作俘虜並不奇怪；奇怪的是，她被任意擺佈，卻沒有

15　朱一玄：《金瓶梅資料彙編》，頁179。

16　二知道人：〈紅樓夢說夢〉，一粟編：《古典文學研究資料彙編・紅樓夢卷》，北京：中華書局，1963年，頁102。

17　傅繼馥：《明清小說的思想與藝術》，合肥：安徽人民出版社，1984年，頁71。

激起任何一點情感的漣漪」。[18]自《金瓶梅》始,才有一批有血有肉的婦女形象,如金、瓶、梅們,奇跡般地湧現在長篇小說人物畫廊中。曹雪芹則立志要為閨閣昭傳,他筆下的大觀園,則是別具一格的女兒國。婦女是社會關係與矛盾最敏捷的神經。西門慶妻妾之間的糾紛與結局,大觀園內「千紅一哭」「萬豔同悲」的命運交響曲,又何嘗不與中國明清社會的某些本質方面有著「剪不斷、理還亂」的聯繫呢?

四、曹雪芹在理論上對《金瓶梅》的反撥

曹雪芹「深得《金瓶》壼奧」,卻並不滿足於「《金瓶》壼奧」。曹雪芹在《紅樓夢》第一回分析批判了包括《金瓶梅》在內的人情小說的明確的理性認識。曹雪芹借石頭的話說:

> 歷來野史,或訕謗君相,或貶人妻女,姦淫兇惡,不可勝數。更有一種風月筆墨,其淫穢汙臭,屠毒筆墨,壞人子弟,又不可勝數。至若佳人才子等書,則又千部共出一套,且其中終不能不涉於淫濫,以致滿紙潘安、子建、西子、文君,不過作者要寫出自己的那兩首情詩豔賦來,故假擬出男女二人名姓,又必旁出一小人其間撥亂,亦如劇中之小丑然。且鬟婢開口即者也之乎,非文即理,故逐一看去,悉皆自相矛盾,大不近情理之話。

曹雪芹在這裏批評了「訕謗君相」「風月筆墨」「佳人才子」這三類小說。以小說「訕謗君相」,在當時應是「反封建」的進步傾向。或許曹雪芹在政治上未達到「訕謗君相」的高度,或許曹雪芹在小說美學上本不喜歡「訕謗君相」那類思想傾向過分外露的作品,或許曹雪芹有恐文字獄的危險故作掩飾之辭,並一再聲明自己的作品:「雖有些指奸責佞貶惡誅邪之語,亦非傷時罵世之旨;及至君仁臣良父慈子孝,凡倫常所關之處,皆是稱功頌德,眷眷無窮,實非別書之可比」,「毫不干涉時世」。因而在藝術創作上,曹雪芹注重從後兩類作品去吸取教訓。

同在第一回,曹氏又借「那僧道」之口說:

> 歷來幾個風流人物,不過傳其大概以及詩詞篇章而已;至家庭閨閣中一飲一食,總未述記。再者,大半風月故事,不過偷香竊玉,暗約私奔而已,並不曾將兒女之真情發洩一二。

18　傅繼馥:《明清小說的思想與藝術》,頁237。

在第五十四回，又通過賈母之口對才子佳人小說，大加批評一番：

> 這些書就是一個套子，左不過些佳人才子，最沒趣兒。把人家女兒說的那樣壞，
> 還說是佳人，編的連影兒也沒有了。開口都是書香門第，父親不是尚書就是宰相。
> 生一個小姐，必是愛如珠寶。這小姐又必是通文知禮，無所不曉，竟是個絕代佳
> 人。只一見了一個清俊的男人，不管是親是友，便想起終身大事來，父母也忘了，
> 書禮也忘了，鬼不成鬼，賊不成賊，那一點兒像個佳人？
> 這有個原故，編這樣書的，有一等妒人家富貴，或有求不遂心，所以編出來污穢
> 人家。再一等，他自己看了這些書看魔了，他也想一個佳人，所以編了出來取樂。
> 何嘗他知道那世宦讀書家的道理！別說他那書上那些世宦書禮大家，如今眼下真
> 的拿我們這中等人家說起，也沒有這樣的事，別說是那些大家子。可知是謅掉了
> 下巴的話。所以，我們從不許說這些書，丫頭們也不懂這些話。

類似的意見，脂評中也不少。如第一回中有批：「可笑近之小說中，滿紙羞花閉月
等字」；「最可笑世之小說中，凡寫奸人則鼠耳鷹腮等語」；「又最恨近之小說中滿紙
紅拂、紫煙」。第二回有批：「可笑近來小說中，滿紙天下無二、古今無雙等字」；「最
可笑，近小說中，滿紙班昭、蔡琰、文君、道韞」。第三回有批：「可笑近之小說中有
一百個女子，皆是如花似玉一副臉面」；「最厭近之小說中，滿紙千伶百俐，這妮子亦
通文墨等語」。第二十回又有批：「可笑近之野史中，滿紙羞花閉月，鶯啼燕語，除（殊）
不知真正美人方有一陋處，如太真之肥，飛燕之瘦，西子之病，若施於別個不美矣。今
見『咬舌』二字加以湘雲，是何大法手眼，敢用此二字哉？不獨（不）見（其）陋，且更
覺輕俏嬌媚，儼然一嬌憨湘雲立於紙上，掩卷合目思之，其『愛』『厄』嬌音如入耳內。
然後，將滿紙鶯啼燕語之字樣填糞窖可也。」第四十三回還有批：「最恨近之野史中惡
則無往不惡，美則無一不美，何不近情理之如是耶！」

凡此種種，實則是曹雪芹夥同脂硯齋對才子佳人小說之陋處（其佳處當包括在「《金瓶》
壺奧」之內，爲曹氏所深得）的批判。在曹雪芹們看來，才子佳人小說的最大陋處一爲「千
部共出一套」的公式化的人物、情節與立意；二爲不顧情理的編謅，「編的連影兒也沒
有」，「可知是謅掉了下巴的話」，不近情理也就無有藝術生命；三爲風月描寫失調，
以致「涉於淫濫」，甚至「淫穢汙臭」，有損作品的藝術境界與社會效果。至於其對「偷
香竊玉，暗約私奔」的婚戀形式的批評，則似有「矯枉過正」之虞。

同在第一回書中，曹雪芹披露了自己的小說美學追求：

> 作者自云：因曾歷過一番夢幻之後，故將真事隱去，而借「通靈」之說，撰此《石

頭記》一書也。

但書中所記何事何人？自又云：今風塵碌碌，一事無成，忽念及當日所有之女子，一一細考較去，覺其行止見識，皆出於我之上。何我堂堂鬚眉，誠不若彼裙釵哉？實愧則有餘，悔又無益之大無可如何之日也！當此，則自欲將已往所賴天恩祖德，錦衣紈絝之時，飫甘饜肥之日，背父兄教育之恩，負師友規談之德，以至今日一技無成、半生潦倒之罪，編述一集，以告天下人；我之罪固不免，然閨閣中本自歷歷有人，萬不可因我之不肖，自護己短，一併使其泯滅也。雖今日之茅椽蓬牖，瓦灶繩床，其晨夕風露，階柳庭花，亦未有妨我之襟懷筆墨者。雖我未學，下筆無文，又何妨用假語村言，敷演出一段故事來，亦可使閨閣昭傳，復可悅世之目，破人愁悶，不亦宜乎？

但我想，歷來野史，皆蹈一轍，莫如我這不借此套者，反倒新奇別致，不過只取其事體情理罷了，又何必拘拘於朝代年紀哉！我半世親睹親聞的這幾個女子，雖不敢說強似前代書中所有之人，但事蹟原委，亦可以消愁破悶；也有幾首歪詩熟話，可以噴飯供酒。至若離合悲歡，興衰際遇，則又追蹤躡跡，不敢稍加穿鑿，徒為供人之目而反失其真傳者。

再者，亦令世人換新眼目，不比那些胡牽亂扯，忽離忽遇，滿紙才人淑女，子建文君紅娘小玉等通共熟套之舊稿。雖其中大旨談情，亦不過實錄其事，又非假擬妄稱，一味淫邀豔約、私訂偷盟之可比。

由此可見，曹雪芹在小說美學上有幾點特殊追求：

其一，取材。為自己「半世親睹親聞的幾個女子」或情或癡的「事蹟原委」，反對連影兒都沒有的「胡牽亂扯」。

其二，人物。要「強似前代所有書中之人」，他自謙「雖不敢強似前代所有書中之人」，實則有志達到「強似前代所有書中之人」，即行止見識皆出堂堂鬚眉之上的異樣女子，一反「男尊女卑」之通行原則。

其三，方法。將真事隱去，用假語村言，敷演出一段故事來，其中之「離合悲歡，興衰際遇，則又追蹤躡跡，不敢稍加穿鑿」，「只取其事體情理罷了」，反對千部一套的創作方法。

其四，立意。大旨談情，亦可使閨閣昭傳，「閨閣中本自歷歷有人，萬不可因我之不肖，自護己短，一併使其泯滅也」。反對那種「不曾將兒女之真情發洩一二」的風月故事。

其五，效果。「令世人換新眼目」，以新奇別致、深有趣味之文，悅世之目，破人

愁悶，反對歷來野史那令人生厭的通共熟套。

　　曹雪芹的小說美學追求，除出於對才子佳人小說陋處的反撥，還來自他對自我價值及讀者心理的清醒分析與把握。

　　曹雪芹經歷了「已往所賴天恩祖德，錦衣紈綺之時，飫甘饜肥之日」到「今日之茅椽蓬牖，瓦灶繩床」的大跌盪，在「曾歷過一番夢幻之後」，於「愧則有餘，悔又無益之大無可如何之日」，對曾「背父兄教育之恩，負師友規談之德，以至今日一技無成、半生潦倒之罪」的反思與懺悔，更覺當年自己生活圈中的幾個女子的可貴，「何我堂堂鬚眉，誠不若彼裙釵哉？」因而於悼紅軒披閱十載，增刪五次，寫成這以幻記夢的小說，決心「使閨閣昭傳」。

　　曹雪芹清醒地認識到「今之人，貧者為衣食所累，富者又懷不足之心，縱然一時稍閑，又有貪淫戀色、好貨尋愁之事，那裏去有工夫看那理治之書？」因而「市井俗人看理治之書者甚少，愛適趣閑文者特多」。「所以我這一段故事，也不願世人稱奇道妙，也不定要世人喜悅檢讀，只願他們當那醉淫飽臥之時，或避世去愁之際，把此一玩，豈不省了些壽命筋力？就比那謀虛逐妄，卻也省了口舌是非之害，腿腳奔忙之苦。」

　　所有這些，既是曹雪芹的小說美學追求，也是他超越「《金瓶》壺奧」——即打破傳統思想與寫法的理論基礎。

五、曹雪芹在藝術上對《金瓶梅》的反撥

　　《紅樓夢》「披閱十載，增刪五次」。他在什麼作品上刪，增刪了些什麼？

　　據甲戌「重評」本第一回之評語，原來「雪芹舊有《風月寶鑑》之書，乃其弟棠村序也。今棠村已逝，余睹新懷舊，故仍因之。」這裏的「新」當然是《紅樓夢》，而所謂「舊」自然是《風月寶鑑》。裕瑞《棗窗閒筆》即云：「雪芹改《風月寶鑑》數次，始成此書（《紅樓夢》）。」

　　《風月寶鑑》今雖見不到，但從甲戌「重評」本的〈《紅樓夢》旨義〉所云：「賈瑞病，跛道人持一鏡來，上面即鏨『風月寶鑑』四字，此則《風月寶鑑》之點睛」，推斷《紅樓夢》的第十一、十二兩回文字可能與《風月寶鑑》有相似之處。這兩回一方面寫賈瑞「起淫心」，一方面寫王熙鳳「毒設相思局」。害了相思病的賈瑞，從跛足道人那裏獲得「專治邪思妄動之症」的「風月寶鑑」，正面是豔冶之美人，反面為可怕之骷髏。欲治邪症，只能看反面不能看正面。賈瑞淫心難平，正看寶鑑，結果如西門慶髓盡身亡。這個故事為《風月寶鑑》點何睛呢？〈《紅樓夢》旨義〉說得分明：「《風月寶鑑》是戒妄動風月之情。」欲「戒妄動風月之情」，自然要將妄動風月之情的故事寫足。從現

存賈瑞的故事看，其「妄動」的細節已大大刪節了。從第八回嘲頑石「白骨如山忘姓氏，無非公子與紅妝」看，紅樓人物死於淫者還大有人在。從柳湘蓮沖著寶玉所說：「你們東府裏，除了那兩個石頭獅子乾淨罷了」，焦大醉罵：「那裏承望到如今生下這些畜生來！每日偷狗戲雞，爬灰的爬灰，養小叔子的養小叔子」，其間當有眾多的「妄動風月之情」的故事。但從《紅樓夢》中已難知其詳了，即使是賈璉、賈珍、賈蓉、賈瑞、薛蟠、賈赦等這一夥好色之徒，「妄動風月之情」的故事也無多少細節了。

大致能推知其詳的大概要算秦可卿的故事。〈紅樓夢曲〉與〈判詞〉中：「箕裘頹墮皆從敬，家事消亡首罪寧」，「宿孽總因情」，「秉風情、擅月貌，便是敗家的根本」，「情天情海幻情身，情既相逢必主淫」等，都與秦可卿之淫有關，但在具體描寫除從她室內充滿淫蕩色彩的陳設佈置，從她死後賈珍「哭得如淚人兒一般」，而賈蓉反倒平淡，略露她不潔的蛛絲馬跡之外，平日她卻是賈府上下推許的人物。賈母認為她「是個極妥當的人，生得嫋娜纖巧，行事又溫柔和平，乃重孫媳婦中第一個得意之人」，「只怕打著燈籠兒也沒處找去呢」。如此大的反差從何而來呢？還是脂評洩露了天機。脂評云：

> 此回衹十頁，因刪去天香樓一節，少卻四五頁也。（甲戌眉批）

> 通回將可卿如何死故隱去，是大發慈悲也，歎歎！壬午春。（庚辰回末總批）

> 「秦可卿淫喪天香樓」，作者用史筆也。老朽因有魂托鳳姐賈家後事二件，嫡是安富尊榮坐享人能想得到處。其事雖未漏，其言其意則令人悲切感服，故赦之，因命芹溪刪去「遺簪」「更衣」諸文，是以此回只十頁，刪去天香樓一節，少去四五頁也。詩曰：「一步行來錯，回頭已百年，請觀《風月鑒》，多少泣黃泉。」（甲戌本以此為畸笏叟語）

由此可見，在《風月寶鑒》中「秦可卿確實是一個『性解放』的先驅，她引誘過尚處混沌狀態的賈寶玉，她似乎也並不討厭她的丈夫賈蓉，但她也確實還愛著她的公公賈珍」。如果包括其他妄動風月之情的故事，也都如《金瓶梅》有詳細的描寫，《風月寶鑒》或許就是一部仿《金瓶梅》之作。

《風月寶鑒》中的賈寶玉，或許也是西門慶一流的人物。賈寶玉是《石頭記》的主人公，也是《風月寶鑒》的主人公，他的風月故事也當是貫串全書的情節主線。現在只能從《紅樓夢》的某些情節裂縫中去尋找那舊寶玉的若干痕跡。如〈西江月・嘲賈寶玉二首〉說他「行為偏僻性乖張」。賈政在寶玉抓周時就預言他將來是個「酒色之徒」。王夫人首次向黛玉介紹就稱他為「混世魔王」，「孽根禍胎」。黛玉未到賈府之前曾聽母親介紹寶玉「頑劣異常，極惡讀書，最喜在內幃廝混」。在床第至少與襲人有過「初試」。

更有第十五回：「秦鯨卿得趣饅頭庵」。在為秦可卿悼喪的日子裏，秦鐘居然與小尼智能兒混得得趣；寶玉居然有雅興摸黑去「捉姦」，捉姦之後居然以秦鐘的隱私相挾，到床上去「再慢慢兒的算帳」。作者底下用了一段暗示性話語了帳：「不知寶玉和秦鐘如何算帳，未見真切，此係疑案，不敢創纂。」雖未明寫，也夠糟糕了。這行徑與賈蓉他們在賈敬居喪期間調戲尤二姐、尤三姐，是有過之而無不及的。寶玉與蔣玉函也有「染」。闞鐸《紅樓夢抉微》中有怪論：玉為寶玉之命根；玉函者，裝玉之函也。可見在《風月寶鑑》中的賈寶玉的風月故事是夠豐富的，男色、女色皆略可與西門慶比美。有人考證曹氏原稿中寶玉淪為擊柝之役，「貧窮難耐淒涼」的寶玉好似窮途末路中的陳敬濟。這才真是「孽根禍胎」，足「戒妄動風月之情」，「寄言紈綺與膏粱，莫效此兒形狀！」

綜上所述，可以推斷《風月寶鑑》既繼承了《金瓶梅》的長處：以一個家庭之瑣事去寫一個時代的風貌；也未擺脫《金瓶梅》的短處：為戒妄動風月之情卻將風月之情寫濫了。用曹雪芹在第一回所批評的舊小說模式的話：「更有一種風月筆墨，其淫穢汙臭，屠毒筆墨」，移來批評他的舊稿《風月寶鑑》也是合適的。或許可以說他就是在批評舊我，他就是在小說美學領域進行一場自我革命。唯其有如此勇敢、如此徹底、如此明智的自我革命精神，曹雪芹才能完成從《風月寶鑑》到《紅樓夢》的飛躍，亦即從模仿《金瓶梅》到超越《金瓶梅》的飛躍。

在《紅樓夢》中，曹雪芹不僅洗淨了賈珍與秦可卿亂倫的風月故事，他還借警幻仙姑之口，將「淫」剝析出兩個精神層次來：一為「皮膚濫淫」，只知道「調笑無厭，雲雨無時，恨不能天下美女盡供我片時之趣興」；二為「意淫」，為「天分中生成一段癡情」，「在閨閣中，固可為良友」。前者多被理解為指寶玉之外的淫鬼色魔，後者即為寶玉。其實若從發展眼光來看，前者或可指《風月寶鑑》中的寶玉，後者則為《紅樓夢》中的寶玉。這樣，寶玉的性格就有了根本性的改變與昇華。他就由一個西門慶式的濫淫之徒，變成了「閨閣良友」。成為一個被世俗世界「百口嘲謗、萬目睚眥」的形象；被賈雨村視為「其聰俊靈秀之氣則在萬萬人之上，其乖僻邪謬不近人情之態又在萬萬人之下」，「正邪兩賦而來一路之人」；被脂硯齋論為：「聽其囫圇不解之言，察其幽微感觸之心，審其癡妄委婉之意，皆今古未見之人，亦是未見之文字」。同時作者又寫進了眾多「行止見識，皆出於我之上」的女性形象，創造了一個芳香淨潔的女兒國──大觀園。這就使全書之立意也有了根本性改變，由「戒妄動風月之情」到「大皆談情」。這過程，有如列夫·托爾斯泰對安娜·卡列尼娜與瑪絲洛娃的改造一樣，是徹底改弦易轍式的。

這就是說，《紅樓夢》正是曹雪芹在小說美學領域中的自我革命，從而超越《金瓶

梅》的偉大成果。

《紅樓夢》對《金瓶梅》的超越，前人也多有發現。就藝術創造而言，邱煒蓂有云：「（《金瓶梅》）文筆拖逯懈怠，空靈變化不及《紅樓夢》」[19]；哈斯寶則說：「《金瓶梅》中預言浮淺，《紅樓夢》中預言深邃，所以此工彼拙」[20]。就藝術概括而言，楊懋建說：「《金瓶梅》極力摹繪市井小人，《紅樓夢》反其意而用之，極力摹繪閥閱大家，如積薪然，後來居上矣」[21]。就藝術境界而言，張其信說：「此書（指《紅樓夢》）從《金瓶梅》脫胎，妙在割頭換像而出之」（《紅樓夢偶評》）；諸聯在《紅樓評夢》中也說：「書本脫胎於《金瓶梅》，而褻嫚之詞，淘汰至盡。中間寫情寫景，無些點牙後慧。非特青出於藍，直是蟬蛻於穢。」這些論述，都是可取之處。

以今天的眼光視之，《金瓶梅》的作者既不見《三國》中的仁君賢相，也無望於《水滸》中的呼群保義，更找不到《西遊》中美猴王，於是將憤世的鋒芒插入玩世的刀鞘，雖將黑暗勢力推上了因果報應的刀俎，也是以美來審醜，自己畢竟尚畏縮在宿命論的泥淖中裹足不前。曹雪芹則從中國傳統文化與他所處時代中反撥出理想的詩情與光束，於蕭瑟中覓春溫，於死滅中尋火種，給假惡醜以抨擊，給真善美以歌頌。因而同是百科全書式的小說，《金瓶梅》只是晚明社會的百醜圖，《紅樓夢》則是一支動人心弦的人生交響曲，從而登上了中國人情小說的光輝頂峰。

六、餘論：《金瓶梅》與《儒林外史》

《金瓶梅》影響所及自然遠不止《紅樓夢》。孫述宇有云：《金瓶梅》諷刺藝術，開《儒林外史》的先河（《金瓶梅的藝術》）。不想多言，只舉兩例，相信讀者自能判斷此論不虛。《金瓶梅》寫西門慶的夥計的自吹自擂，自露其餡：

> 那韓道國坐在凳上，把臉兒揚著，手中搖著扇兒，說道：「學生不才，仗賴諸位餘光，在我恩主西門大官人做夥計。三七分錢，掌巨萬之財，督數處之鋪。甚蒙敬重，比他人不同。」有謝汝慌道：「聞老兄在他門下做，只做線鋪生意。」韓道國笑道：「二兄不知，線鋪生意只是名目而已。今他府上大小買賣，出入資本，那些兒不是學生算賬！言聽計從，禍福共知。通沒我，一事兒也成不得。初，大官人每日衙門中來家擺飯，常請去陪侍，沒我便吃不下飯去。俺兩個在他小書房

19　《五百洞天揮麈》。

20　《新譯紅樓夢》。

21　《夢華瑣簿》。

裏，閒中吃果子說話兒，常坐半夜，他方進後邊去。昨日他家大夫人生日，房下坐轎子行人情，他夫人留飲至二更方回。彼此通家，再無忌憚。不可對兄說，就是背地他房中話兒，也常和學生計較。學生先一個行止端莊，立心不苟，與財主興利除害，拯溺救焚。凡百財上分明，取之有道。就是傅自新也怕我幾分，不是我自己誇讚，大官人正喜我這一件兒……」剛說在鬧熱處，忽見一人慌慌張張走向前，叫道，「韓大哥，你還在這裏說什麼，教我鋪子裏尋你不著！」拉到僻靜處，告他說，你家中如此如此，（中略）這韓道國聽了，大驚失色，口中只咂嘴，下邊頓足，就要翅走。被張好問叫道：「韓老兄，你話還未盡，如何就去了」這韓道國舉手道：「學生家有小事，不及奉陪。」慌忙而去。（第三十三回）

《儒林外史》則幾乎是如法炮製了嚴貢生的吹牛情節：

張鄉紳道：「總因你先生為人有品望，所以敝世叔相敬。近來自然時時請教。」嚴貢生道：「後來倒也不常進去。實不相瞞，小弟只是一個為人率真，在鄉里之間，從不曉得占人寸絲半粟的便宜。所以歷來的父母官，都蒙相愛。湯父母雖不大喜歡會客，卻也凡事心照。就如前月縣考，把二小兒取在第十名，叫了進去，細細問他從的先生是那個，又問他可曾定過親事，著實關切！」

范舉人道：「我這老師看文章是法眼；既然賞鑒令郎，一定是英才。可賀！」嚴貢生道：「豈敢，豈敢。」又道：「我這高要，是廣東出名縣分。一歲之中，錢糧耗羨，花布，牛，驢，漁船，田房稅，不下萬金。」又自拿手在桌上畫著，低聲說道：「像湯父母這個做法，不過八千金；前任潘父母做的時節，實有萬金。他還有些枝葉，還用著我們幾個要緊的人。」

說著，恐怕有人聽見，把頭別轉來望著門外。一個蓬頭赤足的小使走了進來，望著他道：「老爺，家裏請你回去。」嚴貢生道：「回去做甚麼？」小廝道：「早上關的那口豬，那人來討了。在家裏吵哩。」嚴貢生道：「他要豬，拿錢來！」小廝道：「他說豬是他的。」嚴貢生道：「我知道了。你先去罷。我就來。」那小廝又不肯去。張范二位道：「既然府上有事，老先生竟請回罷。」嚴貢生道：「二位，老先生有所不知，這口豬原是舍下的。」（第四回）

附 錄

一、石鐘揚小傳

男，安徽宿松人，借名於東坡先生〈石鐘山記〉。1948 年臘八生，註定吃苦。1976年畢業於安徽大學中文系，本屬另類卻留校任教；1982-1983 年遊學於南開大學朱一玄先生門下，是受人格薰陶；1994 年獲省政府所授「有突出貢獻的中青年專家」稱號為浪得虛名，1999 年破格晉升為教授乃遲到的幸運。

平生好做拙文，學生時代就有小文、小書問世，大學畢業以來有大大小小百餘篇論文見諸海峽兩岸報刊，不緊不慢出版學術著作：《紅樓夢詩詞評注》（合作）、《性格的命運：中國古典小說審美論》《致命的狂歡：石鐘揚說金瓶梅》（再版題為《人性的倒影：金瓶梅人物與晚明中國》）、《神魔的魅力：西遊記考論》《文人陳獨秀：啟蒙的智慧》（再版）、《五四三人行：一個時代的路標》（再版題為《一個時代的路標：蔡元培、胡適、陳獨秀》）、《天下第一刊：新青年研究》《酒旗風暖少年狂：陳獨秀與近代學人》《戴名世論稿》（合作）、《綏拉菲莫維奇》（合作）等十餘種。選編《戴名世散文選集》（合作）、點校《朱書集》（合作）、《方孝標文集》（合作）、《范當世選集》《吳德旋集》等；主編《民國現場報導叢書》（四冊）、《民國總統自敘叢書》（四冊）、《遲到的紀念：紀念陳獨秀誕辰 130 周年書畫選》《鍾情獨秀：石鐘揚暨師友書畫選》等。大抵為中國古典小說研究、桐城派研究、陳獨秀研究三大類，且各有枝蔓。

曾在安徽大學、安慶師院任教，現為南京財經大學新聞學院教授。社會兼職不值一提，不說也罷。

生性散淡，幾乎沒申報什麼課題與獎項，非淡泊名利，是不勝其勞，卻偶趁進某個項目忙活一陣，也偶有某書獲「獎」，靠天收而已。同仁呼為「最傻教授」，宛若阿 Q 兄弟不去理那「傻」，單一個「最」字就令其陶醉不已。

二、石鐘揚《金瓶梅》研究專著、論文目錄

(一)專著

1. 《致命的狂歡：石鐘揚說金瓶梅》，西安：陝西人民出版社 2006 年。
2. 《人性的倒影：金瓶梅人物與晚明中國》，西安：陝西人民出版社 2008 年。

(二)論文

1. 流氓性格的喜劇：論西門慶
   性格的命運：中國古典小說審美論，合肥：安徽教育出版社 1998 年。
2. 人情小說的藝術歷程：從《金瓶梅》到《紅樓夢》
   性格的命運：中國古典小說審美論，合肥：安徽教育出版社 1998 年。
3. 陳獨秀與中國小說
   文人陳獨秀：啟蒙的智慧，西安：陝西人民出版社 2005 年。
4. 陳獨秀與《金瓶梅》
   徐州師院學報，1996 年第 3 期。
5. 西門慶是中國新興商人的典型嗎？
   文藝理論與批評，1998 年第 1 期。
6. 論西門慶
   濟甯師專學報，1999 年第 1 期。
7. 流氓的寓言：論西門慶（上）
   大陸雜誌，1999 年第 3 期。
8. 流氓的寓言：論西門慶（下）
   大陸雜誌，1999 年第 4 期。
9. 紅樓夢：從深得到超越金瓶壺奧
   紅樓夢學刊，1999 年第 2 期。
10. 虎中美女與「紙虎兒」：封建婚姻制度下的潘金蓮
    江淮論壇，2006 年第 6 期。
11. 男權主義下的潘金蓮
    南京師大文學院學報，2008 年第 4 期。
12. 愛的奉獻與妾的地位：論潘金蓮
    古今藝文，第 34 卷 1 期。（民國 96 年 11 月 1 日）
13. 流氓的性戰：論西門慶

　　黃霖等主編，金瓶梅與臨清：第六屆國際《金瓶梅》學術討論會論文集，濟南：齊魯書社 2008 年。

14. 御夫術的藝術精神：論潘金蓮
　　金瓶梅研究，第 10 輯。

15. 封建婚姻制度下的潘金蓮
　　陳益源主編，2012 臺灣《金瓶梅》國際學術討論論文集，臺灣：里仁書局 2013 年。

16. 封建妾媵制度下的潘金蓮
　　王平主編，金瓶梅與五蓮：第九屆（五蓮）國際《金瓶梅》學術討論會論文集，北京：中國文史出版社 2013 年。

後　記

　　這部拙著能在臺灣出版，我很高興。

　　因研究《金瓶梅》而與臺灣有聯繫，在我此前有兩件事。一是上個世紀末，我受盧興基先生〈論《金瓶梅》：十六世紀一個新興商人的悲劇〉（《中國社會科學》1987 年第 3 期）之誘惑，寫了篇三萬字之拙文〈流氓的喜劇：論西門慶〉與之商榷。在大陸漂泊兩年無著落，終由臺灣《大陸雜誌》分兩期一字未易地刊登（1999 年 9 月 15 日、10 月 15 日出版之第 99 卷 3、4 期）。2000 年 10 月 24 日我攜《大陸雜誌》抽印本作為投名狀，首赴金學會議（第四屆國際《金瓶梅》學術討論會），有幸結識諸多金學家，且得港臺學者梅節、魏子雲等先生之勉勵。

　　二是 2012 年 8 月 24-27 日，參加「臺灣《金瓶梅》國際學術研討會」。會議從臺北開到臺南（從國圖到中正大學到成功大學），讓我等匆匆閱讀了臺灣寶島；而會間臺灣學人對學術報告討論之較真，更令人耳目一新。如中正大學王瓊玲教授對拙作〈虎中美女與「紙虎兒」：封建婚姻制度下的潘金蓮〉之提問，就尖銳得讓我不敢接招，直到隔天閉幕式上才勉強答辯。這是此前學術會上所未遇之景觀。此外，會後我到臺灣大學圖書館，拜讀了陳獨秀晚年給臺靜農一百多封信的真跡，大飽眼福。臺大圖書館方便讀者、方便學者的作風，誠為大陸圖書館所少見。島上只數日，我對彼岸的民風、學風有了些許感性認識與理性思索。

　　我帶去本冊頁，請與會朋友留言。復旦大學黃霖教授之「金學萬歲」、中正大學吳志揚校長之「有朋自遠方來，帶來好東西」都是絕妙好詞。我承諾異日拍賣所得作金學會務費。不管能否拍賣得出，終是難得的留念。我時時翻閱，昨日情景猶在眼前。

　　此書能在臺灣出版，當然得力於主編與責編。沒有熱心家的策劃與操勞，這套書之編輯與出版豈能成功。

　　而南開大學出身的付善明博士，耗時耗力對拙著之引文作了全面校勘，真的令我感激，以是方對讀者有個負責的交待。

　　拙著主體評說《金瓶梅》中的潘金蓮、西門慶兩個形象，其中對夏志清、盧興基某些高見（如夏之痛斥金蓮、盧之痛惜西門）時有商榷。思想火花多是碰撞出來的，沒有爭鳴的學界不免寂寞，因而也感謝他們的大作啟發了我的思維。

鐘揚甲午元宵於南京秦淮河畔

國家圖書館出版品預行編目資料

石鐘揚《金瓶梅》研究精選集

石鐘揚著. – 初版. – 臺北市：臺灣學生，2015.06
面；公分（金學叢書第 2 輯；第 16 冊）

ISBN 978-957-15-1665-3 (精裝)

1. 金瓶梅　2. 研究考訂

857.48　　　　　　　　　　　　　　　104008093

石鐘揚《金瓶梅》研究精選集

著　作　者：石　　　　　鐘　　　　　揚
主　　　　編：吳　敬　、　胡　衍　南　、　霍　現　俊
出　版　者：臺　灣　學　生　書　局　有　限　公　司
發　行　人：楊　　　　　雲　　　　　龍
發　行　所：臺　灣　學　生　書　局　有　限　公　司
　　　　　　　臺北市和平東路一段七十五巷十一號
　　　　　　　郵　政　劃　撥　帳　號：00024668
　　　　　　　電　話　：（0 2）2 3 9 2 8 1 8 5
　　　　　　　傳　眞　：（0 2）2 3 9 2 8 1 0 5
　　　　　　　E-mail：student.book@msa.hinet.net
　　　　　　　http://www.studentbook.com.tw

定價：精裝 30 冊不分售
　　　　新臺幣 45000 元

二　〇　一　五　年　六　月　初　版

金學叢書 第二輯